Simon Beckett

KALTE ASCHE

Thriller

Aus dem Englischen von
Andree Hesse

Bild am Sonntag
MEGA-THRILLER

Lizenzausgabe der Axel Springer SE, Berlin
1. Auflage März 2014

Die Originalausgabe erschien 2007 unter dem Titel Written in Bone bei
Bantam Press, London

Erschienen im Rowohlt Verlag
in der Übersetzung von Andree Hesse

Konzeption und Gestaltung: Klaus Fuereder, Berlin
Projektkoordination: Stephan Pallmann, Alexandra Wesner

Satz: Satzkasten, Stuttgart
Druck und Verarbeitung: CPI – Ebner & Spiegel, Ulm

ISBN: 9783942656863

Für Hilary

1

Bei entsprechender Temperatur brennt alles. Holz. Kleidung. Menschen.

Ab 250° Celsius fängt Fleisch Feuer. Die Haut wird schwarz und platzt auf. Die subkutane Fettschicht beginnt zu schmelzen wie Butter in einer heißen Pfanne. Bald darauf brennt der ganze Körper. Von den Armen und Beinen greift das Feuer auf den Rumpf über. Sehnen und Muskelfasern ziehen sich zusammen, sodass die lodernden Gliedmaßen sich bewegen, als wäre noch Leben in ihnen. Zuletzt sind die inneren Organe an der Reihe. In Feuchtigkeit eingehüllt, bleiben sie oft selbst dann noch erhalten, wenn das übrige Gewebe schon zerstört ist.

Die Knochen sind jedoch etwas ganz anderes. Sie halten noch den heißesten Feuern stand. Und selbst wenn die Kohlenstoffe verbrannt sind und das Skelett tot und leblos wie Bimsstein zurückbleibt, behalten die Knochen ihre Form. Sie sind dann allerdings nur noch ein fragiler Schatten ihrer selbst, der leicht zerfällt; die letzte Bastion des Lebens verwandelt sich zu Asche. Ein Prozess, der, von wenigen Abweichungen abgesehen, unweigerlich demselben Muster folgt.

Aber nicht immer.

Die friedliche Stille in dem alten Cottage wird von Schritten durchbrochen. Als die verrottete Tür aufgestoßen wird, quietschen die verrosteten Angeln. Tageslicht fällt hinein und wird dann von der Gestalt verdeckt, die in der Tür erscheint. Der Mann bückt sich, um hineinzuschauen. Der alte Hund an seiner Seite wird unruhig, er hat bereits Witterung aufgenommen. Jetzt hält auch der Mann inne, als würde es ihm widerstreben, über die Schwelle zu treten. Als sich der Hund hineinwagt, ruft der Mann ihn zurück.

»Hierher.«

Gehorsam kehrt der Hund um und schaut den Mann mit seinen vom grauen Star trübe gewordenen Augen an. Das Tier spürt die Unruhe seines Herrn.

»Sitz.«

Nervös beobachtet der Hund, wie der Mann in das verfallene Cottage geht. Feuchter Mief umgibt ihn. Und nun macht sich ein weiterer Geruch bemerkbar. Langsam, beinahe widerwillig, geht der Mann hinüber zu einer niedrigen Tür an der hinteren Wand. Sie ist zugefallen. Er will sie aufdrücken, hält aber erneut inne. Hinter ihm jault der Hund leise auf. Der Mann hört es nicht. Behutsam, als hätte er Angst davor, was er zu sehen bekommen wird, öffnet er die Tür.

Doch zuerst sieht er nichts. Der Raum ist dunkel, das einzige Licht fällt durch ein kleines Fenster. Die Scheibe ist gesprungen und mit Spinnennetzen und jahrzehntealtem Schmutz überzogen. In dem schwachen Licht, das hindurchsickert, verbirgt der Raum seine Geheimnisse noch einige Augenblicke länger. Dann, als sich die Augen des Mannes an die Finsternis gewöhnt haben, werden die Einzelheiten sichtbar.

Und er sieht, was in der Mitte des Raumes liegt.

Ihm stockt der Atem, als hätte er einen Schlag abbekommen. Unwillkürlich weicht er zurück.

»O mein Gott.«

Obwohl leise gesprochen, klingen die Worte in der stillen Enge des Raumes unnatürlich laut. Aus dem ohnehin blassen Gesicht des Mannes scheint nun auch das letzte bisschen Farbe gewichen. Er schaut sich erschrocken um. Aber er ist allein.

Rückwärts verlässt er den Raum, als könne er sich von dem Objekt auf dem Boden nicht abwenden. Erst nachdem er über die Schwelle getreten ist und die verzogene Tür quietschend zufällt, dreht er sich um.

Mit wackligen Schritten geht er nach draußen. Der alte Hund begrüßt ihn, doch der Mann nimmt ihn nicht wahr. Er greift in die Manteltasche und zieht eine Zigarettenschachtel hervor. Seine Hände zittern so, dass er drei Versuche braucht, sein Feuerzeug zu entzünden. Er zieht den Rauch tief in seine Lungen, die Glut knistert rasch auf den Filter zu. Als er die Zigarette aufgeraucht hat, hat sich sein Zittern gelegt.

Er lässt die Kippe ins Gras fallen und tritt sie aus, beugt sich dann hinab und hebt sie auf. Nachdem er sie in die Manteltasche gesteckt hat, holt er tief Luft und geht los, um zu telefonieren.

Ich war gerade auf dem Weg zum Glasgower Flughafen, als mich der Anruf erreichte. Es war ein fürchterlicher Februarmorgen, der Himmel war mit grauen Wolken verhangen, und der kalte Wind trieb deprimierenden Nieselregen übers Land. Gegen die Ostküste peitschten Orkanböen, und obwohl sie noch nicht so weit ins Landesinnere gekommen waren, sah es nicht vielversprechend aus.

Ich hoffte nur, dass das Schlimmste erst käme, wenn mein Flugzeug schon gestartet war. Ich befand mich auf dem Rückweg nach London und hatte die vergangene Woche damit zugebracht, eine in den Grampian Highlands gefundene Leiche erst zu bergen und dann zu untersuchen. Es war eine undankbare Aufgabe gewesen. Der Boden des Hochmoores war gefroren und mit Raureif überzogen, es war dort oben zwar atemberaubend schön, aber auch eiskalt gewesen. Bei dem verstümmelten Opfer hatte es sich um eine junge Frau gehandelt, die bislang nicht identifiziert worden war. Es war die zweite derart zugerichtete Leiche in den Grampians gewesen, bei deren Bergung man mich im Lauf der letzten paar Monate um Mithilfe gebeten hatte. Noch war nichts davon an die Presse weitergegeben worden, aber keiner der Ermittlungsbeamten zweifelte daran, dass für beide Taten ein und derselbe Mörder verantwortlich war. Einer, der weitermorden würde, wenn man ihn nicht fasste, und danach sah es im Moment nicht aus. Was die Sache noch schlimmer machte, war – obwohl man es bei der fortgeschrittenen Verwesung nur schwer mit Gewissheit sagen konnte –, dass die Verstümmelungen wahrscheinlich nicht erst nach Todeseintritt zugefügt worden waren.

Alles in allem war es also eine äußerst frustrierende Reise gewesen, und ich freute mich darauf, nach Hause zu kommen. Seit achtzehn Monaten lebte ich in London und arbeitete am Forensischen Institut der Universität. Ich hatte einen befristeten Vertrag, der mir Zugang zu den Laboreinrichtungen verschaffte, bis ich irgendwo eine dauerhafte Anstellung finden würde. In den vergangenen Wochen war ich jedoch wesentlich häufiger draußen an Tatorten gewesen als in meinem Büro. Ich hatte meiner Freundin Jenny gesagt, wir würden nach diesem Auftrag ein wenig Zeit zusammen verbringen können. Das hatte ich ihr zwar schon häufiger versprochen, doch dieses Mal war ich entschlossen, es auch zu halten.

Als mein Telefon klingelte, dachte ich, sie würde anrufen, um sich zu erkundigen, ob ich wirklich auf dem Heimweg war. Doch die Nummer auf dem Display kannte ich nicht. Die Stimme, die sich meldete, klang schroff und humorlos.

»Entschuldigen Sie die Störung, Dr. Hunter. Hier ist Detective Superintendent Graham Wallace vom Polizeipräsidium Inverness. Haben Sie ein paar Minuten Zeit?«

Es war der Ton eines Mannes, der daran gewöhnt war, sich durchzusetzen. Sein harter Dialekt klang eher nach den Mietskasernen Glasgows als nach der weicheren Mundart von Inverness.

»Nur ein paar. Mein Flug geht gleich.«

»Ich weiß. Ich habe gerade mit Detective Inspector Allan Campbell von der Polizei der Grampians gesprochen, und er hat mir gesagt, dass Sie da fertig sind. Gut, dass ich Sie noch erwische.«

Campbell war der Ermittlungsleiter, mit dem ich bei der Bergung der Leiche zusammengearbeitet hatte. Ein anständiger Mann und guter Polizeibeamter, dem es schwerfiel, Arbeit und Freizeit zu trennen.

Was ich verstehen konnte.

Der Taxifahrer konnte jedes Wort mithören, ich dämpfte die Stimme. »Was kann ich für Sie tun?«

»Sie können mir einen Gefallen tun.« Wallace sprach abgehackt, als würde ihn jedes Wort mehr kosten, als er bezahlen wollte. »Haben Sie von dem Zugunglück heute Morgen gehört?«

Hatte ich. Bevor ich abgereist war, lief in den Nachrichten ein Bericht über einen Pendlerzug an der Westküste, der nach dem Zusammenstoß mit einem Minibus entgleist war. Die Fernsehbilder sahen schlimm aus; der Zug lag zerquetscht und verdreht neben den Gleisen. Noch wusste niemand, wie viele Todesopfer es gegeben hatte.

»Jeder verfügbare Mann ist hier, aber im Moment herrscht Chaos«, fuhr Wallace fort. »Es besteht die Möglichkeit, dass die Entgleisung kein Unfall war, wir müssen also die gesamte Gegend untersuchen. Wir haben von anderen Polizeistationen Hilfe angefordert, im Moment arbeiten wir auf Hochtouren.«

Ich glaubte zu ahnen, was nun kommen würde. Den Nachrichten zufolge hatten einige Waggons Feuer gefangen, die Opfer mussten also schnell identifiziert werden. Ein forensischer Albtraum. Doch ehe damit begonnen werden konnte, mussten die Leichen geborgen werden, und soviel ich gesehen hatte, würde das noch dauern.

»Ich bin mir nicht sicher, was ich im Moment für Sie tun könnte.«

»Ich rufe nicht wegen des Zugunglücks an«, sagte er ungeduldig. »Auf den Äußeren Hebriden ist eine verbrannte Leiche gefunden worden. Auf einer kleinen Insel namens Runa.«

Von dieser Insel hatte ich noch nie gehört, aber das wunderte mich nicht. Ich wusste von den Äußeren Hebriden nur, dass die Inseln einer der abgelegensten Außenposten des Vereinigten Königreiches waren, meilenweit von der nordwestlichen Küste Schottlands entfernt.

»Hinweise auf ein Verbrechen?«, fragte ich.

»Hat sich nicht so angehört. Könnte Selbstmord sein, wahrscheinlicher ist allerdings, dass es ein Betrunkener oder Landstreicher war, der zu nah am Lagerfeuer eingeschlafen ist. Die Leiche ist auf einem verlassenen Bauernhof gefunden worden. Ein Mann ist zufällig mit seinem Hund vorbeispaziert und hat uns sofort benachrichtigt. Ein pensionierter Detective Inspector, der jetzt da draußen lebt. Habe früher mit ihm zusammengearbeitet. War mal ein guter Mann.«

Ich fragte mich, ob die Formulierung *war mal* etwas zu bedeuten hatte. »Was hat er sonst noch gesagt?«

Er antwortete nach kurzer Pause. »Nur, dass die Leiche stark verbrannt ist. Aber ohne triftigen Grund will ich keine Männer von einem wichtigen Fall abziehen. Ein paar von den Kollegen aus Stornoway werden später mit der Fähre rüberfahren, und ich will, dass Sie mitfahren und sich die Sache anschauen. Stellen Sie fest, ob ich ein Team der Spurensicherung rausschicken muss. Ich hätte gerne eine Expertenmeinung, bevor ich Alarm auslöse, und Allan Campbell meint, Sie sind verdammt gut.«

Der Versuch, mir zu schmeicheln, wirkte bei seiner rauen Art eher unbeholfen. Außerdem war mir sein Zögern aufgefallen, als ich mehr über die Leiche erfahren wollte, und ich fragte mich, ob er mir etwas verheimlichte. Doch wenn Wallace Hinweise auf einen unnatürlichen Tod gehabt hätte, hätte er ein Team der Spurensicherung geschickt, Zugunglück hin oder her.

Das Taxi war fast am Flughafen. Eigentlich hätte ich nein sagen sollen. Eben erst hatte ich die Arbeit an einer wichtigen Ermittlung abgeschlossen, und diese Sache klang ziemlich banal. Eine jener alltäglichen Tragödien, von denen nie in den Zeitungen berichtet wurde. Zudem dachte ich daran, Jenny sagen zu müssen, dass ich heute doch nicht nach

Hause kommen würde. Da ich in der letzten Zeit sowieso schon häufig fort gewesen war, würde es mit Sicherheit nicht gut bei ihr ankommen.

Wallace musste mein Widerstreben gespürt haben. »Das Ganze dürfte nur ein paar Tage dauern, einschließlich der Anreise. Aber es klingt so, als wäre der Fall ein wenig … na ja, merkwürdig.«

»Sagten Sie nicht gerade, es gibt keine Hinweise auf ein Verbrechen?«, meinte ich stirnrunzelnd.

»Gibt es auch nicht. Jedenfalls habe ich nichts dergleichen gehört. Hören Sie, ich will nicht zu viel sagen, aber genau deshalb wäre es mir lieb, wenn ein Fachmann wie Sie sich die Sache anschaut.«

Ich hasse es, manipuliert zu werden. Trotzdem konnte ich nicht verbergen, dass ich neugierig geworden war.

»Ich würde Sie nicht bitten, wenn wir im Moment nicht so unter Druck stehen würden«, fügte Wallace hinzu und zog die Schraube weiter an.

Durch die regennassen Scheiben des Taxis sah ich die ersten Schilder des Flughafens. »Ich rufe Sie zurück«, sagte ich. »Geben Sie mir fünf Minuten.«

Das gefiel ihm zwar nicht, aber er konnte kaum etwas einwenden. Ich beendete das Gespräch und biss mir nachdenklich auf die Lippe, ehe ich die Nummer wählte, die ich auswendig kannte.

Jenny war am anderen Ende. Obwohl ich mich auf dieses Gespräch nicht gerade freute, musste ich beim Klang ihrer Stimme lächeln.

»David! Ich bin auf dem Weg zur Arbeit. Wo bist du?«

»Auf dem Weg zum Flughafen.«

Sie lachte auch. »Gott sei Dank. Und ich dachte schon, du wolltest mir sagen, dass du doch nicht zurückkommst.«

Ich bekam ein flaues Gefühl im Magen. »Genau deswegen rufe ich an«, sagte ich. »Ich bin gerade gebeten worden, einen neuen Fall zu übernehmen.«

»Ach.«

»Es wird nur ein, zwei Tage dauern. Auf den Äußeren Hebriden. Im Moment kann leider niemand anders die Sache übernehmen.« Ich erzählte ihr lieber nicht von dem Zugunglück, es würde nur wie eine dumme Ausrede klingen.

Es entstand eine Pause. Die Freude war aus Jennys Stimme verschwunden. »Und was hast du gesagt?«

»Dass ich mich wieder melde. Ich wollte erst mit dir sprechen.«

»Weshalb? Wir wissen doch beide, dass du dich längst entschieden hast.«

Ich hatte es nicht zum Streit kommen lassen wollen. Ich schaute wieder zum Fahrer hinüber.

»Hör zu, Jenny …«

»Oder etwa nicht?«

Ich zögerte.

»Dachte ich's mir doch«, sagte sie.

»Jenny …«, begann ich.

»Ich muss los. Sonst komme ich zu spät zur Arbeit.«

Sie legte auf. Ich seufzte. So hatte ich mir diesen Morgen nicht vorgestellt. *Dann ruf sie zurück und sag ihr, du hast die Sache abgelehnt.* Mein Finger schwebte über dem Telefon.

»Mach dir nichts draus, Kollege. Meine Frau macht mir das Leben auch immer schwer«, sagte der Taxifahrer über seine Schulter. »Sie wird drüber hinwegkommen, oder?«

Ich sagte irgendwas Unverbindliches. In der Ferne sah ich eine Maschine starten. Der Fahrer bog zum Flughafen ab, während ich die Nummer eintippte. Nach dem ersten Klingeln wurde abgenommen.

»Wie komme ich dorthin?«, fragte ich Wallace.

2

DEN GROSSTEIL MEINES BERUFSLEBENS habe ich mich mit den Toten beschäftigt. Manchmal mit den schon lange Toten. Ich bin forensischer Anthropologe. Der Tod ist ein Thema – und Teil des Lebens –, mit dem sich die meisten Menschen lieber nicht beschäftigen. Bis sie es müssen. Für eine Weile war das auch bei mir so. Als meine Frau und meine Tochter bei einem Autounfall getötet wurden, war es zu schmerzhaft, in einem Beruf zu arbeiten, der mich jeden Tag daran erinnerte, was ich verloren hatte. Deshalb wurde ich Arzt, jemand, der sich lieber um die Lebenden als um die Toten kümmerte.

Bis sich Dinge ereigneten, die mich zwangen, meinen ursprünglichen Beruf wiederaufzunehmen. Meine Berufung, könnte man sagen. Teils Pathologie, teils Archäologie, geht meine Arbeit über beide Fachgebiete hinaus. Denn selbst nachdem die menschliche Biologie zusammengebrochen ist, wenn das, was einmal ein Lebewesen gewesen ist, auf Verwesung, Verfall und trockene Knochen reduziert ist, können die Toten noch als Zeugen fungieren. Sie können noch immer eine Geschichte erzählen, man muss nur wissen, wie man sie zu interpretieren hat. Und genau das ist meine Aufgabe.

Den Toten ihre Geschichte zu entlocken.

Wallace hatte anscheinend erwartet, dass ich seiner Bitte nachkommen würde. In einer Maschine nach Lewis, der Hauptinsel der Äußeren Hebriden, war bereits ein Platz für mich gebucht worden. Wegen des schlechten Wetters wurde der Start um fast eine Stunde verschoben. Ich wartete in der Abflughalle und versuchte, nicht hinzusehen, als der Flug nach London, den ich eigentlich hatte nehmen wollen, auf der Anzeigetafel erst angekündigt wurde, die Passagiere dann zum Einchecken aufgefordert wurden und die Maschine schließlich abflog.

Der Flug nach Lewis war unruhig und nur deshalb erträglich, weil er kurz war. Der Tag war halb vorüber, als ich ein Taxi vom Flughafen zum Fährterminal in Stornoway nahm, einer tristen, noch immer hauptsächlich vom Fischfang abhängigen Arbeiterstadt. Auf dem Pier war es neblig und kalt, in der Luft hing der übliche Hafenmief aus Diesel und Fisch. Ich hatte damit gerechnet, an Bord einer der großen Autofähren zu gehen, die Qualm in den verregneten Himmel über dem grauen Hafen ausstießen; stattdessen hielt das Taxi vor einem verrosteten Schiff, das eher wie ein Fischkutter aussah. Nur der auffällige Range Rover der Polizei, der fast das gesamte Deck einnahm, sagte mir, dass ich an der richtigen Stelle war.

Eine Rampe führte auf den Kutter und wurde durch den schweren Seegang hin- und hergeschoben. Unten auf dem Betonpier stand ein uniformierter Polizeisergeant, die Hände in den Taschen seiner Jacke vergraben. Nase und Wangen waren von geplatzten Äderchen gerötet. Seine geschwollenen Augen über einem mit grauen Strähnen durchzogenen Schnauzbart betrachteten mich finster, während ich mich mit meiner Tasche und meinem Koffer abmühte.

»Dr. Hunter? Ich bin Sergeant Fraser«, sagte er schroff. Seinen Vornamen verriet er nicht, und seine Hände blieben in den Taschen.

Er hatte eine harte, beinahe nasale Aussprache, die keinem der mir bekannten Dialekte des schottischen Festlandes ähnelte. »Wir haben schon auf Sie gewartet.«

Mit diesen Worten ging er die Rampe hinauf. Offenbar hatte er keine Lust, mir mit meinem schweren Gepäck zu helfen. Ich nahm die Umhängetasche und den Alukoffer und folgte ihm. Die Rampe war nass und rutschig und hob und senkte sich mit dem Wellengang. Ich stolperte hinauf und versuchte, meine Schritte auf das unregelmäßige Schlingern abzustimmen. Dann kam mir ein junger, uniformierter Constable entgegengetrabt und griff grinsend nach meinem Koffer.

»Lassen Sie mich das nehmen.«

Ich ließ ihn. Er ging zum Range Rover und verstaute den Koffer.

»Was haben Sie da drin, eine Leiche?«, fragte er vergnügt.

Ich stellte meine Tasche neben den Alukoffer. »Nein, das wirkt nur so. Danke.«

»Kein Thema.« Er konnte kaum älter als zwanzig sein. Er hatte ein freundliches, offenes Gesicht, und seine Uniform sah selbst im Regen tadellos aus. »Ich bin Constable McKinney, aber nennen Sie mich einfach Duncan«, grinste er.

»David Hunter.«

Sein Handschlag war enthusiastisch, so als wollte er Frasers mangelnde Begrüßung wettmachen. »Sie sind also der Forensiker?«

»Ja, der bin ich wohl.«

»Großartig. Ich meine, das ist natürlich nicht großartig, sondern … na ja, Sie wissen schon. Wie auch immer, gehen wir ins Trockene.«

Die Passagierkabine war ein verglaster Raum unterhalb des Steuerhauses. An Deck redete Fraser aufgebracht auf einen bärtigen Mann in Ölzeug ein. Hinter ihm stand ein langer Jugendlicher mit einem pickligen Gesicht, der mürrisch dreinschaute, während Fraser mit ausgestrecktem Finger herumfuchtelte.

»… schon lange genug gewartet, und jetzt behaupten Sie, wir können noch nicht ablegen?«

Der Bärtige starrte gelassen zurück. »Wir haben noch einen weiteren Passagier. Wir legen erst ab, wenn sie da ist.«

Frasers bereits gerötetes Gesicht wurde immer dunkler. »Das ist keine Vergnügungsfahrt, verdammt nochmal. Wir sind bereits hinter dem Zeitplan, also ziehen Sie die Rampe hoch, klar?«

Die Augen des anderen Mannes starrten über den dunklen Bart hinweg, der ihm das ungezähmte Äußere eines wilden Tiers gab. »Das ist mein Boot, und ich lege den Zeitplan fest. Wenn Sie wollen, dass die Rampe hochgezogen wird, dann müssen Sie es selbst tun.«

Fraser setzte gerade zu einer Antwort an, als von der Rampe ein lautes Klappern zu hören war. Mit einer schweren Tasche kämpfend, kam eine zierliche Frau heraufgeeilt. Sie trug eine hellrote Daunenjacke, die ihr mindestens zwei Nummern zu groß war. Eine dicke Wollmütze hatte sie sich bis über beide Ohren gezogen. Mit ihrem rotblonden Haar und dem spitzen Kinn verlieh sie ihr ein attraktives, elfenhaftes Aussehen.

»Hi, meine Herren. Würde mir vielleicht jemand helfen?«, keuchte sie.

Duncan hatte sich in Bewegung gesetzt, doch der Bärtige war schneller. Weiße Zähne schimmerten durch den dunklen Bart, als er die Neuangekommene angrinste und ihr mühelos die Tasche abnahm.

»Wurde auch Zeit, Maggie. Wir hätten schon fast ohne dich abgelegt.«

»Klug von dir, es nicht zu tun, sonst hätte dich meine Großmutter gekillt.« Sie stand mit den Händen in den Hüften da und betrachtete die Männer, während sie Atem schöpfte. »Hi, Kevin, wie geht's? Lässt dich dein Vater immer noch zu hart schuften?«

Der Teenager errötete und schaute zu Boden. »Ja.«

»Tja, manche Dinge ändern sich eben nie. Aber jetzt mit achtzehn solltest du mal eine Gehaltserhöhung fordern.«

Ich sah ihre Augen interessiert aufblitzen, als sie den Range Rover der Polizei betrachtete.

»Was ist los? Irgendwas, das ich wissen sollte?«

Der Bärtige deutete abweisend mit dem Kopf in unsere Richtung. »Frag die da. Uns sagen sie nichts.«

Das Grinsen der jungen Frau erstarb, als sie Fraser sah. Dann sammelte sie sich, rang sich schnell ein Lächeln ab, in dem nun so etwas wie Trotz lag.

»Hallo, Sergeant Fraser. Das ist ja eine Überraschung. Was führt Sie hinaus nach Runa?«

»Polizeisache«, sagte Fraser knapp und wandte sich ab. Wer auch immer die Frau war, er war nicht erfreut, sie zu sehen.

Jetzt, da der letzte Fahrgast an Bord war, gingen der Fährkapitän und sein Sohn an die Arbeit. Mit einem Heulen der Motorwinde wurde die Rampe hochgezogen. Als sie die Ankerkette einholten, vibrierten die Planken des Bootes. Mit einem letzten, neugierigen Blick in meine Richtung ging die junge Frau ins Steuerhaus.

Dann legte die Fähre in einer Dieselwolke ab und tuckerte aus dem Hafen.

Die See war stürmisch, und die Überfahrt von eigentlich zwei Stunden dauerte drei. Kaum hatten wir den schützenden Hafen von Stornoway verlassen, wurde der Atlantik seinem Ruf gerecht: eine stürmische graue Weite aus wütenden Fluten, in die die Fähre hineinfuhr. Trudelnd warf sie sich über den Kamm jeder einzelnen Welle und rutschte auf der anderen Seite schlingernd hinunter, ehe das Spektakel von vorn begann.

Den einzigen Schutz bot die beengte Passagierkabine, in der die Mischung aus Dieselabgasen und glühenden Heizkörpern für Unbehaglichkeit sorgte. Fraser und Duncan saßen die meiste Zeit mürrisch schweigend da. Ich versuchte, von Fraser etwas über die Leiche herauszukriegen, doch er wusste offensichtlich kaum mehr als ich.

»Was soll schon groß dahinterstecken?«, brummte er. Schweißperlen standen ihm auf der Stirn. »Höchstwahrscheinlich ist irgendein Suffkopf zu nah am Lagerfeuer eingepennt.«

»Wallace hat mir erzählt, dass die Leiche von einem pensionierten Inspector gefunden worden ist. Wer ist der Mann?«

»Andrew Brody«, schaltete sich Duncan ein. »Mein Dad hat früher auf dem Festland mit ihm zusammengearbeitet, bevor wir nach Stornoway gezogen sind. Mein Dad sagt, er war ein verdammt guter Polizist.«

»Genau, ›war‹«, sagte Fraser. »Ich habe mich umgehört, bevor wir losgefahren sind. Anscheinend war er ein Einzelgänger, wie er im Buche steht, und konnte sich nie einem Team unterordnen. Ich habe gehört, dass er ausgerastet ist, nachdem ihn seine Frau sitzengelassen hat und seine Tochter abgehauen ist. Deswegen ist er auch pensioniert worden.«

Duncan sah verlegen aus. »Es war der Stress, hat mein Dad gesagt.«

Fraser tat die Unterscheidung mit einer Handbewegung ab. »Ist doch das Gleiche. Hauptsache, er denkt daran, dass er kein Inspector mehr ist.« Er verkrampfte sich, als das Boot plötzlich schwankte und über eine weitere, gewaltige Welle krachte.

»Gott, was haben wir hier bloß verloren …«

Ich blieb eine Weile in der Kabine und fragte mich, was ich auf einer kleinen Fähre mitten auf dem Atlantik zu suchen hatte, anstatt unterwegs zu Jenny zu sein. In letzter Zeit stritten wir uns immer häufiger, und jedes Mal über dasselbe Thema – meine Arbeit. Diese Reise würde die Situation nicht gerade entschärfen, und da ich nur untätig herumsaß, grübelte ich die ganze Zeit darüber nach, ob ich die richtige Entscheidung getroffen hatte und wie ich es wiedergutmachen konnte.

Nach ungefähr zwei Stunden ging ich allein an Deck. Der Wind warf mich fast um und sprühte Regen in mein Gesicht, aber das war mir lieber als die mürrische Stimmung in der überhitzten Kabine. Ich stand am Bug und genoss, wie die Gischt auf meiner Haut prickelte. Mittlerweile konnte man die Insel sehen, eine dunkle Masse, die sich aus dem Meer erhob und auf die die Fähre zusteuerte. Während ich hinüberstarrte, spürte ich angesichts dessen, was mich dort erwartete, ein vertrautes Kribbeln.

Was auch immer es war, ich hoffte, es war die Sache wert.

In den Augenwinkeln sah ich etwas Rotes aufblitzen, und als ich mich umdrehte, sah ich die junge Frau mit unsicheren Schritten über das schwankende Deck auf mich zukommen. Durch ein plötzliches Absacken des Bootes geriet sie die letzten Schritte ins Laufen, und ich streckte meinen Arm aus, um ihr Halt zu geben.

»Danke.«

Mit einem verschmitzten Lächeln lehnte sie sich neben mich an die Reling. »Was für ein Wetter. Iain meint, bei dem Seegang wird das Anlegen richtig spaßig werden.«

Ihr Tonfall war eine weichere, melodischere Version von Frasers. »Iain?«

»Iain Kinross, der Kapitän. Er ist ein alter Nachbar auf Runa.«

»Leben Sie dort?«

»Nicht mehr. Meine ganze Familie ist nach Stornoway gezogen, außer meiner Großmutter. Wir wechseln uns damit ab, sie zu besuchen. Und Sie sind mit der Polizei hier, nehme ich an?«

Sie stellte die Frage mit einer Unschuld, die mir nicht ganz geheuer war. »Mehr oder weniger.«

»Aber Sie sind keiner? Kein Polizist, meine ich?«

Ich schüttelte den Kopf.

Sie grinste. »Dachte ich mir. Iain sagte, er hätte gehört, dass die anderen Sie ›Doktor‹ nannten. Hat sich auf der Insel jemand verletzt, oder was?«

»Nicht dass ich wüsste.«

Ich konnte sehen, dass das ihre Neugier nur noch mehr anstachelte. »Warum kommt dann ein Arzt mit der Polizei nach Runa?«

»Das fragen Sie besser Sergeant Fraser.«

Sie verzog das Gesicht. »Großartige Idee.«

»Sie beide kennen sich?«

»Irgendwie.« Sie beließ es dabei.

»Und was machen Sie in Stornoway?«, fragte ich.

»Ach … ich bin Schriftstellerin. Ich arbeite an einem Roman. Ich heiße übrigens Maggie Cassidy.«

»David. David Hunter.«

Sie schien die Information abzuspeichern. Eine Weile schwiegen wir und schauten zu, wie die Insel im Dämmerlicht allmählich Form annahm. Hohe graue Klippen erhoben sich aus dem Meer, die mit einem öden Grün überzogen waren. Vor den Klippen ragte ein schwarzer Felsturm aus dem Wasser.

»Fast da«, sagte Maggie. »Der Hafen ist gleich hinter *Stac Ross*, dem großen Felsding da. Es soll die dritthöchste Felssäule in Schottland sein. Typisch Runa. Es reicht immer nur dazu, Drittbeste zu sein.«

Sie richtete sich von der Reling auf.

»Na schön, war nett, Sie kennenzulernen, David. Vielleicht sieht man sich nochmal, bevor Sie wieder abreisen.«

Sie ging zurück ins Steuerhaus zu Kinross und seinem Sohn. Mir fiel auf, dass sie jetzt wesentlich sicherer auf den Beinen wirkte als noch kurz zuvor.

Ich widmete meine Aufmerksamkeit wieder der Insel vor uns. Hinter *Stac Ross* bildeten die Klippen einen kleinen Hafen. Trotz des Dämmerlichts konnte ich ein paar Häuser erkennen, die um ihn herum verstreut lagen. Ein kleiner zivilisierter Außenposten in der Wildnis des Ozeans.

Hinter mir ertönte ein durchdringender Pfiff. Als ich mich umdrehte, sah ich Kinross wütend gestikulieren.

»Gehen Sie rein!«

Das musste er mir nicht zweimal sagen. Das Meer war stürmischer geworden, die Wellen türmten sich zwischen den Klippen auf, die den Hafen einschlossen. Jetzt schlingerte die Fähre nicht mehr auf und ab, in den gegeneinander kämpfenden und Gischt über das Deck spritzenden Wogen geriet sie nun in einen einzigen, schwindelerregenden Strudel.

Um Halt zu finden, hangelte ich mich an der Reling zurück in die überhitzte Kabine. Mit dem bleichen Fraser und Duncan wartete ich, während die Fähre in den Hafen steuerte und unter der Wucht der Wellen erbebte. Durch das Kabinenfenster sah ich, wie das Wasser gegen den Betonpier klatschte und weiße Gischtwolken aufwarf. Drei Versuche waren nötig, um anzulegen, und während die heulende Maschine versuchte, die Position zu halten, vibrierte das ganze Boot.

Wir verließen die Kabine und kämpften uns über das immer noch schwankende Deck. Es gab keinen Schutz vor dem Wind, aber die Luft war wunderbar frisch und hatte einen salzigen Geruch. Am Himmel kreisten schreiende Möwen. Auf dem Pier liefen Männer umher und sicherten die Seile und die Gummipuffer. Trotz der Klippen war der Hafen zum Meer hin völlig offen, nur eine einzelne Kaimauer ragte hinaus, um die Wellen zu brechen. Ein paar Fischkutter lagen im Hafenbecken und zerrten an ihren Tauen wie wilde Hunde an der Leine.

Niedrige Häuser und Cottages klammerten sich wie Ringelgänse an den steilen Hang, der zum Hafen hinabfiel. Die Landschaft, die sich dahinter ausbreitete, war ein baumloses grünes Moorland, windgepeitscht und öde. Der Horizont wurde von einem düsteren Gipfel dominiert, dessen Spitze sich im Dunst niedrig hängender Wolken verlor.

Kaum war die Rampe hinabgelassen, eilte die junge Frau von der Fähre. Ich war ein wenig überrascht, dass sie sich nicht verabschiedete, aber ich musste mich um meine eigenen Angelegenheiten kümmern. Hinter mir sprang der Motor des Polizei-Range-Rovers an. Unter den neugierigen Blicken der Männer, die das Boot am Pier vertäut hatten, stieg ich auf die Rückbank. Fraser ließ den jungen Constable fahren. Da das Boot noch immer Spielball der Wellen war, lenkte er den Wagen vorsichtig über die schwankende Rampe.

Auf dem Pier erwartete uns ein Mann. Er war Mitte fünfzig, groß und kräftig gebaut. In seinen kantigen, gelassenen Zügen erkannte man unweigerlich einen Polizisten. Das musste der pensionierte Detective Inspector sein, der die Leiche gefunden hatte.

Fraser kurbelte das Fenster herunter. »Andrew Brody?«

Der Mann nickte knapp. Der Wind zerzauste sein ergrautes Haar, als er sich hinabbeugte, um in den Wagen zu schauen. Hinter ihm sahen die einheimischen Hafenarbeiter neugierig herüber.

»Das sind alle?« Er war offensichtlich verärgert.

Fraser nickte steif. »Ja, vorerst.«

»Was ist mit der Spurensicherung? Wann kommt das Team?«

»Wir wissen noch nicht, ob überhaupt eins kommt«, entgegnete Fraser. »Ist noch nicht entschieden.«

Brody presste seine Lippen zusammen. Pensioniert oder nicht, dem ehemaligen Detective Inspector gefiel es nicht, von einem einfachen Sergeant gemaßregelt zu werden.

»Und was ist mit der Kriminalpolizei? Das ist ein Fall für die Kriminalpolizei.«

»Ein Detective Constable aus Stornoway wird kommen, nachdem Dr. Hunter hier einen Blick auf die Leiche geworfen hat. Er ist ein forensischer … äh, ein forensischer Experte.«

Bis jetzt hatte Brody mir keine Beachtung geschenkt. Nun schaute er mich interessiert an. Sein Blick war eindringlich und aufmerksam, und in diesem kurzen Augenblick hatte ich das Gefühl, eingeschätzt und beurteilt zu werden.

»Es ist nicht mehr hell genug«, sagte er und deutete auf den dunkler werdenden Himmel. »Die Fahrt dauert zwar nur eine Viertelstunde, aber bis wir dort sind, wird es ganz dunkel sein. Vielleicht fahren Sie lieber mit mir, Dr. Hunter. Dann kann ich Ihnen unterwegs alles erzählen.«

»Ich bin mir sicher, dass er schon verbrannte Leichen gesehen hat«, ereiferte sich Fraser.

Brody musterte ihn einen Moment, als müsste er sich erst daran erinnern, dass er keinen Rang mehr hatte. Dann wandte er sich mit festem Blick wieder an mich.

»So eine noch nicht.«

Sein Wagen, eine neue Volvo-Limousine, stand am Pier. Das Innere war makellos. Es roch nach einem Frischespray und, etwas schwächer, nach Zigaretten. Auf einer Decke auf dem Rücksitz saß ein alter Border Collie, dessen schwarzes Maul ergraut war. Er sprang erregt auf, als Brody in den Wagen stieg.

»Sitz, Bess«, sagte er sanft. Die Hündin gehorchte sofort. Mit einem Stirnrunzeln suchte Brody das Armaturenbrett nach den Knöpfen für die Heizung ab. »Tut mir leid, ich habe den Wagen noch nicht lange und weiß immer noch nicht, wo was ist.«

Als wir den Hafen verließen, erkannten wir nur an den Scheinwerfern des Range Rovers, dass Fraser und Duncan uns folgten. Zu dieser Jahreszeit dauerten die Tage so weit oben im Norden nicht lange, und die Dämmerung ging bereits in Dunkelheit über. Die Straßenlaternen waren angeschaltet und beleuchteten die schmale Hauptstraße, die diesen Namen kaum verdiente. Sie führte von der Küste hinauf durchs Dorf; eine Handvoll kleiner Läden, die von alten Steincottages und neueren Bungalows umgeben waren, anscheinend Fertighäuser, die provisorisch wirkten.

Auch wenn ich nur wenig ausmachen konnte, war Runa offensichtlich nicht das rückständige Provinzkaff, das ich erwartet hatte. Natürlich stand irgendwo die Ruine einer kleinen, dachlosen Kirche, aber die meisten Türen und Fenster der Häuser sahen neu aus und waren scheinbar erst jüngst ausgewechselt worden. Es gab eine kleine, doch moderne Schule, und die Holzbaracke des Gemeindezentrums schmückte ein neuer Anbau, an dem ein Schild verkündete: »Medizinische Klinik von Runa».

Selbst die Straße war neu geteert. Es war nur ein schmaler Fahrweg mit Haltebuchten alle hundert Meter, aber mit dem glatten schwarzen Asphalt war sie besser als die meisten Straßen auf dem Festland. Sie führte steil durchs Dorf und wurde erst ebener, als wir die letzten Häuser passierten. Auf einem Hügel, der sich vor dem dunklen Himmel abzeichnete, thronte ein schiefer, aufrecht stehender Stein über dem Ort, der sich aus dem Gras erhob wie ein anklagender Finger.

»Das ist *Bodach Runa*«, sagte Brody. »Der alte Mann von Runa. Der Legende nach ist er dort hochgestiegen, um nach seinem Sohn Ausschau zu halten, der zur See gefahren ist. Doch der Sohn kehrte nie zurück, und der alte Mann ist dort so lange stehen geblieben, bis er zu Stein geworden ist.«

»Bei diesem Wetter glaube ich das gern.«

Er lächelte, aber das Lächeln erstarb schnell wieder. Er schien sich unbehaglich zu fühlen, so als wäre er unsicher, wo er beginnen sollte. Ich zog mein Handy aus der Tasche, um jetzt, wo ich wieder festen Boden unter den Füßen hatte, nachzuschauen, ob ich neue Mitteilungen hatte.

»Hier draußen haben Sie keine Verbindung«, warnte Brody. »Wenn Sie telefonieren wollen, müssen Sie entweder das Festnetz benutzen oder den Polizeifunk. Und wenn es richtig stürmt, funktioniert auch das nicht.«

Ich steckte das Telefon wieder ein. Obwohl nicht wirklich damit zu rechnen war, hatte ich doch gehofft, eine Nachricht von Jenny erhalten zu haben. Ich würde sie später übers Festnetz anrufen müssen, um wenigstens den Versuch zu unternehmen, die Unstimmigkeiten zwischen uns zu beseitigen.

»Und was für ein ›forensischer Experte‹ sind Sie?«, fragte Brody. Wie er die Worte betonte, zeigte mir, dass ihm Frasers Zögern nicht entgangen war.

»Ich bin forensischer Anthropologe.«

Ich warf ihm einen Blick zu, um zu sehen, ob ich es erklären musste. Selbst Polizeibeamte wussten manchmal nicht genau, worin meine Arbeit bestand. Brody schien jedoch zufrieden.

»Gut. Dann haben wir wenigstens einen hier draußen, der weiß, was er tut. Was hat Wallace Ihnen alles erzählt?«

»Nur, dass es sich um eine verbrannte Leiche handelt und dass der Fall etwas merkwürdig ist. Was genau, wollte er nicht sagen, außer dass nichts auf ein Verbrechen hinweist.«

Er machte eine verärgerte Miene. »Das hat er tatsächlich gesagt?«

»Wieso, sind Sie anderer Meinung?«

»Meine Meinung tut nichts zur Sache«, sagte Brody. »Sie können sich Ihre eigene Meinung bilden, wenn Sie die Leiche sehen. Ich hatte einfach erwartet, dass Wallace ein vollständiges Team schicken würde. Das ist alles.«

Mir begann deswegen unwohl zu werden. Wenn es Hinweise darauf gab, dass der Tod nicht auf natürliche Weise eingetreten war, musste nach strengen Richtlinien gehandelt werden, und unter normalen Umständen würde man mich erst dann hinzuziehen, wenn ein Team der Spurensicherung den Tatort untersucht hatte. Ich hoffte nur, dass Wallace' Urteil nicht durch seine Beschäftigung mit dem Zugunglück getrübt worden war.

Aber ich erinnerte mich auch daran, was er über Brody gesagt hatte. *War mal ein guter Mann.* Pensionierte Polizeibeamte kommen häufig nur schwer damit klar, nicht mehr im Dienst zu sein. Brody wäre nicht der Erste gewesen, der seine Aussagen übertrieb, um sich wieder im Mittelpunkt des Geschehens zu fühlen. Ich schenkte Frasers Tratsch über Brodys Ausraster zwar wenig Glauben, fragte mich aber, ob Wallace' Entscheidung vielleicht durch ähnliche Zweifel beeinflusst war.

»Er will nur, dass ich mir die Leiche anschaue«, sagte ich. »Wenn ich zu dem Schluss gelange, dass es kein Unfall war, dann ziehe ich mich zurück, bis die Spurensicherung hier ist.«

»Das muss dann wohl genügen«, sagte Brody unwirsch.

Aber zufrieden war er nicht. Was auch immer er Wallace erzählt hatte, der Superintendent hatte es nicht für voll genommen. Und das wurmte den ehemaligen Kriminalbeamten natürlich.

»Wie haben Sie die Leiche gefunden?«, fragte ich.

»Meine Hündin hat die Fährte aufgenommen, als ich heute Morgen mit ihr draußen war. Die Leiche liegt in einem Cottage auf einem verlassenen Bauernhof«, sagte er. »Manchmal treffen sich Jugendliche dort, aber im Winter eigentlich nicht. Und bevor Sie fragen, ich habe nichts angefasst. Ich mag zwar pensioniert sein, aber ich weiß noch immer, wie es läuft.«

»Irgendeine Idee, um wen es sich handeln könnte?«

»Nicht die geringste. Soweit ich weiß, ist kein Bewohner der Insel als vermisst gemeldet. Und hier draußen wohnen weniger als zweihundert Leute, es kann also kaum jemand unbemerkt verschwinden.«

»Kommen viele Besucher vom Festland oder von den anderen Inseln her?«

»Viele nicht, aber ein paar schon. Gelegentlich ein Naturkundler oder ein Archäologe. Die Inseln sind alle voller Ruinen: Steinzeit, Bronzezeit und Gott weiß was. Auf dem Berg soll es Hügelgräber und einen alten Wachtturm geben. Außerdem sind in letzter Zeit ziemlich viele Sanierungsarbeiten ausgeführt worden, wir hatten also Bauarbeiter und Unternehmer hier. Straßenbauarbeiten, Hausrenovierungen und so weiter. Aber seit das Wetter umgeschlagen ist, sind die Arbeiten unterbrochen.«

»Wer weiß noch von der Leiche?«

»Soweit ich weiß, niemand. Ich habe nur Wallace davon erzählt.«

Das erklärte die verunsicherten Blicke der Einheimischen beim Eintreffen der Polizei. Auf einer so kleinen Insel würde das eine große Nachricht sein. Ich bezweifelte, dass der Grund für unser Kommen lange geheim bleiben würde, aber wenigstens mussten wir uns vorerst nicht um Schaulustige sorgen.

»Wallace sagte, sie ist sehr stark verbrannt.«

Er lächelte grimmig. »Ziemlich. Aber ich glaube, Sie schauen es sich besser selbst an.«

Er sagte das mit einer Entschlossenheit, die das Thema beendete.

»Wallace erzählte mir, dass Sie früher mit ihm zusammengearbeitet haben.«

»Ich war eine Zeitlang im Präsidium in Inverness. Kennen Sie die Stadt?«

»Nur von der Durchreise. Danach muss Runa eine ganz schöne Veränderung gewesen sein.«

»Ja, aber eine gute. Hier kann man gut leben. Es ist ruhig. Man hat Zeit und Raum zum Denken.«

»Stammen Sie ursprünglich von hier?«

»Gott, nein. Ich bin ein ›Zugezogener‹«, sagte er mit einem Lächeln. »Ich wollte weg von allem, als ich in den Vorruhestand gegangen bin. Und viel weiter weg als Runa kann man nicht.«

Damit hatte er wohl recht. Nachdem wir das Dorf verlassen hatten, war kaum noch ein Lebenszeichen zu entdecken. Der einzige Hinweis auf Zivilisation war ein imposantes altes Haus, das ein gutes Stück abseits der Straße lag. Sonst waren nur hin und wieder verfallene Cottages oder vereinzelte Schafe zu sehen. Im zunehmenden Zwielicht sah Runa schön, aber trostlos aus.

Ein einsamer Ort zum Sterben.

Es gab einen Ruck, als Brody in einen überwucherten Feldweg abbog. Vor uns streiften die Scheinwerfer über ein verfallenes altes Cottage. Wallace hatte gesagt, die Leiche wäre auf einem verlassenen Bauernhof gefunden worden, aber es gab kaum noch Überreste, die darauf hindeuteten, dass dies einmal ein bewirtschafteter Hof gewesen war. Brody hielt an und schaltete den Motor aus.

»Bleib hier, Bess«, befahl er dem Border Collie.

Während wir aus dem Wagen stiegen, kam der Range Rover hinter uns den Weg entlanggeholpert. Das Cottage war ein gedrungenes, einstöckiges Gebäude, das langsam von der Natur zurückerobert wurde. Dahinter erhob sich der Gipfel, den ich schon vorher gesehen hatte. Jetzt war er nur eine dunkle Silhouette in der sich ausbreitenden Finsternis.

»Das ist *Beinn Tuiridh*«, erklärte Brody. »Für hiesige Verhältnisse ein Berg. Wenn man an einem klaren Tag hinaufsteigt, kann man angeblich bis zum Festland schauen.«

»Und? Kann man?«

»Ich kenne keinen, der so dumm war und es herausfinden wollte.«

Er nahm eine Taschenlampe aus dem Handschuhfach, dann warteten wir vor dem Wagen, bis Fraser und Duncan angehalten hatten. Nachdem ich meine Taschenlampe aus dem Alukoffer im Range Rover geholt hatte, gingen wir zum Cottage. In der Dunkelheit überschnitten sich die Lichtkegel unserer Taschenlampen. Das Cottage war kaum mehr als eine Steinhütte, deren Wände mit Moos und Flechten überzogen waren. Die Tür war so niedrig, dass ich mich bücken musste, um hindurchzugehen.

Ich hielt inne und schwenkte meine Taschenlampe umher. Das Haus war offensichtlich schon lange verlassen, ein verfallener Überrest vergessenen Lebens. Durch ein Loch im Dach tropfte Wasser in den engen Raum. Die niedrige Decke verstärkte das klaustrophobische Gefühl.

Wie ein Grab.

Verärgert über mich selbst, verdrängte ich den Gedanken und nahm meine Umgebung auf. Der Raum war einmal eine Küche gewesen. Auf einem alten Ofen stand noch eine staubige, gusseiserne Pfanne. In der Mitte ein wackliger Holztisch, auf Steinplatten. Über den Boden lagen ein paar Bierdosen und Flaschen verstreut, ein Hinweis darauf, dass sich manchmal Leute hier aufhielten. Das Haus verströmte den muffigen Geruch von Alter und Feuchtigkeit, doch mehr nicht. Nichts wies auf ein Feuer hin.

»Dort entlang«, sagte Brody und leuchtete mit seiner Taschenlampe auf eine weitere Tür.

Als ich mich ihr näherte, nahm ich den ersten schwachen, rußigen Geruch von Verbrennung wahr. Aber er war nicht annähernd so stark, wie ich erwartet hatte. Die Tür war kaputt und hing in den Angeln. Vorsichtig ging ich in den anderen Raum. Er war noch deprimierender als die verfallene Küche. Der Feuergeruch war jetzt sehr stark. Das Licht der Taschenlampe offenbarte uralten, abbröckelnden Putz an den nackten Wänden. In einer war die klaffende Öffnung eines Kamins zu sehen. Doch der Geruch kam nicht von dort. Er kam aus der Mitte des Raumes, und als ich mit der Taschenlampe dorthin leuchtete, stockte mir der Atem.

Von dem Menschen war furchtbar wenig übrig. Jetzt verstand ich Brodys Gesichtsausdruck, als ich ihn gefragt hatte, ob die Leiche schlimm verbrannt sei. Das war sie wirklich. Nicht einmal die Gluthitze eines Krematoriums reicht aus, um eine menschliche Leiche vollständig in Asche zu verwandeln, doch dieses Feuer hatte es irgendwie geschafft.

Auf dem Boden lag ein Haufen aus schmieriger Asche und Kohle. Das Feuer hatte nicht nur Haut und Gewebe, sondern auch das Skelett verschlungen. Nur die größeren Knochen waren übrig geblieben und ragten aus der Asche wie abgebrochene Zweige aus einer Schneeverwehung. Und selbst sie waren kalziniert worden; der Kohlenstoff war verbrannt, bis sie grau und spröde geworden waren. Darüber ein zersprungener Schädel, der sich mit verkanteten Kieferknochen zur Seite neigte, einer zerbrochenen Eierschale gleich.

Und trotzdem war außer der Leiche nichts in dem Raum beschädigt.

Das Feuer, das einen Menschen zu Asche verwandelt und seine Knochen zu Bimsstein gemacht hatte, hatte sonst nichts verbrannt. Die Steinplatten darunter waren verrußt, aber eine zerlumpte, schmutzige Matratze, nur wenige Schritte entfernt, war unberührt geblieben. Altes Laub und Zweige übersäten den Boden, doch die Flammen hatten selbst sie verschmäht.

Was mir aber die Sprache verschlug, war der Anblick der zwei Füße und einer Hand, die unverbrannt aus der Asche herausragten. Zwar standen geschwärzte Knochen hervor, aber ansonsten waren sie völlig unversehrt.

Brody kam heran und blieb neben mir stehen.

»Und, Dr. Hunter? Glauben Sie immer noch nicht an ein Verbrechen?«

3

Der Wind heulte um das alte Cottage und erzeugte eine unheimliche Hintergrundmusik zu der makabren Szenerie. Ich merkte, wie Duncan die Luft anhielt, als er und Fraser sahen, was da auf dem Boden lag.

Ich hatte den ersten Schock überwunden und konzentrierte mich bereits auf meine Arbeit.

»Kann man hier drinnen etwas mehr Licht machen?«, fragte ich.

»Wir haben einen tragbaren Scheinwerfer im Wagen«, sagte Fraser und zwang sich, den Blick von dem Haufen aus Knochen und Asche abzuwenden. Er versuchte gleichgültig zu klingen, aber das gelang ihm nicht ganz. »Geh und hol ihn, Duncan. *Duncan!*«

Der junge Constable starrte immer noch auf die Überreste der Leiche. Er war sehr blass.

»Alles in Ordnung?«, fragte ich. Meine Sorge galt nicht nur ihm. Ich hatte an mehr als einer Leichenbergung teilgenommen, bei der sich ein unerfahrener Polizeibeamter auf die Überreste erbrochen hatte. Das machte die Arbeit nicht gerade leichter.

Er nickte. Seine Gesichtsfarbe kehrte allmählich zurück. »Ja. Tut mir leid.«

Er eilte hinaus. Brody betrachtete die Überreste.

»Ich habe Wallace gesagt, dass es sich um einen außergewöhnlichen Fall handelt, aber er hat mir offenbar nicht geglaubt. Bestimmt hat er gedacht, die Pensionierung hätte mich verweichlicht.«

Er hatte wahrscheinlich recht, dachte ich und erinnerte mich an die Zweifel, die ich selber noch vor wenigen Minuten gehabt hatte. Doch ich konnte Wallace nicht verdenken, dass er skeptisch reagiert hatte. Was hier vor mir lag, widersprach aller Logik. Wenn ich es nicht mit eigenen Augen gesehen hätte, hätte ich die Meldung wohl auch für übertrieben gehalten.

Die Leiche – oder das, was davon übrig geblieben war – lag mit dem Gesicht nach unten. Ohne mich zu nähern, richtete ich den Strahl meiner Taschenlampe auf die unverbrannten Gliedmaßen. Von den Knöcheln abwärts waren die Füße unversehrt, an beiden makabererweise noch Turnschuhe. Ich leuchtete auf die Hand. Es war die rechte und hätte die Hand eines kleines Mannes oder einer großen Frau sein können. An den Fingern steckten keine Ringe, die Nägel waren unlackiert und abgekaut. Die Knochen von Speiche und Elle ragten aus dem freigelegten Gewebe des Handgelenks hervor. In der Nähe des Fleisches hatte das Feuer sie zu dunklem Bernstein verfärbt, danach waren sie gleich schwarz und von der Hitze rissig geworden. Kurz bevor sie mit dem Ellenbogen zusammenliefen, waren beide Knochen durchgebrannt.

Mit den Füßen verhielt es sich genauso. Schienbein und Wadenbein ragten verkohlt hervor, als hätten die Flammen alles verschlungen, um dann unterhalb der Kniescheibe abrupt auszugehen.

Denn vom Knöchel abwärts wirkten die unversehrten Gliedmaßen, als wären sie mit dem Feuer, das den Rest des Körpers zerstört hatte, nie in Berührung gekommen. Schaden hatten dort hauptsächlich Nager und andere kleine Tiere angerichtet, die das Fleisch und die unverbrannten Knochen angeknabbert hatten. Das wäre noch schlimmer gewesen, wenn die Leiche unter freiem Himmel gelegen hätte. Das Gewebe hatte auf normale Weise zu verwesen begonnen, wie man an der Marmorierung unter der verfärbten Haut erkennen konnte. Es gab so gut wie keinerlei Insektenaktivität, häufig ein verlässlicher Indikator dafür, wie weit die Verwesung bereits fortgeschritten war. Doch angesichts der kalten, winterlichen Bedingungen hatte ich mit nichts anderem gerechnet. Fliegen benötigen Wärme und Licht. Zu dieser Jahreszeit wäre es überraschend gewesen, draußen Maden zu finden.

Ich leuchtete mit der Taschenlampe durch den Raum. Im Kamin lagen ein paar verkohlte Scheite, auch auf den Steinplatten war an einer Stelle ein kleines Feuer gemacht worden. Dessen Reste waren gut zwei Meter von der Leiche entfernt, aber das hatte nichts zu bedeuten. Kein Mensch würde reglos liegen bleiben, wenn er Feuer fing, es sei denn, er war bewusstlos.

Ich leuchtete an die Decke. Direkt über der Leiche war der rissige Putz von Ruß geschwärzt, aber nicht verbrannt. Ein öliger, bräunlicher Film hatte sich abgelagert. Der gleiche fettige Rückstand befand sich auf dem Boden rings um die Überreste der Leiche.

»Was ist das für ein braunes Zeug?«, fragte Fraser.

»Fett. Von der Leiche, als sie brannte.«

Er verzog das Gesicht. »Ein bisschen so, wie wenn man Bratkartoffeln in einer Pfanne brät, oder?«

»So ähnlich.«

Duncan war mit dem Scheinwerfer zurückgekehrt. Während er ihn aufstellte, starrte er mit großen Augen auf die Leiche.

»Ich habe von solchen Sachen gelesen«, platzte er hervor. Als wir ihn anschauten, wirkte er sofort verlegen. »Von Menschen, die ohne Grund in Flammen aufgehen, meine ich. Ohne dass irgendwas anderes um sie herum brennt.«

»Rede keinen Unsinn«, blaffte Fraser.

Aber ich hatte damit gerechnet, seitdem ich die Überreste gesehen hatte. »Schon in Ordnung«, sagte ich zu Duncan. »Sie sprechen von sogenannter spontaner Selbstentzündung.«

Er nickte aufgeregt. »Ja, genau.«

Das überraschte mich nicht. Spontane menschliche Selbstentzündung gehörte in dieselbe Kategorie wie Yetis und Ufos; paranormale Phänomene, für die es scheinbar keine schlüssige Erklärung gab. Tatsächlich waren Fälle bekannt, da Menschen verbrannt in einem Raum gefunden wurden, der ansonsten von Feuer verschont geblieben war, wobei häufig eine Hand oder ein Fuß teilweise unversehrt aus dem Aschehaufen hervorragte. Man hatte eine ganze Reihe von Theorien aufgestellt, die Erklärungen reichten von Teufelsbesessenheit bis zu Mikrowellen. Was auch immer die Ursache war, allgemein stimmte man darin überein, dass keine bekannte Wissenschaft eine Erklärung dafür hatte.

Ich hatte nie daran geglaubt.

Fraser warf Duncan einen bösen Blick zu. »Was, zum Teufel, weißt du denn davon?«

Duncan schaute mich verlegen an. »Ich habe Fotos gesehen. Es gab mal eine Frau, die wurde genauso verbrannt. Nur ein Bein blieb von ihr übrig, der Schuh war noch dran. Man nannte sie die ›Aschefrau‹.«

»Ihr wahrer Name war Mary Reeser«, erklärte ich ihm. »Eine ältere Witwe aus Florida in den fünfziger Jahren. Von ihr war fast nichts übrig geblieben, außer einem Bein vom Schienbein abwärts. Und am Fuß steckte ein Pantoffel. Der Sessel, auf dem sie gesessen hatte, war verbrannt worden, außerdem ein Tisch und eine Lampe in ihrer Nähe, aber sonst war in dem Raum alles heil geblieben. Meinen Sie diese Frau?«

Duncan sah mich erstaunt an. »Genau. Ich habe aber auch von anderen Fällen gelesen.«

»So etwas kommt hin und wieder vor«, stimmte ich ihm zu. »Aber ein Mensch geht nicht einfach ohne Grund in Flammen auf. Und was auch immer dieser Frau widerfahren ist, es steckt nichts ›Übernatürliches‹ oder ›Paranormales‹ dahinter.«

Brody hatte uns während des Wortwechsels beobachtet und schweigend zugehört. Nun meldete er sich zu Wort.

»Woher wissen Sie, dass es eine Frau war?«

Pensioniert oder nicht, Brody entging so gut wie nichts. »Aufgrund des Skeletts.« Ich richtete die Taschenlampe auf die von Asche bedeckten, aber noch sichtbaren Überreste des Beckens. »Auch wenn wenig übrig geblieben ist, kann man erkennen, dass der Hüftknochen zu breit für einen Mann ist. Und der Humerus – das ist der Oberarmknochen, der mit einem Kugelgelenk im Schulterknochen sitzt – ist zu klein. Sie hatte einen kräftigen Knochenbau, aber es war definitiv eine Frau.«

»Wie gesagt, ich kann mir nicht vorstellen, dass es jemand von hier ist«, sagte Brody. »Wenn jemand verschwunden wäre, hätten wir es bestimmt mitgekriegt. Haben Sie eine Ahnung, wie lange sie schon hier liegt?«

Das war eine gute Frage. Einige Dinge können selbst an einer stark verbrannten Leiche abgelesen werden, die exakte Bestimmung des Todeszeitpunktes gehört allerdings nicht dazu. Dafür musste man anhand der Muskelproteine, der Aminosäuren und der ungesättigten Fettsäuren das Ausmaß der Verwesung ermitteln, und diese Elemente werden von einem Feuer für gewöhnlich allesamt vernichtet. Aufgrund des außergewöhnlichen Zustandes dieser Leiche war allerdings im Gegensatz zu den meisten Feuertoten genug Gewebe vorhanden, das man untersuchen konnte. Diese Tests mussten warten, bis ich zurück im Labor war, in der Zwischenzeit konnte ich bestenfalls eine qualifizierte Schätzung abgeben.

»Das kalte Wetter wird das Tempo der Verwesung verlangsamt haben«, erklärte ich. »Aber an Händen und Füßen hat die Zersetzung bereits begonnen, der Tod wird also schon vor einer Weile eingetreten sein. Angenommen, die Leiche hat die ganze Zeit hier gelegen und ist nicht von woanders hierherbewegt worden – und so wie die Platten darunter verkohlt sind, halte ich das für wahrscheinlich –, würde ich sagen, dass wir es mit vier oder fünf Wochen zu tun haben.«

»Die Bauarbeiten sind schon lange vorher abgeschlossen worden«, sagte Brody nachdenklich. »Dann kann es niemand sein, der mit den Arbeitern rübergekommen ist.«

Fraser hatte mit wachsender Verärgerung zugehört. Ihm gefiel es nicht, wie der ehemalige Inspector das Kommando übernahm. »Wenn es keine von hier war, dann werden wir bestimmt über die Passagierlisten der Fähre herausfinden, wer es war. Zu dieser Jahreszeit kann es nicht viele Besucher geben.«

Brody lächelte. »Hatten Sie den Eindruck, dass man auf der Fähre Listen führt? Außerdem gibt es ein paar andere Boote, die zwischen Runa und Stornoway verkehren. Niemand achtet darauf, wer kommt und geht.«

Er ignorierte den Sergeant und wandte sich an mich. »Und jetzt? Ich nehme an, Sie werden Wallace bitten, die Spurensicherung herzuschicken?«

Fraser mischte sich ein, ehe ich antworten konnte. »Bevor Dr. Hunter seine Arbeit nicht beendet hat, werden wir gar nichts tun. Bestimmt haben wir es nur mit irgendeinem Junkie oder einer Säuferin zu tun, die sich selbst in Brand gesteckt hat.«

Brodys Miene war unergründlich. »Und was wollte sie mitten im Winter auf Runa?«

Fraser zuckte mit den Achseln. »Sie könnte Freunde oder Verwandte hier haben. Oder sie war eine von diesen Esoterikerinnen, die zurück zur Natur wollen oder was auch immer. Die findet man auf noch abgelegeneren Inseln als dieser.«

Brody richtete seine Taschenlampe auf den Schädel. Er lag mit dem Gesicht nach unten und leicht zu einer Seite geneigt inmitten der Asche, und in dem einmal glatten Hinterkopf klaffte ein Loch.

»Glauben Sie, sie hat sich auch selbst den Kopf eingeschlagen?«

Ich schaltete mich ein, damit sich die Gemüter nicht noch mehr erhitzten. »In so einem heißen Feuer birst häufig der Schädel. Er ist im Grunde ein verschlossener Behälter voller Flüssigkeiten und gallertartiger Masse. Wenn er erhitzt wird, funktioniert er wie ein Schnellkochtopf. Die Zunahme von Gas lässt ihn irgendwann explodieren.«

Fraser wurde bleich. »O Gott.«

»Sie glauben also, es könnte ein Unfall gewesen sein?«, fragte Brody skeptisch.

Ich zögerte, denn ich wusste, wie trügerisch die Auswirkungen eines Feuer auf den menschlichen Körper sein konnten. Trotz meiner Erklärungen hatte ich Zweifel. Aber Wallace würde Fakten wollen, keine Vermutungen.

»Möglich«, sagte ich ausweichend. »Ich weiß, es sieht bizarr aus, aber das ist nicht dasselbe wie unnatürlich. Ich muss mir die Leiche bei Tageslicht anschauen, aber hier gibt es nichts, was sofort auf Mord verweist. Abgesehen von dem Loch im Schädel, das man bei einem derart heißen Feuer erwarten kann, gibt es keine offensichtlichen Traumata. Außerdem deutet nichts auf eine Fremdeinwirkung hin, Arme und Beine waren zum Beispiel nicht gefesselt.«

Brody rieb sich stirnrunzelnd das Kinn. »Wäre das Seil nicht auch verbrannt?«

»Das hätte keinen Unterschied gemacht. Durch das Feuer kommt es zu Muskelkontraktionen, die Gliedmaßen werden in eine Art Embryonalstellung zusammengezogen. Man nennt das auch pugilistische Stellung, weil es aussieht wie bei einem Boxer. Doch wenn Hände oder Füße des Opfers gefesselt sind, können sie sich nicht zusammenziehen, selbst wenn das Seil später auch verbrennt.«

Ich leuchtete mit der Taschenlampe über die Leiche, damit sie sehen konnten, wie sich die Gliedmaßen verkrampft hatten.

»Wenn sie gefesselt gewesen wäre, würden Arme und Beine gerade sein und nicht angezogen wie hier. Also können wir das ausschließen.«

Doch Brody war nicht zufrieden. »Na schön. Aber ich war dreißig Jahre lang Polizeibeamter. Ich habe einige Feuerleichen gesehen, Unfälle und andere Sachen. Aber so etwas ist mir noch nie untergekommen. Es ist schwer nachvollziehbar, wie ein Körper so verbrennen kann, ohne dass ein Brandbeschleuniger benutzt wurde.«

Unter normalen Umständen hätte er recht gehabt. Aber das hier waren keine normalen Umstände.

»Ein Beschleuniger wie Benzin kann dieses Feuer nicht erzeugt haben«, erklärte ich ihm. »Dann wäre es nicht heiß genug gewesen. Und selbst wenn, um eine Leiche in diesem Ausmaß zu verbrennen, hätte man so viel von dem Zeug gebraucht, dass das gesamte Cottage in Flammen aufgegangen wäre. Man hätte das Feuer niemals so eindämmen können wie hier.«

»Und was kann es dann verursacht haben?«

Ich hatte eine Ahnung, doch ich wollte noch nicht spekulieren. »Um das herauszufinden, bin ich hier. Aber vorerst sollten wir ein paar Sicherheitsvorkehrungen treffen.« Ich wandte mich an Fraser. »Können Sie einen Durchgang von der Tür bis hier absperren und die Leiche sichern? Ich möchte hier drinnen nicht mehr durcheinanderbringen als nötig.«

Der Sergeant nickte Duncan zu. »Na los, geh und hol das Absperrband. Wir haben nicht die ganze Nacht Zeit.«

Duncan war noch nicht weit gekommen, als plötzlich der Raum hell erleuchtet wurde. Die Scheinwerfer eines Wagens strahlten durch das Fenster, man konnte hören, wie draußen der Motor abgestellt wurde.

»Anscheinend kriegen wir Besuch«, bemerkte Brody.

Fraser gab Duncan bereits verärgert ein Zeichen. »Geh raus und lass keinen hier rein.«

Aber es war zu spät. Als wir ihm hinaus in die Küche folgten, stand schon jemand in der Eingangstür. Es war die junge Frau, mit der ich auf der Fähre gesprochen hatte. Ihre zu große rote Jacke war ein greller Farbtupfer in dem schummerigen Cottage.

»Schaff sie raus«, knurrte Fraser Duncan an.

Sie senkte ihre Taschenlampe und hielt eine Hand vor die Augen, als Fraser ihr mit seiner ins Gesicht leuchtete. »Hey, geht man so mit der Presse um?«

Presse?, dachte ich erschrocken. Sie hatte mir erzählt, sie sei Schriftstellerin. Duncan war stehen geblieben und wusste nicht, was er tun sollte. Die junge Frau versuchte, einen Blick in den dunklen Raum hinter uns zu werfen. Brody streckte den Arm aus, um die Tür zu schließen, doch die Angeln schienen eingerostet. Sie quietschten laut auf, wollten sich aber nicht bewegen.

Als er sich in der Tür aufbaute, um ihr den Blick zu versperren, lächelte Maggie ihn an. »Sie müssen Andrew Brody sein. Meine Großmutter hat mir von Ihnen erzählt. Ich bin Maggie Cassidy von der *Lewis Gazette*.«

Brody schien ihr plötzliches Auftauchen nicht zu kümmern. »Was wollen Sie, Maggie?«

»Ich will herausfinden, was hier los ist, was glauben Sie denn? Die Polizei kommt nicht alle Tage nach Runa.« Sie grinste. »Reiner Zufall, dass ich gerade meine Großmutter besuchen wollte. Super Timing, oder?«

Jetzt wusste ich, warum sie so schnell von der Fähre geeilt war. Sie hatte sich ein Auto besorgt. Da es nur eine Straße auf der Insel gab und der Range Rover vor dem Cottage stand, hatte sie uns bestimmt ohne große Schwierigkeiten gefunden.

Sie wandte sich an mich. »So schnell sieht man sich wieder, Dr. Hunter. Sie besuchen hier draußen wohl wirklich keinen Patienten.«

»Kümmern Sie sich nicht darum«, sagte Fraser mit erhitztem Gesicht. »Raus. Sofort. Ehe ich Ihnen einen Arschtritt verpasse und Sie eigenhändig rausschmeiße.«

»Das wäre Körperverletzung, Sergeant Fraser. Sie wollen doch nicht, dass ich Sie verklage, oder?« Sie wühlte in ihrer Umhängetasche und zog ein Diktaphon hervor. »Nur ein paar Kommentare, mehr will ich nicht. Es kommt nicht jeden Tag vor, dass eine Leiche auf Runa gefunden wird. Und darum geht es hier doch, oder? Um eine Leiche, richtig?«

Fraser hatte seine Fäuste geballt. »Schaff sie raus.«

Sie fuchtelte mit dem Diktaphon herum. »Schon eine Ahnung, wer es ist? Gibt es Hinweise auf einen gewaltsamen Tod?«

Duncan nahm ihren Arm. »Kommen Sie, Miss …«, sagte er entschuldigend.

Maggie zuckte resigniert mit den Achseln. »Na gut. Ich habe es versucht.«

Sie tat so, als wollte sie gehen, dabei ließ sie ihre Tasche von der Schulter rutschen. Als sich Duncan reflexhaft danach bückte, duckte sie sich schnell und starrte an ihm vorbei. Als sie sah, was in dem anderen Raum war, riss sie geschockt die Augen auf.

»O mein Gott!«

»Raus, sofort!« Fraser stürzte an Duncan vorbei und packte sie. Dann schob er sie unsanft Richtung Tür.

»Aua! Sie tun mir weh!« Sie hob das Diktaphon. »Ich nehme das auf, ich werde mit körperlicher Gewalt von Sergeant Fraser hinausgeworfen …«

Fraser ignorierte sie. »Wenn ich Sie hier noch einmal in der Nähe sehe, verhafte ich Sie. Klar?«

»Das ist Amtsmissbrauch …!«

Doch Fraser hatte sie bereits aus dem Cottage gestoßen. Er wandte sich an Duncan.

»Setz sie in ihren Wagen und sieh zu, dass sie abhaut. Kriegst du das auf die Reihe?«

»Tut mir leid, ich …«

»Tu es einfach!«

Duncan hastete hinaus. Brody sagte nichts, aber sein Schweigen offenbarte seine Gefühle.

»Großartig!«, kochte Fraser. »Genau das haben wir gebraucht, eine verfluchte Presseschlampe.«

»Sie schien Sie zu kennen«, meinte Brody.

Fraser starrte ihn wütend an. »Ich werde jetzt Ihre Aussage aufnehmen, *Mr.* Brody.« Die Betonung war als Beleidigung gemeint. »Danach brauchen wir Sie nicht mehr.«

Brodys Kiefer zuckte, aber sonst ließ er sich seine Verärgerung nicht anmerken. »Wo wollen Sie Ihren Kommandoposten aufschlagen, solange Sie hier sind?«

Fraser blinzelte misstrauisch. »Was?«

»Sie können das Cottage nicht unbewacht lassen. Jetzt nicht mehr. Wenn einer von Ihnen mit mir zurück ins Dorf kommen würde, können Sie mein Wohnmobil haben und als Kommandoposten benutzen. Nichts Besonderes, aber es dürfte Ihnen schwerfallen, auf der Insel eine Alternative zu finden.« Er zog seine Augenbrauen hoch. »Es sei denn, Sie wollen die ganze Nacht im Wagen verbringen?«

Man konnte dem Sergeant deutlich ansehen, dass er nicht so weit vorausgedacht hatte. »Duncan wird mit Ihnen fahren, um das Ding zu holen«, sagte er schroff.

Brody nickte mir amüsiert zu. »Hat mich gefreut, Sie kennenzulernen, Dr. Hunter. Viel Glück.«

Er und Fraser gingen hinaus. Als sie weg waren, stand ich allein in der Stille des engen Raumes und kämpfte gegen das Unbehagen an, das in mir aufkam.

Sei nicht töricht. Ich ging zurück in den Raum, in dem die Überreste der toten Frau lagen. Während ich über die nächsten Schritte nachdachte, richteten sich meine Nackenhaare auf. Ich drehte mich schnell um. Waren Duncan und Fraser zurückgekehrt?

Doch abgesehen von den Schatten war der Raum leer.

4

SPÄTER BRACHTE FRASER MICH ZURÜCK INS DORF. Die Hitze aus der Lüftung und das rhythmische Ticken der Scheibenwischer machten mich schläfrig. Die Scheinwerfer strichen über die Straße, jenseits ihrer Lichtkegel nur Finsternis.

Ich hatte getan, was ich konnte. Brody hatte Duncan mit in den Ort genommen, um das Wohnmobil zu holen, und während Fraser das Cottage absperrte, hatte ich über Funk Wallace benachrichtigt. Der Superintendent hatte bei meiner Zusammenfassung der bisherigen Erkenntnisse noch gestresster geklungen als am Morgen.

»Also hat Brody nicht übertrieben«, sagte Wallace überrascht. In der Leitung krachte es, die Verbindung drohte jederzeit abzubrechen.

»Nein.« Ich holte tief Luft. »Hören Sie, auch wenn es Ihnen nicht gefällt, aber Sie sollten darüber nachdenken, ein Team der Spurensicherung hierherzuschicken.«

»Wollen Sie damit sagen, dass es sich um Mord handelt?«, fragte er scharf.

»Nein, aber ich kann es auch nicht ausschließen. Man kann unmöglich wissen, was unter der Asche verborgen ist, und ich möchte nicht das Risiko eingehen, Spuren eines Tatortes zu zerstören.«

»Bisher haben Sie aber nichts gefunden, das auf Mord schließen lässt, oder?«, trieb er mich weiter in die Enge. »Und wenn ich Sie richtig verstehe, deutet alles auf das Gegenteil hin.«

Von meinen Instinkten abgesehen, aber die führte ich lieber nicht als Begründung an. »Das stimmt, aber …«

»Ein Team der Spurensicherung zu schicken wäre in diesem Stadium also eine reine Vorsorgemaßnahme.«

Ich ahnte schon, was folgen würde. »Wenn Sie so wollen, ja.«

Er hörte die Verärgerung in meiner Stimme und seufzte. »Unter normalen Umständen würde ich Ihnen gleich morgen früh ein Team schicken. Aber im Moment hat das Zugunglück Vorrang. In den Waggons stecken immer noch Menschen fest, das Wetter behindert die Rettungsarbeiten. Außerdem sieht es so aus, als ob der Lieferwagen, der auf den Schienen stand, gestohlen war und absichtlich dort abgestellt wurde. Ich muss also auch noch davon ausgehen, dass es ein

Terrorakt gewesen ist. Im Moment kann ich kein Team für eine Sache abziehen, die sich wahrscheinlich als Unfalltod herausstellen wird.«

»Und wenn nicht?«

»Dann werde ich sofort ein Team zu Ihnen rausschicken.«

Es entstand eine Pause. Ich konnte seine Begründung verstehen, das hieß allerdings nicht, dass ich sonderlich glücklich damit war.

»Na gut. Aber wenn ich morgen etwas herausfinde, das mir nicht behagt, dann ziehe ich mich zurück, bis die Spurensicherung eintrifft«, sagte ich schließlich. »Und noch was. Ich würde gerne schon jetzt versuchen, das Opfer zu identifizieren. Dazu wäre es hilfreich, wenn Sie mir die Vermisstenmeldungen aller jungen Frauen schicken würden, die auf das Profil der Toten passen. Rasse, Größe, Alter und so weiter.«

Wallace versprach, mir die Daten der Vermissten per Mail zu schicken, und beendete dann ohne Förmlichkeiten das Gespräch. Ich sagte mir, dass ich getan hatte, was ich konnte. Und Wallace hatte wahrscheinlich recht. Vielleicht war ich einfach übervorsichtig.

An diesem Abend konnte ich nicht viel mehr tun. Der Batteriestrahler, den Fraser gebracht hatte, war ein schlechter Ersatz für die mit Generatoren betriebenen Flutlichter, die normalerweise einen Tatort ausleuchteten, deshalb beschloss ich, auf das Tageslicht zu warten, um mit den wichtigen Untersuchungen zu beginnen. Trotz meiner Zweifel nahm ich meine Digitalkamera aus dem Alukoffer und begann, die Überreste zu fotografieren.

Das verfallene Cottage mit der durchhängenden Decke und den zerbröckelnden Wänden hatte etwas Bedrückendes. Während ich arbeitete, versuchte ich, mein diffuses Unbehagen zu ignorieren. Mit dem mitleiderregenden Haufen aus Knochen und Asche in der Mitte des Raumes hatte dieses Gefühl nichts zu tun. Die Toten machen mir keine Angst. Ich hatte den Tod in den meisten seiner Manifestationen gesehen, und ich glaubte nicht an Gespenster. Wenn die Toten weiterlebten, dann nur in unseren Köpfen und Herzen.

Auf jeden Fall bei mir.

Trotzdem war es irgendwie verstörend, allein hier draußen zu sein. Ich schob es auf meine Müdigkeit und das klagende Säuseln des Windes und auf die dunklen Schatten, die der Strahler in den Ecken erzeugte. Ich sagte mir, dass die größte Gefahr darin bestand, dass die

Überreste unter dem alten Dach des Cottages begraben wurden. Der gesamte Bau machte einen etwas instabilen Eindruck, und da sich auch das Wetter verschlechterte, wollte ich nicht, dass plötzlich das Dach zusammenstürzte und die zerbrechlichen Knochen beschädigte, ehe ich sie untersuchen konnte.

Ich war gerade mit dem Fotografieren fertig, als Duncan mit Brodys Wohnmobil zurückkehrte. Es war ein kleiner Winnebago mit einer separaten Wohnkabine, die zwar ziemlich beengt, aber genauso makellos sauber war wie der Volvo des Ex-Inspectors.

»Du wirst schon klarkommen. Es ist gemütlich da drinnen«, sagte Fraser zu Duncan und klopfte gegen das Wohnmobil. Irgendwie überraschte es mich nicht, dass es der junge Constable war, der über Nacht hierbleiben musste. Fraser deutete mit dem Kopf zum Cottage. »Wenn sie rauskommt, um dich zu belästigen, dann hast du meine Erlaubnis, sie zu verhaften.«

»Ja, tausend Dank«, sagte Duncan unglücklich.

Fraser lachte pfeifend in sich hinein. Er versprach, ihm ein Abendessen zu bringen, und ließ Duncan bei dem Versuch, die Paraffinheizung anzustellen, allein. Dann brachte er mich zurück in den Ort. Nachdem wir ungefähr zehn Minuten gefahren waren, sah ich etwas wie einen Leuchtturm aus der Dunkelheit hervortreten. Es war das imposante Haus, das mir bereits auf dem Hinweg aufgefallen war. Nun wurde es von Scheinwerfern angestrahlt.

»Muss schön sein, wenn man Geld zum Fenster rausschmeißen kann«, bemerkte Fraser bissig.

»Wer wohnt denn da?«

»Ein Typ namens Strachan. Die Einheimischen halten ihn für einen Dukatenscheißer, nach allem, was man hört. Kam vor ein paar Jahren her und begann, mit Geld um sich zu schmeißen. Ließ Straßen und Häuser reparieren, zahlte für eine neue Schule und eine Klinik. Steinreich. Er hat eine eigene Jacht, und seine Frau soll ein Knaller sein.« Er schnaubte höhnisch. »Manche Leute haben halt immer Glück.«

Ich schaute auf die adrett erleuchteten Fenster und fragte mich kurz, warum manche Menschen vom Glück begünstigt und andere zu Opfern wurden. Dann verschwand das Haus aus dem Blickfeld.

Kurze Zeit später erreichten wir das Dorf, eine Ansammlung von hellen Flecken in der Dunkelheit. Bald waren wir nah genug, um einzelne Häuser zu erkennen. Überall waren die Vorhänge zugezogen, damit die kalte Winternacht nicht in die warmen Stuben drang.

Fraser folgte der Hauptstraße, die steil hinab zum Hafen führte, und bog dann in eine schmale, ansteigende Seitenstraße. An ihrem Ende stand einsam ein großes altes Gebäude, daran hing ein Schild, auf dem »Runa Hotel« stand. Es machte einen gemütlichen und einladenden Eindruck, doch so wie ich den Nachmittag verbracht hatte, war eigentlich alles eine Verbesserung.

Wir parkten vor dem Haus. Der Regen hatte nachgelassen. Zerrissene Wolkenbänder zogen über einen tintenschwarzen Himmel und gaben ab und zu den Blick auf helle Sterne und einen Sichelmond frei, der wie ein zerbrochener Opal aussah. Die Nacht war kalt, doch in der vom Regen gereinigten Luft lag eine salzige Frische. Es war so still, dass ich die Wellen in den Hafen krachen hörte.

Ich folgte Fraser die Stufen hinauf und durch die Doppeltür. In einem langen, warm beleuchteten Korridor hing der angenehme Duft von Bienenwachs und frischgebackenem Brot. Die blanken Dielenbretter hatten durch jahrzehntelange Benutzung die Farbe von Zimt angenommen. Wände und Decke waren von oben bis unten mit Kiefernpaneelen vertäfelt, sodass man das Gefühl hatte, ein altes Schiff zu betreten. Neben einem Spiegel mit Mahagonirahmen, der im Laufe der Jahre fleckig geworden war, tickte eine alte Standuhr.

Durch eine Pendeltür tauchte eine junge Frau auf. Sie sah aus wie Ende zwanzig, war groß und schlank und trug Jeans und einen blauen Pullover, der ihr dunkelrotes Haar vorteilhaft unterstrich. Sommersprossen zierten ihre Nase und Wangenknochen, aus eindrucksvollen meeresgrünen Augen schaute sie uns an.

»*Oidchche mhath.* Guten Abend«, begrüßte sie uns. Ich wusste, dass auf einigen Inseln der Hebriden noch Gälisch gesprochen wurde, aber bisher hatte ich immer nur Trinksprüche gehört. »Ich nehme an, Sie sind Sergeant Fraser und Dr. Hunter, richtig?«

»Genau«, antwortete Fraser, aber seine Aufmerksamkeit galt der Bar, die man durch eine offene Tür sehen konnte, ein einladendes Durcheinander aus Stimmen und Gelächter.

»Ich bin Ellen McLeod. Ich war mir nicht sicher, wann Sie ankommen würden, aber Ihre Zimmer sind fertig. Haben Sie schon gegessen?«

Fraser löste widerwillig seinen Blick von der Bar. »Noch nicht. Ich könnte was Warmes vertragen, nachdem wir die Taschen ins Zimmer gebracht haben.«

»Was ist mit Duncan?«, erinnerte ich ihn.

»Ach, richtig«, sagte Fraser ohne Begeisterung. »Ein Constable von mir schiebt draußen Dienst, der muss auch verköstigt werden. Könnten Sie irgendwas für ihn zurechtmachen?«

»Selbstverständlich.«

Fraser blinzelte wieder gierig in die Bar. »Hören Sie, Sie können das ja alles mit Dr. Hunter klären. Ich, äh … ich warte hier drinnen.«

Er war bereits unterwegs an die Theke. Die geplatzten Äderchen auf Wangen und Nase hatten nicht getrogen, dachte ich.

»Wenn er einen Drink will, wird er enttäuscht sein. Ich bin allein hier«, sagte Ellen. Sie lächelte mich verschwörerisch an. »Ich zeige Ihnen Ihr Zimmer.«

Die Stufen knarrten unter unserem Gewicht, wirkten aber beruhigend solide. Der dunkelrote Teppich war abgelaufen und verblichen, aber wie der Rest des Hauses makellos sauber.

Als ich Ellen über den Gang der ersten Etage folgte, sah ich aus den Augenwinkeln etwas Weißes auf dem Flur des unbeleuchteten Stockwerks über uns. Ich schaute die Treppen hinauf und sah das blasse Gesicht eines kleinen Mädchens, das mich durchs Geländer beobachtete.

Mir blieb das Herz stehen.

»Anna, hab ich dir nicht gesagt, dass du schlafen sollst?«, sagte Ellen streng. »Geh zurück ins Bett.«

Das kleine Mädchen nahm das als Einladung, die Stufen herunterzukommen. Als sie in ihrem Nachthemd aus der Dunkelheit auftauchte, ließ mein anfänglicher Schock nach. Die Ähnlichkeit mit meiner Tochter war nur oberflächlich. Alice war älter gewesen und hatte blondes Haar gehabt. *Genau wie ihre Mutter.* Dieses kleine Mädchen war erst vier oder fünf Jahre alt, und ihr Haar war dunkelrot wie das der jungen Frau.

»Ich kann nicht schlafen«, sagte die Kleine und starrte mich neugierig an. »Der Wind macht mir Angst.«

»Ach, das ist ja was ganz Neues«, entgegnete Ellen trocken. »Na los, Abmarsch ins Bett, meine Dame. Ich schaue bei dir rein, wenn ich Dr. Hunter sein Zimmer gezeigt habe.«

Mit einem letzten Blick zu mir gehorchte das kleine Mädchen.

»Entschuldigen Sie«, sagte Ellen und ging den Flur weiter hinab. »Meine Tochter ist mit einer gesunden Neugier gesegnet.«

Ich brachte ein Lächeln zustande. »Schön zu hören. Und sagen Sie David zu mir. Wie alt ist sie? Fünf?«

»Vier. Sie ist ziemlich groß für ihr Alter.« In ihrer Stimme schwang Stolz mit. »Haben Sie Kinder?«

Ich musste mich zusammenreißen. »Nein.«

»Sind Sie verheiratet?«

»Ich war es einmal.«

Sie verzog ihr Gesicht. »Was muss ich auch immer so fragen. Geschieden?«

»Nein. Sie ist gestorben.«

Ellen legte eine Hand vor den Mund. »Oh, das tut mir leid ...«

»Schon in Ordnung.«

Doch jetzt hatte sie begriffen. »Nicht nur Ihre Frau ist gestorben, stimmt's? Deswegen sind Sie so erschrocken, als Sie Anna gesehen haben.«

»Sie war ungefähr im gleichen Alter, das ist alles«, sagte ich, so neutral ich konnte. Ich wusste, dass sie es gut meinte, aber der Anblick ihrer Tochter hatte etwas berührt, das ich normalerweise verdrängte. Ich lächelte. »Anna scheint ein liebes Mädchen zu sein.«

Ellen verstand den Wink. »Sie sollten sie mal erleben, wenn sie ihren Willen nicht kriegt! Sie ist zwar noch klein, aber manchmal kann sie ganz schön zickig werden.«

»Und Sie haben noch die ganze Pubertät vor sich.«

Sie lachte freimütig, dabei sah sie selbst wie ein Mädchen aus. »Daran will ich lieber nicht denken.«

Ich fragte mich, wo der Vater der kleinen Anna war. Ellen trug keinen Ehering, und so wie sie vorher gesprochen hatte, schien sie hier allein mit ihrer Tochter zu leben. Aber das ging mich alles nichts an, sagte ich mir.

Sie öffnete eine Tür. »Da wären wir. Leider nicht besonders vornehm.«

»Es ist wunderbar«, versicherte ich ihr. Und das war es auch. Das Zimmer war spartanisch eingerichtet, aber sauber und gemütlich. Zwischen einer alten Kiefernkommode und einem Kleiderschrank stand ein Bett mit Messinggestell, darauf eine karierte Decke, ordentlich aufgeschlagen, und frische weiße Laken.

»Das Bad ist am anderen Ende des Flurs. Es ist ein Gemeinschaftsbad, aber Sie müssen es sich nur mit Sergeant Fraser teilen. Zu dieser Jahreszeit haben wir nicht viele Gäste.« Sie klang etwas resigniert. »Gut, ich lasse Sie jetzt allein. Kommen Sie einfach runter in die Bar, wenn Sie Hunger haben.«

Auf der Kommode stand ein Telefon, so konnte ich wenigstens Jenny anrufen. »Kann ich hier irgendwo ins Internet? Ich würde gerne schauen, ob ich Mails bekommen habe.«

»Wenn Sie einen Laptop haben, können Sie die Telefonleitung hier im Zimmer benutzen. Wir haben noch kein kabelloses Netz, aber immerhin eine Breitbandverbindung.«

»Sie haben Breitband?«, fragte ich überrascht.

»Glauben Sie, wir benutzen hier draußen immer noch Rauchsignale?«

»Nein, ich dachte nur …«

Sie lächelte angesichts meiner Verlegenheit. »Schon in Ordnung, ich kann es Ihnen nicht verdenken. Bei schlechtem Wetter kann die Leitung schon mal zusammenbrechen, so weit sind wir also noch nicht. Aber meistens funktioniert es ganz gut.«

Nachdem sie gegangen war, setzte ich mich bedrückt aufs Bett. Die Federn quietschten unter meinem Gewicht. *Gott.* Ich war müder, als ich gedacht hatte. Die Begegnung auf der Treppe hatte den Schutzwall durchbrochen, den ich nach Karas und Alice' Tod mühsam um mich errichtet hatte. Es hatte lange gedauert, bis ich mit der grausamen Tatsache, noch am Leben zu sein, während meine Frau und meine Tochter tot waren, hatte Frieden schließen können. Jenny hatte großen Anteil an dieser Entwicklung, und ich war zutiefst dankbar, eine zweite Chance bekommen zu haben.

Doch hin und wieder traf mich der Verlust mit einer Wucht, die mir den Atem raubte.

Ich rieb mir die Augen. Die Müdigkeit drohte mich zu übermannen. Es war ein langer Tag gewesen. *Und du bist noch nicht fertig.*

Ich holte meinen Laptop aus der Tasche und legte ihn auf die Kommode. Während ich darauf wartete, dass er hochgefahren wurde, griff ich zum Hörer, um Jenny anzurufen. Mittlerweile musste sie von der Arbeit zurück sein. Wir wohnten inoffiziell in ihrer Wohnung in Clapham zusammen. Inoffiziell, weil ich noch eine eigene Wohnung in East London hatte, auch wenn ich kaum dort war. Als wir vor achtzehn Monaten Norfolk verlassen hatten und Jenny sich noch von einer Entführung erholte, die sie fast das Leben gekostet hatte, hatten wir beide das Gefühl gehabt, es wäre gut, eine gewisse Unabhängigkeit voneinander zu bewahren. Größtenteils hatte das auch funktioniert.

Erst in jüngster Zeit waren die ersten Spannungen aufgetreten.

Ich wusste, dass es vor allem meine Schuld war. Als wir uns kennengelernt hatten, war ich ein Allgemeinmediziner gewesen, ein Landarzt. Theoretisch war ich das noch immer, aber die Arbeit, der ich jetzt nachging, war eine ganz andere. Sie führte mich nicht nur häufig von zu Hause weg, sie war außerdem eine schmerzvolle Erinnerung an eine Zeit – und eine Erfahrung –, die Jenny lieber vergessen wollte.

Ich hatte keine Ahnung, wie ich diesen Konflikt lösen sollte. Die Arbeit gehörte unbedingt zu meinem Leben, ich konnte mir aber auch nicht vorstellen, Jenny zu verlieren.

Trotzdem hatte ich das Gefühl, dass ich mich über kurz oder lang zwischen beiden würde entscheiden müssen.

Das Telefon klingelte eine Weile, ehe sie abnahm. »Hi, ich bin's«, sagte ich.

»Hi.« Es entstand eine angespannte Pause. »Und? Wie sind die Äußeren Hebriden?«

»Kalt, windig und nass. Wie war dein Tag?«

»Gut.«

Jenny war Lehrerin. In London fand man nur schwer Arbeit, aber sie hatte eine Teilzeitstelle in einem Kindergarten gefunden, was ihr gefiel. Sie mochte ihren Job und konnte gut mit Kindern umgehen. Ich wusste, dass sie eines Tages eigene Kinder haben wollte. Das war eine weitere Sache, bei der ich mir nicht sicher war.

Ich konnte diese Verlegenheit zwischen uns nicht ertragen. »Hör mal, es tut mir leid wegen vorhin.«

»Egal.«

»Nein, ist es nicht. Ich wollte nur erklären …«

»Bitte nicht«, sagte sie etwas milder. »Es gibt keinen Grund dafür.

Jetzt bist du dort. Ich war nur enttäuscht, dass du heute nicht zurückkommst.«

»Es dauert nur ein oder zwei Tage«, sagte ich, obwohl ich wusste, dass das ein schwacher Trost war.

»Okay.«

Die Stille zog sich hin. »Ich muss jetzt aufhören«, sagte ich nach einer Weile. »Ich rufe dich morgen wieder an.«

Ich hörte sie seufzen. »David ...«

Mein Magen zog sich zusammen. »Was?«

Es entstand eine Pause.

»Nichts. Ich freue mich einfach nur darauf, dich zu sehen.«

Ich sagte ihr, dass ich mich auch freute, und legte widerwillig auf. Ich blieb auf dem Bett sitzen und fragte mich, was sie mir hatte sagen wollen. Allerdings war ich mir keineswegs sicher, ob ich es auch hätte hören wollen.

Seufzend schloss ich meine Kamera an den Laptop und überspielte die Fotos, die ich im Cottage gemacht hatte. Es waren Hunderte von Bildern, aufgenommen aus allen erdenklichen Perspektiven. Obwohl die Bilder durch den Blitz etwas überbelichtet waren, hatte der Anblick der unversehrten Füße und der Hand nichts von seiner Schockwirkung verloren. Eine Zeitlang betrachtete ich die Aufnahmen des zerborstenen Schädels. Er ähnelte denen zahlloser anderer, die ich nach Feuern gesehen hatte. Eine fast perfekte Schädelexplosion, wie aus dem Lehrbuch.

Warum hatte ich dann das Gefühl, etwas zu übersehen?

Ich starrte so lange auf den Monitor, bis meine Augen zu schmerzen begannen, ohne etwas zu entdecken. Das machte mich stutzig. Schließlich nahm ich hin, dass ich nichts finden würde. *Wallace hatte wahrscheinlich recht. Du bist einfach übervorsichtig.*

Ich speicherte alles auf einem USB-Stick, stöpselte das Internetkabel meines Laptops in die Telefonbuchse und checkte meine Mails. Die Dateien der Vermissten, um die ich Wallace gebeten hatte, waren noch nicht da, ich beantwortete ein paar dringliche Anfragen, legte mich dann aufs Bett und schloss die Augen. Ich hätte sofort einschlafen können, wenn mein Magen nicht so lautstark geknurrt hätte. Ich musste etwas essen.

Ich stand auf und ging zur Tür. Im Vorbeigehen schaute ich aus dem

Fenster. Mein Spiegelbild starrte mich aus der dunklen, regenverschmierten Scheibe an, doch für einen Augenblick glaubte ich, ich hätte dort draußen etwas gesehen. Einen Menschen.

Ich trat näher und schaute genauer hin. Unten auf der Straße stand eine einsame Straßenlaterne, die einen hellen gelben Fleck in die Finsternis warf. Sonst nichts, nur Nacht.

Eine *Lichtspiegelung*, sagte ich mir. Ich schaltete die Nachttischlampe aus und ging hinunter.

5

Die Bar war eine kleine, gemütliche Stube, in die nur ein paar Tische passten. Wie die Flure war sie mit Kiefernpaneelen vertäfelt, man hatte den Eindruck, sich in einer großen Holzkiste zu befinden. An einer Wand stand ein mit Muscheln verkleideter Kamin. Darin brannte ein Torfblock und erfüllte die Luft mit einem satten, würzigen Duft.

Mit weniger als einem Dutzend Gästen war Leben in der Bar, ohne dass sie überfüllt erschien. Das Stimmengewirr war eine kuriose Mischung aus schottischem Singsang und härter klingendem Gälisch. Als ich eintrat, wurden mir ein paar neugierige Blicke zugeworfen. Offensichtlich hatte sich herumgesprochen, was in dem Cottage auf dem alten Hof gefunden worden war, und ohne Zweifel war das Maggie Cassidy zu verdanken. Doch gleich darauf gingen die Gespräche weiter. Vor dem Fenster spielten zwei alte Männer Domino, das Klackern der schwarzen Steine war ein stakkatohafter Gegenrhythmus zum Gläserklirren. Kinross, der bärtige Fährkapitän, redete an der Theke mit einem riesigen Mann mit mächtigem Bauch. Daneben eine verlebte Frau Mitte vierzig, die mit ihrem heiseren Lachen und ihrer rauchigen Stimme alle anderen übertönte.

Jeder Tisch war besetzt. Da von Fraser nichts zu sehen war, nahm ich an, dass er zum Wohnmobil hinausgefahren war, um Duncan sein Abendessen zu bringen. Ich zögerte und fühlte mich wie ein Fremder, der in eine geschlossene Gesellschaft platzt.

»Dr. Hunter.« Brody saß an einem Tisch am Kamin und winkte. Der alte Border Collie schlief zusammengerollt vor seinen Füßen. »Wollen Sie sich nicht zu mir setzen?«

»Danke.«

Ich war froh, ein bekanntes Gesicht zu sehen, schlängelte mich an den Dominospielern vorbei und ging zu ihm.

»Darf ich Ihnen einen Drink ausgeben?«

Auf dem Tisch stand ein Becher Tee. Obwohl ich noch nichts gegessen hatte, hatte ich Lust auf etwas Alkoholisches.

»Ich könnte einen Whisky vertragen.«

Während er an die Theke ging, setzte ich mich hin. Kinross nickte, als er Brody Platz machte. Eher vorsichtig-respektvoll als freundlich, wie mir schien. Da niemand bediente, schenkte Brody einfach großzügig Whisky in ein Glas und schrieb dann auf einer Tafel an, die über der Theke hing.

»Bitte schön. Fünfzehn Jahre alter Islay Malt«, sagte er und stellte das Glas mit einem kleinen Krug Wasser vor mir ab.

Ich schaute auf seinen Tee. »Und Sie trinken nichts?«

»Nicht mehr.« Er hob seinen Becher. *»Sláinte.«*

Ich verdünnte den Malt mit etwas Wasser. »Cheers.«

»Und, haben Sie noch etwas geschafft?«, fragte er und lächelte dann reuevoll. »Tut mir leid, ich sollte nicht fragen. Eine alte Angewohnheit.«

»Viel zu erzählen gibt es sowieso noch nicht.«

Er nickte und wechselte das Thema. »Wie kommen die beiden im Wohnmobil klar?«

»Gut, nehme ich an. Auf jeden Fall Duncan.«

Brody lächelte. »Hat das kürzere Streichholz gezogen, was? Bis zur Rente wird er noch viele Nächte an übleren Orten verbringen müssen. Kurz nach meiner Pensionierung hat mir das Wohnmobil gute Dienste geleistet. Aber seitdem ich hier bin, benutze ich es kaum noch.«

»Duncan hat erzählt, dass Sie früher mit seinem Vater zusammengearbeitet haben.«

Sein Lächeln wurde nachdenklich. »Ja, stimmt. Die Welt ist klein, was? Wir waren beide noch ganz junge Constables und dienten gemeinsam in der Heimatschutztruppe. Als ich Sandy zum letzten Mal gesehen habe, war sein Sohn noch in der Schule.« Er schüttelte den

Kopf. »Wo ist die Zeit geblieben? Gerade jagt man noch Gaunern hinterher und denkt an die Beförderung, und im nächsten Moment …«

Er unterbrach sich und strahlte, als er Ellen kommen sah. »Wollen Sie jetzt etwas essen, Dr. Hunter?«, fragte sie.

»Sehr gerne. Und sagen Sie bitte David.«

»David«, verbesserte sie sich lächelnd. »Ich hoffe, der gute Andrew belästigt Sie nicht allzu sehr. Sie wissen ja, wie diese ehemaligen Polizisten sind.«

Brody drohte ihr im Spaß. »Vorsicht, das ist Verleumdung. Und ich habe einen Zeugen.«

»Würde es ein Stück hausgemachter Apfelkuchen wiedergutmachen?«

Er klopfte bedauernd auf seinen Bauch. »Klingt verlockend, aber lieber nicht.«

»Die Welt geht nicht unter, wenn Sie sich einmal etwas gönnen.«

»Man kann nie vorsichtig genug sein.«

Ellen lachte. »Na gut, das merke ich mir, wenn Sie Anna das nächste Mal Süßigkeiten zustecken.«

Der große Mann, der mit Kinross zusammenstand, erhob plötzlich seine Stimme. »Noch eine Runde Drams, Ellen.«

»Sofort, Sean.«

»Sollen wir uns vielleicht selbst einschenken? Wir sterben vor Durst.«

Das kam von der Frau an der Theke. Sie war betrunken, ein Zustand, der ihr wahrscheinlich nicht fremd war. Vor ein paar Jahren mochte sie attraktiv gewesen sein, doch jetzt sah sie aufgedunsen und verbittert aus.

»Als du dir das letzte Mal etwas eingeschenkt hast, Karen, hast du vergessen, es an die Tafel zu schreiben«, entgegnete Ellen. Ihre Stimme war kühl. »Außerdem unterhalte ich mich gerade. Einen Moment lang wirst du dich bestimmt gedulden können.«

Sie wandte sich wieder uns zu und konnte so das wütende Gesicht der Frau nicht sehen. »Tut mir leid. Nach ein paar Drinks vergessen einige Leute ihre Manieren. Aber ich wollte Sie gerade fragen, was Sie essen möchten. Es gibt Hammeleintopf, ich kann Ihnen aber auch ein Sandwich machen, wenn Ihnen das lieber ist.«

»Hammeleintopf klingt gut. Aber bedienen Sie ruhig erst die anderen.«

»Die können warten. Das tut denen ganz gut.«

»Ellen …«, sagte Brody leise.

Sie seufzte und lächelte ihn dann müde an. »Ja, okay. Ich weiß.«

Er schaute ihr hinterher, wie sie an die Theke ging und die anderen bediente. »Ellen kann ein bisschen … hitzköpfig werden«, sagte er voller Zuneigung. »Dadurch kommt es manchmal zu Reibereien. Aber das Hotel ist die einzige Tränke auf Runa, man muss sich also an ihre Regeln halten oder kann zu Hause bleiben. Sie ist obendrein eine gute Köchin. Ich esse fast jeden Abend hier.«

Auch wenn Fraser auf der Fähre nicht erwähnt hätte, dass Brody von Frau und Tochter verlassen worden war, hätte ich trotzdem gespürt, dass er allein lebte. Er strahlte etwas zutiefst Einsames aus.

»Führt sie das Hotel allein?«

»Ja. Ist nicht leicht, aber mit den Einnahmen der Bar und den vereinzelten Hotelgästen kommt sie zurecht.«

»Was ist mit ihrem Mann?«

Sein Gesichtsausdruck wurde ernst. »Es gab nie einen. Annas Vater hat sie auf dem Festland kennengelernt. Sie redet nicht darüber.«

Und so wie er das sagte, war klar, dass auch er es nicht tun würde. Er räusperte sich und deutete mit einem Nicken auf die Gruppe an der Theke.

»Ich führe Sie mal ein bisschen in Runas ›Lokalkolorit‹ ein. Kinross werden Sie auf der Fähre kennengelernt haben. Grantiger Kerl, aber er hatte es auch nicht leicht. Seine Frau starb vor ein paar Jahren, er ist mit seinem Jungen allein. Das Großmaul mit dem Bierbauch ist Sean Guthrie. Er war mal Fischer, hat aber sein Boot an die Bank verloren. Er will einen alten Kutter auf Vordermann bringen, doch im Moment hält er sich mit Gelegenheitsjobs über Wasser, und manchmal hilft er Kinross auf der Fähre aus. Meistens ist er recht harmlos, aber halten Sie Abstand, wenn er einen zu viel intus hat.«

Das heisere Lachen der Frau unterbrach ihn.

»Das ist Karen Tait. Sie führt den Dorfladen, wenn sie nüchtern und ansprechbar ist. Hat eine sechzehn Jahre alte Tochter, Mary, die … tja, sie ist nicht ganz normal. Karen wäre besser bei ihr zu Hause, aber sie hängt lieber jeden Abend hier an der Theke.«

Seine Miene verriet, wie er darüber dachte.

Die Tür ging auf, und eine Brise kalter Luft strömte in die Bar. Einen Augenblick später stürmte ein Golden Retriever herein.

»Oscar! *Oscar!*«

Ein Mann folgte ihm. Ich hätte ihn auf Ende dreißig, Anfang vierzig geschätzt. Er hatte dichtes schwarzes Haar, das an den Schläfen bereits ergraute, und die dunklen, attraktiven Züge des älteren Byron. Die schwarze, wasserdichte Jacke sah teuer aus. Sowohl Kleidung als auch Mann hätten besser in einen exklusiven Skiort gepasst als zwischen die abgewetzten Mäntel und das Ölzeug, das die anderen Inselbewohner trugen.

Sein Eintreten ließ alle verstummen. Selbst die Dominospieler hatten ihre Partie unterbrochen. Als er lässig mit den Fingern schnippte, trottete der Hund schwanzwedelnd zu ihm.

»Tut mir leid, Ellen«, sagte er unbekümmert. An seinen abgehackten Vokalen erkannte man einen südafrikanischen Einschlag. »Kaum hatte ich die Tür auf, ist er reingeschossen.«

Ellen schien weder der Neuankömmling noch seine Entschuldigung zu beeindrucken. »Dann sollten Sie ihn besser festhalten. Das hier ist ein Hotel, keine Hundehütte.«

»Ich weiß. Es kommt nicht wieder vor.«

Er blickte sie reumütig an, doch als Ellen sich abwandte und hinausging, sah ich, wie er lächelnd den Trinkern an der Theke zuzwinkerte. Sie grinsten verstohlen zurück. Der Neuankömmling schien beliebt zu sein.

»'n Abend zusammen. Was für ein Sauwetter«, sagte er und entledigte sich seiner Jacke.

Es gab einen Chor der Zustimmung. Mir schien, er hätte auch sagen können, dass es ein herrlicher Abend wäre, und man hätte ihm genauso zugestimmt. Doch entweder bemerkte er die Ehrerbietung nicht, oder er meinte, dass sie ihm zustand.

»Ein Drink gefällig, Mr. Strachan?«, fragte Kinross unbeholfen förmlich.

»Nein, ich danke Ihnen, Iain. Aber ich würde gerne eine Runde ausgeben. Bedienen Sie sich und schreiben Sie es auf mich an.« Als er die Frau an der Theke anlächelte, umspielten Fältchen seine Augen. »Hallo, Karen, ich habe Sie eine Weile nicht gesehen. Geht es Ihnen und Mary gut?«

Sie war schon eher für seinen Charme empfänglich als Ellen. Selbst aus der Entfernung konnte ich sehen, dass sie rot wurde.

»Ja, danke«, sagte sie, erfreut, hervorgehoben zu werden.

Erst jetzt wandte sich der Mann an Brody und mich. »'n Abend, Andrew.«

Brody reagierte mit einem steifen Nicken. Seine Miene war hart wie Granit. Er schob die Beine zwischen seine Hündin und den Golden Retriever, der an ihr herumschnüffelte.

Der Neuankömmling gab dem Retriever einen Klaps. »Lass sie in Ruhe, Oscar, du alter Spürhund.«

Der Hund trottete schwanzwedelnd davon. Sein Besitzer grinste mich an. Seine Selbstsicherheit hatte etwas Einnehmendes.

»Sie müssen einer der Besucher sein, von denen ich gehört habe. Ich bin Michael Strachan.«

Ich hatte bereits vermutet, dass er der Mann war, von dem mir Fraser erzählt hatte. Runas inoffizieller Gutsherr, der Besitzer des großen Hauses, an dem wir auf dem Weg vom Cottage vorbeigefahren waren. Irgendwie hatte ich ihn mir älter vorgestellt.

»David Hunter«, sagte ich und schüttelte seine Hand. Er hatte einen trockenen, kräftigen Druck.

»Darf ich Ihnen beiden auch einen Drink spendieren?«, bot er an.

»Danke, nein«, sagte ich.

Brody erhob sich mit steinerner Miene. Er überragte Strachan um fast einen halben Kopf.

»Ich wollte gerade gehen. War nett, Sie wiederzusehen, Dr. Hunter. Na los, Bess.«

Die Hündin folgte ihm nach draußen. Strachan schaute ihm mit einem matten Lächeln hinterher, ehe er sich wieder an mich wandte.

»Haben Sie was dagegen, wenn ich mich setze?«

Er ließ sich bereits auf Brodys Platz nieder und warf lässig die Handschuhe auf den Tisch. Mit den schwarzen Designerjeans und dem dunkelgrauen Kaschmirpullover, dessen Ärmel hochgeschoben waren und gebräunte Unterarme und eine Schweizer Armeeuhr entblößten, sah er aus, als würde er in Soho und nicht auf den Äußeren Hebriden zu Hause sein.

Der Golden Retriever legte sich neben ihn, so nah wie möglich ans knisternde Feuer. Strachan kraulte ihm die Ohren und sah genauso entspannt aus wie sein Hund.

»Sind Sie ein Freund von Andrew Brody?«, fragte er.

»Wir haben uns erst heute kennengelernt.«

Er grinste. »Leider hat er nicht viel für mich übrig, wie Sie wahrscheinlich bemerkt haben. Er war bestimmt ein guter Polizist, aber mein Gott, warum ist er so ein Griesgram?«

Ich sagte nichts. Mir war Brody bisher ziemlich sympathisch gewesen. Strachan streckte sich aus und legte lässig einen Fuß auf sein Knie.

»Ich habe gehört, Sie sind ein … Wie heißt das? Ein forensischer Anthropologe?« Er lächelte angesichts meiner Überraschung. »Auf Runa halten sich Geheimnisse nicht lange. Besonders bei einer Reporterin, deren Großmutter auf der Insel lebt.«

Ich musste an die Begegnung mit Maggie Cassidy auf der Fähre denken. Wie sie gegen mich gestolpert war und vorgegeben hatte, eine Schriftstellerin zu sein, und es ihr offenbar nur um Informationen gegangen war.

Und ich war darauf hereingefallen.

»Nehmen Sie es nicht so schwer«, sagte Strachan, als hätte er meine Gedanken gelesen. »Es kommt nicht oft vor, dass hier draußen so etwas Aufregendes passiert. Nicht dass wir uns darüber freuen, Gott bewahre. Das letzte Mal wurde eine Leiche gefunden, als ein alter Bauer nach ein paar Malts zu viel im Dunkeln nach Hause gehen wollte. Er hat sich verlaufen und ist an Unterkühlung gestorben. Aber dieses Mal scheinen die Dinge anders zu liegen.«

Er hielt inne und gab mir die Möglichkeit zu einer Bemerkung. Als ich nichts sagte, fuhr er fort.

»Was war es denn, ein Unfall?«

»Tut mir leid, darüber kann ich wirklich nicht sprechen.«

Strachan lächelte entschuldigend. »Nein, natürlich nicht. Sie müssen meine Neugier entschuldigen. Es ist nur so, dass ich ein persönliches Interesse an diesem Ort habe, könnte man sagen. Ich habe hier eine Menge Sanierungsarbeiten in die Wege geleitet. Dadurch sind wesentlich mehr Leute nach Runa gekommen als sonst – Bauarbeiter und so weiter. Mir wäre der Gedanke unerträglich, wenn ich dabei auch die Probleme einer Großstadt importiert hätte.«

Er schien ernsthaft besorgt. Aber ich wollte mich darauf nicht einlassen. »Sie klingen nicht wie ein Einheimischer«, sagte ich.

Er grinste. »Mein Akzent verrät mich, nicht wahr? Meine Familie stammt ursprünglich aus Schottland, aber ich bin in der Nähe von Johannesburg aufgewachsen. Meine Frau und ich leben erst seit ungefähr fünf Jahren auf Runa.«

»Südafrika ist weit weg.«

Strachan kraulte die Ohren des Hundes. »Ja, stimmt wohl. Aber wir sind viel herumgereist, da wurde es einfach Zeit, Wurzeln zu schlagen. Mir gefällt die Abgeschiedenheit der Insel. Sie erinnert mich irgendwie an die Landschaft, in der ich aufgewachsen bin. Aber damals war es ziemlich frustrierend hier. Die Bevölkerungszahl sank, es gab keine nennenswerte regionale Wirtschaft. Wenn es noch ein paar Jahre so weitergegangen wäre, hätte es der Insel wie St. Kilda ergehen können.«

Ich hatte einmal einen Dokumentarfilm über St. Kilda gesehen. Die Hebrideninsel war in den dreißiger Jahren verlassen worden und seitdem unbewohnt. Jetzt ist es eine Geisterinsel, die nur von Seevögeln und Wissenschaftlern besucht wird.

»Sie scheinen diesen Trend umgekehrt zu haben«, sagte ich.

Er wirkte verlegen. »Es gibt noch viel zu tun. Und ich möchte nicht alles mir zuschreiben. Aber Runa ist jetzt unser Zuhause. Grace, meine Frau, hilft in der Schule aus, und wir tun auch sonst, was wir können. Deswegen mache ich mir ja auch Sorgen, wenn ich höre, dass so etwas passiert. Hey, Oscar, was ist los?«

Der Golden Retriever schaute erwartungsvoll zur Tür. Ich hatte niemanden ins Hotel kommen hören, doch einen Augenblick später ging die Tür auf. Der Hund winselte aufgeregt, sein Schwanz schlug auf den Boden.

»Ich habe keine Ahnung, wie er das macht, aber er weiß es immer«, sagte Strachan kopfschüttelnd.

Weiß was?, fragte ich mich. Dann kam eine Frau in die Bar. Es war klar, dass es sich um Strachans Frau handeln musste, eine Schönheit auf den ersten Blick. Ihr weißer, vom Regen besprenkelter Parka hob ihr dichtes, schulterlanges, rabenschwarzes Haar hervor. Ihre Haut war weiß und makellos – man konnte kaum die Augen von ihr lassen.

Aber das war nicht alles. Sie strahlte eine Energie aus, eine unglaubliche körperliche Präsenz, die alles Licht im Raum zu absorbieren schien. Ich musste an Frasers neidische Bemerkung denken: *Seine Frau soll ein Knaller sein.*

Er hatte recht.

Sie trat mit einem unverbindlichen Lächeln in die Bar; als sie jedoch Strachan sah, strahlte sie.

»Erwischt! Hier landest du also, wenn du ›geschäftlich‹ zu tun hast, ja?«

Wie ihr Mann hatte sie einen leichten südafrikanischen Akzent. Strachan erhob sich, um ihr einen Kuss zu geben.

»Ich erkläre mich für schuldig. Woher wusstest du, dass ich hier bin?«

»Ich wollte ein paar Dinge im Laden besorgen, aber er war geschlossen«, sagte sie und zog ihre Handschuhe aus. Sie waren aus schwarzem Leder und mit Fell gefüttert. Teuer, aber auf unauffällige Weise. An ihrer linken Hand trug sie einen schlichten goldenen Ehering sowie einen Diamantring mit blau funkelndem Stein. »Wenn du dir das nächste Mal heimlich einen Drink genehmigen willst, dann lass den Wagen nicht draußen stehen.«

»Oscar ist schuld, er hat mich hergezerrt.«

»Oscar, du Rabauke, wie konntest du?« Sie streichelte den Hund, der aufgeregt vor ihr herumsprang. »Ist ja gut, beruhige dich.«

Sie schaute zu mir herüber und wartete auf eine Vorstellung. Ihre braunen Augen waren so dunkel, dass man darin ertrinken konnte.

»Das ist David Hunter«, sagte Strachan. »David, meine Frau, Grace.«

Sie lächelte und streckte ihre Hand aus. »Freut mich, Sie kennenzulernen, David.«

Als ich die Hand schüttelte, konnte ich ihr Parfüm riechen; ein subtiler, feiner Moschusduft.

»David ist ein Experte für Forensik. Er ist mit der Polizei hergekommen«, erklärte Strachan.

»Gott, was für eine schreckliche Sache«, sagte sie ernst. »Ich hoffe nur, es ist niemand von hier. Ich weiß, das klingt egoistisch, aber … na ja, Sie wissen schon, was ich meine.«

Ich wusste es. Wenn ein Unglück passiert, sind wir im Grunde alle egoistisch und geben alle die gleichen Litaneien von uns: *Nicht ich, nicht mein. Noch nicht.*

Strachan stand auf. »Ja, es war nett, Sie kennenzulernen, Dr. Hunter. Vielleicht sehen wir uns noch einmal, bevor Sie abreisen.«

Grace zog eine Augenbraue hoch. »Kriege ich nicht einmal einen Drink, wo ich schon mal hier bin?«

»Ich lade Sie ein, Mrs. Strachan.«

Die Einladung kam von Guthrie, dem Mann mit dem mächtigen Bauch. Ich hatte den Eindruck, dass er Kinross und einigen anderen zuvorgekommen war. Und niemand schenkte mehr Karen Tait Aufmerksamkeit, deren aufgeschwemmtes Gesicht sich vor Eifersucht zusammenzog.

Grace Strachan warf dem massigen Mann ein warmes Lächeln zu. »Danke, Sean, aber ich glaube, Michael will gehen.«

»Entschuldige, Liebling, ich dachte, du wolltest nach Hause«, sagte Strachan. »Ich hatte vor, Miesmuscheln zu machen. Aber wenn du keinen Hunger hast …«

»Hört sich nach Erpressung an.« Sie lächelte ihn innig an.

Er wandte sich zu mir. »Wenn Sie vor Ihrer Abreise die Gelegenheit haben, sollten Sie sich die Hügelgräber auf dem Berg anschauen. Dort steht eine ganze Gruppe, was ungewöhnlich ist. Neolithisch. Etwas ganz Besonderes.«

»Nicht jeder ist so morbid veranlagt wie du, Liebling.« Grace schüttelte den Kopf in gespieltem Unverständnis. »Michael ist ganz versessen auf Archäologie. Manchmal glaube ich, er hätte lieber ein paar alte Ruinen als mich.«

»Das ist einfach ein Hobby«, sagte Strachan, plötzlich befangen. »Na los, Oscar, du faules Vieh. Zeit zu gehen.«

Er hob seine Hand als Antwort auf die respektvollen Gutenachtwünsche, die sie zur Tür begleiteten. Beim Hinausgehen wären sie fast mit Ellen zusammengestoßen, die aus der anderen Richtung kam. Sie erschrak und hätte beinahe den Teller mit dampfendem Eintopf verschüttet.

»Tut mir leid, unsere Schuld«, sagte Strachan. Sein Arm lag um Grace' Taille.

»Aber nein.« Ellen lächelte die beiden höflich an. Ich hatte den Eindruck, da wäre noch eine andere Regung in ihrem Gesicht gewesen, als sie die andere Frau sah, aber ich war nicht sicher.

»'n Abend, Mrs. Strachan.«

Mir schien sie ein wenig reserviert, aber Grace nahm es offensichtlich nicht wahr. »Hallo, Ellen. Hat Ihnen das Bild gefallen, das Anna neulich in der Schule gemalt hat?«

»Es hängt an der Kühlschranktür, wie die anderen auch.«

»Sie hat wirklich Talent. Sie sollten stolz auf sie sein.«

»Das bin ich auch.«

Strachan drängte sie weiter zur Tür. Er schien unbedingt gehen zu wollen.

»So, jetzt können Sie durch. Nacht.«

Ellens Gesicht war derart emotionslos, als sie den Teller vor mir abstellte, dass es eine Maske hätte sein können. Sie nahm meinen Dank mit einem flüchtigen Lächeln entgegen, wandte sich ab und ging wieder hinaus. Brody war offensichtlich nicht der einzige Mensch auf Runa, der nicht besonders beeindruckt vom Vorzeigepaar der Insel war.

»Miststück!«

Das Wort ging schneidend durch die Stille der Bar. Karen Tait starrte finster zur Tür, ihr Mund war verbittert zusammengepresst. Welcher der beiden Frauen, die gerade den Raum verlassen hatten, die Beleidigung galt, war nicht ganz klar.

Kinross hob warnend einen Finger in ihre Richtung. Er musterte sie wütend. »Das reicht, Karen.«

»Stimmt doch. Sie ist hochnäsig …«

»Karen.«

Zornig verstummte sie. Nach und nach erfüllte die übliche Geräuschkulisse wieder die Bar. Das Klicken der Dominosteine setzte wieder ein, und die Spannung, die einen Augenblick den Raum erfüllt hatte, ließ nach.

Ich probierte den Hammeleintopf. Wie Brody gesagt hatte, war Ellen eine gute Köchin. Doch während ich aß, hatte ich plötzlich das Gefühl, beobachtet zu werden. Ich schaute auf und sah Kinross, der mich von der Theke her anstarrte. Einen Moment begegnete er meinem Blick mit einer kühlen, wachsamen Miene, dann wandte er sich langsam ab.

ALS ICH ERWACHTE, war das Hotelzimmer dunkel. Schwaches Licht fiel durchs Fenster. Die Straßenlaterne ließ die zugezogenen Vorhänge verschwommen schimmern. Kein Laut war zu hören. Wind und Regen hatten sich gelegt. Nur mein eigener Atem war zu hören, ein regelmäßiges Auf und Ab, das auch von jemand anderem hätte stammen können.

Ich weiß nicht, wann ich merkte, dass ich nicht allein war. Die Erkenntnis war kein plötzlicher Schock, es wurde mir allmählich bewusst. In dem dämmrigen Licht schaute ich zum Fußende und sah dort jemanden sitzen.

Obwohl ich nur eine dunkle Gestalt ausmachen konnte, wusste ich, dass es eine Frau war. Sie betrachtete mich, aber aus irgendeinem Grund war ich weder überrascht noch verängstigt. Ich spürte nur die Last ihrer stummen Erwartung.

Kara?

Doch die Hoffnung war nur Reflex gewesen, der sich mit dem Erwachen einstellte. Wer auch immer diese Person war, es war nicht meine verstorbene Frau.

Wer bist du?, fragte ich. Auf jeden Fall glaubte ich, diese Frage zu stellen. Die Worte schienen aber nicht in die kalte Luft des Zimmers vorzudringen.

Die Gestalt antwortete nicht. Sie saß nur da und wachte weiter geduldig über mich, als würden alle Antworten, die ich jemals brauchen könnte, bereits ausgebreitet vor mir liegen. Ich starrte sie an und versuchte, ihr Gesicht zu erkennen oder ihre Absichten. Doch ich konnte beides nicht greifen.

Als ein Windstoß das Fenster erzittern ließ, fuhr ich hoch. Ich schaute mich erschrocken um, sicher, dass die schemenhafte Gestalt noch immer am Fußende des Bettes sitzen würde. Doch trotz der Dunkelheit konnte ich sehen, dass niemand sonst im Zimmer war. Und mir wurde klar, dass auch niemand hier gewesen war. Ich hatte geträumt. Es war ein beunruhigend realistischer Traum gewesen, aber dennoch ein Traum.

Für eine lange Zeit, nachdem meine Frau und Tochter getötet worden waren, waren mir diese Träume nicht fremd gewesen.

Eine weitere Böe ließ das Fenster im Rahmen erzittern und peitschte Regen gegen die Scheibe. Draußen hörte ich eine Art Schrei. Es könnte eine Eule oder ein anderer Nachtvogel gewesen sein. Oder etwas anderes. Nun war ich völlig wach, ich stand auf und ging zum Fenster. Die Straßenlaterne schwankte im Wind. Für einen kurzen Augenblick sah ich etwas Bleiches am Rand des gelben Lichtscheins flattern. Dann war es verschwunden.

Der Wind hat irgendwas umhergeweht, sagte ich mir, als es nicht wieder auftauchte. Trotzdem starrte ich weiter in die Dunkelheit, bis die Kälte mich zitternd zurück ins Bett trieb.

6

Während ich mich fragte, was ich vor meinem Fenster gesehen hatte, war Duncan draußen am Cottage in keiner guten Stimmung. Der Wind war stärker geworden und schaukelte das Wohnmobil wie ein Boot auf hoher See. Aus Vorsicht hatte er bereits den Paraffinofen in eine Ecke gestellt, damit er nicht umkippen konnte. Die blaue Flamme zischte direkt neben dem kleinen Tisch, an den er sich gezwängt hatte. Doch trotz der Enge war es besser, die Nacht im Wohnmobil zu verbringen als im Range Rover oder zusammengekauert in der Tür des Cottages. Dort hätte ihn Fraser wahrscheinlich Wache schieben lassen, dachte er missmutig. Nein, es war nicht das Ausharren im Wohnmobil, was ihn störte.

Ihm ging einfach nicht aus dem Kopf, was da im Cottage lag.

Fraser hatte gut lachen, er musste sich ja nicht hier draußen die Nacht um die Ohren schlagen. Duncan war auch nicht entgangen, dass der Sergeant schnell wieder wegwollte, nachdem er ihm das Abendessen gebracht hatte. Bestimmt hatte er es eilig gehabt, zurück an die Theke zu kommen, denn seiner Fahne nach zu urteilen, hatte er bereits mit Whisky angefangen. Duncan hatte die Lichter des Range Rovers mit einem Gefühl verschwinden sehen, wie er es seit seiner Kindheit nicht mehr verspürt hatte.

Es lag nicht daran, dass er Angst hatte, hier draußen zu sein. Nicht wirklich. Er lebte ja auch auf einer Insel, und sobald man außerhalb der Stadtgrenzen von Stornoway war, gab es auch auf Lewis eine Menge Orte, wo man keiner Menschenseele mehr begegnete. Nur hatte er zuvor noch niemals eine Nacht mitten in der Einöde völlig allein verbringen müssen.

Erst recht nicht mit einer verbrannten Leiche, die keine zwanzig Meter entfernt lag.

Duncan konnte die Bilder von den unversehrten Gliedmaßen und den verbrannten Knochen nicht aus dem Kopf kriegen. Ganz gleich, wie es passiert war, diese Überreste waren einmal ein *Mensch* gewesen. Eine junge Frau, laut Dr. Hunter. Das war das wirklich Erschreckende daran: dass von einem Menschen, der einmal gelacht und geweint und alles Mögliche gemacht hatte, am Ende unter Umständen nur noch so etwas übrig blieb. Allein dieser Gedanke reichte aus, um das kalte Grausen zu kriegen.

Zu viel Phantasie, das ist dein Problem. Das war schon immer so gewesen. Er war sich nicht sicher, ob das einen besseren oder schlechteren Polizisten aus ihm machte. Ihm hatte es nie genügt, sich nur an die Fakten zu halten, er hatte sich immer in der großen Frage des *Was-wäre-wenn* verloren. Er konnte nichts dagegen tun, so tickte er einfach. Was wäre, wenn der Feuertod der Frau doch eine Ursache hätte, die der Wissenschaft noch unbekannt war? Was wäre, wenn sie tatsächlich ermordet worden war?

Was wäre, wenn der Mörder noch auf der Insel war?

Ja, und wie wäre es, wenn du mal damit aufhörst, dir ständig Angst einzujagen? Seufzend griff Duncan zum kriminologischen Lehrbuch, das er mitgebracht hatte. Auch darüber konnte Fraser sich ruhig lustig machen, aber er wollte tatsächlich eines Tages Kriminalbeamter werden. Und wenn er sich etwas vornahm, dann wollte er es so gut machen, wie er konnte. Wenn das bedeutete, ein paar Opfer zu bringen, dann war es in Ordnung. Anders als einige, die er kannte, scheute sich Duncan nicht vor harter Arbeit.

Jetzt konnte er sich allerdings nur schwer konzentrieren. Nach einer Weile legte er das Lehrbuch unruhig beiseite. *Setz den Kessel auf. Immerhin kannst du dir Tee machen.* Wenn er hier fertig war, würde er wahrscheinlich keinen Tee mehr sehen können, dachte Duncan.

Als er aufstand, um den Kessel in dem winzigen Waschbecken zu füllen, wurde es plötzlich vollkommen still. Der Wind hielt inne und sammelte sich zum nächsten Angriff. In der kurzen Flaute hörte Duncan draußen ein Geräusch. Schon eine Sekunde später wurde es von der nächsten Windböe übertönt, die mit großer Kraft auf das Wohnmobil traf. Aber er war sicher, dass er sich das nicht nur eingebildet hatte.

Das Motorengeräusch eines Autos.

Er schaute aus dem Fenster und wartete darauf, von den Scheinwerfern des nahenden Range Rovers geblendet zu werden. Doch draußen blieb es stockfinster.

Duncan dachte einen Moment nach. Selbst wenn das Geräusch von der Straße gekommen wäre, hätte er die Lichter sehen müssen. Also hatte er sich entweder nur eingebildet, einen Motor gehört zu haben …

Oder jemand hatte die Scheinwerfer ausgeschaltet, um sich unbemerkt nähern zu können.

Ein bisschen frische Luft würde mir sowieso guttun. Er zog die Jacke an, nahm dann die schwere Taschenlampe und stieg aus dem Wohnmobil. Er wollte die Taschenlampe anschalten, entschied sich im letzten Moment aber dagegen. Wenn jemand hier draußen herumschlich, würde ihn das Licht nur warnen. Langsam ging er Richtung Cottage. Er musste sich auf die flüchtigen Lücken in der Wolkendecke verlassen, um sehen zu können, wohin er seine Schritte setzte. Als der schwarze Umriss des Cottages vor ihm auftauchte, empfand er das Gewicht der Taschenlampe als beruhigend. Bei einer Länge von gut dreißig Zentimetern konnte man sie auch als soliden Knüppel einsetzen. Natürlich würde er sie nicht brauchen, redete er sich ein. In dem Moment blitzte hinter dem Cottage ein Licht auf.

Duncan erstarrte, sein Herz raste. Er griff nach dem Funkgerät, um Fraser zu rufen, hielt dann aber inne. Die Gefahr, dass der Eindringling ihn hörte, war zu groß. Er ging weiter. An dem Tape, mit dem die Tür versiegelt war, hatte sich niemand zu schaffen gemacht. Er drückte sich an die Mauer und tastete sich langsam an die Ecke des Cottages heran. Lauschend blieb er stehen. Da kratzte etwas gegen Stein, dann bewegte sich etwas durch das Gras. Jetzt gab es keinen Zweifel mehr.

Dort war definitiv jemand.

Duncan packte die Taschenlampe und spannte alle Muskeln an. *Bleib ruhig.* Er holte tief Luft, dann noch einmal. *Okay, Achtung, fertig …*

Während er um die Ecke sprang, schaltete er die Taschenlampe an. »Polizei! Stehenbleiben!«

Er hörte ein erschrockenes Fluchen, dann rannte eine Gestalt davon. Duncan nahm sofort die Verfolgung auf. Äste und Zweige behinderten sein Fortkommen. Er war noch nicht weit gekommen, als die Gestalt stolperte und kopfüber stürzte. Er packte sie an der Schulter, drehte sie um und leuchtete ihr ins Gesicht.

Maggie Cassidy schaute ihn böse an, die Augen gegen das grelle Licht zusammengekniffen.

»Lassen Sie mich los! *O mo chreach*, ich glaube, ich habe mir das Bein gebrochen!«

Duncan war halb erleichtert, halb entsetzt. Und er hatte ein schlechtes Gewissen. Als er der Reporterin auf die Beine half, merkte er, dass sie ihm kaum bis an die Schulter reichte.

»Sie haben mich zu Tode erschreckt mit Ihrem Gebrüll!«, klagte sie. »Sie sollten beten, dass mein Bein nicht gebrochen ist, sonst verklage ich Sie!«

»Was haben Sie hier zu suchen?«, fragte er und versuchte, nicht allzu defensiv zu klingen.

Es entstand eine kurze Pause. »Ich dachte, ich komme mal vorbei und schaue, wie Sie hier zurechtkommen«, sagte Maggie mit einem einnehmenden Lächeln. »Ist bestimmt kein Spaß, hier draußen festzusitzen.«

»Und warum haben Sie durch das Fenster des Cottages geschaut?«

»Im Wohnmobil war kein Licht. Ich dachte, Sie wären dort drinnen.«

»Ja, mit Sicherheit.« Er merkte, wie sie versuchte, etwas in ihre Tasche gleiten zu lassen. »Was haben Sie da?«

»Nichts.«

Doch als er seine Taschenlampe auf ihre Hand richtete, sah er, dass sie ein Handy umklammerte.

»Wenn Sie jemanden von hier anrufen wollen, werden Sie nicht viel Glück haben«, sagte er. »Oder wollten Sie damit Fotos machen?«

»Nein, natürlich nicht …«

Lächelnd hielt er seine Hand auf.

»Hören Sie, ich konnte keine Aufnahmen machen, okay?«, protestierte sie.

»Dann werden Sie ja nichts dagegen haben, dass ich mir das Handy mal ansehe, oder?«

Maggie ließ die Schultern hängen.

»Sie sind sowieso nichts geworden«, brummte sie und zeigte ihm zwei verschwommene und unterbelichtete Fotos.

Duncan glaubte nicht, dass sie damit etwas anfangen konnte. Selbst er konnte nichts darauf erkennen. Trotzdem ließ er sie die Bilder löschen.

»Und jetzt den Rest.«

»Ich sagte doch, das waren alle.«

Er schaute sie nur an. Mit einem gereizten Seufzer zeigte sie ihm die anderen Fotos im Speicher.

»Die müssen Sie wohl vergessen haben, was?«, meinte er vergnügt.

»Sind Sie jetzt zufrieden?«, grollte sie, während sie auch diese Fotos löschte. »Und was wollen Sie jetzt mit mir machen? Wollen Sie mich verhaften?«

Duncan hatte sich bereits die gleiche Frage gestellt. Auf Anhieb war er sich nicht einmal sicher, ob sie irgendein Gesetz gebrochen hatte. Die abgesperrte Zone hatte sie jedenfalls nicht betreten.

Außerdem musste er sich eingestehen, dass sie etwas an sich hatte, was ihm gefiel.

»Versprechen Sie mir, das nicht wieder zu tun?«, fragte er mit einer, wie er hoffte, autoritären Stimme.

»Versprochen, ehrlich. Autsch.«

Sie zuckte zusammen, als sie ihr Bein belastete.

»Alles in Ordnung?«, fragte Duncan.

»Ich komme klar, vielen Dank auch. Kann ich jetzt gehen?«

»Wo steht Ihr Wagen?«

Sie deutete den Pfad hinunter. »Ich habe ihn in der Nähe der Straße stehen gelassen.«

»Sind Sie sicher, dass Sie zurechtkommen?«

»Als würde Sie das interessieren«, entgegnete sie, doch ihre Gereiztheit flaute schnell wieder ab. Sie lächelte ihn reuevoll an. »Tut mir leid. Ja, ich komme zurecht. Danke.«

Innerlich grinsend, schaute Duncan zu, wie die kleine Gestalt, dem Strahl ihrer Taschenlampe folgend, den Pfad davonhumpelte. Nachdem er sicher war, dass sie verschwunden war, lief er zum Wohnmobil zurück. Beim Hineinsteigen fiel ihm ein Klumpen Erde in der Tür auf. *Dieser verfluchte Fraser. Kann sich noch nicht einmal die Füße abtreten.*

Mit seinen Gedanken bei Maggie Cassidy, setzte er den Kessel auf.

MAGGIES WAGEN STAND UNGEFÄHR FÜNFZIG METER den Pfad hinab. Kaum war Duncan außer Sichtweite, hatte sie zu humpeln aufgehört, ihre Miene blieb allerdings finster, bis sie den alten Mini erreicht hatte. Er gehörte ihrer Großmutter; eine Schrottkiste, aber besser als nichts.

Sie ließ sich in den Fahrersitz fallen und untersuchte ihr Handy. Obwohl sie die Bilder selbst gelöscht hatte, wollte sie sich vergewissern, ob sie auch wirklich verschwunden waren. Aber das waren sie.

»Scheiße«, schrie sie.

Wütend warf sie das Handy in ihre Handtasche, holte dann das Diktaphon hervor und drückte den Aufnahmeknopf.

»Tja, das war reine Zeitverschwendung«, sprach sie ins Mikrophon. »Und ich habe die Leiche immer noch nicht richtig sehen können. Das war das letzte Mal, dass ich wie ein Soldat durchs Unterholz geschlichen bin.«

Die finstere Miene wich einem widerwilligen Lächeln.

»Trotzdem, es hat mir irgendwie einen Kick gegeben, das muss ich zugeben. So viel Angst hatte ich nicht mehr, seit ich mir beim Versteckspielen in der Grundschule in die Hose gemacht habe. Gott, als dieser junge Constable auf mich zugestürmt ist! Wie war noch sein Name? Duncan haben sie ihn genannt, glaube ich. Ein eifriger Kerl, das muss ich ihm lassen, aber immerhin scheint er menschlich zu sein. Und süß, wenn ich es mir richtig überlege. Ob er wohl Single ist …?«

Sie lächelte noch immer, als sie den Wagen anließ. Die Scheinwerfer durchschnitten die Dunkelheit, als sie in einer Abgaswolke davonfuhr. Das ungesunde Klappern des Motors ließ schnell nach, sobald sie die Straße erreichte. Nach einem letzten Krachen des Getriebes herrschte wieder nächtliche Stille.

In dem Moment erhob sich dort, wo der Mini gestanden hatte, eine dunkle Gestalt und verschwand langsam in der Finsternis.

7

NUR ZÖGERLICH SICKERTE DAS TAGESLICHT in den Himmel, als ich mich am nächsten Morgen duschte und rasierte. Der Regen hatte nicht nachgelassen, und ich hoffte, dass die Überreste noch nicht in Mitleidenschaft gezogen worden waren. Aber da sie bereits seit mehreren Wochen dort im Cottage gelegen hatten, konnte man eigentlich davon ausgehen, dass das kaputte Dach selbst bei diesem Wetter noch ein paar weitere Tage hielt. Trotzdem wäre ich erleichtert gewesen, wenn man sie an einen sichereren Ort hätte bringen können.

Nach dem Traum hatte ich nicht mehr gut geschlafen. Müde und erschöpft überprüfte ich erneut meine Mails. Die Dateien der Vermissten, um die ich Wallace gebeten hatte, waren endlich da, insgesamt fünf. Da mir im Moment die Zeit fehlte, sie anzuschauen, speicherte ich sie auf der Festplatte und ging dann zum Frühstück hinunter.

Die Bar diente auch als Speisesaal. Ich war fast fertig, als Fraser hereintrottete. Er sah verkatert aus, seine Alkoholfahne war über den Tisch hinweg zu riechen. Nachdem er am vergangenen Abend vom Cottage zurückgekehrt war, hatte er sich mit der Zufriedenheit eines Mannes, der sich endlich den wichtigen Dingen des Lebens widmen konnte, in der Bar niedergelassen. Als ich zu Bett gegangen war, hatte er noch immer dort gesessen, und so wie er aussah, hatte er die Nacht offenbar durchgemacht.

Ich verkniff mir ein Lächeln, als er vorsichtig an seinem Tee nippte. »Ich habe Aspirin dabei«, bot ich ihm an.

»Mir geht's gut«, brummte er.

Er betrachtete mäkelig den Teller mit Spiegeleiern, Speck und Wurst, den Ellen vor ihn hingestellt hatte. Dann nahm er Messer und Gabel und begann mit der Entschlossenheit eines Schwerathleten zu essen.

»Wie lange brauchen Sie?«, fragte ich. Die Tage waren hier oben zu dieser Jahreszeit kurz, ich wollte gerne aufbrechen.

»Bin gleich fertig«, brummte er und schaufelte mit zittriger Hand tropfendes Ei auf seine Gabel.

Ellen räumte gerade meinen Frühstücksteller ab. »Wenn Sie wollen, können Sie mein Auto nehmen. Ich brauche es heute nicht.«

»Gute Idee«, stimmte Fraser sofort mit vollem Mund zu. »Ich muss eh erst ein paar Dinge im Dorf erledigen. Mal horchen, ob jemand weiß, wer die Tote ist.«

Bis zu diesem Zeitpunkt wusste noch niemand, dass es sich bei der Leiche um eine weibliche handelte. Ein kurzer Blick verriet mir, dass Ellen dieser Fauxpas nicht entgangen war. Sie sah mich verständnisvoll an, während Fraser unbekümmert weiteraß.

»Wenn Sie fertig sind, hole ich Ihnen die Wagenschlüssel.«

Ich folgte ihr in die Küche. »Hören Sie, was Sergeant Fraser da gerade gesagt hat ...«, begann ich.

»Keine Sorge, ich werde nichts sagen«, entgegnete sie lächelnd. »Wenn man ein Hotel führt, lernt man, fremde Geheimnisse für sich zu behalten.«

Die Küche war ein eingeschossiger Anbau und wesentlich neuer als der Rest des Hotels. Schwere Pfannen standen auf einem alten Gasherd, von langjährigem Gebrauch verrußt. Auf einer großen Kiefernkommode stapelte sich Geschirr. Eine kleine, tragbare Gasheizung zischte neben einem wuchtigen Holztisch, auf dem ein Kindermalbuch und ein paar Buntstifte lagen. Ellen suchte in einer Schublade nach den Autoschlüsseln und führte mich dann durch eine Tür in einen kleinen Hinterhof. Vor der Rückwand standen Propangastanks in einem Schutzkäfig aus Maschendraht, die wie aufrechte orangefarbene Raketen aussahen. Auf dem Weg dahinter parkte ein alter VW Käfer.

»Er ist keine Augenweide, aber sehr zuverlässig«, sagte sie, als sie mir die Schlüssel gab. »Und ich habe für Sie alle eine Thermosflasche Tee und Sandwiches gemacht. Sie werden zum Essen bestimmt nicht hierher zurückkommen wollen.«

Ich dankte ihr, als ich das Essenspaket nahm. Der VW krächzte und heulte beim Starten, aber dann ratterte er los. Das Wetter hatte sich nicht gebessert, der Himmel war grau, es stürmte und regnete. Aber am Morgen machte das Dorf immerhin einen lebendigen Eindruck. Auf der Straße waren Leute unterwegs, durch das Schultor drängten sich Kinder. Ich hielt nach Anna Ausschau, konnte sie aber inmitten der Parkas und Dufflecoats nicht erkennen. Ein Mann mit Schirmmütze, der trotz seiner dicken Jacke ausgezehrt wirkte, lotste sie nach drinnen. Als ich vorbeifuhr, starrte er mich an. Ich nickte, doch er drehte sich weg, ohne meinen Gruß zu erwidern.

Dann ließ ich das Dorf hinter mir und kam an dem Berg vorbei, auf dem *Bodach Runa*, die alte Steinsäule, auf die mich Brody aufmerksam gemacht hatte, Wache stand. Man konnte die Insel keineswegs als malerisch bezeichnen, sie war jedoch äußerst beeindruckend: eine Landschaft aus Hügeln und dunklen Torfmooren, durch die Schafe zogen. Das einzige Zeichen von Zivilisation war das große Haus der Strachans. Auch wenn nicht mehr alle Fenster beleuchtet waren, war es mit Abstand das imposanteste Gebäude, das ich auf der Insel gesehen hatte. Die mit Türmchen verzierten Granitmauern und die Butzenfenster waren verwittert, aber das Haus machte einen soliden, standfesten Eindruck.

Als ich den verlassenen Hof erreichte, stand schon Brodys Volvo vor dem Cottage. Der ehemalige Inspector und Duncan waren im Wohnmobil, auf der Kochplatte zischte ein Kessel. In der engen Kabine roch es muffig und nach Paraffindämpfen.

»Morgen«, grüßte Brody, als ich eintrat. Er saß auf einer Bank mit zerschlissenen Polstern an dem herunterklappbaren Tisch. Vor seinen Füßen schlief seine alte Hündin. Irgendwie überraschte es mich nicht, ihn hier anzutreffen. Brody war zwar pensioniert, aber er kam mir nicht wie ein Typ vor, der einfach loslassen konnte, nachdem er so einen Fall gemeldet hatte. »Ist Sergeant Fraser nicht mitgekommen?«

»Er hat im Dorf zu tun.«

Ich sah ihm an, was er davon hielt, aber er sparte sich einen Kommentar. »Sie haben doch nichts dagegen, dass ich hier bin, oder?«, fragte er, als hätte er meine Gedanken gelesen. »Ich habe heute Morgen mit Wallace gesprochen. Er meint, es wäre Ihre Entscheidung.«

»In dem Fall habe ich nichts dagegen.«

Jetzt, da Wallace wusste, dass Brody nicht übertrieben hatte, als er den Fund der Leiche gemeldet hatte, war er wahrscheinlich froh, dass der ehemalige Inspector am Ball bleiben wollte. Und mir ging es genauso. Fraser würde sich vielleicht auf den Schlips getreten fühlen, aber es konnte nicht schaden, jemanden mit Brodys Erfahrung an der Seite zu haben.

Duncan gähnte. Er sah aus, als hätte er nicht gut geschlafen. Das Sandwich mit Schinken und Ei, das Ellen für ihn mitgegeben hatte, packte er mit der Begeisterung eines Kindes bei der Bescherung aus.

»Wir hatten heute Nacht Besuch«, unterrichtete mich Brody. »Maggie Cassidy war wieder hier und hat versucht, Fotos zu machen.«

»Was ihr nicht gelungen ist«, sagte Duncan. »Und sie musste mir versprechen, dass sie es nicht nochmal versucht.«

Brody zog skeptisch die Augenbrauen hoch, sagte aber nichts. Vor Duncan lag ein dickes kriminologisches Lehrbuch auf dem Tisch, ein Lesezeichen steckte zwischen den ersten Seiten.

»Haben Sie gelernt?«, fragte ich.

Er wirkte verlegen. »Nicht wirklich. Ich brauchte nur etwas zum Lesen.«

»Duncan hat mir gerade erzählt, dass er sich für den Kriminaldienst bewerben will«, sagte Brody.

»Irgendwann einmal«, meinte Duncan. »Ich habe mich noch nicht groß darum gekümmert.«

»Kann nicht schaden, wenn man weiß, was man will«, sagte Brody. »Ich habe ihm von ein paar Fällen erzählt, an denen ich mit seinem Vater gearbeitet habe, aber das scheint ihn nicht abzuschrecken.«

Duncan grinste. Ich wandte mich ab und öffnete meinen Koffer. Darin war die Grundausrüstung, die ich bei jedem Auftrag dabeihatte. Overalls, Überschuhe und Papiermasken, Latexhandschuhe, Kellen, Bürsten sowie zwei verschieden große Siebe. Und Plastikbeutel für Beweismittel. Eine Menge Plastikbeutel.

Da ich die meisten in den Grampians aufgebraucht hatte, hatte ich nur noch wenige Einweghandschuhe und Overalls dabei. Die Overalls waren Übergrößen, damit sie über meine Jacke passten. Ich zwängte mich in einen hinein, streifte Schutzüberschuhe über meine Stiefel und zog dann die Latexhandschuhe über ein Paar Seidenhandschuhe. Wenn ich draußen arbeitete, trug ich normalerweise chemische Handwärmer, doch in den Grampians hatte ich bereits alle aufgebraucht. Jetzt musste ich einfach mit kalten Fingern klarkommen.

Duncan hatte beobachtet, wie ich mich fertig machte. Nun legte er sein Sandwich weg.

»Macht Ihnen das nicht zu schaffen? An den Leichen zu arbeiten, meine ich?«

»Werd nicht unverschämt, Junge«, tadelte Brody ihn.

Der Constable wurde verlegen. »Tut mir leid, ich wollte nicht …«

»Schon in Ordnung«, versicherte ich ihm. »Irgendjemand muss es tun. Und ansonsten … Man gewöhnt sich dran.«

Doch seine Worte gingen mir nach. *Macht Ihnen das nicht zu schaffen?* Die Frage war nicht leicht zu beantworten. Ich war mir wohl bewusst, dass viele Leute meine Arbeit für grausam hielten, aber es war eben das, was ich tat. Was ich war.

Und was machte das aus mir?

Die Frage beschäftigte mich noch, als ich aus dem Wohnmobil stieg und einen eleganten silbergrauen Saab den Weg zum Cottage entlangkommen sah. Auch Brody und Duncan kamen heraus. Der Saab hielt neben Ellens Käfer an.

»Was, zum Teufel, macht der denn hier?«, fragte Brody gereizt, als Strachan ausstieg.

»Morgen«, begrüßte er uns, während sein Golden Retriever hinter ihm hinaussprang.

»Schaffen Sie den Hund wieder in den Wagen!«, blaffte Brody.

Der Retriever schnupperte aufmerksam in die Luft. Strachan streckte seine Hand aus, doch ehe er ihn zu fassen bekam, hatte der Hund eine Witterung aufgenommen und lief geradewegs auf das Cottage zu.

»Verdammte Scheiße!«, fluchte Brody und spurtete los, um ihm den Weg abzuschneiden.

Er war überraschend schnell für einen Mann seiner Größe und seines Alters. Er packte das Halsband des Hundes und riss ihn fast von den Beinen, als er ihn zurückzog.

Strachan kam bestürzt herbeigeeilt. »Gott, das tut mir leid!«

Brody hielt den Retriever am Halsband fest. Die Vorderpfoten des Hundes hingen in der Luft, das Tier wehrte sich jaulend.

»Was, zum Teufel, haben Sie sich dabei gedacht?«

»Ich habe gesagt, dass es mir leidtut. Geben Sie ihn mir.«

Strachan streckte die Hand aus, doch Brody ließ nicht locker. Obwohl es ein großer Hund war, hielt der ehemalige Inspector ihn scheinbar mühelos so fest, dass das Tier beim Versuch, sich loszureißen, zu würgen begann.

»Ich sagte, geben Sie ihn mir«, wiederholte Strachan energischer.

Für einen Moment dachte ich, Brody wollte ihm den Hund nicht zurückgeben. Doch dann stieß er ihn zu Strachan. »Sie haben hier draußen nichts zu suchen, Sie und Ihr verdammter Hund.«

Strachan packte das Halsband und beruhigte das Tier. »Ich entschuldige mich dafür, ich wollte ihn nicht rauslassen. Ich wollte nur schauen, ob ich etwas tun kann.«

»Sie können wieder in Ihren Wagen steigen und wegfahren. Das hier ist Sache der Polizei und nicht Ihre.«

Jetzt wurde auch Strachan langsam sauer. »Komisch, ich dachte, Sie wären pensioniert.«

»Ich habe Erlaubnis, hier zu sein. Sie nicht.«

»Vielleicht nicht, aber das gibt Ihnen noch lange nicht das Recht, mir zu sagen, was ich zu tun habe.«

Brodys Kiefer zuckte, als er versuchte, sich zusammenzureißen. »Constable McKinney. Warum begleiten Sie diesen Gentleman nicht zurück zu seinem Wagen?«

Die beiden Männer standen sich gegenüber, und Duncan wusste nicht, wie er sich verhalten sollte.

»Nicht nötig. Ich gehe«, sagte Strachan. Auf seinen Wangen waren rote Flecken, doch er wirkte jetzt wieder gefasster. Er ignorierte Brody und warf mir ein schuldbewusstes Lächeln zu.

»Morgen, Dr. Hunter. Entschuldigen Sie die Störung.«

»Kein Problem. Aber es ist einfach besser, wenn nicht zu viele Leute hier sind«, sagte ich.

»Ja, das verstehe ich. Aber wenn ich doch irgendwie helfen kann, dann lassen Sie es mich bitte wissen. Egal, was es ist.«

Er ruckelte liebevoll am Halsband des Hundes.

»Na los, Oscar, du böser Junge.«

Brody schaute ihm mit harter und unversöhnlicher Miene hinterher.

Duncan begann, ein Entschuldigung zu stammeln. »Tut mir leid, ich wusste nicht, was ich …«

»Kein Grund, sich zu entschuldigen. Ich hätte die Beherrschung nicht verlieren dürfen.« Brody zog eine Schachtel Zigaretten und ein Feuerzeug aus seiner Tasche. Man sah, dass er noch immer aufgewühlt war.

Im Wohnmobil hatte das Wasser zu kochen begonnen. Ich wartete, bis Duncan wieder hineingegangen war, um Tee zu machen, und wandte mich dann an Brody.

»Sie mögen Strachan nicht besonders, oder?«

Brody lächelte. »Merkt man, oder?« Er nahm eine Zigarette aus der Schachtel und betrachtete sie angewidert. »Eine schlechte Angewohnheit. Als ich in Rente ging, habe ich aufgehört. Aber offenbar auch wieder angefangen.«

»Was haben Sie gegen ihn?«

Er zündete die Zigarette an, nahm einen langen Zug und atmete den Rauch aus, als würde er sich darüber ärgern. »Ich halte nichts von Leuten wie ihm. Privilegierte Typen, die glauben, sie können tun und lassen, was sie wollen, nur weil sie Geld haben. Er hat es nicht einmal selbst verdient, er hat es geerbt. Seine Familie hat in Südafrika während der Apartheid ein Vermögen mit Goldminen gemacht. Und glauben Sie, das hätten sie mit ihren Arbeitern da unten geteilt?«

»Sie können ihm nicht anlasten, was seine Familie getan hat.«

»Vielleicht nicht. Aber für meinen Geschmack ist er viel zu sehr von sich eingenommen. Haben Sie gestern Abend in der Bar gesehen, wie er Karen Tait umgarnt hat? Selbst so einer Frau macht er den Hof.«

Ich musste daran denken, dass Brody von seiner Frau verlassen worden war, und fragte mich, ob seine Abneigung gegen Strachan mit Neid zu tun hatte. »Aber er hat eine Menge für die Insel getan, oder? Soweit ich gehört habe, hätte Runa ohne seine Hilfe das gleiche Schicksal ereilen können wie St. Kilda.«

Einen Moment lang sagte Brody nichts. Seine Hündin war mit arthritisch steifen Hinterläufen an die Tür des Wohnmobils gekommen und schaute hinaus. Er streichelte ihren Kopf.

»Es gibt eine Geschichte über St. Kilda, bei der ich mich immer wieder frage, ob die Insel ihr Schicksal nicht verdient hat. Bevor die Bewohner die Insel verlassen haben, haben sie ihre Hunde getötet. Jeden einzelnen. Aber nur zwei von ihnen sind eingeschläfert worden. Den anderen haben sie Steine um die Hälse gebunden und sie ins Hafenbecken geworfen. Die eigenen Hunde.«

Er schüttelte den Kopf.

»Es ist mir immer ein Rätsel geblieben, wie jemand so etwas tun kann. Aber sie werden ihre Gründe gehabt haben. Ich bin lange genug Polizist gewesen, um zu wissen, dass Menschen nichts ohne Grund tun. Und wie man es auch dreht und wendet, meistens ist es purer Eigennutz.«

»Sie glauben doch nicht im Ernst, dass es für Runa besser gewesen wäre, wenn man die Insel verlassen hätte?«

»Nein, wahrscheinlich nicht. Strachan hat den Leuten hier das Leben wirklich angenehmer gemacht, das muss man ihm lassen. Bessere Häuser und weniger holprige Straßen. Sie werden niemanden finden, der schlecht über ihn spricht.« Er zuckte mit den Achseln. »Ich glaube nur nicht daran, dass es etwas umsonst gibt. Man muss immer einen Preis zahlen.«

Ich fand seine Ansichten überzogen zynisch. Strachan half der Insel, er beutete sie nicht aus. Und Brody wäre nicht der erste Polizist, der durch die jahrelange Auseinandersetzung mit der dunklen Seite des Lebens so verbittert geworden war, dass er keinen Blick mehr für die heitere Seite hatte.

Andererseits hatte er vielleicht eine bessere Menschenkenntnis als ich. Jemand, den ich irrtümlicherweise als Freund betrachtet hatte, hatte mir einmal gesagt, ich würde die Toten besser verstehen als die Lebenden, und vielleicht hatte er recht gehabt. Die Toten belügen oder betrügen einen wenigstens nicht.

Sie bewahren nur ihre Geheimnisse, es sei denn, man weiß, wie man dahinterkommt.

»Ich muss anfangen«, sagte ich.

BEI TAGESLICHT WIRKTE DAS COTTAGE kein bisschen anziehender. Die Dunkelheit hatte wenigstens das traurige Ausmaß der Verrottung und des Schmutzes kaschiert. Das Dach hing durch und war löchrig, die Fenster waren gesprungen und mit einem uralten Schmierfilm überzogen. Dahinter erhob sich der imposante *Beinn Tuiridh*, ein unförmiger Felshaufen, auf dem dreckige Schneereste lagen.

Mit Absperrband war ein Korridor von der Eingangstür bis direkt in den Raum, in dem die Leiche lag, geschaffen worden. Die Decke schien kurz vor dem Zusammenbruch zu sein, auch wenn bisher kein Regen auf die Asche und Knochen getropft war. Im trüben Licht, das durch die gesprungenen Fenster drang, sahen die Überreste noch trauriger aus als in der Nacht zuvor.

Wieder erschreckte mich der Anblick der unversehrten Hand und der Füße. Doch so grausig sie auch anzusehen waren, für die Ermittlung war das verwesende Gewebe ein unerwartetes Geschenk. Abgesehen davon, dass ich durch die Analyse der Fettsäuren den Todeszeitpunkt würde feststellen können, lieferten die Gliedmaßen Fingerabdrücke und eine DNA, mit der man die Tote identifizieren konnte.

Da es sich hier nicht um einen Tatort handelte, wie Wallace deutlich zu verstehen gegeben hatte, gab es eigentlich keinen Grund, ein Fadennetz über den Überresten auszubreiten. Dieses Verfahren wurde normalerweise angewendet, damit später eine exakte Skizze von der Position der Leiche und jeder in ihrem Umfeld gefundenen Beweise erstellt werden konnte. Ich tat es trotzdem. Da ich in die Steinplatten keine Zeltheringe treiben konnte, steckte ich sie in vorgebohrte Holzblöcke, die zu meiner Grundausrüstung gehörten und die ich im Rechteck um die Leiche herum aufstellte.

Als ich mit dem Aufbau des Netzes fertig war, waren meine Hände in den dünnen Latexhandschuhen taub und kalt. Ich rieb sie aneinander, bis ich wieder Gefühl in ihnen hatte, und machte mich dann mit einer kleinen Kelle und einem feinen Pinsel daran, die obere Schicht talkumartiger Asche zu entfernen.

Nach und nach legte ich die Überreste des verkohlten Skeletts frei.

Die Geschichte unseres Lebens und manchmal auch die unseres Todes hat sich in unsere Knochen eingeschrieben. Die Knochen speichern jede Verletzung, jede Vernachlässigung und jeden Missbrauch. Doch um zu lesen, was sich da eingeschrieben hatte, musste ich es erst einmal sehen können. Das war ein langsamer und mühevoller Prozess. Jede Kelle musste vorsichtig durch ein feines Sieb gegeben werden, um kleine Knochen oder anderes zu finden, das in dem krümeligen grauen Puder verborgen war. Jeder Knochenrest, den ich fand, wanderte in einen separaten Beweisbeutel, die Position des Fundes trug ich in die Skizze ein. Dabei verstrich unbemerkt die Zeit. Die Gedanken an die Kälte, an Jenny, an alles andere verschwanden. Die Welt bestand nur noch aus einem Haufen Asche und ausgedörrten Knochen, und als ich hörte, wie sich jemand hinter mir räusperte, zuckte ich zusammen.

Als ich aufschaute, sah ich Duncan in der Tür stehen. Er hielt mir einen dampfenden Teebecher entgegen.

»Ich dachte, das könnten Sie gebrauchen.«

Ich sah auf die Uhr, es war fast drei. Ich hatte über die Mittagszeit hinaus gearbeitet, ohne es zu merken. Mit schmerzenden Gelenken richtete ich mich auf.

»Danke«, sagte ich und streifte meine Handschuhe ab, als ich zu ihm ging.

»Sergeant Fraser hat sich gerade gemeldet und wollte wissen, wie Sie vorankommen.«

Fraser hatte sich mittags kurz blicken lassen, war aber nicht lange geblieben. Er hatte behauptet, er müsse weiter die Einheimischen vernehmen. Nachdem er gegangen war, hatte sich Brody laut gefragt, wie viele seiner Gespräche wohl in der Hotelbar stattfanden. Bestimmt nicht wenige, dachte ich, sagte aber nichts.

»Langsam«, sagte ich zu Duncan und wärmte dankbar meine klammen Finger an dem heißen Becher.

Duncan blieb in der Tür stehen und schaute verstohlen auf die Leiche. »Was glauben Sie, wie lange Sie noch brauchen?«

»Schwer zu sagen. Es muss eine Menge Asche durchgesiebt werden. Aber spätestens morgen früh müsste ich eigentlich fertig sein.«

»Und haben Sie schon, äh … etwas herausgefunden?«

Er schien aufrichtig interessiert zu sein. Im Grunde hätte ich erst Wallace Bericht erstatten müssen, aber ich sah kein Problem darin, mit Duncan ein paar meiner Erkenntnisse zu teilen.

»Also, ich kann bestätigen, dass es definitiv eine Frau war, unter dreißig, weiß und ungefähr eins fünfundsechzig bis eins siebzig groß.«

Er starrte auf die verkohlten Überreste. »Ernsthaft?«

Ich deutete auf die Hüften, die jetzt von der Ascheschicht befreit waren. »Wenn es sich bei einer Leiche um eine Frau handelt, kann man das Alter häufig am Becken ablesen. Bei einem Teenager oder einer jungen Erwachsenen ist es beinahe gewellt. Wenn eine Frau älter wird, wird es flacher, dann beginnt die Oberfläche rau zu werden. Hier ist sie noch ziemlich glatt. Sie war also kein Teenager mehr, aber auch noch nicht so alt, dass die Knochen abgenutzt waren. Daher müsste sie Ende zwanzig, Anfang dreißig gewesen sein.«

Ich deutete auf einen der langen Oberschenkelknochen. Er hatte das Feuer besser überstanden als die meisten kleineren Knochen, trotzdem war er verkohlt und mit feinen Hitzerissen überzogen.

»Durch die Länge der Oberschenkelknochen kann man recht gut auf die Körpergröße schließen«, sagte ich. »Es gibt eine Formel, mit der man das genaue Verhältnis errechnen kann, aber ich will Sie nicht mit Einzelheiten langweilen. Was die Rasse betrifft, da sind die Kieferknochen sehr aufschlussreich. Eine Menge Zähne sind abgebrochen oder herausgefallen, es sind aber noch genügend übrig geblieben, um zu erkennen, dass sie mehr oder weniger gerade gewachsen waren und der Kiefer nicht hervorstand. Sie war also eine Weiße und keine Schwarze. Ich kann noch nicht völlig ausschließen, dass sie eine Asiatin war, aber …«

»Aber es gibt nicht gerade viele Asiaten auf den Hebriden«, beendete Duncan eifrig den Satz für mich.

»Richtig. Wir suchen also wahrscheinlich nach einer weißen Frau Ende zwanzig, ungefähr eins siebzig groß und kräftig gebaut. Außerdem habe ich in der Asche Metallknöpfe gefunden sowie Reste eines Reißverschlusses und eines BH-Verschlusses. Sie war demnach nicht nackt.«

Duncan nickte, er verstand, was das bedeutete. Die Tatsache, dass sie bekleidet gewesen war, schloss zwar nichts anderes aus, wäre sie aber nackt gewesen, hätte es sich um ein Sexualdelikt handeln können. Und deshalb um Mord.

»Dann sieht es so aus, als wäre es tatsächlich ein Unfall gewesen, oder? Als wäre sie einfach zu nah ans Feuer gekommen.« Duncan klang etwas enttäuscht.

»So sieht es aus.«

»Könnte sie es selbst getan haben? Absichtlich, meine ich?«

»Sie meinen Selbstmord? Das bezweifle ich. Dafür hätte sie ein Brennmittel benutzen müssen, und das ist hier nicht der Fall. Außerdem müssten wir dann irgendwo einen Kanister oder etwas Ähnliches finden. Haben wir aber nicht.«

Duncan rieb seinen Nacken. »Und was ist mit der … äh, der Hand? Und den Füßen?«, fragte er beinahe verlegen.

Darauf hatte ich gewartet. Aber es begann bereits zu dämmern, und ich hatte noch eine Menge zu tun. Ich hatte schon genug Zeit verloren.

»Ich gebe Ihnen einen Hinweis.« Ich zeigte auf den schmierigen braunen Film auf der verrußten Decke. »Wissen Sie noch, was ich darüber gesagt habe?«

Duncan schaute hinauf. »Dass es Fett von der brennenden Leiche ist?«

»Richtig. Das ist der Schlüssel. Vielleicht kriegen Sie es raus.« Ich trank den Tee aus und gab Duncan den Becher zurück. »Okay, jetzt muss ich weitermachen.«

Doch nachdem Duncan verschwunden war, ging ich nicht gleich wieder an die Arbeit. Jetzt, da ich die meiste Asche entfernt hatte, konnte ich die verbliebenen Knochen für eine spätere Untersuchung in Beweisbeutel verpacken. Obwohl ich äußerst sorgfältig gearbeitet hatte, hatte ich nichts gefunden, was auf einen gewaltsamen Tod hindeutete. Weder eine sichtbare Messerspur im Knochen noch ein anderes Anzeichen für eine Verletzung des Skeletts. Vergraben in der Asche, hatte ich sogar das Zungenbein gefunden, den zarten, hufeisenförmigen Knochen, der bei einer Strangulation leicht zerbricht. Er war beinahe pulverisiert, so fein, dass die leichteste Berührung ihn zerbrochen hätte, aber er war immer noch ganz.

Warum hatte ich also noch immer das Gefühl, etwas zu übersehen?

Während ich dastand und auf die Überreste schaute, fegte eine kalte Windböe durch die Löcher des Daches. Mich überfiel ein Schauer. Ich betrachtete den verkantet auf dem Boden liegenden Schädel, der durch die Hitze mit haarfeinen Rissen überzogen war. Der Schädel besteht aus mehreren Knochen, die aneinanderstoßen wie die tektonischen Platten der Erdkruste. In eine hatte die Explosion ein fast faustgroßes Loch gesprengt, und zwar in das sogenannte Hinterhauptbein am Hinterkopf. Auf dem Boden darunter lagen kleine Knochensplitter, die beim explosiven Austritt der heißen Gase weggesprengt worden waren. Ein weiterer Hinweis darauf, dass die Verletzung während des Feuers entstanden war. Wenn das Loch durch einen Aufschlag verursacht worden wäre, wären Splitter in den Hohlraum des Schädels eingedrungen.

Und trotzdem störte mich etwas an dem Schädel. Ich spürte es wie Juckreiz unter der Haut. Ich begann ihn erneut zu untersuchen.

Mit fast böswilligem Timing verblasste das Tageslicht immer schneller. Am Vorabend hatte ich nicht weiterarbeiten wollen, um Fehler zu vermeiden. Jetzt hatte ich das Gefühl, einen noch größeren zu begehen, wenn ich aufhörte. Ich stellte den Scheinwerfer um, aber es war für meine Zwecke immer noch nicht hell genug. Dann nahm ich meine Taschenlampe und legte sie so auf den Boden, dass sie in das klaffende Loch des Schädels leuchtete.

Das Licht strahlte unheimlich aus den leeren Augenhöhlen, als ich mich den Knochensplittern zuwandte, die auf dem Boden lagen. Manche waren winzig und nicht größer als mein Daumennagel. Ihre Position hatte ich bereits in der Skizze festgehalten, jetzt begann ich, sie wie ein makabres Puzzle wieder zusammenzusetzen.

Diese Arbeit würde ich normalerweise nur in einem Labor wagen, wo ich die entsprechenden Klammern, Pinzetten und Vergrößerungsgläser hatte. Hier hatte ich nicht einmal einen Tisch, und meine klammen Finger erschwerten das Ganze zusätzlich. Allmählich fügten sich die ungleichen Teile zusammen, bis ich einen einigermaßen großen Abschnitt vor mir liegen hatte.

Und dann sah ich es.

Ein Schlag, der kräftig genug ist, die Schädeldecke zu zerbrechen, erzeugt Risse, die aussehen wie Blitze am Himmel und die vom Zentrum des Aufschlages ausgehen. Normalerweise sind sie nicht zu übersehen, in diesem Fall hatte ich allerdings keine gefunden. Aber ich hatte an der falschen Stelle gesucht. Jetzt enthüllten die zusammengefügten Teile ein zerfurchtes Spinnennetz aus Rissen. Unverkennbare Zickzacklinien, die nur durch einen schweren Schlag verursacht worden sein konnten, schwer genug, den Schädel stark zu verletzen, ohne ihn wirklich zu zerbrechen.

Der Schädel war tatsächlich im Feuer explodiert, allerdings an einer Stelle, die bereits geschwächt gewesen war.

Vorsichtig legte ich die Knochensplitter wieder auf den Boden. Brody hatte die ganze Zeit recht gehabt. Es war kein Unfall gewesen.

Die Frau war ermordet worden.

8

Ich nahm den Wind und den Regen kaum wahr, als ich zum Wohnmobil ging. Es war stockdunkel draußen, und das Licht im Fenster wirkte wie ein Leuchtfeuer. Ich hatte einen säuerlichen Geschmack im Mund. Eine junge Frau war getötet und dann verbrannt worden. Ob es Wallace nun gefiel oder nicht, jetzt musste er diesen Fall als ordentliche Mordermittlung behandeln.

Ich ärgerte mich mehr über mich selbst als über ihn. Es war kein Trost, dass Feuertode bekanntermaßen schwer zu lesen sind. Ich hätte auf meinen Instinkt hören sollen. Und dann gab mir noch etwas anderes zu denken. Nur weil die Tote keine Einheimische war, wäre es ein Fehler, das Gleiche von ihrem Mörder anzunehmen. Wir hatten keine Ahnung, was das Opfer auf Runa gewollt hatte, doch laut Brody kamen um diese Jahreszeit wenig Fremde auf die Insel. Wahrscheinlich war sie also entweder mit einem Einheimischen herübergekommen oder hatte jemanden besuchen wollen, der hier lebte.

Und das hieß, dass der Mörder noch auf der Insel war.

Mit diesem Gedanken eilte ich ins Wohnmobil. Die schwere Luft aus dem Paraffinofen raubte mir fast den Atem.

»Wie läuft's?«, fragte Duncan und stand auf.

»Ich muss mit Wallace reden. Kann ich Ihr Funkgerät benutzen?«

»Ja, klar«, sagte er überrascht. Er reichte es mir. »Ich, äh, ich warte dann draußen.«

Das Polizeifunkgerät war eines der neuen Digitalgeräte, mit denen man auch Festnetznummern und Mobiltelefone anrufen konnte. Doch Wallace war unter keiner seiner Nummern zu erreichen. *Großartig.* Ich hinterließ ihm jedes Mal die Nachricht, dass er mich zurückrufen sollte, und befreite mich von dem Overall.

»Alles in Ordnung?«, wollte Duncan wissen, nachdem er zurückgekehrt war.

»Bestens.« Er würde es schnell genug erfahren, ich wollte aber erst mit Wallace sprechen, bevor ich es jemand anderem sagte. »Ich fahre zurück ins Dorf.«

Es gab keinen Grund für mich, länger beim Cottage zu bleiben. Bis ein Team der Spurensicherung eintraf, wollte ich nichts mehr berühren, außerdem musste ich zur Ruhe kommen und darüber nachdenken, welche Auswirkungen meine Entdeckung hatte. Aber als ich gehen wollte, zögerte ich.

»Halten Sie ein Auge offen, okay? Wenn Ihnen irgendetwas verdächtig erscheint oder jemand kommt, dann rufen Sie sofort Fraser.«

Er schaute mich verwirrt und ein bisschen beleidigt an. »Ja, selbstverständlich.«

Ich ging hinaus zum Wagen. Es regnete jetzt heftig, und die Fenster von Ellens VW beschlugen, kaum dass ich eingestiegen war. Ich schaltete die Lüftung an, kämpfte mit der schwerfälligen Schaltung und fuhr über den holperigen Weg zur Straße. Die Scheibenwischer quietschten und verschmierten nur den Regen auf der Windschutzscheibe. Ich beugte mich nach vorn und spähte durch die beschlagene Scheibe. Es herrschte zwar kaum Verkehr, aber ich hatte keine Lust, ein Schaf zu überfahren, das sich auf die Straße verirrt hatte.

Ich war erst wenige Minuten unterwegs, als vor mir eine helle Gestalt auf die Fahrbahn flitzte. Ich konnte gerade noch die funkelnden Augen eines Hundes erkennen, ehe ich auf die Bremse trat. Sofort kam der Wagen ins Schleudern. Er rutschte schlingernd über den Asphalt, dann gab es einen entsetzlichen Ruck, und ich wurde nach vorn in den Gurt geworfen.

Der Aufprall nahm mir den Atem. Bebend setzte ich mich auf und rieb mir die Brust, die vom Gurt gequetscht worden war. Aber es tat nicht besonders weh, und der Motor lief noch. Der Wagen war von der Straße abgekommen und lag schräg in einem Graben. Die Scheinwerfer strahlten keinen Asphalt, sondern dicke Grasbüschel an.

Immerhin hatte ich den Hund nicht erwischt. Als ich die Kontrolle über den Wagen verloren hatte, hatte ich ihn wegspringen sehen. Es war ein Golden Retriever gewesen. Wenn es nicht zwei davon auf der Insel gab, musste es Strachans gewesen sein. Obwohl nur Gott wusste, was er hier draußen verloren hatte, meilenweit von zu Hause entfernt.

Der Hund konnte sich auf der ganzen Insel austoben, wieso musste er ausgerechnet mir vor den Wagen laufen. Ein Gedanke, der mich nicht gerade beruhigte, als ich den Rückwärtsgang einlegte und versuchte, zurück auf die Straße zu setzen. Die Räder drehten durch und rutschten, doch der Wagen bewegte sich nicht. Ich schaltete in den ersten Gang, genau das Gleiche.

Ich würgte den Motor ab und stieg aus, um nachzusehen. Der Wagen schien unbeschädigt zu sein, die Hinterräder waren jedoch in matschigen Furchen versunken. Ich setzte die Kapuze auf, öffnete den Kofferraum und suchte nach etwas, das den Rädern Halt geben könnte. Aber ich fand nichts. Im Licht der Scheinwerfer glitzerte der Regen wie weiße Schnüre. Ich stieg wieder in den Wagen und überlegte, was ich tun sollte. Ich war wohl bereits auf halbem Weg zum Dorf, also war es sinnlos, zurück zum Wohnmobil zu gehen. Damit hatte ich zwei Möglichkeiten. Entweder blieb ich im Wagen, bis jemand vorbeikam, oder ich ging den Rest des Weges zu Fuß. Wenn ich blieb, konnte es Stunden dauern, bis Fraser zufälligerweise Duncan anfunkte. Und ein Fußmarsch würde mich wenigstens warm halten.

Ich fluchte, als mir klar wurde, dass meine Taschenlampe im Koffer im Wohnmobil war. Ich schaltete das Deckenlicht an und suchte im Handschuhfach. Doch abgesehen von alten Karten und Zetteln war es leer.

Ich machte die Scheinwerfer aus und wartete, bis sich meine Augen an die Dunkelheit gewöhnt hatten. Nach einer Weile zeigte sich deutlich, dass sie sich nicht besser darauf einstellen würden. Die Nacht hatte sich über Runa gelegt, und es würde nur noch dunkler werden. Trotzdem verließ ich nur sehr ungern den Wagen. Ich hatte gerade herausgefunden, dass es auf der Insel einen Mörder gab. Kein schöner Gedanke, wenn man auf einer einsamen Landstraße gestrandet war.

Aber das war idiotisch. Selbst wenn der Mörder noch auf Runa war, würde er kaum mitten in der Nacht hier draußen herumlaufen. *Na los. Länger zu warten macht keinen Sinn.*

Ich stieg aus dem Wagen. Durch einen Riss in den Wolken konnte ich den Mond sehen. Sein Licht gab dem Moorland und den Bergen eine schroffe, aber ätherische Schönheit und hob die Straße silbern leuchtend hervor. Ermutigt marschierte ich los. *So schlimm ist es nun auch wieder nicht.* Und gerade als ich das dachte, schoben sich wieder Wolken vor den Mond, und das Licht war abrupt verschwunden.

Diese völlige Finsternis erschreckte mich. Ich hatte schon einmal auf dem Land gelebt und glaubte zu wissen, wie dunkel die Nacht sein konnte. Aber so etwas hatte ich noch nicht erlebt. Runa war eine winzige Insel, meilenweit vom Festland entfernt. Hier gab es keine Stadt, die auch nur ein entferntes Schimmern erzeugte. Ich schaute auf, in der Hoffnung, wenigstens am Himmel irgendein Licht zu sehen. Aber da war nichts. Die Wolkendecke gestattete keinen noch so flüchtigen Blick auf Mond oder Sterne.

Ich schaute mich um. Nicht einmal der VW war mehr zu erkennen. Nur das Geräusch meiner Schritte sagte mir, dass ich auf der Straße ging. *Es ist nur die Dunkelheit. Die tut dir nichts.* Vorausgesetzt, ich stolperte nicht von der Straße, musste ich mir um nichts Sorgen machen. Früher oder später würde sie mich ins Dorf führen.

Trotzdem verebbte meine Zuversicht mit jedem Schritt. Der Regen war eiskalt, und der Wind senkte allmählich meine Körpertemperatur und machte mich sowohl taub als auch blind.

Aber nicht so taub, dass ich nicht das plötzliche Wetzen hinter mir auf der Straße gehört hätte.

Mit rasendem Herzen wirbelte ich herum. Außer der Finsternis konnte ich nichts sehen. *Wahrscheinlich nur ein Schaf oder der Wind. Oder Strachans verdammter Hund.* Ich drehte mich wieder um und ging weiter. Aber alle meine Sinne waren jetzt darauf konzentriert, was hier draußen sein könnte, und während ich noch angestrengt horchte, trat ich plötzlich ins Leere.

Armrudernd stürzte ich nach vorn und krachte dann auf den Boden. Ich rollte abwärts und wusste nicht mehr, wo oben und unten war. Sträucher zerkratzten mein Gesicht, bis ich mit einem Ruck liegen blieb.

Benommen und atemlos lag ich im matschigen Gras, der Regen platschte mir aufs Gesicht. Ich wusste, was passiert war. Ich war, ohne es zu merken, von der Straße abgekommen und in einen Graben gestürzt. *Idiot!* Ich stemmte mich hoch und schrie vor Schmerz auf. Als er zu einem dumpfen Pochen abgeklungen war, bewegte ich meine linke Schulter zaghaft. Der Schmerz kam zurück, nicht ganz so stark wie zuvor, aber schlimm genug, dass ich laut stöhnte.

Immerhin hatten die Knochen nicht geknirscht. Hoffentlich war nichts gebrochen. Nachdem ich die Galle heruntergeschluckt hatte, die in meiner Kehle aufgestiegen war, versuchte ich erneut, den Arm zu bewegen. Als der Schmerz durch die Schulter schoss, ließ ich es. Unbeholfen tastete ich sie mit der anderen Hand ab. Selbst durch die Jacke spürte ich, dass mit dem Gelenk etwas nicht stimmte. Dort, wo die Schulter hätte sein sollen, war eine Beule, und als meine Finger darüberfuhren, wurde mir schwindelig.

Ich hatte mir den Arm ausgekugelt.

Jetzt nicht in Panik geraten, sagte ich mir. *Tief Luft holen. Immer eins nach dem anderen.* Ich wusste, dass ich meinen Arm erst dann wieder benutzen konnte, wenn er eingerenkt war. Ich griff mit der anderen Hand so weit wie möglich um die Schulter und versuchte zu ertasten, wo die Kugel des Oberarmknochens aus dem Gelenk gesprungen war. Ich hielt inne, biss die Zähne zusammen und stieß den Knochen zurück.

Der Schmerz nahm mir fast das Bewusstsein. Ich schrie auf und sah Sterne vor den Augen. Nachdem sie verblasst waren, lag ich wieder auf dem Rücken, Schweiß und Regen liefen mir übers Gesicht. Ich wollte mich übergeben. Der Krampf klang ab, aber ich war schwach und zittrig.

Ich untersuchte die Schulter nicht noch einmal. Ich wusste, dass der Arm noch immer ausgerenkt war. Es pochte ununterbrochen, ein bis ins Mark gehender Schmerz, der von der Schulter direkt bis in den Schädel strahlte. Kraftlos setzte ich mich auf. Als ich mich langsam erhob, drehte sich alles. Jetzt konnte keine Rede mehr davon sein, zu Fuß ins Dorf zu gehen. Ich würde auf einen Wagen warten müssen und hoffen, dass Fraser oder Duncan früher oder später nach mir suchen würden.

Die rutschige Böschung hochzuklettern war harte Arbeit. Ich konnte nichts sehen und nur eine Hand benutzen. Immer wieder musste ich eine Pause machen, und die Schulter schmerzte schlimmer als zuvor. Ich fragte mich, ob ich mir irgendwelche Bänder gerissen hatte, verdrängte den Gedanken aber wieder. Selbst wenn es so gewesen wäre, hätte ich nichts daran ändern können.

Als der Hang wieder ebener wurde, war ich verschwitzt und erschöpft. Ich hievte mich die letzten paar Meter hoch und streckte dann die Beine durch, die sich wie Gummi anfühlten. Die Erleichterung, es wieder hinaufgeschafft zu haben, überwog alles andere. Doch dann merkte ich, dass etwas nicht stimmte.

Die Straße war nicht da.

Meine Erleichterung verflüchtigte sich. Ich machte ein paar weitere vorsichtige Schritte und hoffte jedes Mal, Asphalt unter meinen Stiefeln zu spüren. Aber da war nur Gras und sumpfiger, unebener Boden. Durch den Sturz hatte ich anscheinend die Orientierung verloren. Anstatt zurück auf die Straße zu klettern, war ich auf einen anderen Hügel gekrabbelt.

Ich zwang mich, ruhig zu bleiben. Es konnte nur eine Lösung geben. Die Straße musste auf der anderen Seite liegen. Ich musste nur meine Schritte zurückverfolgen und dann die andere Seite hinaufklettern.

Die letzten Meter des matschigen Abhangs rutschte ich auf dem Hintern hinunter. Unten angekommen, tastete ich umher und versuchte den Hang zu finden, von dem ich gestürzt war. Aber ich konnte ihn nicht finden. *Ich bitte dich, er muss hier sein.* Doch das Gelände gehorchte solcher Logik nicht. In der Dunkelheit war es ein Gewirr aus Hügeln und Furchen. Und blind, wie ich war, hatte ich keine Ahnung, wohin sie führten.

Jetzt wusste ich überhaupt nicht mehr, wo ich war.

Ich wusste nur, dass ich nicht weit von der Straße entfernt sein konnte, hatte aber keine Ahnung, in welcher Richtung sie war. Ich schaute auf und hoffte ein Funkeln der Sterne zu sehen. Doch das Land und der Himmel flossen in eine einzige, undurchdringliche Finsternis zusammen. Wind und Regen kamen aus ständig wechselnden Richtungen, als versuchten sie, mich noch mehr zu behindern.

Ich hatte zu zittern begonnen, sowohl wegen des Schocks als auch wegen der Kälte. Selbst in meiner wetterfesten Jacke würde ich bald unterkühlt sein, wenn ich keinen Schutz fand. *Na los, denk nach! Wohin?* Ich traf meine Entscheidung und ging los. Wenn es die falsche Richtung war, dann würde mir durch die Bewegung wenigstens warm werden. Jetzt stehen zu bleiben würde mich umbringen.

Es ging nur mühsam voran. Der Untergrund war eine tückische Mischung aus Heide und Gras, bei jedem Schritt drohte ich mir die Knöchel zu verdrehen oder zu brechen. Als ich es ganz in der Nähe rascheln hörte, blieb ich wie angewurzelt stehen und versuchte angestrengt, etwas durch den pfeifenden Wind und den auf meine Kapuze trommelnden Regen zu hören. Außer Dunkelheit war nichts zu sehen. Da war das Geräusch wieder, hinter mir. Mein Herz raste. *Es ist nichts. Nur ein Schaf.*

Doch während ich versuchte, mich zu beruhigen, erinnerte ich mich an das Wetzen, das ich hinter mir auf der Straße gehört hatte. Ich wusste, dass es idiotisch war. Jeder, der hier draußen herumlief, sah genauso wenig wie ich. Aber es half nichts. Ich hatte mich verlaufen und war verletzt, und die Finsternis ließ all die primitiven Ängste in mir aufsteigen, die bei Tageslicht unterdrückt waren.

Jetzt waren sie nicht unterdrückt.

Ich setzte meinen Weg fort. Der Boden wurde nasser und unebener, und dann lief ich in tiefem Morast. Mit klappernden Zähnen platschte ich durch den sumpfigen Boden. Entweder war es kälter geworden, oder meine Körpertemperatur war trotz der Anstrengungen gesunken. Wahrscheinlich beides.

Bei jedem Schritt fuhr mir ein stechender Schmerz durch die Schulter. Ich hatte jedes Zeitgefühl verloren, die Müdigkeit übermannte mich, und mit der Erschöpfung wurde ich unachtsam. Ich hörte wieder ein Geräusch. Es klang, als würde etwas durch das Gras streifen. Ich drehte mich danach um und fiel hin. Instinktiv streckte ich die Arme aus, um mich abzustützen. Schreckliche Schmerzen fuhren durch die verletzte Schulter.

Offenbar war ich in Ohnmacht gefallen. Als ich wieder zu mir kam, lag ich mit dem Gesicht auf dem Boden. Der Regen trommelte hypnotisch auf meine Kapuze. Ich schmeckte lehmigen Torf. Noch immer halb bewusstlos, musste ich an die zahllosen toten Tiere, Insekten und Pflanzen denken, aus denen der Boden bestand. Der Moder von Jahrtausenden, kompostiert zu einem petrochemischen Schlamm. Ich spuckte aus und versuchte mich hochzustemmen, aber es war zu anstrengend. Wasser sickerte in meine Jacke, ich fror bis auf die Knochen. Erschöpft sank ich zurück in den Morast. *Auf idiotischere Art kann man nicht sterben.* Es war fast schon wieder komisch. *Tut mir leid, Jenny.* Sie war bereits sauer gewesen, weil ich hierhergekommen war. Sie würde vor Wut rasen, wenn herauskam, dass ich hier den Tod gefunden hatte.

Doch der Versuch, mich in Galgenhumor zu flüchten, scheiterte kläglich. Während ich dort lag, spürte ich sowohl Wut als auch Traurigkeit. *Das soll es also gewesen sein, ja?*, stachelte ich mich an. *Du willst einfach aufgeben?*

Da sah ich das Licht.

Zuerst hielt ich es für eine Einbildung. Es war nur ein gelber Funken, der in der Finsternis vor mir tanzte. Doch als ich meinen Kopf bewegte, blieb das Licht an der gleichen Stelle. Ich schloss die Augen und öffnete sie wieder. Das Licht war immer noch da. In einem Anflug von Hoffnung erinnerte ich mich an Strachans Haus. Es war näher als das Dorf. Vielleicht war ich am Ende doch in die richtige Richtung gelaufen.

Etwas in mir wusste, dass das Licht zu hoch war, um zu dem Haus zu gehören, aber es war mir egal. Ich hatte ein Ziel. Ohne weiter darüber nachzudenken, rappelte ich mich auf und stolperte darauf zu.

Das Licht hing über mir, wie weit es entfernt war, konnte ich nicht genau sagen. Es spielte keine Rolle. Die Welt bestand nur noch aus diesem gelben Schimmer, der mich anzog wie eine Motte. Jetzt sah ich, dass er nicht konstant war, sondern zu irgendeinem Rhythmus flackerte. Der Weg dahin stieg leicht an und wurde immer steiler. Mit dem gesunden Arm zog ich mich hinauf, manchmal sank ich nieder und krabbelte auf allen vieren weiter, ehe ich mich wieder aufrappelte. Aber das Licht kam näher. Ich sah nur noch das Licht.

Dann war es genau vor mir. Es war weder ein Wagen noch ein Haus.

Es war nur ein kleines, unbewachtes Feuer vor einer verfallenen Steinhütte. Während sich Enttäuschung in meinem benebelten Bewusstsein breitmachte, begann ich zu erfassen, was das Feuer bedeutete. Ich war umgeben von unordentlich aufgetürmten Felshaufen, ein Anblick, der eine schwache Assoziation weckte. Das waren keine natürlichen Formationen, wurde mir klar.

Das waren Hügelgräber.

Sowohl Brody als auch Strachan hatten mir davon erzählt. Und während ich mich daran erinnerte, wusste ich, dass ich noch weiter vom Weg abgekommen war, als ich gedacht hatte.

Ich war den ganzen Weg zurück zum Berg gelaufen.

Ich schwankte, meine letzten Kräfte waren aufgebraucht. Während mein Blickfeld verschwamm, bemerkte ich eine Bewegung im Eingang der verfallenen Hütte. Zu benommen und erschöpft, um mich zu bewegen, starrte ich nur auf die Gestalt, die langsam herauskam. Als sie ins Licht des Feuers trat, funkelten die Augen, die mich unter der Kapuze ansahen.

Dann schien das Feuer dunkel zu werden, und die Nacht zog mich in einen Strudel der Finsternis.

9

KEIN WIND. Das war der erste Gedanke, der mir kam. Kein Wind, kein trommelnder Regen.

Nur Stille.

Ich öffnete die Augen. Ich lag in einem Bett, gedämpftes Tageslicht schien durch blasse Vorhänge. Ein großes weißes Zimmer. Weiße Wände, weiße Decke, weiße Laken. Zuerst glaubte ich, in einem Krankenhaus zu liegen, aber dann wurde mir klar, dass es in den meisten Krankenhäusern weder Daunendecken noch Doppelbetten gab. Oder verglaste Bäder im Zimmer. Und der Nachttisch aus Bast sah aus, als käme er direkt aus dem Katalog eines Möbelhauses.

Doch mir war egal, dass ich nicht wusste, wo ich war. Ich spürte ein träges Wohlbehagen. Das Bett war warm und weich. Ich lag da und versuchte mich zu erinnern, was als Letztes geschehen war. Die Erinnerung stellte sich erstaunlich leicht ein. Das Cottage. Das Verlassen des Wagens. Der Fall in die Dunkelheit, dann der Marsch zu dem fernen Feuer.

An dem Punkt wurde es verschwommen. Die Erinnerung daran, den Berg hinaufzustolpern und vor den alten Hügelgräbern zu stehen und die Gestalt erscheinen zu sehen, war surreal wie ein Traum. Danach wurde es noch undeutlicher. In unzusammenhängenden Bildern sah ich, wie ich im Stockdunkeln getragen werde und laut aufschreie, als meine Schulter berührt wird.

Meine Schulter …

Ich schlug die Decke zurück und realisierte, dass ich nackt war. Mein linker Arm war in einer Schlinge vor die Brust gebunden. Allem Anschein nach eine fachmännische Arbeit. Als ich zaghaft die Schulter bewegte, zuckte ich zusammen. Es tat höllisch weh, ich spürte jedoch, dass der Arm wieder eingerenkt war. Nur hatte ich keine Erinnerung an die Prozedur. Was merkwürdig war, denn einen Arm eingerenkt zu bekommen ist eine Erfahrung, die man nicht so leicht vergisst.

Meine Armbanduhr war weg. Draußen war es hell, aber ich hatte keine Ahnung, wie spät es war. Unruhe kam in mir auf. *Gott, wie lange war ich weg gewesen?* Ich hatte Wallace noch immer nicht gesagt, dass wir es mit einem Mörder zu tun hatten. Und ich hatte Jenny am Vorabend anrufen wollen. Sie fragte sich bestimmt schon verzweifelt, was mit mir los war.

Ich musste los. Ich warf die Decke zurück und schaute mich nach meinen Sachen um, als die Tür aufging und Grace Strachan hereinkam.

Sie war noch attraktiver als in meiner Erinnerung. Das schwarze Haar hatte sie zurückgebunden, dadurch kam ihr perfektes ovales Gesicht noch besser zur Geltung. Eine enge schwarze Hose und ein cremefarbener Pullover unterstrichen ihre schlanke, aber sinnliche Figur. Als sie mich sah, lächelte sie.

»Hallo, Dr. Hunter. Ich wollte nur mal schauen, ob Sie wach sind.«

Immerhin wusste ich jetzt, wo ich war. Erst als ihr Blick nach unten wanderte, fiel mir ein, dass ich nackt war. Schnell zog ich die Decke hoch.

Sie sah mich amüsiert an. »Wie fühlen Sie sich?«

»Durcheinander. Wie bin ich hierhergekommen?«

»Michael hat Sie gestern Nacht hergebracht. Er hat Sie auf dem Berg gefunden. Oder besser gesagt, Sie haben ihn gefunden.«

Also hatte mich Strachan gerettet. Ich erinnerte mich an die Gestalt, die ins Licht des Feuers getreten war. »Das war also Ihr Mann, den ich dort draußen gesehen habe?«

Sie lächelte. »Eines seiner kleinen Hobbys. Ich bin froh, dass ich nicht die Einzige bin, die sie komisch findet. Aber gut für Sie, dass er dort war.«

Dagegen konnte ich nichts sagen, ich fragte mich aber immer noch, wie lange ich geschlafen hatte. »Wie spät ist es?«

»Gleich halb vier.«

Der Tag war schon fast vorüber. Ich fluchte innerlich. »Kann ich Ihr Telefon benutzen? Ich muss ein paar Leuten sagen, was passiert ist.«

»Schon erledigt. Michael hat im Hotel angerufen, nachdem er Sie hergebracht hat, und mit einem Sergeant Fraser gesprochen, glaube ich. Er hat ihm gesagt, dass Sie einen Unfall hatten, aber mehr oder weniger heil geblieben sind.«

Immerhin etwas, dachte ich. Aber ich musste unbedingt Wallace erreichen. Und ich musste Jenny sagen, dass alles in Ordnung war.

Wenn sie überhaupt noch mit mir sprechen wollte.

»Ich müsste trotzdem dringend telefonieren, wenn das okay ist.«

»Selbstverständlich. Ich sage Michael, dass Sie wach sind. Er kann das Telefon bringen.« Sie zog eine Augenbraue hoch und musste grinsen. »Und Ihre Sachen auch.«

Damit ging sie. Ich lag ungeduldig im Bett und ärgerte mich über die verlorenen Stunden. Aber es dauerte nicht lange, bis es an der Tür klopfte.

Michael Strachan kam mit meinen frischgewaschenen und gebügelten Sachen herein. Auf dem Kleiderstapel lagen meine Brieftasche, meine Uhr und mein nutzloses Handy. Unter seinem Arm klemmte eine Zeitung.

»Grace meinte, Sie könnten das brauchen«, sagte er, als er meine Sachen auf einen Stuhl neben dem Bett legte. Er griff in seine Tasche und holte ein schnurloses Telefon hervor. »Und das hier.«

Am liebsten hätte ich die Telefonate sofort geführt, aber ich beherrschte mich. Ohne diesen Mann wäre ich wahrscheinlich gestorben. »Danke. Für das, was Sie letzte Nacht getan haben.«

»Vergessen Sie es. Ich habe gern geholfen. Obwohl ich zugeben muss, dass Sie mich zu Tode erschreckt haben, als Sie da so plötzlich aufgetaucht sind.«

»Das ging mir genauso«, sagte ich. »Wie haben Sie mich hergekriegt?«

Er zuckte mit den Achseln. »Den größten Teil des Abstieges brauchten Sie nur gestützt zu werden, aber auf dem letzten Abschnitt musste ich Sie leider über die Schulter legen.«

»Sie haben mich getragen?«

»Nur bis zum Wagen. Manchmal lasse ich ihn hier stehen, aber ich war froh, dass ich ihn dabeihatte, glauben Sie mir.« Er sagte das so, als wäre es ein Kinderspiel, einen erwachsenen Mann zu tragen. »Und wie geht es Ihrer Schulter?«

Ich spannte sie vorsichtig an. Es tat immer noch weh, aber wenigstens konnte ich sie bewegen, ohne ohnmächtig zu werden. »Besser als vorher.«

»Bruce hatte seine liebe Mühe, sie wieder einzurenken. Wenn er nicht gewesen wäre, hätten wir Sie wahrscheinlich in ein Krankenhaus fliegen müssen. Oder wir hätten Sie auf Iain Kinross' Fähre verfrachten müssen, und ich glaube nicht, dass Ihnen in Ihrem Zustand eine Seereise gefallen hätte.«

»Bruce …?«

»Bruce Cameron. Er ist hier Lehrer, aber er ist auch ausgebildeter Krankenpfleger und kümmert sich um die Klinik.«

»Klingt nach einer nützlichen Kombination.«

Er machte ein Gesicht, das ich nicht ganz deuten konnte. »Er hat seine Momente. Sie werden ihn gleich kennenlernen. Grace hat ihn angerufen und ihm mitgeteilt, dass Sie wach sind. Er hat angeboten, nach Ihnen zu sehen. Ach, und Ihre Kollegen haben übrigens heute Morgen Ellens Wagen gefunden und wieder auf die Straße gezogen. Es wird Sie bestimmt freuen zu hören, dass er heil geblieben ist. Was ist denn passiert? Mussten Sie einem Schaf ausweichen?«

»Nein, keinem Schaf. Einem Golden Retriever.«

Er sah mich mit offenem Mund an. »Oscar? O Gott, Sie machen

Witze. Ich hatte ihn mitgenommen, aber er ist herumgestromert. Mein Gott, das tut mir wirklich leid.«

»Machen Sie sich keine Gedanken deswegen. Ich bin nur froh, dass ich ihn nicht erwischt habe.« Meine Neugier war stärker als meine Ungeduld. »Äh, halten Sie mich nicht für undankbar, aber … was um Himmels willen haben Sie dort oben getan?«

Er lächelte ein wenig schuldbewusst. »Ich übernachte ab und zu dort oben. Grace hält mich für verrückt, aber als Kind in Südafrika hat mich mein Vater häufig zur Safari mitgenommen. Dort oben auf dem Berg finde ich die gleiche Weite und Ruhe wie damals. Ich bin nicht religiös oder so, aber es hat etwas, ich weiß auch nicht … beinahe Spirituelles an sich.«

Diese Seite hätte ich an Strachan nicht vermutet. »Es ist nur kälter. Und ziemlich einsam.«

Strachan grinste. »Ich rolle mich in den Schlafsack ein. Und die Einsamkeit gehört dazu. Der *Broch* ist außerdem ein guter Ort zum Nachdenken.«

»Broch?«

»Die Steinhütte. Das ist ein alter Wachturm. Mir gefällt die Vorstellung, dass vor zweitausend Jahren schon jemand dort oben vor einem Feuer gesessen hat und ich diese Tradition fortführe. Die Hügelgräber sind sogar noch älter. Die Menschen, die darin begraben sind, waren wahrscheinlich Lords oder Clanführer, und jetzt sind nur noch ein paar Steine übrig geblieben. Das relativiert einiges, finden Sie nicht?«

Mit einem Mal wurde er verlegen.

»Na ja, so viel zu meinen dunklen Geheimnissen. Hier, ich habe Ihnen noch etwas mitgebracht.«

Er reichte mir die Zeitung. Es war die *Lewis Gazette* vom vergangenen Abend, aufgefaltet auf der zweiten Seite. Die Schlagzeile lautete: *Feuertod – Das Rätsel von Runa.* Maggie Cassidys Name stand darunter. Es war ein reißerischer Artikel über die verbrannte Leiche, der eher auf Spekulationen denn auf Fakten beruhte. Natürlich erwähnte sie das Phänomen der spontanen menschlichen Selbstentzündung, und sogar mich, den »renommierten Forensiker Dr. David Hunter«.

Es hätte schlimmer kommen können, dachte ich. Immerhin gab es keine Fotos.

»Die Zeitung kam heute Morgen mit der Fähre rüber«, erklärte Strachan. »Ich dachte, es würde Sie interessieren.«

»Danke.« Aber der Artikel hatte mich wieder in Unruhe versetzt. »Nach allem, was Sie schon getan haben, frage ich nur ungern, aber könnten Sie mich zurück ins Dorf fahren?«

»Selbstverständlich.« Er hielt inne. »Ist alles in Ordnung?«

»Bestens. Es wird nur Zeit, dass ich zurückkomme.«

Er nickte, aber ich hatte das Gefühl, dass er nicht überzeugt war. »Ich bin unten. Gehen Sie duschen.«

Nachdem er weg war, griff ich nach dem Telefon. Wallace' Nummer war in meinem Handy gespeichert. Ich suchte sie und rief übers Festnetz an. *Na los, geh schon ran*, dachte ich ungeduldig.

Dieses Mal nahm er ab. »Ja, Dr. Hunter?« Er klang wie jemand, der wichtigere Dinge zu tun hatte.

Ich fasste mich kurz. »Sie wurde ermordet.«

Es entstand ein kurze Pause. Dann fluchte er. »Sicher?«

»Ihr wurde ein Schlag versetzt, der fest genug war, dass die Schädelplatte des Hinterkopfes Risse bekommen hat, aber nicht gebrochen ist. Das Feuer hat lediglich dazu geführt, dass der Schädel genau an dieser Stelle geplatzt ist.«

»Ein Sturz vielleicht? In Panik, als sie Feuer gefangen hat?«

»Ein Sturz könnte die Ursache gewesen sein, aber eine solche Verletzung hätte sie entweder sofort getötet oder ihr zumindest das Bewusstsein genommen. Danach hätte sie sich nicht mehr bewegen können. In dem Fall würde die Leiche noch auf dem Rücken liegen und nicht mit dem Gesicht nach unten.«

Ich hörte ihn seufzen. »Ganz sicher?«

Ich hielt einen Moment inne, um mich zu beherrschen. »Sie wollten meine Meinung, und die haben Sie jetzt. Sie wurde ermordet und dann in Brand gesetzt. Es war kein Unfall.«

Erneut entstand ein Pause. Ich konnte beinahe hören, wie er im Kopf das logistische Problem zu lösen versuchte, Beamte von dem Zugunglück abzuziehen und auf die Insel zu bringen.

»In Ordnung«, sagte er dann ganz sachlich. »Ich schicke Ihnen morgen Ermittlungsbeamte und ein Team der Spurensicherung.«

Ich schaute aus dem Fenster. Es dämmerte bereits. »Geht es nicht etwas schneller?«

»Keine Chance. Sie müssen erst nach Stornoway und von dort weiter nach Runa. Das braucht Zeit. Bis morgen werden Sie sich gedulden müssen.« Er legte auf.

Es gefiel mir nicht, aber ich konnte nichts tun. Nachdem Wallace das Gespräch beendet hatte, wählte ich Jennys Handynummer. Sofort sprang die Mailbox an. Ich entschuldigte mich dafür, nicht angerufen zu haben, sagte, dass es mir gutginge und dass ich mich später wieder melden würde. Die Nachricht kam mir unzureichend vor. In dem Moment hätte ich alles dafür gegeben, sie zu sehen. Aber auch das würde nicht geschehen.

Als ich das Telefon weglegte, wurde mir bewusst, dass ich erst Wallace und dann Jenny angerufen hatte. Was war mir eigentlich am wichtigsten? Mit dieser unangenehmen Frage im Kopf warf ich die Decke zurück und stand auf.

DIE DUSCHE WAR EINE WOHLTAT, das heiße Wasser linderte den Schmerz in meiner Schulter und wusch den Schmutz und Gestank der vergangenen Nacht herunter. Die Schlinge war elastisch, so konnte ich sie wenigstens abnehmen. Das Anziehen mit einer Hand aber war schwerer, als ich dachte. Den linken Arm konnte ich kaum bewegen, und als ich mich endlich in meinen dicken Pullover gewunden hatte, fühlte ich mich, als hätte ich mich gerade im Fitnessstudio ausgetobt.

Ich ging hinaus auf den Flur. Das große Haus war gründlich renoviert worden. Die weißen Wände waren neu verputzt, der Boden war mit Matten aus Kokosfasern ausgelegt worden. Am Ende der Treppe zeigte ein großes Panoramafenster auf eine kleine, sandige Bucht, die von Klippen umgeben war. Stufen führten hinunter zu einem Holzsteg, an dessen Ende eine sportliche Jacht vertäut war. Der Sturm warf das Boot selbst im Schutz der Bucht hin und her. Zwei Gestalten standen auf dem Steg. Eine zeigte in die Bucht, an der schwarzen Skijacke erkannte ich Strachan. Die andere war bestimmt Bruce, der zum Lehrer gewordene Krankenpfleger.

Unten in der Eingangshalle bedeckte ein riesiger orientalischer Teppich den größten Teil des Bodens. An der hinteren Wand hing ein großes abstraktes Ölgemälde, ein von indigofarbenen Strichen durchzogener Strudel aus Purpur- und Blautönen. Das Bild wirkte gleichzeitig anziehend und leicht beunruhigend. In der unteren Ecke war es von Grace Strachan signiert worden.

Aus einem Raum ertönte spanische Gitarrenmusik. Ich ging hinein und fand mich in einer hellen, luftigen Küche wieder, in der es nach Gewürzen duftete. Kupferpfannen und Töpfe hingen von der Decke, während andere auf einem teuren schwarzen Herd dampften.

Grace stand daneben und schnitt mit geschickter Hand Gemüse. Sie lächelte mich über die Schulter an.

»Wie ich sehe, haben Sie es geschafft, sich anzuziehen.«

»Letzten Endes.«

Mit dem Handgelenk strich sie sich eine dunkle Haarsträhne aus den Augen. Selbst mit einer schlichten schwarzen Schürze sah sie unglaublich sinnlich aus. Die Wirkung war umso größer, weil es ihr nicht bewusst zu sein schien.

»Michael wird gleich hier sein. Er ist nur mit Bruce in die Bucht hinunter, um ihm sein neuestes Projekt zu zeigen. Bruce, der sich gestern Nacht um Ihren Arm gekümmert hat?«, sagte sie und ließ es wie eine Frage klingen.

»Ja, Ihr Mann hat es mir erzählt. Er hat gute Arbeit geleistet.«

»Er ist ein Schatz. Er wollte gleich nach Schulschluss nach Ihnen schauen. Kann ich Ihnen etwas zu trinken oder zu essen anbieten? Sie müssen am Verhungern sein.«

Erst jetzt wurde mir bewusst, wie hungrig ich war. Seit dem vergangenen Tag hatte ich nichts mehr gegessen.

Grace bemerkte mein Zögern. »Wie wär's mit einem Sandwich? Oder einem Omelett?«

»Nein, wirklich nicht ...«

»Dann also ein Omelett.«

Sie goss Olivenöl in eine Pfanne, und während sie es auf dem Herd erhitzte, schlug sie geschickt drei Eier in eine Schüssel.

»Michael hat erzählt, Sie sind aus London«, sagte sie und verrührte energisch die Eier.

»Das stimmt.«

»Ich bin seit Ewigkeiten nicht dort gewesen. Ich versuche Michael ständig zu einem Ausflug zu überreden, aber er ist ein furchtbarer Reisemuffel. Er hasst es, die Insel zu verlassen. Weiter als Lewis will er nicht, und das ist nun wirklich kein kulturelles Mekka, das kann ich Ihnen sagen.«

Für einen Reisemuffel hätte ich ihren Mann nicht gehalten. Andererseits hatte er mich schon mehrfach überrascht.

»Wie lange sind Sie denn schon hier?«

»Ach, vier Jahre? Nein, fünf. Gott!« Sie schüttelte den Kopf, erstaunt, wie schnell die Zeit verging.

»Es muss eine Weile dauern, bis man sich daran gewöhnt. Auf einer Insel zu leben, meine ich.«

»Eigentlich nicht. Wir haben immer zu ziemlich abgelegenen Orten geneigt. Sie glauben vielleicht, wir langweilen uns hier, aber das tun wir nie. Michael ist immer beschäftigt, und ich helfe in der Schule aus – Kunstkurse vor allem.«

»Ich habe das Gemälde gesehen. Sehr eindrucksvoll.«

Sie zuckte abwehrend mit den Schultern, sah aber erfreut aus. »Ach, das ist nur ein Hobby. Aber deswegen kennen wir Bruce so gut, durch die Schule. Auf dem Festland war er Grundschullehrer, er ist ein richtiges Geschenk für die Insel. Und ich liebe Kinder, es ist großartig, mit ihnen arbeiten zu können.«

Ein Anflug von Wehmut ging über ihr Gesicht, der aber gleich wieder verschwand. Ich schaute verlegen weg, als wäre ich Zeuge einer intimen Szene gewesen. Ich hatte bereits vermutet, dass sie und Strachan keine eigenen Kinder hatten. Jetzt wusste ich, wie sie sich dabei fühlte.

»Ich habe die Jacht in der Bucht gesehen«, sagte ich und hoffte, das Gespräch damit auf sicheres Terrain zu lenken.

»Sie ist schön, nicht wahr?«, strahlte Grace, während sie frisches Brot und Butter auf den Tisch stellte. »Gleich als wir hierhergezogen sind, hat Michael sie gekauft. Es ist nur eine Vierzehnmeterjacht, die Bucht ist für größere Boote nicht tief genug. Und bei dieser Größe kann sie ein Mann alleine segeln. Michael fährt mit ihr manchmal nach Stornoway, wenn er dort etwas zu erledigen hat, aber ich fahre selten mit. Da drüben gibt es nicht gerade eine King's Road.«

»Wie haben Sie beide sich kennengelernt?«, fragte ich.

»Ach, Gott, wir kennen uns praktisch schon immer.«

»Sie meinen, es ist eine Sandkastenliebe?«

Sie lachte. »Ich weiß, das ist ein fürchterliches Klischee, aber es ist wahr. Wir sind in der Nähe von Johannesburg aufgewachsen. Michael ist älter als ich, und als ich klein war, bin ich immer hinter ihm hergelaufen. Vielleicht gefällt es mir deshalb so gut hier draußen. Ich habe ihn gerne für mich allein.«

Ihre Fröhlichkeit war ansteckend. Ich spürte, dass ich Strachan um seine Ehe beneidete. Es machte mir auf unangenehme Art bewusst, wie sehr Jenny und ich uns in letzter Zeit auseinandergelebt hatten.

»Bitte schön«, sagte sie und ließ das Omelett auf einen Teller gleiten. »Bedienen Sie sich mit Brot und Butter.«

Ich nahm Platz und begann zu essen. Das Omelett war köstlich, und ich war gerade fertig damit, als die Küchentür aufging und Wind und Regen hereinfegten. Der Golden Retriever preschte tropfnass in die Küche und sprang aufgeregt an mir hoch. Ich versuchte, ihn mit einer Hand abzuwehren.

»Nein, Oscar!«, befahl Grace. »Michael, es ist dein Hund. David will bestimmt nicht überall schmutzige Pfotenabdrücke haben. Ach, und schau dir das an, du bist genauso schlimm, du hinterlässt auf dem ganzen Boden Schlammspuren!«

Strachan war dem Hund nach drinnen gefolgt. In seiner Begleitung war der Mann mit der alten Schirmmütze, den ich mit den Kindern vor der Schule gesehen hatte.

»Entschuldige, Liebling, aber einer von meinen verdammten Gummistiefeln ist immer noch spurlos verschwunden. Oscar, benimm dich. Du hast Dr. Hunter schon genug Ärger gemacht.« Strachan zog den Hund weg und grinste mich an. »Freut mich, dass Sie wieder munter sind, David. Das ist Bruce Cameron.«

Er hatte seine Mütze abgenommen. Darunter kam die klassische Männerglatze mit einem geschorenen Kranz aus kupferroten Stoppeln zum Vorschein. Er war klein, schmal und hager wie ein Marathonläufer. Sein Adamsapfel stand so weit hervor, als wollte er durch die Haut stoßen.

Seit er hereingekommen war, hatte er Grace beobachtet. Jetzt schaute er mich mit den blassesten Augen an, die ich jemals gesehen hatte. Sie hatten eine undefinierbare Farbe und waren vollständig vom Weiß umgeben, er schien permanent zu starren.

Ich sah, wie sein Blick auf meinem leeren Teller hängenblieb. Einen Moment lang wirkte er verärgert, dann war dieser Ausdruck aus seinem Gesicht verschwunden.

»Danke, dass Sie sich letzte Nacht um meine Schulter gekümmert haben«, sagte ich und reichte ihm die Hand. Seine war dünn und knochig, und als er meine schüttelte, war kein Gegendruck zu spüren.

»Gern geschehen.« Seine Stimme war erstaunlich tief und kräftig. »Ich habe gehört, Sie sind hier, um sich die Leiche anzuschauen, die gefunden worden ist.«

»Gib dir keine Mühe«, schaltete sich Strachan gutgelaunt ein. »Ich habe schon eine Abfuhr gekriegt, als ich ihn ausfragen wollte.«

Cameron machte ein Gesicht, als würde ihm dieser Ratschlag nicht gefallen. »Wie geht es Ihrer Schulter?«, fragte er ohne echtes Interesse.

»Besser als vorher.«

Er nickte, wobei er gleichzeitig gelangweilt und selbstzufrieden wirkte. »Sie hatten Glück. Ich würde sie röntgen lassen, wenn Sie wieder auf dem Festland sind, aber ich glaube nicht, dass die Bänder ernsthaft beschädigt sind.«

Er ließ es so klingen, als hätte ich selbst Schuld, wenn es so wäre. Dann griff er in seine Tasche, holte ein kleines Pillenröhrchen hervor und stellte es auf den Tisch.

»Hier, Ibuprofen. Gegen Entzündungen. Jetzt werden Sie sie vielleicht noch nicht brauchen, aber wenn die Wirkung des Beruhigungsmittels nachlässt, werden sie helfen.«

»Beruhigungsmittel?«

»Sie haben gezittert, und die Muskeln in Ihrer Schulter waren sehr verkrampft, deshalb habe ich Ihnen zur Beruhigung etwas gegeben.«

Das erklärte, warum ich mich an seine Behandlung meiner Schulter nicht erinnern konnte. Und warum ich fast den ganzen Tag verschlafen hatte.

»Welches Beruhigungsmittel haben Sie mir gegeben?«, fragte ich.

»Kein besonderes.« Er schaute mit einem Lächeln zu Grace hinüber, das seine Tat wohl herunterspielen sollte, aber nur selbstgefällig wirkte. Er hatte nicht angeboten, meine Schulter erneut zu untersuchen, aber langsam begann ich zu glauben, dass ich sowieso nicht der eigentliche Grund für seinen Besuch war.

»Trotzdem, ich würde gerne wissen, was es war.«

Ich wollte nicht unhöflich erscheinen, aber seitdem ich vor einiger Zeit beinahe an einer absichtlich verabreichten Überdosis Diamorphin gestorben wäre, hatte ich eine Abneigung dagegen, Drogen oder Medikamente verabreicht zu bekommen, ohne zu wissen, welche. Außerdem ging mir Camerons herablassende Art allmählich auf die Nerven.

Zum ersten Mal schien er mich tatsächlich wahrzunehmen. Der Blick, den er mir zuwarf, war nicht freundlich.

»Wenn Sie es genau wissen wollen, ich habe Ihnen zehn Milligramm Diazepam gegeben und Sie mit Novocain örtlich betäubt. Dann habe ich Ihnen eine Spritze Cortison gegeben, um die Entzündung zu hemmen.« Er starrte mich hochnäsig an. »Findet das Ihre Zustimmung?«

Strachan hatte amüsiert zugehört. »Hatte ich erwähnt, dass David als praktischer Arzt gearbeitet hat, Bruce?«

Offenbar nicht. Cameron errötete, und ich bereute meine Nachfrage. Ich hatte ihn nicht in Verlegenheit bringen wollen. Gleichzeitig fragte ich mich, woher Strachan so viel über mich wusste. Es war zwar kein Geheimnis, aber ich war mir nicht sicher, ob es mir gefiel, dass sich relativ fremde Leute so gut mit meiner Vergangenheit auskannten.

Er lächelte mich entschuldigend an. »Ich habe etwas im Internet nachgeforscht. Ich hoffe, es stört Sie nicht, aber ich habe eine angeborene Neugier, wenn es um Dinge geht, die Runa betreffen. Und es waren alles öffentlich zugängliche Artikel.«

Er hatte recht, aber das bedeutete nicht, dass ich ihn gerne in meinem Leben herumschnüffeln ließ. Andererseits hatte er mich in der vergangenen Nacht in seinem Haus aufgenommen. Wahrscheinlich berechtigte ihn das zu einer gewissen Neugier.

»Ich habe Bruce gerade gezeigt, wo die Baracken für mein neues Projekt aufgestellt werden. Runas erste Fischfarm«, fuhr Strachan fort. »Kabeljau aus dem Atlantik. Biologisch-dynamisch, ökologisch, außerdem werden mindestens sechs Arbeitsplätze geschaffen. Und mehr, wenn es läuft.« Sein Enthusiasmus war beinahe jungenhaft. »Könnte die Wirtschaft der Insel richtig ankurbeln. Ich habe vor, im Frühling damit anzufangen.«

Grace hatte damit begonnen, die Knochen aus einem Huhn zu lösen, und schnitt nun wie eine erfahrene Köchin das Fleisch. »Ich bin mir immer noch nicht sicher, ob ich scharf darauf bin, eine Fischfarm im Garten zu haben.«

»Liebling, ich habe dir doch gesagt, dass es nirgendwo auf der Insel einen so geschützten Ort gibt. Außerdem haben wir ja auch das Meer im Garten, und es ist voller Fisch.«

»Ja, aber das sind Besucher. In einer Fischfarm wären sie Hausgäste.«

Cameron gab ein anbiederndes Lachen von sich. In Strachans Gesicht blitzte kurz Verärgerung auf, dann hörte man es aus der Eingangshalle an der Tür klopfen.

»Wir sind beliebt heute Nachmittag«, sagte Grace. Sie griff nach einem Spültuch, um sich die Hände abzutrocknen, doch Strachan war bereits auf dem Weg zur Tür.

»Ich gehe schon.«

Beim Hinausgehen stibitzte er ein Stück Karotte von ihrem Schneidebrett. Grace schlug lächelnd nach ihm. Als ich sah, wie sie ihn anlächelte, musste ich wieder traurig an die jüngsten Streitereien zwischen Jenny und mir denken.

»Vielleicht ist es einer von Ihren Freunden von der Polizei«, sagte sie zu mir, als man Stimmen in der Halle hörte.

Ich hoffte es. Doch statt mit Duncan oder Fraser kam Strachan mit Maggie Cassidy zurück.

»Schau mal, wer hier ist«, sagte er mit einem leicht ironischen Unterton. »Du kennst doch Maggie, Rose Cassidys Enkelin, oder, Grace?«

»Natürlich«, lächelte Grace. »Wie geht es Ihrer Großmutter?«

»Ach, die wurstelt so vor sich hin, danke. Hallo, Bruce«, sagte Maggie und erhielt im Gegenzug ein unwirsches Nicken. Sie wandte sich grinsend an mich. »Schön zu sehen, dass noch alles an Ihnen dran ist, Dr. Hunter. Ich habe von Ihrem nächtlichen Abenteuer gehört. In der Bar hat man von nichts anderem gesprochen.«

Darauf hätte ich wetten können, dachte ich beschämt.

»Und was führt Sie zu uns, Maggie?«, fragte Strachan. »Hoffen Sie auf ein Exklusivinterview mit Dr. Hunter?«

»Eigentlich wollte ich zu Ihnen. Und natürlich auch zu Mrs. Strachan«, fügte Maggie höflich hinzu. Sie schaute ihn mit großen, unschuldigen Augen an. Die personifizierte Aufrichtigkeit. »Ich würde gerne einen Artikel über Sie für die *Lewis Gazette* schreiben. Jetzt, wo Runa in den Nachrichten ist, passt es perfekt. Wir können darüber sprechen, was Sie alles für die Insel getan haben. Dazu vielleicht ein paar Fotos von Ihnen beiden zu Hause. Das würde eine schöne Doppelseite geben.«

Strachans gute Laune war wie fortgeblasen. »Tut mir leid, ich bin furchtbar unfotogen.«

»Ach, komm schon, Liebling«, bettelte Grace. »Das macht bestimmt Spaß.«

Camerons dunkle Stimme ertönte. »Ja, ich halte das für eine großartige Idee, Michael. Wenn du es nicht bist, Grace ist mit Sicherheit sehr fotogen. Und es wäre gute Werbung für die Fischfarm.«

»Genau«, sagte Maggie, die ihre Chance witterte. Sie schenkte Strachan ihr süßestes Lächeln. »Und ich wette, Sie machen sich phantastisch auf Fotos.«

Ich bemerkte, wie Grace' Augenbrauen bei dem unverhohlenen Flirtversuch der Reporterin hochgingen. Obwohl Maggie nicht im konventionellen Sinn schön war, hatte sie zweifellos eine attraktive Ausstrahlung.

Doch Strachan schien immun dagegen. »Nein, das glaube ich nicht.«

»Denken Sie wenigstens ein paar Tage darüber nach ...«

»Ich habe nein gesagt.« Er hatte seine Stimme nicht erhoben, aber in seinen Worten lag eine unmissverständliche Endgültigkeit. »War sonst noch etwas?«

Er blieb zwar höflich, aber bestimmt. Maggie gab ihr Bestes, um ihre Enttäuschung zu verbergen.

»Äh ... nein. Das war alles. Tut mir leid, wenn ich Sie belästigt haben sollte.«

»Das haben Sie nicht«, sagte er. »Aber würden Sie mir einen Gefallen tun?«

Maggies Miene heiterte sich wieder auf. »Sicher, natürlich.«

»Dr. Hunter muss zurück ins Dorf. Wenn Sie ihn mitnehmen würden, müsste ich nicht wieder los. Ist das in Ordnung, David?«

Ich war zwar nicht begeistert davon, in einem Wagen mit einer Reporterin zu sitzen, die mich schon einmal getäuscht hatte, doch da sie zurück ins Dorf fuhr, war es ein vernünftiger Vorschlag. Und ich hatte den Strachans schon genug Umstände verursacht.

»Wenn Maggie nichts dagegen hat«, sagte ich.

Ihr Blick verriet mir, dass sie wusste, was ich dachte. »Aber natürlich nicht.«

»Sie müssen uns noch einmal besuchen, bevor Sie wieder abreisen«, sagte Grace und küsste mich auf die Wangen. Aus der Nähe machte mich der Moschusduft ihres Parfüms schwindelig. Die kurze Berührung ihrer Lippen schien auf meiner Haut haften zu bleiben. Als ich zurücktrat, sah ich, wie Cameron mich mit kaum verhohlener Eifersucht anstarrte. Seine Vernarrtheit war so offensichtlich, dass ich nicht wusste, ob ich es peinlich oder mitleiderregend finden sollte.

Strachan war offenbar wieder besser gelaunt, als er uns in die Eingangshalle führte. Beim Öffnen der Tür empfingen uns eine heftige Windböe und peitschender Regen. Draußen lehnte ein mit Schlamm bespritztes Mountainbike an der Wand neben der Tür. Mit den breiten Satteltaschen über dem Hinterrad sah es irgendwie schief aus.

»Ist Bruce bei dem Wetter etwa den ganzen Weg hierhergefahren?«, fragte Maggie.

Strachan lächelte. »Er meint, es hält ihn fit.«

»Verdammter Masochist«, schnaubte Maggie. Sie reichte Strachan die Hand. »War mir eine Freude, Michael. Wenn Sie es sich anders überlegen sollten …«

»Das werde ich nicht.« Er lächelte, um die Zurückweisung abzumildern. Seine Augen funkelten spitzbübisch. »Wenn Sie ihn nett bitten, gibt Ihnen vielleicht stattdessen Dr. Hunter ein Interview. Ich bin mir sicher, er hat es genossen, in der Zeitung über sich zu lesen.«

Ihr Gesicht wurde rot. Sie sagte nichts, als wir gegen den starken Wind zu einem verrosteten Mini gingen, der armselig wirkte neben Strachans Saab und einem schwarzen Porsche Cayenne, der wohl Grace gehörte. Der alte Wagen erinnerte mich beinahe schmerzhaft an den Mini, den Jenny einmal gefahren hatte. Ich fragte mich, ob sie sich wohl Sorgen um mich machte und was ich sagen sollte, wenn ich endlich wieder mit ihr sprechen konnte.

Maggie zwängte sich aus ihrer übergroßen roten Jacke, als wir im Auto saßen. »Die Heizung lässt sich nicht mehr abschalten, Sie werden also schmoren, wenn Sie Ihre Jacke anbehalten«, sagte sie und warf ihre auf den Rücksitz. Der mit Daunen gefüllte rote Stoff blähte sich auf wie ein Beutel voller Blut. Ich behielt meine Jacke an. Es hatte lange genug gedauert, bis ich sie über die Schlinge gekriegt hatte.

Maggie machte ein finsteres Gesicht, als sie den Wagen zu starten versuchte und an einem altmodischen Choke zog. »Komm schon, du verdammtes Ding«, brummte sie, während der Motor keuchte und heulte. »Der Wagen gehört meiner Oma, aber sie benutzt ihn nicht mehr. Eine Schrottkiste, aber ganz nützlich, wenn ich mal hier bin.«

Der Motor sprang stotternd an. Sie legte krachend einen Gang ein und fuhr zur Straße. Ich schaute aus dem Fenster. Das windgepeitschte Moor begann bereits im Dämmerlicht zu verschwinden.

»Na los, sagen Sie es schon!«, meinte sie plötzlich.

»Was denn?« Ich war so in Gedanken an Jenny und an die bevorstehende Wendung der Ermittlung versunken gewesen, dass mir die Stille gar nicht aufgefallen war. Doch Maggie hatte sie offenbar missverstanden.

»Dass ich auf der Fähre gelogen habe. Als ich Ihnen sagte, ich wäre Schriftstellerin.«

Es dauerte eine Weile, bis mir klarwurde, worüber sie sprach. Die Pause schien Maggie zu weiterer Verteidigung anzustacheln.

»Ich bin Reporterin, ich habe nur meinen Job gemacht. Ich muss mich dafür nicht entschuldigen«, fuhr sie fort.

»Ich habe Sie nicht darum gebeten.«

Sie schaute mich unsicher an. »Dann tragen Sie mir nichts nach?«

Ich seufzte. Hinter der frechen Art steckte eine erstaunliche Verletzlichkeit. »Ich trage Ihnen nichts nach.«

Sie schien erleichtert. Sie setzte ihren unschuldigen Blick auf, dem ich mittlerweile schon misstraute.

»Unter uns, was ist Ihrer Meinung nach in dem Cottage passiert?«

Ich musste lachen. »Sie geben nicht auf, oder?«

Sie grinste verlegen. »War nur eine Frage. Kann man mir das verübeln?«

Das Eis zwischen uns war gebrochen. Mir fehlte die Kraft, mich zu ärgern. Und morgen um diese Zeit würde sie eine wesentlich größere Story bekommen, als sie sich vorgestellt hatte. Da nur ich wusste, dass bald das Chaos über diese abgelegene Insel hereinbrechen würde, fühlte ich mich etwas schuldig. Auf Runa ahnte es noch niemand, aber das friedliche Leben hier sollte bald erschüttert werden.

Wie sehr es aber erschüttert werden sollte, hätte selbst ich mir nicht vorstellen können.

10

Nachdem Maggie mich beim Hotel abgesetzt hatte, war ich zu Ellen gegangen, um mich dafür zu entschuldigen, dass ich ihren Wagen in den Graben gesetzt hatte. Sie winkte ab.

»Machen Sie sich deswegen keine Gedanken. Hauptsache, Sie sind heil geblieben. Na ja, mehr oder weniger«, fügte sie mit einem Blick auf meine Schlinge lächelnd hinzu. »Nicht jeder, der sich auf diesen Inseln verläuft, hat so viel Glück.«

Glücklich war ich allerdings nicht gerade, als ich mich aufs Bett fallen ließ. Ich fühlte mich müde und lädiert, und meine Schulter pochte wie verrückt. Nachdem ich ein paar von Camerons Ibuprofen genommen hatte, versuchte ich nochmal, Jenny anzurufen. Aber wieder konnte ich sie weder zu Hause noch auf ihrem Handy erreichen.

Ich hinterließ ihr auf beiden Geräten Nachrichten, sprach ihr die Hotelnummer auf Band und bat um Rückruf. Als ich auflegte, fragte ich mich, wo sie stecken konnte. Mittlerweile hätte sie von der Arbeit zurück sein müssen, und wenn sie ausgegangen war, hatte sie ihr Handy eigentlich immer dabei.

Mit einem flauen, unwohlen Gefühl ging ich ins Internet, um nach meinen Mails zu schauen. Ich hatte gerade die letzte beantwortet, als es an meiner Tür klopfte.

Es war Fraser. Er hatte noch seine schwere Jacke an.

Ohne Mitgefühl schaute er auf meine Schlinge.

»Dieses Mal haben Sie es heil zurückgeschafft, was?«

Was sollte ich dazu sagen? »Haben Sie mit Wallace gesprochen?«, fragte ich. Ich hatte keine Lust, erneut zu erklären, was ich herausgefunden hatte.

Er schnaubte. »Unsereins bekommt einen Superintendent nicht zu sprechen. Aber sagen wir mal so, es ist etwas zu mir durchgesickert.« Er betrachtete mich mürrisch. »Sie meinen also, es war Mord.«

Ich schaute den Flur hinab, aber es war niemand da, der uns hätte zuhören können. »So sieht es aus.«

Er schüttelte verärgert den Kopf. »Dann ist die Kacke jetzt ja richtig am Dampfen.«

»Ist mit der Leiche alles in Ordnung?«, fragte ich. Ich machte mir

Sorgen, weil sie draußen in dem verfallenen Cottage lag, nur von Duncan bewacht.

»O ja, der geht's prima«, brummte Fraser. »Das Revier funkt mich alle fünf Minuten an, von wegen ob das Gelände – sorry, der Tatort – auch anständig gesichert ist. Man könnte meinen, wir bewachen hier die Kronjuwelen.«

Ich war sowieso nicht in der besten Stimmung, und seine Nörgelei ging mir allmählich auf die Nerven. »Es sind schon genug Fehler gemacht worden.«

»Nicht von mir«, entgegnete er. »Ich halte mich nur an die Richtlinien. Apropos, Wallace möchte, dass die Sache geheim gehalten wird, bis die Ermittlungsbeamten morgen hier sind. Und das heißt, dass Mr. Ex-Inspector Brody wie jeder andere nichts davon erfahren darf.«

In seiner Stimme lag gehässige Genugtuung. Meiner Meinung nach hätte man Brody ruhig davon in Kenntnis setzen können, aber das war nicht meine Entscheidung. Außerdem würde es sowieso bald jeder erfahren.

Fraser machte ein finsteres Gesicht. »Das wird ein verdammter Albtraum, hier draußen eine Mordermittlung durchzuführen. Aber ich kann mir nicht vorstellen, dass es schwer wird, den Täter zu finden.«

»Ach, wirklich nicht?«

Die Ironie in meiner Stimme entging ihm. Er straffte militärisch seine Schultern und schwadronierte los.

»Kann doch kein Problem sein in einem kleinen Kaff wie diesem! Irgendwer wird was wissen. Und der Täter kann nicht das hellste Licht sein. Umgeben vom verfluchten Meer und mitten im Moor, verbrennt er die Leiche und lässt sie da liegen, wo sie jeder finden kann?« Er lachte schnaufend auf. »Na, was für ein Genie!«

Ich war da nicht so zuversichtlich. Der Mord wäre beinahe als Unfall durchgegangen. Egal, ob der Mörder nun gerissen war oder nur Glück hatte, wir konnten es uns nicht mehr erlauben, noch etwas zu riskieren.

Dann stampfte Fraser schlechtgelaunt davon, um Duncan das Abendessen ins Wohnmobil zu bringen. Da es keinen Grund gab, ihn zu begleiten, setzte ich mich wieder vor meinen Laptop und hoffte, mich mit Arbeit ablenken zu können.

Aber ich war nicht bei der Sache. Der Nachtschrank war ein schlechter Schreibtischersatz, und das kleine Zimmer begann mir vorzukommen wie eine Mönchszelle. Als ich lustlos auf den Bildschirm starrte, roch ich Grace Strachans Parfüm an meinen Sachen, und damit war es mit der Konzentration völlig vorbei.

Ich klappte den Laptop zu und nahm ihn mit nach unten. Ich musste nicht im Zimmer bleiben, nur um auf Jennys Anruf zu warten. Wenn sie sich meldete, würde Ellen mir Bescheid geben.

Es war noch früh und die Bar fast leer. Die beiden alten Dominospieler saßen an ihrem Stammtisch. Sie nickten verhalten, als ich hereinkam.

»*Oidchche mhath*«, sagte einer von ihnen höflich.

Nachdem ich ihnen guten Abend gewünscht hatte, widmeten sie sich wieder ihrem Spiel. Der einzige andere Gast war Guthrie, der bullige Mann, den mir Brody als Handlanger der Insel und Kinross' gelegentlichen Helfer auf der Fähre vorgestellt hatte. Er lehnte an der Theke und starrte mürrisch in sein fast leeres Bierglas. Sein rotes Gesicht signalisierte, dass er wahrscheinlich schon eine Weile dort stand.

Als ich mir einen Whisky einschenkte und auf der Kreidetafel anschrieb, warf er mir einen hasserfüllten Blick zu und starrte dann wieder in sein Glas. Ich ging mit meinem Drink zu dem abseits am Kamin stehenden Tisch, den ich vor zwei Abenden erst mit Brody und dann mit Strachan geteilt hatte.

Ich klappte meinen Laptop auf und stellte ihn so hin, dass niemand auf den Bildschirm schauen konnte. Dann öffnete ich die Dateien der vermissten Personen, die ich von Wallace erhalten hatte. Bisher hatte ich sie mir noch nicht anschauen können, und obwohl ich bezweifelte, in diesem Stadium etwas Brauchbares zu finden, hatte ich in dem Moment nichts Besseres zu tun.

Über dem Torfblock im Kamin kringelten sich kleine Rauchfahnen. Die dunkle Oberfläche glühte und verströmte einen würzigen, erdigen Geruch. Die Wärme machte mich schläfrig. Ich rieb mir die Augen und versuchte mich zu konzentrieren. Doch als ich mir die erste Datei genauer ansehen wollte, fiel ein Schatten über den Tisch.

Als ich aufschaute, sah ich Guthrie bedrohlich vor mir stehen. Sein Bauch hing wie ein mit Wasser gefüllter Sack über den niedrigen Hosenbund, dennoch wirkte er kräftig. Die Ärmel seines Pullovers waren über den haarlosen, fleischigen Unterarmen hochgekrempelt, und das halbleere Pintglas wirkte in seiner aufgesprungenen Hand winzig.

»Was ham Sie'n da?«, lallte er. Sein Gesicht war vom Alkohol aufgeschwemmt und von Bier und Whisky gerötet. Er verströmte einen Geruch von Lötmetall, Öl und altem Schweiß.

Ich klappte den Laptop zu. »Nur Arbeit.«

Er blinzelte langsam, als er das verarbeitete. Ich erinnerte mich daran, dass Brody mir gesagt hatte, man sollte ihm besser aus dem Weg gehen, wenn er betrunken war. *Zu spät.*

»Arbeit!«, fauchte er und bespritzte den Tisch mit Speichel. Er starrte verächtlich auf den Laptop. »Das ist keine Arbeit. Arbeit macht man hiermit.«

Er hielt eine geballte Faust vor mein Gesicht. Sie hatte die Größe eines Babykopfes, die Finger waren mit Hornhaut überzogen.

»Von Arbeit kriegt man schmutzige Hände. Haben Sie sich schon mal die Hände schmutzig gemacht?«

Mir kamen Bilder in den Sinn, wie ich die Asche einer verbrannten Leiche durchsiebte oder versuchte, menschliche Überreste aus einem gefrorenen Moor zu bergen. »Manchmal.«

Er schürzte seine Lippen. »Schwachsinn. Sie wissen gar nicht, was Arbeit ist. Genau wie diese Arschlöcher, die mir mein Boot weggenommen haben. Sitzen in ihren Scheißbanken hinter ihrem Schreibtisch und machen Gesetze! Die haben im Leben noch keinen Scheißtag gearbeitet!«

»Warum setzt du dich nicht hin, Sean?«, sagte einer der Dominospieler vorsichtig. Es war zwecklos.

»Ich unterhalte mich nur. Spielt weiter«, brummte Guthrie gereizt. Er starrte mich leicht schwankend an. »Sie sind mit der Polizei hier. Wegen dieser Leiche.«

Es klang wie eine Anklage. »Das ist richtig.«

Ich erwartete, dass er mich fragte, wer sie war oder wie sie gestorben war. Aber er überraschte mich.

»Und was ist jetzt da drauf?«, meinte er und griff nach meinem Laptop.

Ich legte meine Hand auf den Computer. Mein Puls begann zu rasen, aber ich sprach ruhig.

»Tut mir leid, das ist persönlich.«

Ich hielt den Laptop fest, doch Guthrie verstärkte den Druck. Er war kräftig genug, ihn mir wegzunehmen, aber so weit war er noch nicht.

Allerdings schien er in seinem vom Alkohol ruinierten Geist diese Möglichkeit bereits durchzuspielen.

»Ich will's mir nur mal ansehen«, sagte er. Jetzt klang es schon eher wie eine Drohung.

Selbst wenn ich völlig bei Kräften gewesen wäre, hätte ich keine Chance gegen ihn gehabt. Er war gut einen Kopf größer als ich und wirkte wie ein Schläger. Aber mir war mittlerweile alles egal. Die letzten vierundzwanzig Stunden waren schon schlimm genug gewesen.

Und hier ging es um meine Arbeit.

»Ich sagte nein.«

Meine Stimme war etwas zittrig geworden, aber das lag eher an meiner Wut. Guthries Kinnlade war überrascht heruntergefallen, doch jetzt presste er den Mund zu. Als er die Fäuste ballte, zog sich mein Magen zusammen. Mir war klar, dass ich nichts tun oder sagen konnte, um abzuwenden, was gleich geschehen würde.

»Hey, du Riese, machst du schon wieder Ärger?«

Maggie Cassidy war in der Tür erschienen. Sie ging geradewegs auf Guthrie zu. Als ich sah, wie klein sie vor diesem Koloss wirkte, war ich einen Augenblick beunruhigt. Doch dann setzte er ein breites Grinsen auf.

»Maggie! Hab schon gehört, dass du hier bist!«

Er riss sie an sich. In Guthries Umarmung sah sie noch winziger aus.

»Ja, ich dachte, ich schaue lieber mal vorbei und gucke, was du so treibst. Na los, lass mich runter, du Flegel.«

Jetzt grinsten beide. Guthrie hatte mich bereits vergessen, seine bedrohliche Aggressivität war einer kindlichen Begeisterung gewichen. Maggie knuffte seinen Bierbauch und schüttelte amüsiert den Kopf.

»Warst du auf Diät, Sean? Du schwindest ja praktisch dahin.«

Er lachte brüllend los. »Ich verzehre mich nach dir, Mags. Trinken wir was?«

»Ich dachte schon, du würdest nie fragen.«

Maggie winkte kurz zu mir herüber, als sie ihn zur Theke führte und die Dominospieler begrüßte. Meine Hand zitterte etwas, als ich mein Whiskyglas hob, aber der Adrenalinschub legte sich schnell wieder. *Das hatte mir zur Feier des Tages gerade noch gefehlt.*

Die Bar begann sich jetzt zu füllen. Kinross und sein achtzehnjähriger Sohn kamen herein und gesellten sich zu Maggie und Guthrie an die Theke. Es gab freundliche Sticheleien und Gelächter. Ich beobachtete, wie die schreckliche Aknelandschaft in Kevin Kinross' Gesicht immer dann rot anlief, wenn Maggie mit ihm sprach. Sprach sie mit seinem Vater, ließ er sie kaum aus den Augen, schaute sie ihn aber an, senkte er schnell den Blick.

Bruce Cameron war offenbar nicht der Einzige, der heimlich verliebt war.

Wie ich sie da alle freundschaftlich und vertraut miteinander umgehen sah, wurde mir plötzlich bewusst, dass ich nicht dazugehörte. Diese Menschen waren hier geboren und aufgewachsen, wahrscheinlich würden sie in dieser geschlossenen Gesellschaft auch sterben. Sie teilten Identität und Herkunft, und das war stärker als andere Bindungen. Selbst Maggie, die die Insel vor Jahren verlassen hatte, war noch immer ein Teil dieser Gemeinschaft, zu der Fremde wie ich oder auch »Dazugezogene« wie Brody und die Strachans nie gehören würden.

Und nun war einer von ihnen ein Mörder. Vielleicht sogar jemand in diesem Raum. Als ich mir die Gesichter ansah, musste ich daran denken, was Fraser über die Suche nach dem Mörder gesagt hatte. *Kann doch kein Problem sein in einem kleinem Kaff wie diesem. Irgendwer wird was wissen.* Aber Wissen und Enthüllen waren zwei verschiedene Dinge.

Welche Geheimnisse auf Runa auch verborgen waren, ich glaubte nicht, dass man sie so leicht enthüllen konnte.

Ich hatte keine Lust mehr, noch länger unten zu bleiben, doch als ich zurück in mein Zimmer gehen wollte, entschuldigte sich Maggie bei ihrer Gruppe an der Theke und schaute herüber. Ich sah, wie Kevin Kinross sie verstohlen beobachtete, als sie an meinen Tisch kam. Dann merkte er, dass ich ihn anstarrte, und schaute schnell weg.

Maggie ließ sich auf den Stuhl fallen und grinste mich an. »Sie und Sean haben sich vorhin schon bekannt gemacht?«

»So kann man es auch nennen.«

»Er ist eigentlich ganz harmlos. Sie müssen ihm auf die Füße getreten sein.«

Ich sah sie an. »Ach, und wie?«

Maggie zählte an ihren Fingern ab. »Sie sind ein Fremder, Sie sind Engländer, und Sie sitzen mit einem Laptop in der Bar. Falls Sie nicht auffallen wollten, haben Sie es falsch angestellt, wenn Sie mir die Bemerkung erlauben.«

Ich lachte. So etwas Ähnliches hatte ich auch schon vermutet. »Und dabei dachte ich, ich hätte niemanden damit gestört.«

Sie lächelte. »Na ja, Sean ist bekannt dafür, etwas reizbar zu sein, wenn er zu tief ins Glas geschaut hat. Aber irgendwie muss man ihn verstehen. Er war mal ein guter Fischer, bis die Bank den Kredit für sein Boot zurückhaben wollte. Jetzt muss er sich mit Gelegenheitsjobs durchschlagen und versucht, einen alten Kutter aufzumöbeln, den er geborgen hat.« Sie seufzte. »Nehmen Sie es ihm also nicht so übel.«

Ich hätte darauf hinweisen können, dass nicht ich den Streit begonnen hatte, aber ich ließ es bleiben. Maggie schaute auf ihre Uhr.

»Ich muss los. Meine Großmutter wird sich schon fragen, wo ich bin. Ich wollte nur kurz Hallo sagen, und am besten mache ich mich dünn, bevor Sergeant Fraser auftaucht.«

Sie wollte offensichtlich, dass ich nachfrage. Und ich war schon seit ihrem Wortwechsel auf der Fähre neugierig gewesen.

»Was ist denn zwischen Ihnen beiden? Ein Exfreund ist er nicht, nehme ich an?«

Sie verzog das Gesicht. »Ich tue mal so, als hätte ich das überhört. Sagen wir, es gibt da eine kleine Geschichte zwischen uns. Vor ein paar Jahren wurde der gute Sergeant suspendiert, weil er in betrunkenem Zustand eine Verdächtige tätlich angegriffen hat. Die Anklage wurde fallengelassen, aber er hatte Glück, nicht degradiert worden zu sein. Die *Gazette* fand die Sache heraus und brachte einen Bericht darüber.«

Sie zuckte die Achseln, es sah aber nicht so gleichgültig aus, wie es wirken sollte.

»Es war meine erste große Story für die Zeitung. Sie können sich also vorstellen, dass ich bei Fraser nicht gerade hoch im Kurs stehe.«

Mit einem halb verschämten, halb stolzen Lächeln ging sie zurück zu Guthrie und Kinross. Während sie sich verabschiedete, verließ ich die Bar und ging hinauf in mein Zimmer. Seit dem Omelett hatte ich nichts mehr gegessen, aber nun war ich eher müde als hungrig. Und außerdem war ich zutiefst erleichtert, dass Brody noch nicht aufgetaucht war. Wallace hielt sich an die Richtlinien, wenn er den pensionierten Inspector nicht von dem Mord in Kenntnis setzen wollte, aber nach all seiner Hilfe hätte ich mich unwohl dabei gefühlt, es ihm vorzuenthalten.

Mir taten die Knochen weh, als ich die Treppe hinaufstieg. Diese Reise war von Anfang an ein Desaster gewesen, ich tröstete mich jedoch damit, dass sie bald zu Ende sein würde. Morgen um diese Zeit würde die Spurensicherung hier sein, und damit wäre verspätet die ganze Maschinerie einer Mordermittlung in Gang gesetzt. Bald würde ich auf dem Heimweg sein und die ganze Sache hinter mir lassen können.

Doch eigentlich hätte ich wissen müssen, dass man sich auf nichts verlassen durfte. Denn in dieser Nacht erreichte das Unwetter Runa.

11

Die Sturmfront kam kurz nach Mitternacht.

Später sollte ich erfahren, dass es sich in Wirklichkeit um zwei Fronten gehandelt hatte, die vor der Küste Islands aufeinandergetroffen waren und auf dem Weg vom arktischen Meer hinunter zum Nordatlantik einen turbulenten Kampf ausgetragen hatten. Ihr Ansturm sollte als eines der schlimmsten Unwetter der letzten fünfzig Jahre in die Geschichte der westlichen Inseln eingehen. Die Orkanwinde hinterließen abgedeckte Häuser und überflutete Straßen, ehe sie zum britischen Festland weiterzogen und sich dort austobten.

Und als sie schließlich abgeflaut waren, hatte sich das Leben der Bewohner von Runa unwiderruflich verändert.

Ich war in meinem Zimmer, als das Unwetter aufzog. Obwohl ich müde war, fiel es mir schwer einzuschlafen. Jenny hatte sich nicht gemeldet, und ich konnte sie noch immer nicht zu Hause oder auf dem Handy erreichen. Das war ungewöhnlich. In mir wuchs die Sorge, dass etwas passiert sein könnte. Dazu heulte draußen der Wind und rüttelte wütend am Fenster. Meine Schulter schmerzte trotz der Pillen, die ich genommen hatte, und jedes Mal, wenn ich wegzudriften begann, stürzte ich im Traum wieder den Graben hinunter und wachte erschrocken auf.

Ich überlegte gerade, ob ich aufstehen sollte, um zu arbeiten, als das Telefon auf dem Nachttisch klingelte. Ich schnappte den Hörer.

»Hallo?«

»Hi, ich bin's.«

Eine Anspannung, deren ich mir gar nicht bewusst gewesen war, fiel beim Klang von Jennys Stimme von mir ab.

»Hi«, sagte ich und schaltete die Nachttischlampe an. »Ich habe den ganzen Tag versucht, dich zu erreichen.«

»Ich weiß. Ich habe deine Nachrichten gehört.« Sie klang bedrückt. »Ich war mit Suzy und ein paar anderen von der Arbeit aus. Mein Handy hatte ich ausgeschaltet.«

»Warum?«

»Ich wollte nicht mit dir sprechen.«

Ich wartete, unsicher, was ich sagen sollte. Ein Windböe fegte ums Haus und heulte schrill auf. Die Nachttischlampe flackerte.

»Ich war besorgt, als du gestern Abend nicht angerufen hast«, fuhr Jenny fort. »Auf deinem Handy konnte ich dich nicht erreichen, und ich wusste nicht einmal, in welchem Hotel du wohnst. Als ich heute Nachmittag deine Nachricht erhalten habe, da … ich weiß auch nicht, ich war einfach wütend. Deshalb habe ich mein Telefon ausgestellt und bin ausgegangen. Aber als ich gerade zurückkam, wollte ich plötzlich mit dir reden.«

»Es tut mir leid. Ich wollte nicht …«

»Ich will deine Entschuldigungen nicht hören! Ich will, dass du hier bist und nicht irgendwo auf einer verdammten Insel! Außerdem habe ich zu viel getrunken, und das ist auch deine Schuld.«

Ich konnte hören, dass sie lächelte. Das freute mich, aber ich spürte noch immer eine große Last.

»Ich bin froh, dass du anrufst«, sagte ich.

»Ich auch. Aber ich bin immer noch sauer auf dich. Ich vermisse dich, und ich habe keine Ahnung, wann du zurückkommst.«

Jetzt klang etwas Angst durch. Jenny hatte etwas überwunden, an dem die meisten Menschen zerbrochen wären. Obwohl sie gestärkt daraus hervorgegangen war, hatte es eine Restangst zurückgelassen, die von Zeit zu Zeit zutage trat. Sie wusste nur zu genau, wie schmal die Grenze war, die das alltägliche Leben vom Chaos trennte. Und wie leicht sie überschritten werden konnte.

»Ich vermisse dich auch«, sagte ich.

Die Stille in der Leitung wurde nur von einem Knistern unterbrochen.

»Du bist nicht für jeden verantwortlich, David«, sagte Jenny schließlich. »Du kannst nicht jedermanns Probleme lösen.«

Ich war mir nicht sicher, ob ich da Resignation oder Traurigkeit in ihrer Stimme hörte. »Das will ich auch nicht.«

»Wirklich nicht? Mir kommt es manchmal so vor. Die Probleme anderer Leute jedenfalls.« Sie seufzte. »Ich glaube, wir müssen reden, wenn du zurück bist.«

»Worüber?«, fragte ich und fühlte einen Stich im Herzen.

Ein Knistern übertönte ihre Antwort. Dann ließ es nach, aber nicht ganz.

»… hörst du mich noch?«, hörte ich sie sagen.

»Schlecht. Jenny? Bist du noch da?«

Keine Antwort. Ich unterbrach die Verbindung, um sie zurückzurufen, aber es gab keinen Wählton mehr.

Die Leitung war tot.

Plötzlich ging auch die Nachttischlampe aus. Einen Augenblick später ging sie wieder an und flackerte unregelmäßig, dann beruhigte sich das Licht. Aber es schien schwächer geworden zu sein. Offensichtlich wirkte sich der Sturm nicht nur auf die Telefonleitungen aus.

Bedrückt legte ich auf. Draußen wütete das Unwetter und peitschte Regen gegen das Fenster. Ich schaute hinaus. Der Orkan hatte die Wolkendecke aufgerissen, der Vollmond hüllte die Landschaft in ein gespenstisch blasses Licht. Die Straßenlaterne schwankte im Wind.

Im Schein der Laterne stand ein Mädchen auf der Straße.

Sie wirkte wie erstarrt, als wäre sie von den Stromschwankungen überrascht worden. Sie hob ihren Kopf, als ich im Fenster erschien, und für einen Augenblick starrten wir uns an. Ich hatte sie noch nie gesehen. Sie sah aus wie eine Jugendliche und trug eine viel zu dünne Jacke. Darunter schaute eine Art blasses Nachthemd hervor. Der Stoff flatterte im Wind, ihr nasses Haar klebte am Kopf. Sie starrte zu mir herauf.

Dann rannte sie in die Dunkelheit hinter der Laterne in Richtung Dorf und war verschwunden.

MEINE HOFFNUNG, dass der Sturm am Morgen abgezogen sein würde, hatte sich nicht erfüllt. Als ich erwachte, erschütterte der Wind das Fenster, Regen trommelte gegen die Scheibe, als wollte er das Glas zerbrechen.

Das unterbrochene Gespräch mit Jenny lastete schwer auf mir, doch das Telefon war noch immer tot. Ich wollte mir später eines der digitalen Polizeifunkgeräte leihen, um sie anzurufen. Bis die Festnetzleitung repariert war, waren sie nun unsere einzige Möglichkeit, um mit der Außenwelt Kontakt aufzunehmen.

Immerhin gab es noch Strom, auch wenn das Flackern der Lichter nahelegte, dass er vielleicht auch bald weg sein würde.

»Das gehört zu den Freuden des Lebens auf einer Insel«, sagte Ellen, als ich zum Frühstück kam. Anna saß am Küchentisch und aß eine Schüssel Müsli. Die tragbare Gasheizung erfüllte den Anbau mit einer beißenden Hitze. »Die Telefone sind fast immer tot bei schlechtem Wetter. Und wenn wir einen richtigen Sturm haben, gibt es auch keinen Strom mehr.«

»Wie lange ist er dann normalerweise weg?«

»Ein oder zwei Tage, manchmal auch länger.« Sie lächelte, als sie mein Gesicht sah. »Keine Sorge. Wir sind es gewöhnt. Auf der Insel hat jeder Öl- oder Gastanks, und das Hotel besitzt einen eigenen Generator. Wir werden nicht verhungern oder erfrieren.«

»Was ist mit deinem Arm?«, fragte Anna und starrte auf meine Schlinge.

»Ich bin hingefallen.«

Sie dachte einen Augenblick darüber nach. »Du musst aufpassen, wo du langgehst«, sagte sie selbstbewusst und wandte sich dann wieder ihrem Müsli zu.

»Anna«, schimpfte Ellen.

Ich lachte. »Ja, das sollte ich wohl.«

Lächelnd ging ich in die Bar. Und wenn die Telefone ein oder zwei

Tage nicht funktionierten? Das wäre eine Unannehmlichkeit, aber kein Beinbruch. Fraser war bereits beim Frühstück und verschlang einen riesigen Teller mit Spiegeleiern, Speck und Wurst. Er sah verkatert aus, aber nicht so schlimm wie an den Tagen zuvor. Ohne Zweifel hatte die Aussicht auf die Ankunft der Ermittlungsbeamten seine Trinklaune gehemmt.

»Haben Sie schon mit Duncan gesprochen?«, fragte ich, als ich mich hinsetzte. Ich hatte mir Sorgen gemacht, ob das Wohnmobil dem Sturm standhalten würde. Auf jeden Fall war es bestimmt nicht sonderlich bequem für den Constable.

»Ja, dem geht's gut«, brummte er. Er schob mir sein Funkgerät hin. »Der Superintendent möchte, dass Sie ihn anrufen.«

Meine gute Stimmung flaute wieder ab. Ich wusste sofort, dass das nichts Gutes bedeuten konnte. Und so war es.

»Der Sturm hat alles durcheinandergebracht«, sagte er ohne Vorrede. Die Verbindung war schlecht, als hätte ich ihn am anderen Ende der Welt erwischt. »Bei diesem Wetter werden wir weder Spurensicherung noch sonst wen schicken.«

Obwohl ich halb damit gerechnet hatte, war die Nachricht ein Schlag. »Und wann können Sie jemanden schicken?«

Seine Antwort ging im Knistern unter. Ich bat ihn, sie zu wiederholen. »Ich sagte, ich weiß es nicht. Flüge und Fähren nach Stornoway sind bis auf weiteres gestrichen, und der Wetterbericht für die nächsten Tage sieht nicht gut aus.«

»Was ist mit einem Hubschrauber der Küstenwache?« Ich wusste, dass sich die Polizei manchmal von der Küstenwache auf schwer erreichbare Inseln bringen ließ.

»Keine Chance. Bei dem Sturm ist draußen auf dem Meer so viel los, da können wir kein Rettungsteam für eine Leiche abziehen, die schon einen Monat tot ist. Die Aufwinde an Runas Klippen machen schon an guten Tagen Probleme. Bei dem Wetter werde ich es nicht riskieren, meine Leute loszuschicken. Tut mir leid, Sie werden dort warten müssen.«

Ich massierte mir die Schläfen, um meine Kopfschmerzen zu lindern. Ein weiteres Knistern übertönte Wallace' Worte.

»… beschlossen, Andrew Brody in den Fall einzubeziehen. Er ist zwar pensioniert, hat aber schon Mordermittlungen geleitet. Bis weitere Beamten auf die Insel kommen, kann er nützlich sein. Hören Sie auf ihn.« Er hielt inne. »Haben Sie mich verstanden?«

Es war nicht misszuverstehen. Auch ich hätte die Leitung der Ermittlung nicht Fraser überlassen. Ich versuchte, den Sergeant nicht anzuschauen, als ich ihm das Funkgerät reichte.

Er hatte es offenbar bereits gehört. Während er das Funkgerät wegsteckte, sah er mich finster an, als wäre es irgendwie meine Schuld.

»Haben Sie schon mit Brody gesprochen?«, fragte ich.

Das hätte ich nicht sagen dürfen. Fraser stieß seine Gabel in ein Stück Speck. »Das kann warten, bis ich mit dem Frühstück fertig bin. Und bis ich Duncan seines gebracht habe.« Sein Schnurrbart bewegte sich wütend beim Kauen. »Eilig haben wir es jetzt eh nicht mehr, oder?«

Vielleicht nicht, ich wollte jedoch so bald wie möglich mit Brody sprechen. »Ich gehe los und sage es ihm.«

»Wie Sie wollen«, sagte Fraser und schnitt sein Spiegelei entzwei, als wollte er den Teller zerkratzen.

Als ich mit meinem Frühstück fertig war, aß er noch und sah auch nicht so aus, als wollte er sich aus der Ruhe bringen lassen. Ich ließ ihn weiterschmollen und fragte Ellen, wie ich zu Brodys Haus käme. Dann zwängte ich mich in meine Jacke und machte mich auf den Weg.

Der Wind blies mich fast um, als ich vor die Tür trat. Er heulte und wütete auf beinahe hysterische Weise, und als ich die Küste erreicht hatte, schmerzte meine Schulter, weil ich mich ständig gegen die Böen stemmen musste. Jenseits der Klippen war die einsam dastehende Felssäule *Stac Ross* in einen weißen Dunst gehüllt, unten klatschten die Brecher dagegen. Im Hafenbecken zerrten die Boote an ihren Tauen, während die Fähre mit dumpfen Schlägen gegen die Lkw-Reifen krachte, die über dem Betonsteg hingen.

Brody wohnte auf der anderen Seite des Hafens. Ich hielt mich von der sprühenden Gischt möglichst fern und ging die Hafenstraße entlang. Am anderen Ende erhoben sich Klippen aus einem kleinen Kieselstrand, in dessen Nähe eine große Wellblechbaracke stand. Davor lagerte mit Planen abgedecktes Baumaterial, verrottete Boote übersäten den Hof. Auf einer Seite war ein altersschwacher Fischkutter zur Reparatur aufgebockt worden, dessen Rumpf teilweise aufgerissen war, sodass die gebogenen Planken aus morschem Holz dem Skelett eines Brustkorbes ähnelten. Ich fragte mich, ob das der alte Kutter war, den Guthrie reparierte, wie Maggie erwähnt hatte.

Wenn ja, dann erschien die Arbeit wie geschaffen für ihn.

Brodys Haus lag ein ganzes Stück vom Hafen entfernt, ein gepflegter Bungalow, an dem die PVC-lastigen Sanierungen der Nachbarhäuser irgendwie vorbeigegangen waren. Ich fragte mich, ob er aus Abneigung gegen Strachan die Renovierung verweigert hatte.

Als Brody die Tür öffnete, hatte ich den Eindruck, dass er mich schon erwartete. »Kommen Sie rein.«

Drinnen roch es nach Küche und Desinfektionsmittel. Das Haus war klein und aufgeräumt und ließ, typisch für einen alleinlebenden Mann, jeden Zierrat vermissen. Im gefliesten Kamin des Wohnzimmers zischte ein Gasfeuer. Mitten auf dem Sims stand das Foto einer Frau und eines Mädchens. Das Foto sah älter aus, und ich vermutete, dass es seine Frau und seine Tochter waren.

Der Border Collie schaute aus seinem Korb auf, wedelte mit dem Schwanz, als wir hereinkamen, und schlief dann wieder ein.

»Eine Tasse Tee?«, fragte Brody.

»Nein danke. Entschuldigen Sie, dass ich einfach so vorbeikomme, aber die Telefone funktionieren nicht.«

»Ja, ich weiß.«

Er trug eine dicke Strickjacke. Er blieb vor dem Kamin stehen, steckte die Hände in die Taschen und wartete.

»Sie hatten recht. Es war Mord.«

Er nahm die Nachricht ungerührt auf. »Sind Sie sicher, dass Sie mir das sagen dürfen?«

»Wallace möchte, dass Sie es wissen.« Ich erklärte ihm, was ich herausgefunden hatte und was der Superintendent gesagt hatte. Brody lächelte.

»Ich wette, das hat Fraser gefallen.« Aber er wurde schnell wieder ernst. »Ein Unfalltod ist eine Sache, aber das hier ist etwas ganz anderes. Es kann natürlich sein, dass der Mörder nicht von der Insel stammt, aber das halte ich für eher unwahrscheinlich. Das Opfer muss einen Grund gehabt haben, hierherzukommen, und ich vermute, dass es der Mörder selbst war. Ob er sie hergebracht hat oder ob sie allein gekommen ist, spielt im Moment keine Rolle. Wie gesagt, auf Runa herrscht kein Mangel an Booten. Aber ich denke, wir müssen davon ausgehen, dass der Mörder ein Einheimischer ist und dass das Opfer ihn kannte.«

Ich hatte bereits die gleichen Schlüsse gezogen. »Trotzdem verstehe ich nicht, warum er die Leiche verbrannt und in diesem Cottage liegen gelassen hat, anstatt sie zu vergraben oder ins Meer zu werfen«, sagte ich. Anders als Fraser glaubte ich nicht, dass der Mörder der jungen Frau einfach dumm war. »Und wenn er auf Runa lebt, erscheint es noch unsinniger, sie wochenlang dort liegen zu lassen, bis sie gefunden wird.«

»Faulheit oder Arroganz vielleicht. Oder Nerven. Es gehört eine Menge Abgebrühtheit dazu, an den Ort eines Verbrechens zurückzukehren.« Brody schüttelte frustriert den Kopf. »Gott, ich wünschte, Wallace hätte ein ganzes Team hergeschickt, als er die Möglichkeit dazu hatte. Mittlerweile könnten wir schon die Identität des Opfers kennen. Die Suche nach ihrem Mörder wäre wesentlich leichter, wenn wir wüssten, wer sie war.«

»Und was können wir jetzt tun?«

Er seufzte. »Abwarten, bis sich der Sturm legt, und hoffen, dass wir die Sache bis dahin geheim halten können. Das Letzte, was wir jetzt gebrauchen können, ist, dass die Sache sich herumspricht, ehe die Beamten vom Festland hier sind.«

Ich hatte schon einmal in einer von Furcht und Misstrauen zerrissenen Gemeinde gelebt und verspürte keinerlei Verlangen, diese Erfahrung erneut zu machen. Trotzdem erschien es mir nicht richtig, den Inselbewohnern diese Information vorzuenthalten.

»Machen Sie sich Sorgen, wie die Leute reagieren werden?«, fragte ich.

»Teilweise«, gab Brody zu. »Ob Mord oder nicht, Inselgemeinden wie diese mögen keine Einmischung von außen. Aber noch mehr Sorgen macht mir der Täter. Im Moment glaubt er noch, die Sache geht als Unfall durch. Wer weiß, was passiert, wenn er erfährt, dass wir einen Mörder suchen.«

Daran hatte ich noch nicht gedacht. »Glauben Sie, er könnte nochmal gefährlich werden?«

Er machte ein finsteres Gesicht. »Sagen wir mal so: Menschen sind unberechenbar, wenn sie in die Enge getrieben werden. Und solange nur zwei Polizisten auf der Insel sind, möchte ich lieber keine Risiken eingehen.«

Brody klopfte abwesend die Taschen seiner Strickjacke ab.

»Sie liegen auf dem Kaminsims«, sagte ich.

Er lächelte schuldbewusst, als er die Zigarettenschachtel nahm. »Eigentlich rauche ich im Haus nicht. Meine Frau hat es immer gehasst, und nach fünfzehn Jahren Ehe hat man es verinnerlicht.«

»Sind das Ihre Frau und Ihre Tochter?«, fragte ich und zeigte auf das Foto.

Er betrachtete das Bild und rollte dabei eine Zigarette zwischen den Fingern. »Ja, das sind Ginny und Rebecca. Becky muss da … ja, ungefähr zehn gewesen sein. Ihre Mutter und ich haben uns ungefähr ein Jahr später getrennt. Sie hat dann einen Versicherungsmakler in Stornoway geheiratet.«

Er zuckte mit den Achseln.

»Was ist mit Ihrer Tochter?«, fragte ich.

Einen Augenblick schwieg Brody. »Sie ist tot.«

Die Worte waren wie ein Schlag in die Magengrube. Fraser hatte nur erzählt, dass Brodys Tochter weggelaufen war.

»Das tut mir leid, das wusste ich nicht«, sagte ich verlegen.

»Woher auch. Ich habe auch keine Beweise. Aber ich weiß es, ich kann es fühlen.« Er schaute mich an. »Wallace hat mir ein wenig von Ihnen erzählt. Sie hatten auch ein Kind, Sie wissen, was ich meine. Ein Teil von mir ist mit ihr verschwunden.«

Ich war nicht erfreut darüber, dass Wallace Brody von meiner Vergangenheit erzählt hatte. Noch jetzt kam es mir wie eine Grenzüberschreitung vor, wenn andere Menschen über den Tod von Kara und Alice sprachen. Andererseits wusste ich, was er meinte.

»Was ist geschehen?«, fragte ich.

Er betrachtete die Zigarette in seiner Hand. »Wir kamen nicht gut miteinander aus. Becky war immer rebellisch. Stur. Genau wie ich, nehme ich an. Als ihre Mutter starb, habe ich den Kontakt zu ihr verloren. Nachdem ich mich pensionieren ließ, habe ich sie gesucht. Deswegen habe ich auch das Wohnmobil gekauft, um Hotelkosten zu sparen. Aber es hat nichts gebracht. Ich bin Polizist. Ich war mal Polizist«, verbesserte er sich. »Und ich weiß, wie leicht ein Mensch verschwinden kann. Aber ich weiß auch, wie man jemanden aufspürt.

Es gibt einen Punkt, an dem man weiß, dass man ihn nicht mehr finden wird. Auf jeden Fall nicht lebend.«

»Tut mir leid.«

»So was passiert.« Sein Gesicht war ausdruckslos. Er hielt die Zigarette hoch. »Es stört Sie doch nicht, oder?«

»Es ist Ihr Haus.«

Er nickte, steckte sie dann aber lächelnd zurück in die Schachtel. »Ich warte, bis ich rausgehe. Wie gesagt, alte Angewohnheiten.«

»Hören Sie, das mag ein bisschen ... seltsam klingen«, begann ich. »Aber gestern Nacht habe ich ein Mädchen vor dem Hotel gesehen. Das muss so kurz nach Mitternacht gewesen sein. Ein Teenager, völlig durchnässt, nur eine dünne Jacke an.«

Brody lächelte. »Keine Sorge, Sie haben kein Gespenst gesehen. Das muss Mary Tait gewesen sein, Karens Tochter. Wissen Sie noch, die großmäulige Frau aus der Bar? Ich glaube, ich hatte erwähnt, dass ihre Tochter ein bisschen ... na ja, früher hätte man gesagt, sie ist ›zurückgeblieben‹. Aber so ein Wort darf man ja nicht mehr benutzen. Ihre Mutter lässt sie frei herumlaufen. Man kann ihr auf der ganzen Insel zu jeder Tages- und Nachtzeit begegnen.«

»Und niemand hat etwas dagegen?«

»Sie ist harmlos.«

»Das meinte ich nicht.« Geistig behindert oder nicht, körperlich war das Mädchen erwachsen. Sie würde leichte Beute für jeden sein, der das ausnutzen wollte.

»Nein«, stimmte Brody zu. »Ich habe schon daran gedacht, das Jugendamt einzuschalten. Aber ich glaube nicht, dass ihr auf Runa jemand etwas antun könnte. Jeder weiß, was das für Folgen hätte.«

Ich musste an die Leiche der Frau draußen auf dem verlassenen Hof denken. »Sind Sie sicher?«

»Stimmt. Vielleicht sollte ich besser ...«

Er unterbrach sich, weil es an der Tür klopfte. Die alte Hündin spitzte die Ohren und knurrte leise.

»Ruhig, Bess«, sagte er und ging hinaus.

Ich hörte Stimmen. Einen Moment später kehrte Brody zurück. Fraser war bei ihm, er war nass und sah unglücklich aus. Der Sergeant schüttelte sich das Wasser von den Armen.

»Wir haben ein Problem.«

Duncan wartete nervös vor dem Wohnmobil. Die Gegend hier draußen, ohne Schutz durch Häuser oder Klippen, war dem Unwetter noch stärker ausgesetzt. Der Sturm schien Geschwindigkeit aufzunehmen und drückte das Gras platt, als er die Hänge von *Beinn Tuiridh* hinab und über das dunkle Torfmoor jagte.

Duncan kam zum Wagen geeilt, als wir ausstiegen. Der Wind presste mir die Jacke gegen den Körper und drohte mir die Tür aus der Hand zu reißen.

»Ich habe mich sofort gemeldet, als es passiert ist.« Er musste beinahe schreien, um sich Gehör zu verschaffen. »Vor ungefähr einer halben Stunde habe ich gehört, wie es losging.«

Inzwischen war der Schaden beträchtlich. Der Sturm hatte einen Teil des Daches abgerissen. Was noch davon übrig geblieben war, hing gefährlich knarrend und schwankend herab, während der Wind sein Werk vollenden wollte. Wenn die Leiche im Inneren noch unbeschädigt war, dann würde sie es nicht mehr lange bleiben.

»Tut mir leid«, rief Duncan, als hätte er uns enttäuscht.

»Ist nicht deine Schuld, Junge«, sagte Brody und klopfte ihm auf die Schulter. »Ruf Detective Superintendent Wallace an, damit er weiß, dass wir hier ein Problem haben. Sag ihm, dass wir die Leiche rausschaffen müssen, bevor der Rest des Daches runterkommt.«

Duncan schaute unsicher zu Fraser, der widerwillig nickte. Während der Constable sein Funkgerät hervorholte, gingen wir drei zum Cottage. Das Band, das den Eingang versperrte, war noch da und flatterte im Wind, die Tür selbst aber war auf den Boden der ehemaligen Küche gefallen. Überall lagen zertrümmerte Dachschindeln, und durch das klaffende Loch regnete es herein. Als sich eine weitere Schindel löste, gingen wir in Deckung.

Duncan kam kopfschüttelnd zu uns gelaufen. »Ich kann ihn nicht erreichen. Ich habe mit dem Revier in Stornoway gesprochen. Die Kollegen wollen es weiter versuchen und ihn benachrichtigen.«

Brody betrachtete das Durcheinander im Cottage. Er schien den Regen nicht zu bemerken, der ihm über das Gesicht lief.

»Wir haben keine andere Wahl, oder?«

»Nein«, sagte ich.

Er nickte, ging dann auf den Eingang zu und begann das Absperrband wegzureißen.

»Was machen Sie da, verdammt?«, wollte Fraser wissen.

»Die Leiche rausholen, bevor das Dach runterkommt«, entgegnete Brody, ohne aufzuhören.

»Das ist ein Tatort! Ohne Genehmigung dürfen Sie das nicht tun!«

Brody riss den Rest des Bandes ab. »Dafür haben wir keine Zeit.«

»Er hat recht«, sagte ich Fraser. »Wir müssen retten, was wir können.«

»Dafür übernehme ich keine Verantwortung!«, protestierte Fraser.

»Darum hat Sie auch niemand gebeten«, sagte Brody und ging hinein.

Ich folgte ihm vorsichtig über die Schindeln, die den Boden bedeckten. Der Raum, in dem die Leiche lag, war nicht ganz so schlimm beschädigt, doch beinahe das halbe Dach war eingestürzt. Der Strahler war umgekippt, und das Netz, das ich so sorgfältig über der Leiche angelegt hatte, war nur noch ein Fadenknäuel. Die Asche war durch das Regenwasser zu einem schwarzen Brei geworden.

Dennoch waren die Überreste vom Schlimmsten verschont geblieben. Die Beweisbeutel mit Asche und kleinen Knochen, die ich gesammelt hatte, lagen in Pfützen, schienen aber unbeschädigt.

»Schaffen wir die Beutel hier raus«, sagte ich zu Brody. »Ich brauche meinen Koffer aus dem Wohnmobil.«

»Ich hole ihn«, bot Duncan an.

Ich hatte gar nicht gemerkt, dass er uns gefolgt war. Von Fraser war nichts zu sehen.

»Nehmen Sie so viele Beutel mit hinaus, wie Sie können«, sagte ich ihm und zuckte zusammen: Das restliche Dach ächzte und erzitterte in einer plötzlichen Windböe. »Und beeilen Sie sich.«

Während Brody und Duncan die Beweisbeutel ins Wohnmobil schleppten, konzentrierte ich mich auf die Leiche. Der Anblick dieses auf kalte Asche und Knochen reduzierten Lebens, das kurz davor war, von den Elementen davongespült zu werden, hatte etwas unendlich Trauriges. Wenigstens würden die Fotos, die ich gleich nach meiner Ankunft aufgenommen hatte, für eine Art visuellen Bericht sorgen. Nicht ideal, aber es war wesentlich besser als nichts.

Doch jetzt war keine Zeit, darüber nachzugrübeln. Nachdem Duncan mit meinem Koffer zurückgekehrt war, zwängte ich einen Overall über meine Schlinge, zog einen Latexhandschuh an und kniete mich vor die Leiche. Schnell steckte ich Schädel und Kieferknochen in Beutel, dann begann ich, die Schädelsplitter und losen Zähne vom Boden aufzulesen.

Ich war gerade damit fertig, als das Dach wieder knarrte. Eine Schindel fiel herab und schlug nur wenige Zentimeter neben mir auf den Boden auf.

»Ich glaube, Sie müssen sich beeilen«, sagte Brody hinter mir.

»Das tue ich.«

Mit einem Mal schien sich der Wind gelegt zu haben. Eine plötzliche Stille breitete sich aus, die nur der Regen durchbrach.

»Anscheinend lässt er nach«, sagte Duncan hoffnungsvoll.

Doch Brody lauschte mit geneigtem Kopf. Ein entferntes Rauschen war zu hören, das so klang, als würde ein Zug auf uns zurasen.

»Nein. Er hat nur die Richtung geändert«, sagte er. In diesem Moment fegte der Wind wieder ins Cottage.

Er wirbelte direkt durch den Raum und besprühte mich mit Asche und feinem schwarzem Schlamm. Über uns zitterten die Dachbalken, Schindeln fielen herunter.

»Gehen wir«, rief Brody und schob Duncan Richtung Tür.

»Noch nicht«, schrie ich. Ich hatte die unversehrte Hand und die Füße noch nicht verpackt, und die brauchten wir für Fingerabdrücke und Gewebeanalysen. Doch ehe ich etwas tun konnte, löste sich das Dach mit einem lauten Krach.

»Raus!«, brüllte Brody. Während er mich hochzog, griff ich nach der Hand.

»Der Koffer!«, schrie ich.

Brody packte ihn, ohne mich loszulassen. Mit eingezogenen Köpfen liefen wir durch die Küche, in die Dachschindeln und Holzstücke prasselten. Hinter uns ertönte ein gewaltiger Knall, und einen Moment lang glaubte ich, das ganze Gebäude würde einstürzen. Dann waren wir draußen im Freien.

Atemlos schauten wir uns um. Das gesamte Dach war verschwunden. Ein Teil war weggefegt worden, während der Rest ins Cottage gefallen war und dabei den größten Teil einer Mauer mit sich gerissen hatte. Der Raum, in dem wir noch vor wenigen Sekunden gestanden hatten, war nun mit Schutt übersät.

Darunter waren die Reste der Leiche begraben.

Fraser und Duncan sahen geschockt aus.

»Mein Gott«, keuchte Fraser und starrte mich an.

Ich schaute an mir hinab. Mein weißer Overall war mit Spritzern feuchter Asche übersät. Sogar mein Gesicht war schwarz verschmiert, wie das eines Büßers zu Ostern. Aber er starrte mich nicht deswegen so an.

Ich umklammerte noch immer die Hand der toten Frau. Sie sah aus, als gehörte sie zu einer Schaufensterpuppe.

12

Wir nahmen die Beweisbeutel mit ins Dorf. Die Knochen und die Asche hätten wir auch im Wohnmobil lassen können, die Hand der Frau musste aber bei niedriger Temperatur gelagert werden, um das verwesende Gewebe zu konservieren. Und im Wohnmobil gab es keinen Kühlschrank.

Duncan hatte die Idee, sie in die Klinik zu bringen. Wir würden Cameron um Erlaubnis fragen müssen, und wahrscheinlich auch Strachan, der sie finanziert hatte. Aber da wir keine andere Wahl gehabt hatten, als die Überreste vom Tatort zu entfernen, war die Klinik der beste Ort.

Fraser schmollte noch immer. Er hatte klargestellt, dass er nichts von unserem Tun hielt.

»Ich war dagegen«, erinnerte er uns, als wir die Beweisbeutel in den Range Rover luden. »Das geht auf Ihre Kappe, nicht auf meine.«

»Wäre es Ihnen lieber gewesen, wir hätten sie dort liegen gelassen, oder was?«, fragte Brody und deutete auf das dachlose Cottage. »Hätten wir der Spurensicherung erzählen sollen, dass wir zugeschaut haben, wie die Leiche unter den Trümmern begraben wurde?«

»Hauptsache, Sie wissen, dass ich nicht die Verantwortung dafür übernehme. Sie können es Wallace selbst erzählen.«

Wir hatten den Superintendent immer noch nicht erreicht. Mir tat Fraser fast ein bisschen leid. Hinter der schroffen Fassade steckte ein Mann, der sich nicht eingestehen konnte, dass er den Boden unter den Füßen verloren hatte.

»Keine Sorge, das werde ich.« Obwohl Brody ruhig blieb, ließ er seine Verachtung durchklingen. »Und wenn ich sehe, wie Sie Ihre Hände reinwaschen, können Sie auch gleich Duncan hier draußen ablösen. Er kann sich bei mir zu Hause frisch machen, nachdem wir die Beutel in die Klinik gebracht haben.«

»Ich soll hierbleiben?«, blaffte Fraser ungläubig. »Wozu? Hier ist nichts mehr!«

Brody zuckte mit den Achseln. »Es ist noch immer ein Tatort. Aber wenn Sie Wallace erklären wollen, warum Sie ihn unbewacht gelassen haben, bitte schön.«

Duncan hatte mit Unbehagen zugehört. »Ich kann auch hierbleiben.«

»Du warst die ganze Nacht im Dienst«, sagte Brody, bevor Fraser antworten konnte. »Sergeant Fraser würde von einem Untergebenen bestimmt nichts verlangen, was für ihn selbst zu viel wäre.«

Fraser machte ein giftiges Gesicht. »Na schön.« Er deutete auf Duncan. »Aber du bist keine Sekunde später als sechs zurück. Du übernimmst wieder die Nachtschicht.«

Er warf Brody einen triumphierenden Blick zu.

»Einen Tatort kann man nicht unbewacht lassen, oder?«

Ich sah, wie die Muskeln in dem hervorstehenden Kinn des Älteren zuckten, aber er sagte nichts, als Fraser zum Wohnmobil marschierte. Er lächelte den besorgt dreinschauenden Duncan an.

»Na los, mein Junge. Nimm es mir nicht übel, aber du könntest eine Dusche gebrauchen.«

Ich stieg zu Duncan in den Range Rover, Brody folgte uns in seinem Wagen. Es tat gut, nicht mehr in Wind und Regen zu stehen. Meine Schulter tat weh, wahrscheinlich hatte ich sie mir verrenkt, als ich aus dem Cottage gestürmt war. Ich legte den Kopf zurück und schloss die Augen. Das Nächste, was ich wahrnahm, war, dass Duncan mich weckte.

»Dr. Hunter? Soll ich anhalten?«

Ich setzte mich blinzelnd auf. Am Straßenrand vor uns stand der Porsche Cayenne, den ich vor Strachans Haus gesehen hatte. Daneben, unverkennbar in ihrem weißen Parka, stand Grace Strachan und winkte.

»Ja, tun Sie das«, sagte ich.

Der Wind zerzauste ihr Haar, als wir neben ihr anhielten. Ich kurbelte das Fenster herunter.

»David, dem Himmel sei Dank!«, sagte sie und strahlte mich an. »Das ist mir schrecklich peinlich, aber ich war gerade auf dem Weg ins Dorf, da war plötzlich der verfluchte Tank leer. Würden Sie mich wohl mitnehmen?«

Ich zögerte und dachte an die Beweisbeutel, die gut sichtbar hinter dem Rücksitz lagen. Mittlerweile hatte Brody hinter uns angehalten. Die Straße war zu schmal, um vorbeizufahren. Ich überlegte, ihr vorzuschlagen, bei ihm mitzufahren, aber angesichts des frostigen Verhältnisses, das Brody zu ihrem Mann hatte, sah ich lieber davon ab.

»Wenn das ein Problem ist, werde ich zu Fuß gehen«, sagte Grace. Ihr Lächeln verblasste.

»Es gibt kein Problem«, versicherte ich ihr. Ich wandte mich an Duncan. »Ist es für Sie okay?«

»Ja, großartig«, sagte er grinsend. Es war das erste Mal, dass er Strachans Frau sah. »Ich meine, sicher, kein Thema.«

Ich stieg aus, um mich auf die Rückbank zu setzen, und überließ Grace trotz ihrer Proteste den Beifahrersitz. Der zarte Duft ihres Parfüms erfüllte sofort den Wagen, und ich musste ein Lächeln unterdrücken, als ich sah, dass Duncan jetzt deutlich aufrechter saß.

Grace schenkte ihm ein strahlendes Lächeln, als ich die beiden einander vorstellte. »Sie müssen der junge Mann sein, der die Nacht im Wohnmobil verbracht hat.«

»Äh, ja, Ma'am.«

»Sie Ärmster«, sagte sie und berührte mitfühlend seinen Arm. Duncans Ohren wurden rot. Ich glaube, Grace war sich ihrer Wirkung auf ihn gar nicht bewusst. Während Duncan versuchte, sich aufs Fahren zu konzentrieren, hatte sie sich bereits zu mir umgedreht.

»Tausend Dank, dass Sie angehalten haben. Wie dumm von mir, ohne Benzin liegenzubleiben. Auf der Insel gibt es keine Tankstelle, wir haben aber einen Benzintank zu Hause. Ich bin mir sicher, dass Michael gesagt hat, er hätte die Wagen letzte Woche aufgetankt. Oder war es die Woche davor?«

Sie überlegte einen Augenblick und tat das Thema dann lässig ab. »Ich sollte wohl in Zukunft besser auf die Benzinanzeige achten.«

»Wo sollen wir Sie rauslassen?«, fragte ich.

»An der Schule, wenn es keine Umstände macht. Ich gebe nachher eine Zeichenstunde.«

»Ist Bruce Cameron auch dort?«

»Ich glaube, warum?«

Ohne in die Einzelheiten zu gehen, erklärte ich ihr, was mit dem Cottage geschehen war und dass wir die Klinik benutzen mussten.

»Gott, wie furchtbar«, sagte Grace und verzog das Gesicht. »Aber ich bin mir sicher, dass Bruce nichts dagegen hat.«

Ich war nicht so zuversichtlich, konnte mir aber auch nicht vorstellen, dass Cameron Grace etwas abschlagen würde. Als wir die Schule erreicht hatten, eilte sie hinein, ich ging zu Brody, um ihm zu erklären, was geschehen war.

»Das wird bestimmt interessant«, sagte er, als er aus dem Wagen stieg.

Wir gingen auf die Schule zu. Es war ein neues, kleines Flachdachgebäude. Eine Holztreppe ging hinauf zum Eingang, der direkt in ein Klassenzimmer führte, das fast das gesamte Gebäude ausmachte. An einer Wand standen Computer aufgereiht, die ordentlichen Tischreihen zeigten auf die Tafel an der Stirnseite.

Im Moment waren die Schüler alle um einen großen Tisch versammelt und mit Farben und Pinseln beschäftigt. Insgesamt waren es ein gutes Dutzend Schüler im Alter von ungefähr vier bis neun Jahren. Ich erkannte Anna unter ihnen. Sie lächelte schüchtern, als sie mich sah, und wandte sich dann wieder ihrer Zeichnung zu.

Grace hatte bereits ihren Parka abgelegt und kümmerte sich um die Klasse. »Ich hoffe, diese Woche wird hier nicht schon wieder mit Wasser herumgespritzt. Ja, du bist gemeint, Adam.«

»Nein, Mrs. Strachan«, sagte ein Junge mit rotblondem Schopf und lächelte schüchtern.

»Gut. Denn wenn sich jemand danebenbenimmt, müssen wir ihm leider das Gesicht anmalen. Und das wollen wir doch euren Eltern nicht erklären müssen, oder?«

Die Schüler kicherten. »Nein, Mrs. Strachan«, riefen sie im Chor.

Grace schien in ihrem Element zu sein und sah noch schöner aus als sonst. Mit geröteten Wangen und einem Lächeln wandte sie sich an uns und deutete auf eine Tür.

»Gehen Sie einfach durch. Ich habe Bruce gesagt, dass Sie mit ihm sprechen wollen.«

Während wir das Klassenzimmer durchquerten, widmete sie sich wieder den Kindern und hatte uns schon vergessen. Die Tür des Büros war geschlossen, und als ich anklopfte, kam keine Antwort. Ich fragte mich schon, ob Cameron sich davongestohlen hatte, doch dann ertönte gebieterisch seine dunkle Stimme.

»Herein.«

Mit einem Blick zu Brody öffnete ich die Tür und ging hinein. Ein Schreibtisch und ein Aktenschrank nahmen den größten Teil des Raumes ein.

Cameron stand mit dem Rücken zu uns und starrte aus dem Fenster. Ich fragte mich, ob er das der Wirkung wegen tat. Er drehte sich um und bedachte uns mit einem unfreundlichen Blick.

»Ja?«

Ich sagte mir, dass wir es leichter haben würden, wenn er mit uns kooperierte. »Wir müssen die Klinik benutzen. Der Sturm hat das Cottagedach zum Einstürzen gebracht, und wir müssen irgendwo die geretteten Leichenteile lagern.«

Seine hervorstehenden Augen betrachteten uns kalt. »Sie wollen menschliche Überreste dort lagern?«

»Nur bis sie aufs Festland gebracht werden können.«

»Und was ist in der Zwischenzeit mit meinen Patienten?«

Brody schaltete sich ein. »Ich bitte Sie, Bruce. Sie haben nur zweimal in der Woche Sprechstunde, und die nächste ist erst in zwei Tagen. Bis dahin müssten die Überreste schon wieder weg sein.«

Cameron war damit offensichtlich nicht zufrieden. »Das sagen Sie. Und bei einem Notfall?«

»Das hier *ist* ein Notfall«, blaffte Brody, der die Geduld verlor. »Wir sind nicht zum Spaß hier.«

Der Adamsapfel des Lehrers hüpfte zornig. »Es muss doch einen anderen Ort dafür geben.«

»Wenn Ihnen einer einfällt, dann lassen Sie hören.«

»Und wenn ich nein sage?«

Brody war verärgert. »Warum sollten Sie das tun?«

»Weil das eine Klinik ist und keine Leichenhalle. Und ich glaube, Sie haben kein Recht, die Klinik zu requirieren!«

Ich wollte etwas entgegnen, doch ehe ich dazu kam, hörte ich Grace' Stimme hinter uns.

»Gibt es ein Problem?«

Sie stand in der Tür und hatte fragend eine Augenbraue hochgezogen. Cameron errötete wie ein Schuljunge, der vom Lehrer erwischt wurde.

»Ich habe ihnen nur gesagt, dass …«

»Ja, ich habe dich gehört, Bruce. Die Schüler auch.«

Camerons Adamsapfel hüpfte auf und ab. »Tut mir leid. Aber ich glaube wirklich nicht, dass die Klinik für so was benutzt werden sollte.«

»Warum denn nicht?«

»Weil …« Cameron war sichtlich unwohl. Er lächelte sie anbiedernd an. »Ich bin schließlich der Krankenpfleger, Grace. Ich sollte auch entscheiden können, was in meiner Klinik geschieht.«

Grace musterte ihn kühl. »Die Klinik gehört der Insel, Bruce. Daran muss ich dich doch sicherlich nicht erinnern.«

»Nein, natürlich nicht, aber …«

»Wenn du also keinen anderen Vorschlag hast, dann sehe ich wirklich keine Alternative.«

Cameron bemühte sich, seine angeschlagene Würde zu retten. »Na schön … in diesem Fall habe ich wohl …«

»Schön, dann ist das geklärt.« Grace schenkte ihm ein Lächeln. »Dann lauf doch gleich rüber und zeig den beiden die Räumlichkeiten, ja? Ich kümmere mich hier um alles, bis du zurück bist.«

Cameron starrte auf seinen Schreibtisch, als sie zurück zu ihrer Klasse ging. Die Röte war aus seinem Gesicht verschwunden, jetzt sah er blass und schmallippig aus. Grace half zwar in der Schule nur aus, aber sie hatte ihn öffentlich daran erinnert, dass er vom Geld ihres Mannes bezahlt wurde. Wortlos griff er seine Jacke und ging hinaus.

»Für die Vorstellung hätte ich sogar gezahlt«, sagte Brody leise, als wir ihm folgten.

Die Klinik lag ganz in der Nähe der Schule. Es war nur ein kleiner Anbau auf einer Seite des alten Gemeindezentrums und hatte keinen separaten Eingang. Cameron war, gegen den Wind kämpfend, mit seinem Mountainbike gefahren. Als wir ankamen, marschierte er schon in den verglasten Vorbau des Gebäudes. Während Duncan mit den Beweisbeuteln im Wagen blieb, folgten Brody und ich ihm.

Die lange Holzbaracke mit dem niedrigen Teerdach und den Fensterläden sah aus wie aus dem Zweiten Weltkrieg und bestand im Grunde nur aus einem großen Saal. Unsere Schritte hallten, als wir die abgelaufenen Dielenbretter überquerten, auf denen die Markierungen eines Badmintonfeldes fast verblasst waren. An den Wänden hingen Plakate, die für Tanzveranstaltungen und für eine bereits stattgefundene Aufführung des Weihnachtsmärchens warben. Auf einer Seite standen gestapelt alte Holzstühle. Strachans Sanierungsarbeiten auf der Insel hatten das Zentrum offensichtlich nicht mit einbezogen.

»Strachan wollte ein neues Gemeindezentrum bauen, aber die Leute wollten sich von dem alten nicht trennen«, sagte Brody, als hätte er meine Gedanken gelesen. »Aus Gewohnheit, nehme ich an. Die Menschen mögen es, wenn wenigstens manche Dinge bleiben, wie sie sind.«

Cameron war vor einer neuaussehenden Tür stehen geblieben und suchte jetzt gereizt ein rasselndes Schlüsselbund ab. Während wir warteten, ging ich zu einem abgewetzten Klavier, das in der Nähe stand. Der Deckel war geöffnet, die Elfenbeintasten waren rissig und gelb. Als ich eine drückte, ertönte eine tiefe, gebrochene Note und verklang dissonant.

»Würden Sie das bitte unterlassen«, sagte Cameron giftig, schloss die Tür auf und ging in die Klinik.

Sie war nur klein, aber gut ausgestattet, und hatte makellose weiße Wände und glänzende Stahlschränke. Es gab einen Autoklav zum Sterilisieren der Instrumente, einen gutbestückten Arzneischrank und einen Kühlschrank. Für meine Zwecke waren der große, rostfreie Stahlwagen und die leistungsstarke Halogenlampe ideal, und es gab sogar ein Vergrößerungsglas auf einem verstellbaren Stativ, um Wunden zu behandeln oder zu nähen.

Cameron war zum Schreibtisch gegangen und überprüfte umständlich, ob die Schubladen geschlossen waren. Brody und ich schauten zu, wie er das Gleiche am Aktenschrank tat. Als er damit fertig war, wandte er sich mit unverhohlener Abneigung an uns.

»Ich erwarte, dass Sie alles genau in dem Zustand zurücklassen, wie Sie es vorgefunden haben. Ich habe keine Lust, hinterher aufzuräumen.«

Ohne auf unsere Antwort zu warten, wollte er gehen.

»Wir brauchen einen Schlüssel«, sagte Brody.

Missmutig löste Cameron einen Schlüssel aus seinem dicken Bund und knallte ihn auf den Schreibtisch.

»Was ist mit einem fürs Gemeindezentrum?«, fragte ich.

»Wir schließen es nicht ab«, entgegnete er hochmütig. »Es gehört jedem Einwohner der Insel. Deswegen heißt es ja auch Gemeindezentrum.«

»Ich hätte trotzdem gerne einen Schlüssel.«

Er lächelte herablassend. »Tja, das ist zu dumm. Denn wenn es einen geben sollte, dann habe ich keine Ahnung, wo er ist.«

Es schien ihn zutiefst zu befriedigen, uns wenigstens diesen Wunsch abschlagen zu können. Als er hinausging, schaute ihm Brody hinterher.

»Der Mann ist ein absolutes Arschloch.«

Das Gleiche hatte ich auch gerade gedacht. »Na los, holen wir die Beweisbeutel herein«, sagte ich.

WÄHREND BRODY UND DUNCAN die Beweisbeutel mit Knochen und Asche in die Klinik trugen, hatte ich ein unangenehmes Gespräch mit Wallace. Mittlerweile war der Detective Superintendent informiert worden, dass wir versucht hatten, ihn zu erreichen. Leider hatte er Fraser angefunkt und nicht Duncan, und der Sergeant hatte sofort seine Version der Ereignisse zum Besten gegeben.

Wallace war entsprechend wütend und wollte wissen, warum wir ohne seine Erlaubnis Beweismittel von einem Tatort entfernt hatten. Aber ich war nicht in der Stimmung, mich anschnauzen zu lassen, und erklärte ihm verärgert, dass wir keine andere Wahl gehabt hätten und dass es nie so weit gekommen wäre, wenn er gleich ein Team der Spurensicherung geschickt hätte.

Brody beruhigte dann die Gemüter. Er nahm das Funkgerät und ging damit außer Hörweite. Als er es mir zurückgab, entschuldigte sich der Superintendent störrisch bei mir und sagte, ich sollte mit der Untersuchung der Überreste fortfahren.

»Wo Sie schon so weit sind, sehen Sie, ob Sie vielleicht noch was rausfinden«, sagte er gnädig.

Es war eine karge Geste, denn wir wussten beide, dass ich ohne ein anständig ausgerüstetes Labor herzlich wenig erreichen konnte. Aber ich sagte, ich würde mein Bestes tun. Bevor Wallace auflegte, fragte ich ihn, wie die Situation am Ort des Zugunglücks war. Seit ich auf Runa war, hatte ich keine Nachrichten mehr gehört

Der Superintendent machte eine Pause. »Jugendliche, die einen Lieferwagen geklaut haben. Auf den Gleisen haben sie ihn abgewürgt, sind in Panik geraten und abgehauen.«

Es war also doch kein Terrorangriff gewesen. Menschen waren gestorben, und die Spurensicherung hatte nicht nach Runa kommen können, weil ein paar gelangweilte Jugendliche einen Lieferwagen gestohlen hatten.

Mit diesen Gedanken kehrte ich in die Klinik zurück. Duncan trug die Hand der Toten behutsam mit ausgestrecktem Arm zum Kühlschrank. In dem durchsichtigen Beweisbeutel sah sie aus wie ein Stück Fleisch für die Kühltruhe.

»Ich kapiere immer noch nicht, wie das passiert ist«, sagte er und schloss erleichtert die Kühlschranktür. »Es scheint einfach nicht natürlich.«

»O doch, es hat völlig natürliche Gründe«, sagte ich, immer noch über das Gespräch mit Wallace nachgrübelnd.

Duncan und Brody schauten mich an.

»Sie wissen also, wie es dazu gekommen ist?«, fragte Brody.

Ich hatte es fast sofort gewusst, als ich mir die Überreste das erste Mal genau anschaute. Aber ich hatte mich nicht festlegen wollen, bis ich meine Theorie bestätigen konnte.

Doch jetzt, da die Insel abgeschnitten war und die Hälfte der Beweise unter dem eingestürzten Cottage begraben lagen, gab es keinen Grund mehr, sie ihnen vorzuenthalten.

»So ziemlich«, sagte ich. »Ich habe Ihnen neulich einen Hinweis gegeben, Duncan, erinnern Sie sich?«

»Das fettige Zeug an der Decke, meinen Sie? Ja, aber ich bin nicht schlau daraus geworden.«

Er schaute verlegen. Brody betrachtete mich erwartungsvoll.

»Im Grunde kommt es auf zwei Dinge an. Auf das Körperfett und auf die Kleidung«, erklärte ich. »Hat einer von Ihnen schon mal vom ›Dochteffekt‹ gehört?«

Sie schauten mich beide verständnislos an.

»Es gibt zwei Möglichkeiten, wie ein Körper zu Asche werden kann.

Entweder verbrennt man ihn mit sehr hoher Temperatur, was hier nicht geschehen ist, denn sonst wäre das gesamte Cottage in Flammen aufgegangen. Oder man verbrennt ihn mit niedriger Temperatur, aber dafür länger. Wir haben alle eine Schicht aus subkutanem Fett, die genau unter der Haut sitzt. Und Fett brennt. Früher, bevor man Wachs benutzte, wurden Kerzen aus Talg hergestellt, den man aus ausgelassenem Tierfett gewonnen hat. Unter bestimmten Umständen kann es also passieren, dass der menschliche Körper im Grunde zu einer riesigen Kerze wird.«

»Sie machen Witze«, sagte Brody. Ausnahmsweise war der Expolizist fassungslos.

»Nein. Deswegen ist die Schicht an der Decke und am Boden in der Umgebung der Leiche so wichtig. Das Körperfett verflüssigt sich in der Hitze und wird mit dem Rauch davongetragen. Je mehr Körperfett ein Mensch hat, desto mehr Brennstoff gibt es natürlich. Angesichts der Menge, die sich an der Decke des Cottages abgesetzt hat, muss die Tote ziemlich viel gehabt haben.«

»Sie war also übergewichtig?«, fragte Duncan.

»Das würde ich sagen, ja.«

Brody hatte die Stirn in Falten gelegt. »Und was hat die Kleidung damit zu tun?«

»Wenn das Fett schmilzt, wird es von der Kleidung aufgesogen. Die Sachen fungieren als Kerzendocht, durch den die Leiche wesentlich länger brennt, als sie es sonst tun würde. Besonders wenn sie aus leicht entflammbarem Material hergestellt sind.«

Brody sah immer noch beeindruckt aus. »Himmel. Was für eine furchtbare Vorstellung.«

»Ich weiß, aber so geschieht es. In den meisten Fällen von sogenannter spontaner Selbstentzündung haben wir es mit älteren oder betrunkenen Menschen zu tun. Dahinter steckt nichts Rätselhaftes oder Übernatürliches. Sie lassen eine Zigarette fallen oder kommen zu nah an ein Feuer und setzen sich selbst in Brand. Und entweder schlafen sie dabei, oder sie sind nicht in der Lage, die Flammen zu löschen. Wie Mary Reeser«, sagte ich zu Duncan. »Sie ist der klassische Fall, der immer als ›unerklärlich‹ zitiert wird. Aber sie war eine ältere Frau, übergewichtig und Raucherin. Laut Polizeibericht war ihr Sohn der Letzte, der sie lebend gesehen hat. Sie hatte gerade Schlaftabletten genommen und saß im Nachthemd auf einem Sessel – beides wird wie ein Docht gewirkt haben. Und sie hat eine Zigarette geraucht.«

Duncan grübelte einen Moment darüber nach. »Okay, aber warum wurde nicht auch alles andere vom Feuer zerstört? Und warum ist sie nicht vollständig verbrannt?«

»Selbst wenn es eine Menge Körperfett gibt, das als Brennstoff fungiert, brennt das menschliche Gewebe mit relativ niedriger Temperatur. Es ist ein langsames Feuer, das zwar intensiv genug ist, den Körper zu vernichten, dabei aber nichts anderes entzündet. Denken Sie wieder an eine Kerze. Sie schmilzt, während der Docht brennt, setzt aber nichts anderes in Brand. Und was die Hände und Füße angeht, die manchmal unversehrt bleiben …«

Ich streckte meine Hand aus und zog den Ärmel hoch.

»Sie bestehen vor allem aus Haut und Knochen. Es gibt kaum Fett an ihnen. Und im Gegensatz zum Torso sind sie normalerweise nicht mit Stoff bedeckt, es gibt also nichts, was als Docht fungieren kann. Manchmal verbrennen Hände einfach deswegen, weil sie nah am Körper sind. Die Füße und häufig auch die Schienbeine bleiben unbeschadet, weil sie weit genug vom Feuer entfernt sind. Genau wie in diesem Fall. Sie hat auf einer Hand gelegen, die deshalb mit dem Rest verbrannt ist. Aber die andere Hand und die Füße waren zu weit vom Feuer entfernt.«

Brody rieb nachdenklich über seine Kinnstoppeln. »Glauben Sie, dass dieser ›Dochteffekt‹ vorsätzlich benutzt wurde? Dass jemand das absichtlich getan hat?«

»Das bezweifle ich. So was kann man nicht einfach inszenieren. Ich habe auch noch nie gehört, dass das bei einem Mord geschehen ist. Wenn diese Besonderheiten aufgetreten sind, dann bei Unfällen. Deswegen wollte ich diesen Fall auch nicht gleich als Verbrechen einstufen. Nein, ich glaube, dass der Täter wahrscheinlich nur alle belastenden Beweise vernichten wollte, die wir durch die Leiche erhalten hätten. Ich vermute, dass er etwas Benzin oder irgendeinen anderen Brennstoff benutzt hat, um die Leiche in Brand zu setzen. Viel kann es nicht gewesen sein, sonst hätte das Feuer die Decke im Cottage stärker versengt. Ja, und dann hat er ein Streichholz fallen gelassen und ist verschwunden.«

Die Furchen auf Brodys Stirn waren tiefer geworden. »Warum hat der Mörder nicht das ganze Cottage abgefackelt?«

»Ich habe keine Ahnung. Vielleicht hatte er Angst, dass so ein Feuer zu viel Aufmerksamkeit erregt. Oder er hoffte, dass es auf diese Weise eher wie ein Unfall aussieht.«

Eine Weile schwiegen sie und dachten darüber nach.

»War sie bereits tot?«, fragte Duncan schließlich.

Das hatte ich mich auch schon gefragt. Nichts deutete darauf hin, dass sich die Frau noch bewegt hatte, als sie schon brannte, es gab keinen Hinweis darauf, dass sie versucht hatte, die Flammen zu löschen. Durch den Schlag auf ihren Schädel war sie zumindest bewusstlos gewesen, vielleicht war sie sogar ins Koma gefallen. Aber tot?

»Ich weiß es nicht«, sagte ich.

Der Sturm peitschte gegen die Wände der Klinik, was nur die Stille verstärkte, nachdem die beiden gegangen waren. Ich zog mein letztes Paar Latexhandschuhe an. Auf einem Regal lag eine fast volle Packung, aber die wollte ich nur im Notfall benutzen. Cameron war schon gereizt genug, auch ohne dass ich mich an seinen Vorräten bedient hätte.

Ich konnte ohne die erforderlichen Instrumente nicht viel tun, aber da mir Wallace die Erlaubnis gegeben hatte, die geborgenen Überreste zu untersuchen, wollte ich etwas ausprobieren.

Brody hatte ganz richtig festgestellt, dass die Ermittlung so lange auf der Stelle trat, wie das Opfer unidentifiziert blieb. Sobald wir wussten, wer sie war, würden wir auch Aufschlüsse über den Täter erhalten. Ohne diese Information tappten wir bei der Suche nach dem Mörder im Dunkeln.

Ich hoffte, dass ich etwas Licht in die Sache bringen konnte.

Nachdem ich den Schädel aus dem Beutel genommen hatte, legte ich ihn vorsichtig auf den Stahltisch. Verrußt und angebrochen, lag er schief auf der kalten Oberfläche. Die leeren Augenhöhlen starrten ausdruckslos ins Nichts. Ich fragte mich, was die Augen, die einmal in diesen Höhlen gelegen hatten, noch vor kurzem gesehen hatten. Einen Liebhaber? Einen Ehemann? Einen Freund? Wie oft hatte sie ahnungslos gelacht, als die letzten Tage und Stunden ihres Lebens verstrichen? Und was hatte sie gesehen, als sie sich ihres unwiderruflichen Endes schließlich bewusst geworden war?

Wer auch immer sie war, sie war mir auf eine merkwürdige Art vertraut. Ich wusste so gut wie nichts von ihrem Leben, ihr Tod aber hatte mich in ihre Welt gezogen. In ihren verkohlten Knochen hatte ich ihre Geschichte gelesen, anhand der Kerben und Narben war jedes ihrer Lebensjahre an mir vorübergezogen. Sie hatte so entblößt vor mir gelegen, wie sie selbst jene, die sie zu Lebzeiten gekannt hatten, nie gesehen hatten.

Ich versuchte mich zu erinnern, ob ich früher, bei den Fällen, die ich untersucht hatte, bevor Kara und Alice getötet worden waren, auch schon solche Gefühle gehabt hatte. Wohl nicht. Diese Zeit schien Ewigkeiten her zu sein, sie war Teil eines anderen Lebens. Eines anderen David Hunter. Irgendwo unterwegs und vielleicht wegen des erlittenen Verlusts war mir die Distanz verloren gegangen. Ich war mir nicht sicher, ob das gut oder schlecht war; die tote Frau konnte ich jedenfalls nicht mehr als anonymes Opfer betrachten. Deswegen hatte sie mich auch in meinem Traum heimgesucht und erwartungsvoll am Fußende meines Bettes gesessen. Ich fühlte mich ihr gegenüber verantwortlich. Das hatte ich weder vorhergesehen noch gewollt.

Aber ich konnte es auch nicht einfach verdrängen.

»Okay«, sagte ich leise, »erzähl mir, wer du bist.«

13

Für einen forensischen Anthropologen sind die Zähne eine reiche Informationsquelle. Sie sind die Schnittschnelle zwischen dem verborgenen Skelett und der Welt außerhalb des Körpers. Sie enthüllen Rasse und Alter, und dazu liefern sie das Protokoll eines individuellen Lebens. Ernährung, Angewohnheiten, sozialer Status, sogar so etwas wie Selbstachtung können von diesen Brocken aus Kalzium und Schmelz abgelesen werden.

Ich nahm den Unterkiefer aus dem Beutel und legte ihn neben den beschädigten Schädel auf den Stahlwagen. Er war leicht und zerbrechlich wie Balsaholz. Unter dem hellen Halogenlicht sahen die verschiedenen Schädelteile wie ein anatomisches Mosaik aus, das überhaupt nichts Lebendiges mehr an sich hatte.

Später würde ich die Arbeit beenden müssen, die ich vorsichtig im Cottage begonnen hatte, und die geretteten Teile des zerschmetterten Schädels zusammensetzen. Doch zunächst wollte ich versuchen, den verbrannten Überresten ein Gesicht und einen Namen zu geben.

Und mit etwas Glück würden die Zähne der Schlüssel sein.

Übermäßig optimistisch war ich allerdings nicht. Während ein paar Mahlzähne noch fest in den Kieferknochen steckten, waren die meisten anderen herausgefallen, als das Feuer erst das Zahnfleisch verbrannt und dann die Wurzeln ausgetrocknet hatte. Grau und durch die Hitze rissig, ähnelten die, die ich noch aufgesammelt hatte, jahrhundertealten Fossilien.

Ich stellte fest, dass ich selbst mit dem Arm in der Schlinge meine linke Hand einsetzen konnte, um Dinge zu halten oder abzustützen. Es erleichterte mir die Arbeit ein wenig, als ich ein Blatt Papier auf den Tisch legte und begann, die Zähne in zwei parallelen Reihen anzuordnen, eine für den Oberkiefer, eine für den Unterkiefer. Dabei folgte ich ihrer natürlichen Anordnung im Mund: Die beiden zentralen Schneidezähne in der Mitte, daneben die seitlichen Schneidezähne und schließlich die Eckzähne, Backenzähne und dann die großen Mahlzähne. Es war keine einfache Aufgabe. Abgesehen von den Beschädigungen durch das Feuer waren die Zähne der Frau so verfault, dass ich nur schwer unterscheiden konnte, welche zum Ober- und welche zum Unterkiefer gehörten oder um welche Zahnart es sich jeweils handelte.

Alles außerhalb der Klinik hörte auf zu existieren. Der Sturm, selbst meine Sorgen wegen Jenny verflüchtigten sich, solange meine Welt auf den Lichtkreis unter der Halogenlampe beschränkt war. Ich machte weitere Fotos und skizzierte ein nachträgliches Odontogramm, ein Zahnschema, das jede Bruchstelle, jedes Loch und jede Füllung der einzelnen Zähne aufführte. Unter normalen Umständen hätte ich von den Zähnen und Kiefern Röntgenaufnahmen angefertigt, die man mit den Zahnschemata von potentiellen Opfern hätte vergleichen können. Da ich diese Möglichkeit jedoch nicht hatte, blieb mir nur eines übrig.

Ich steckte die Zähne zurück in die leeren Höhlen.

Obwohl ich auch meine linke Hand benutzte, soweit es die Schlinge zuließ, war es eine langwierige Arbeit. Ich hatte schon jedes Zeitgefühl verloren, als die Lampe plötzlich zu flackern anfing. Darauf rüttelte eine Windböe am Gebäude und ließ die Wände mit einem dumpfen Ton erzittern, den ich eher spürte als hörte.

Ich streckte mich und stöhnte auf. Gott, mir tat alles weh. Als hätte sie nur auf meine Aufmerksamkeit gewartet, begann meine Schulter zu pochen. Ich sah auf die Uhr, es war fast fünf. Ich massierte mir den Nacken und betrachtete Schädel und Unterkiefer auf dem Stahltisch. Nach ein paar Fehlversuchen hatte ich fast alle Zähne an ihre ursprüngliche Stelle gesteckt. Nur ein paar Backen- und Mahlzähne waren übrig geblieben, aber sie hatten keine Bedeutung für das, was ich vorhatte. Als ich die Hand ausstreckte, um die Lampe auszuschalten, hörte ich ein Geräusch aus dem Gemeindezentrum.

Ein Knarren der Dielenbretter.

»Hallo?«, rief ich.

Meine Stimme hallte in der kalten Luft wider. Ich wartete, keine Antwort. Ich ging zur Tür und legte die Hand auf die Klinke. Aber ich drückte sie nicht herunter.

Plötzlich war ich mir sicher, dass jemand auf der anderen Seite stand.

In der Klinik schien es mit einem Mal unnatürlich still zu sein. Die Tür hatte ein rundes Fenster, das wie ein Bullauge aussah. Auf meiner Seite war eine Jalousie angebracht, aber ich hatte nicht daran gedacht, sie herunterzulassen.

Jetzt wünschte ich, dass ich es getan hätte. Der Saal war dunkel. Jeder konnte in die Klinik schauen, auf meiner Seite aber war das Fenster ein undurchdringlicher, schwarzer Glaskreis. Ich lauschte, hörte aber nur den Wind draußen toben. Die Stille erschien mir wie eine schwere Last, die im Raum hing und jederzeit herabfallen konnte.

Meine Nackenhaare richteten sich auf. Ich schaute auf meine Hand und sah, dass ich eine Gänsehaut hatte.

Das ist idiotisch. Dort ist niemand. Ich umklammerte die Türklinke, aber ich drückte sie noch immer nicht herunter. Auf dem Schreibtisch stand ein schwerer gläserner Briefbeschwerer. Ich nahm ihn unbeholfen mit der rechten Hand und bückte mich, um die Klinke mit der Hand meines festgebundenen Arms zu greifen. *Fertig …*

Ich warf die Tür auf und tastete nach dem Lichtschalter. Ich konnte ihn nicht gleich finden, aber dann stieß ich auf den Schalter, und die Lichter gingen an.

Angesichts des leeren Saales fühlte ich mich lächerlich. Ich ließ die Hand mit dem Briefbeschwerer sinken. Die Tür nach außen war geschlossen. Es musste der Wind gewesen sein. *Du wirst allmählich ein Nervenbündel.* Ich wollte gerade wieder zurück in die Klinik, als ich zu Boden schaute.

Auf den Dielen waren nasse Fußabdrücke.

»SIND SIE SICHER, dass das nicht Ihre eigenen sind?«

Brody betrachtete die langsam trocknenden Spuren auf den abgewetzten Dielenbrettern. Sie waren schon zu sehr verlaufen, um noch die Schuhgröße abschätzen zu können. Der Weg war jedoch eindeutig zu erkennen. Die Abdrücke führten vom Eingang des Gemeindezentrums durch den Saal bis zur Tür der Klinik. Unter dem Bullauge hatte sich eine Pfütze gebildet. Dort hatte jemand gestanden und mich beobachtet.

»Ganz sicher. Ich war nicht noch einmal draußen gewesen«, sagte ich gereizt.

Brody und Duncan waren angekommen, während ich noch überlegt hatte, was ich wegen der Spuren tun sollte. Der junge Constable war frisch rasiert und geduscht. Jetzt folgte Brody der Spur bis zu der Lache vor der Kliniktür. Er starrte durch die Glasscheibe.

»Von hier konnte man genau sehen, was Sie dort drinnen getan haben.«

»Cameron vielleicht? Oder Maggie Cassidy?«

»Möglich, aber ich glaube es nicht. Und ich kann mir auch nicht vorstellen, dass ein Einheimischer hier reingeschlichen ist.«

Damit blieb noch eine Möglichkeit. »Glauben Sie, es könnte der Mörder gewesen sein?«

Brody nickte langsam. »Jedenfalls sollten wir das in Erwägung ziehen. Dass wir die Leiche hierhergebracht haben, wird ihn alarmiert haben, ganz zu schweigen davon, dass sie von einem forensischen Experten untersucht wird. Sorgen bereitet mir, was er jetzt vorhaben könnte.«

Das war ein beunruhigender Gedanke. Brody ließ ihn ein paar Augenblicke im Raum stehen.

»Mir wäre jedenfalls wesentlich wohler, wenn wir das Gemeindezentrum heute Nacht abschließen könnten«, fuhr er fort. »Im Laden bekommt man Ketten und Schlösser. Auf jeden Fall könnten wir dort was kriegen, um dieses Gebäude etwas besser zu sichern. Es bringt nichts, Risiken einzugehen.«

Da hatte er recht. Brody deutete auf den Schädel, der auf dem Stahltisch lag.

»Aber davon mal abgesehen, wie sind Sie vorangekommen?«

»Mühsam. Ich habe versucht herauszufinden, wer die Tote war.«

»Können Sie das aus diesen Überresten?«, fragte er überrascht.

»Keine Ahnung. Aber ich kann es versuchen.«

Ich ging zu dem Stahlwagen, auf dem der Schädel lag, und schaltete die Halogenlampe an. Brody und Duncan waren mir gefolgt. »Der Zustand der Zähne ist interessant. Das Feuer hat sie rissig gemacht, aber sie waren schon vorher ziemlich verkommen. Kaum eine Füllung, und wenn, dann recht alt. Die Frau war anscheinend seit Jahren nicht beim Zahnarzt gewesen, was darauf hinweist, dass sie aus eher armen Verhältnissen stammte. Die Mittelschicht tut mehr für ihre Zahnpflege. Und die Zähne waren nicht einfach schlecht, einige waren fast bis aufs Zahnfleisch weggefault. Bei einem so jungen Menschen ist das ein eindeutiges Anzeichen für schweren Drogenmissbrauch.«

»Sie glauben, sie war eine Abhängige?«, meinte Brody.

»Würde ich sagen.«

Duncan schaute auf. »Ich dachte, die meisten Abhängigen sind dürr. Sagten Sie nicht, dass dieser Dochteffekt bedeutet, dass sie übergewichtig war?«

Das war eine scharfsinnige Bemerkung. »Sie hatte wahrscheinlich mehr Körperfett als der Durchschnitt, ja. Aber es hängt viel vom Stoffwechsel und von der Menge ab, die sie konsumiert hat. Es bedeutet nicht, dass sie kein Drogenproblem hätte haben können. Aber das ist nicht alles. Erinnern Sie sich, wie ich erklärt habe, weshalb die Füße nicht verbrannt sind?«

»Weil an ihnen nicht genug Fleisch war?«, meinte Duncan.

»Und weil es keinen Stoff gab, der als Docht fungiert. Sie hatte Turnschuhe an, trug aber keine Strumpfhosen. Auch keine Socken. Ich glaube, sie trug so etwas wie Kleid und Jacke oder einen kurzen

Mantel. Billiges, schnell entzündliches Material wahrscheinlich, das einen guten Docht abgibt.«

Ich schaute auf die Überreste des Schädels. Die brutale Art, mit der wir ein Leben sezierten, machte mich traurig. Aber es war die einzige Möglichkeit, den zu kriegen, der ihr das angetan hatte.

»Wir haben es also mit einer jungen Frau zu tun, die schwer drogenabhängig und so sehr vernachlässigt war, dass ihre Zähne verfault waren. Eine Frau, die im Februar nur knapp bekleidet war und mit nackten Beinen herumgelaufen ist«, fuhr ich fort. »Was sagt das über ihren Lebenswandel?«

»Sie war eine Prostituierte«, sagte Duncan, dieses Mal mit mehr Überzeugung.

Brody rieb sich nachdenklich das Kinn. »Es gibt nur einen Grund, warum ein Strichmädchen aus einer Großstadt den ganzen Weg hierherkommt.«

»Um einen Freier zu treffen, meinen Sie«, sagte ich.

»Ich kann mir kaum einen anderen Grund vorstellen. Und es passt damit zusammen, dass sie ihren Täter gekannt haben muss, wie wir bereits wissen. Außerdem würde es erklären, warum niemand zu wissen schien, dass sie auf der Insel war. Männer, die für Sex bezahlen, gehen damit normalerweise nicht an die Öffentlichkeit.«

Aber irgendwas an der Erklärung behagte mir nicht. »Trotzdem, es ist ein verdammt weiter Weg für einen Hausbesuch. Und warum lässt man sich eine Prostituierte nach Runa kommen, wenn man Angst hat, dass die Leute es herausfinden könnten? Da geht man doch lieber zu ihr.«

Brody schaute nachdenklich. »Es gibt noch eine andere Möglichkeit. Sie wäre nicht die erste Prostituierte, die versucht hätte, einen Freier zu erpressen. Sie war drogensüchtig. Vielleicht dachte sie, sie könnte irgendwie Geld herausschlagen.«

Das war eine plausible Theorie. Erpressung war ein starkes Mordmotiv, und es passte zu den Fakten, die wir bisher hatten. Obwohl es nicht viele waren.

»Sie könnten recht haben«, sagte ich, zu müde, um weiter darüber nachzudenken. »Aber wir spekulieren nur. Noch wissen wir nicht genug.«

»Ja, das ist richtig«, stimmte Brody bedrückt zu. »Aber ich gehe jede Wette ein, dass wir ihren Mörder gefunden haben, wenn wir wissen, wen sie hier besuchen wollte – und warum.«

Mit einem Blick auf die schon verschwindenden Fußspuren auf dem Boden fragte ich mich, ob der Mörder uns bereits gefunden hatte.

Brody blieb in der Klinik zurück, während ich im Laden Vorhängeschloss und Kette kaufen und dann zurück ins Hotel gehen wollte, um etwas zu essen.

»Sie brauchen eine Pause. Sie sehen völlig fertig aus«, hatte er gesagt, einen Stuhl vor die Tür gestellt und sich hingesetzt.

So fühlte ich mich auch. Meine Schulter schmerzte, und ich hatte seit dem Frühstück nichts gegessen. Duncan brachte mich mit dem Range Rover bis zum Laden. Der Regen hatte aufgehört, aber der Sturm rüttelte am Wagen, als wir durchs Dorf fuhren. Da Brody mir gesagt hatte, dass die Telefone noch immer tot waren, lieh ich mir Duncans Funkgerät, um Jenny anzurufen. Aber auch das digitale Signal war brüchig, und als ich endlich durchkam, erreichte ich wieder nur ihre Mailbox. *Was hast du erwartet? Sie sitzt nicht die ganze Zeit da und wartet auf deinen Anruf.*

Enttäuscht gab ich Duncan das Funkgerät zurück. Er wirkte abwesend und nachdenklich. Er war die meiste Zeit ungewöhnlich still gewesen. Beinahe schwermütig sogar, und als er am Laden vorbeifuhr, musste ich ihn daran erinnern, anzuhalten.

»Entschuldigen Sie.« Er setzte zurück und hielt an.

Er schien immer noch abgelenkt, als ich aus dem Wagen stieg, aber ich führte es darauf zurück, dass er nicht gerade begeistert davon war, eine weitere Nacht allein im Wohnmobil zu verbringen

»Sie müssen nicht warten, ich werde von hier zu Fuß gehen«, sagte ich. »Die frische Luft wird mir guttun.«

»Dr. Hunter?«, sagte er, ehe ich die Tür schließen konnte.

»Ja?«, sagte ich und stemmte mich gegen den Wind.

Doch was auch immer er hatte sagen wollen, er überlegte es sich anders. »Nichts. Spielt keine Rolle.«

»Sicher?«

»Ja. Ich bin nur ein bisschen durcheinander.« Er lächelte verlegen. »Ich fahre lieber los und löse Sergeant Fraser ab. Der bringt mich um, wenn ich zu spät komme.«

Ich wollte erst nachhaken. Aber sollte er etwas auf dem Herzen haben, dachte ich dann, würde er es mir sagen, wenn er so weit war.

Ich winkte ihm, als er davonfuhr, aber ich weiß nicht, ob er es gesehen hat. Im Laden brannte noch Licht, und auf dem Schild an der Tür stand »Geöffnet».

Als ich eintrat, ertönte eine Klingel. Das Innere wirkte wie eine beengte Schatztruhe voller Konservenbüchsen, Haushaltswaren und Lebensmittel. Der Geruch erinnerte mich an meine Kindheit; eine betörende Mischung aus Käse, Kerzen und Streichhölzern. Hinter dem abgewetzten Holztresen stand eine Frau über einen Karton gebeugt und packte Suppendosen aus.

»Bin gleich da«, sagte sie. Als sie sich aufrichtete, erkannte ich Karen Tait. Ich hatte ganz vergessen, dass sie den Laden führte.

Ohne die vom Alkohol geröteten Wangen sah sie noch zermürbter aus. Nur der Schatten einer vergangenen Schönheit war ihren aufgeschwemmten Zügen anzusehen. Ihr Lächeln war von Anfang an eher widerwillig gewesen, es verebbte aber vollends, als sie mich sah.

»Haben Sie Vorhängeschlösser?«, fragte ich.

Sie deutete mit einer Bewegung des Kinns zu einem Regal an der hinteren Wand, auf dem eine Auswahl Eisenwaren willkürlich in Kisten aufgestapelt war.

»Danke«, sagte ich.

Sie antwortete nicht. Während ich durch die Kisten mit Riegeln, Schrauben und Nägeln kramte, spürte ich ihren feindseligen und verärgerten Blick. Aber ich fand, wonach ich gesucht hatte: ein robustes Vorhängeschloss und eine Kettenrolle.

»Ich hätte gerne einen Meter davon.«

»Die Zange liegt da auch.«

Ich war mir nicht sicher, ob ich die Kette mit einer Hand durchtrennen konnte, aber ich wollte ihr nicht die Genugtuung geben und um Hilfe bitten. Ich suchte herum, bis ich schließlich auf einem anderen Regal einen Bolzenschneider neben einem alten Metermaß entdeckte. Ich maß die Kette ab und schnitt sie durch, indem ich einen Griff der Zange gegen meinen Oberschenkel presste. Ich legte alles zurück und ging mit der Kette und dem Schloss zum Tresen.

»Und das kommt noch dazu«, sagte ich und nahm einen Schokoladenriegel aus dem Regal.

Schweigend tippte sie die Preise in die Kasse ein und schaute dann zu, wie ich einen Schein aus meinem Portemonnaie nahm.

»Kann ich nicht wechseln.«

In der offenen Kasse sah ich eine Menge Münzen und kleinere Scheine. Sie starrte mich trotzig an.

Ich steckte mein Portemonnaie weg und wühlte in den Taschen. Nachdem ich das Geld abgezählt hatte, knallte sie es in die Kasse. Ich hätte eigentlich noch etwas zurückbekommen müssen, aber es lohnte nicht, sich deshalb zu streiten. Ich klaubte meine Einkäufe zusammen und ging zur Tür.

»Sie glauben wohl, mit einem Schokoriegel können Sie sich da oben einschleimen, was?«

»Wie bitte?« Ich konnte kaum glauben, was ich gehört hatte.

Aber sie starrte mich nur provozierend an. Ich ging hinaus und widerstand der Versuchung, die Tür zuzuschlagen.

In meiner Wut überlegte ich, mit der Kette direkt zurück zur Klinik zu gehen. Aber Brody hatte mir ausdrücklich geraten, erst etwas zu essen. Ich wusste, dass er recht hatte, und irgendwie konnte ich mir nicht vorstellen, dass etwas passieren würde, solange der alte Inspector Wache stand.

Der Gang zum Hotel tat mir gut. Es war zwar windig, aber immerhin hielt sich der Regen weiter zurück, und die Luft war kalt und frisch. Als ich die Nebenstraße zum Hotel hinaufging, hatte sich meine Verärgerung gelegt. Durch die Fenster schien ein einladendes Licht heraus, und als ich eintrat, empfing mich der Geruch von frischem Brot und Kaminfeuer. Die alte Pendeluhr tickte majestätisch, als ich über den Flur lief und Ellen suchte. In der Bar war auch niemand, aber aus der Küche kamen gedämpft Stimmen.

Ellen und ein Mann.

Als ich anklopfte, verstummten sie. »Einen Moment«, rief Ellen.

Einige Augenblicke später öffnete sie die Tür. Der Hefeduft warmen Brotes strömte mir entgegen.

»Entschuldigen Sie. Ich habe gerade die Brote aus dem Ofen geholt.«

Sie war allein in der Küche. Mit wem auch immer sie gesprochen hatte, er war offensichtlich durch die Hintertür verschwunden. Ellen wandte sich schnell ab und klopfte die Brotlaibe aus den Formen. Doch mir war nicht entgangen, dass sie geweint hatte.

»Ist alles in Ordnung?«, fragte ich.

»Ja.« Aber sie kehrte mir beim Sprechen den Rücken zu.

Ich zögerte und hielt dann den Schokoriegel in die Höhe. »Den habe ich für Anna mitgebracht. Ich hoffe, Sie haben nichts dagegen, wenn sie Süßigkeiten kriegt.«

Sie lächelte und wischte die Tränen weg. »Nein. Das ist sehr nett von Ihnen.«

»Sagen Sie, sind Sie …«

»Mir geht's gut. Wirklich.« Sie schenkte mir ein weiteres Lächeln, dieses Mal etwas überzeugender.

Ich ließ sie allein. Ich kannte sie nicht gut genug, um etwas zu unternehmen. Aber ich fragte mich, wer Ellens Besucher gewesen war und warum sie seine Identität geheim halten wollte.

Und wodurch er sie zum Weinen gebracht hatte.

14

NACHDEM ICH GEDUSCHT und mir andere Sachen angezogen hatte, fühlte ich mich besser. Ich hatte bereits alles getragen, was ich für die Reise in die Grampians eingepackt hatte, und nun würde ich Ellen fragen müssen, ob ich meine Wäsche bei ihr waschen könnte. Meine Schulter schmerzte noch, aber die Dusche hatte gutgetan, und die zwei Ibuprofen, die ich genommen hatte, begannen zu wirken, als ich nach unten ging, um etwas zu essen.

Vor der Bar blieb ich stehen. Ich hatte mich schon in den Tagen zuvor wie ein Außenseiter gefühlt, doch jetzt erschreckte mich plötzlich das Ausmaß meiner Isolation. Obwohl ich bereits gewusst hatte, dass der Mörder der Frau noch auf der Insel sein musste und vielleicht sogar jemand war, den ich kennengelernt hatte, schien es nichts mit mir persönlich zu tun gehabt zu haben. Ich war hier, um meine Arbeit zu machen. Jetzt aber war jemand in das Gemeindezentrum geschlichen, um mir nachzuspionieren, und ich hatte keine Ahnung, wer es war oder warum er es getan hatte.

Irgendwie war dadurch eine Grenze überschritten worden.

Werd nicht paranoid. Und denk daran, was Brody gesagt hat: Bis die Ermittlungsbeamten hier sind, ist es am besten, wenn wir nicht verraten, was wir wissen.

Ich schob die Tür zur Bar auf. Immerhin schien das Wetter den Kreis der Gäste gelichtet zu haben. Guthrie und Karen Tait waren nicht zu sehen, wie ich erleichtert feststellte, und erst einer der Dominospieler war eingetroffen. Einsam und verlassen saß er an seinem Stammtisch, die Schachtel mit den Steinen stand nutzlos auf dem Tisch.

Kinross war jedoch da und starrte schweigend in sein Pint, während sein Sohn verstockt neben ihm auf einem Barhocker kauerte. Fraser war auch schon da und machte sich über einen vollen Teller mit Würsten, Kartoffeln und Gemüse her. Nachdem Duncan ihn im Wohnmobil abgelöst hatte, hatte er offenbar keine Zeit verschwendet, herzukommen. Ein leeres Whiskyglas neben seinem Teller signalisierte, dass er Dienstschluss gemacht hatte, und angesichts seiner geröteten Wangen bezweifelte ich, dass es sein erstes war.

»Gott, ich verhungere«, sagte er und schaufelte Kartoffeln in sich hinein, als ich mich zu ihm setzte. Sein Bart war voller Essensreste. »Das Erste, was ich heute zu essen kriege. Bei diesem Wetter da draußen im Wohnmobil zu hocken ist kein Spaß, das kann ich Ihnen sagen.«

Als Duncan dort Wache schieben musste, schien ihn das nicht gekümmert zu haben, dachte ich. »Hat Duncan Ihnen von dem Eindringling erzählt?«, fragte ich mit gesenkter Stimme.

»Ja.« Er winkte mit seiner Gabel ab. »Wahrscheinlich nur ein paar Kinder.«

»Brody sieht das anders.«

»Ich würde seinen Worten nicht allzu viel Beachtung schenken«, schnaubte er und offenbarte mir einen Blick auf halb zerkaute Wurst. »Duncan sagte, dass die Tote Ihrer Meinung nach eine Nutte aus Stornoway gewesen ist. Stimmt das?«

Ich vergewisserte mich, dass uns niemand hören konnte. »Ich habe keine Ahnung, woher sie kommt. Aber ich vermute, dass sie eine Prostituierte war, ja.«

»Und anscheinend ein Junkie.« Er spülte das Essen mit einem Schluck Whisky herunter. »Sie wird wegen der Bauarbeiter hergekommen sein, und einer ist grob geworden. Kein großes Mysterium.«

»Vor vier oder fünf Wochen, als sie getötet worden ist, waren keine Bauarbeiter mehr hier«, erinnerte ich ihn.

»Ja, gut, aber bei allem Respekt, wer will denn anhand der Einzelteile, die übrig geblieben sind, mit Sicherheit sagen können, wann es passiert ist. Bei diesem kalten Wetter könnte sie seit Monaten da draußen gelegen haben.« Er fuchtelte mit seinem Messer vor mir herum. »Denken Sie an meine Worte: Der Täter wird mittlerweile schon längst wieder auf Lewis oder auf dem Festland sein.«

Ich korrigierte meine Schätzung, wie viele Whiskys Fraser bereits intus haben könnte. Aber ich wollte mich nicht streiten. Er hatte sich eine Meinung gebildet, und die würde sich durch so etwas Lästiges wie Fakten nicht mehr ändern. Trotzdem hatte ich keine Lust mehr, mir seine Ansichten anzuhören, und überlegte gerade, Ellen zu bitten, mir ein paar Sandwiches zum Mitnehmen zu machen, als ein kalter Windzug das Torffeuer im Kamin aufflackern ließ. Einen Augenblick später stapfte Guthrie herein und blieb in der Tür stehen.

Ich wusste sofort, dass etwas nicht stimmte. Er starrte böse zu Fraser und mir herüber, ging dann zu Kinross und flüsterte ihm etwas ins Ohr. Die Miene des Fährkapitäns verfinsterte sich, als er sich zu uns umdrehte. Schließlich kamen sie zu unserem Tisch. Kinross' Sohn beobachtete sie ängstlich.

In sein Essen vertieft, bemerkte Fraser die beiden erst, als sie vor uns standen. Er schaute gereizt auf.

»Ja?«, schnauzte er mit vollem Mund.

Kinross betrachtete ihn wie einen ungenießbaren und nutzlosen Fang im Netz. »Wozu brauchen Sie ein Vorhängeschloss?«

Ich hätte es ahnen müssen. Da wir uns in der Klinik aufhielten, musste man nicht lange raten, wozu wir es benötigten. Und mir hätte klar sein sollen, dass Cameron nicht der Einzige war, der etwas dagegen hatte, dass wir die Einrichtung benutzten.

Fraser runzelte die Stirn. »Ein Schloss? Wovon reden Sie, verdammt?«

»Ich habe vorhin eines gekauft«, sagte ich ihm. »Für das Gemeindezentrum.«

Einen Moment lang schien er verärgert zu sein, dass er es nicht früher erfahren hatte, doch dann lockten ihn wieder sein Essen und der Whisky. Er deutete auf mich und widmete sich seiner Mahlzeit.

»Na also. Dann ist das ja geklärt.«

Guthrie verschränkte die fleischigen Arme vor seinem Schmerbauch. Dieses Mal war er nicht betrunken, gut gelaunt war er aber auch nicht.

»Und wer sagt, Sie können uns einfach so aus unserem Gemeindezentrum ausschließen?«

Fraser legte Messer und Gabel auf den Tisch und schaute ihn finster an. »Ich. Vorhin hat sich jemand dort hineingeschlichen, also schließen wir es jetzt ab. Irgendwelche Einwände?«

»Ja, allerdings«, knurrte Guthrie und senkte drohend seine Arme. Wie sie da lang und kräftig an ihm hinabhingen, ähnelte er einem Affen. »Das ist unser Zentrum.«

»Dann schreiben Sie einen Beschwerdebrief«, entgegnete Fraser. »Es wird für Polizeiangelegenheiten gebraucht. Und das heißt, der Zugang ist bis auf weiteres untersagt.«

Kinross' Augen funkelten über seinem dunklen Bart. »Ich glaube, Sie haben nicht richtig verstanden. Das ist *unser* Gemeindezentrum, nicht Ihres. Und wenn Sie glauben, Sie können hierherkommen und uns aus unseren eigenen Gebäuden ausschließen, dann sollten Sie noch einmal darüber nachdenken.«

Ich schaltete mich ein, damit die Sache nicht aus dem Ruder lief. »Niemand will irgendjemanden ausschließen, es wird auch nicht für lange sein. Und wir haben es vorher mit Grace Strachan abgesprochen.«

Im Geiste entschuldigte ich mich bei Grace dafür, ihren Namen ins Spiel gebracht zu haben, aber es erzielte die erhoffte Wirkung. Kinross und Guthrie schauten sich an, ihre Aggression wich Unschlüssigkeit.

Kinross rieb seinen Nacken. »Na gut, wenn Mrs. Strachan gesagt hat, es ist okay …«

Gott sei Dank. Doch meine Erleichterung war voreilig. Vielleicht lag es am Whisky, vielleicht hatte er das Gefühl, dass seine Autorität durch Brody schon genug untergraben worden war, auf jeden Fall wollte Fraser unbedingt das letzte Wort haben.

»Betrachten Sie das als Warnung«, knurrte er und richtete einen Fettfinger auf Kinross. »Wir haben es hier mit einer Mordermittlung zu tun, und wenn Sie uns erneut behindern, glauben Sie mir, dann werden Sie wünschen, Sie wären auf Ihrer Scheißfähre geblieben!«

In der Bar war es mucksmäuschenstill geworden. Jeder im Raum starrte uns an. Ich versuchte mir meine Bestürzung nicht anmerken zu lassen. *Du verdammter Idiot!*

Kinross sah verblüfft aus. »Mordermittlung? Seit wann?«

Fraser merkte, was er angerichtet hatte. »Das geht Sie nichts an«, polterte er. »Und wenn Sie nichts dagegen haben, würde ich mich jetzt gern wieder meinem Abendessen widmen. Das Gespräch ist beendet.«

Er beugte sich über seinen Teller, konnte jedoch nicht verhindern, dass die Röte seinen Nacken hinaufkroch. Kinross schaute auf ihn herab und biss nachdenklich auf seine Lippe. Er nickte Guthrie zu.

»Komm, Sean.«

Sie gingen zurück an die Theke. Ich starrte Fraser an, doch er vertiefte sich in sein Essen und wich meinem Blick aus. Schließlich sah er mich mürrisch an.

»Was ist? Sobald die Spurensicherung hier ist, werden sie es sowieso erfahren. Es ist alles okay.«

Ich war zu empört, um etwas sagen zu können. Die eine Sache, die wir geheim halten wollten, hatte Fraser herausposaunt. Ich konnte seine Nähe nicht länger ertragen und stand auf.

»Ich gehe besser und löse Brody ab«, sagte ich und suchte Ellen auf, um sie zu bitten, mir ein paar Sandwiches zu machen.

Brody sass noch immer dort im Saal und bewachte die Tür zur Klinik. Als ich hereinkam, sah er ruckartig auf, entspannte sich bei meinem Anblick aber wieder.

»Lange waren Sie nicht weg«, sagte er, stand auf und streckte sich.

»Ich dachte, ich esse hier.«

Ich hatte meinen Laptop mitgebracht. Ich stellte ihn ab und nahm Schloss und Kette aus meiner Jackentasche. Brody reichte ich den Reserveschlüssel.

»Hier. Es gibt zwei. Nehmen Sie einen.«

Er sah mich skeptisch an. »Sollten Sie den Ersatzschlüssel nicht Fraser geben?«

»Nicht nach dem, was er gerade getan hat.«

Ich erzählte ihm, was in der Hotelbar geschehen war. Brody presste verärgert die Lippen zusammen.

»Verdammter Idiot. Das hat uns gerade noch gefehlt.« Er dachte einen Moment nach. »Wollen Sie, dass ich noch eine Weile hierbleibe?

Bis ich irgendwann mit Bess Gassi gehen muss, habe ich sowieso nichts zu tun.«

Ihm war wohl nicht bewusst, wie einsam das klang. »Ich komme schon zurecht. Sie können gerne gehen und etwas essen.«

»Sicher?«

»Ja.« Ich wusste sein Angebot zu schätzen, aber ich wollte arbeiten. Und das konnte ich besser allein.

Nachdem er weg war, zog ich die Kette durch die Griffe der Doppeltür des Gemeindezentrums, schob dann den Bügel des Schlosses durch die Glieder und ließ ihn einrasten.

Zufrieden, dass der Saal nun abgesichert war, setzte ich mich auf den Stuhl, den Brody vor die Kliniktür gestellt hatte, und aß die Sandwiches, die Ellen gemacht hatte. Sie hatte mir auch eine Thermoskanne mit schwarzem Kaffee mitgegeben, und nach dem Essen nippte ich an dem heißen Getränk und lauschte dem brausenden Wind draußen.

Das alte Gebäude ächzte wie Schiffsbalken auf hoher See. Das Geräusch war merkwürdig beruhigend, und das Essen machte mich schläfrig. Ohne es zu merken, fielen mir die Augen zu, und mein Kinn sackte auf die Brust. Als eine plötzliche Böe an den Fenstern rüttelte, schreckte ich auf. Die Lichter flackerten und summten unentschlossen, dann beruhigten sie sich wieder. *Zeit, anzufangen.*

Der Schädel und der Kiefer lagen da wie vorher. Ich schloss meinen Laptop an eine Steckdose an und schaltete ihn ein. Die Batterie war zwar aufgeladen, aber wenn der Strom ausfiel, würde sie nicht lange reichen. Deshalb benutzte ich vorerst lieber das Netz der Insel und vertraute darauf, dass der Laptop gegen die Stromschwankungen geschützt war.

Ich öffnete die Datei der vermissten Personen, die Wallace mir geschickt hatte. Jetzt konnte ich sie mir zum ersten Mal richtig anschauen. Die Datei enthielt insgesamt fünf Profile von jungen Frauen zwischen achtzehn und dreißig Jahren, die in den letzten Monaten von den westlichen Inseln oder der Westküste Schottlands verschwunden waren. Es war natürlich möglich, dass sie einfach weggelaufen waren und irgendwann in Glasgow, Edinburgh oder London auftauchen würden.

Aber nicht alle.

Jedes Profil enthielt eine detaillierte Beschreibung der körperlichen Merkmale und ein jpeg-Foto der vermissten Frau. Zwei Bilder waren ungeeignet. In einem Fall hatte die Person den Mund geschlossen, im anderen handelte es sich um eine Ganzkörperaufnahme mit zu schwacher Auflösung. Aber nach einem kurzen Blick auf die dazugehörigen Beschreibungen fielen diese beiden sowieso aus meinem Raster. Die eine war schwarz, die andere zu klein.

Die anderen drei passten allerdings alle auf das physische Profil der Toten. Auf den Fotos sahen sie noch wie Mädchen aus; die Bilder mussten aufgenommen worden sein, bevor sie ein anderes Leben begonnen hatten. Mit Hilfe des Bildbearbeitungsprogrammes vergrößerte ich den Mund der ersten Aufnahme, bis der Bildschirm mit einem riesigen, anonymen Lächeln ausgefüllt war. Als ich es so groß und scharf wie möglich hatte, begann ich, es mit dem skelettierten Grinsen des Schädels zu vergleichen.

Anders als Fingerabdrücke, die eine Mindestanzahl von übereinstimmenden Merkmalen benötigen, kann ein einzelner Zahn für eine positive Identifizierung reichen. Manchmal genügt eine auffällige Form oder eine bestimmte Bruchstelle, um einen Menschen zu erkennen.

Und darauf hoffte ich jetzt. Die Zähne, die ich wieder in die Kiefer gesteckt hatte, waren schief und faul. Wenn keine der Frauen auf den Fotos ähnliche Zahnmängel aufwies, würden sie immerhin als mögliche Kandidatinnen ausfallen. Sollte ich allerdings das Glück haben, eine Übereinstimmung zu finden, könnte ich dem anonymen Opfer vielleicht einen Namen geben.

Ich wusste, dass es nicht leicht werden würde. Bei den Fotografien handelte es sich um Schnappschüsse, die nicht für den dunklen Zweck aufgenommen worden waren, den ich nun verfolgte. Selbst vergrößert und bearbeitet blieben die Bilder grobkörnig und verschwommen. Und der schlechte Zustand der Zähne, die ich mühevoll zurück in die Kiefer gesteckt hatte, vereinfachte die Sache auch nicht. Wenn das Opfer eine dieser jungen Frauen war, dann war das Foto aufgenommen worden, bevor die Drogenabhängigkeit sie ruiniert hatte.

Nachdem ich die Bilder ein paar Stunden eingehend betrachtet hatte, war mir, als hätte ich mir Sand in die Augen gerieben. Ich schenkte noch Kaffee nach und massierte mir den Nacken. Ich war müde und entmutigt. Obwohl mir bewusst gewesen war, dass es langwierig werden würde, hatte ich gehofft, etwas zu finden.

Ich öffnete wieder die Originalbilder der drei Frauen. Eines zog mich besonders an, obwohl ich nicht hätte sagen können, warum. Es war auf einer Straße aufgenommen worden, sie stand vor einem Schaufenster. Sie hatte ein attraktives, aber hartes Gesicht, und obwohl sie lächelte, hatte sie einen misstrauischen Zug um die Augen und den Mund. Wenn sie ein Opfer gewesen war, dann kein passives, dachte ich.

Ich untersuchte das Foto genauer. Nur die Schneidezähne und die oberen Eckzähne wurden durch ihr Lächeln enthüllt. Obwohl sie beinahe genauso schief waren wie die im Kiefer des Schädels, stimmte keines der Merkmale überein. Die Tote hatte eine auffällige V-förmige Kerbe im oberen linken Schneidezahn, der entsprechende Zahn auf dem Foto war jedoch unbeschädigt. *Gib es auf. Du verschwendest deine Zeit.*

Doch irgendwas an dem Bild war merkwürdig. Und dann sah ich es.

»Das soll wohl ein Witz sein«, sagte ich laut.

Ich tippte einen Befehl ein. Die junge Frau auf meinem Bildschirm verschwand und kehrte dann leicht verändert zurück. Jetzt konnte ich die Worte des Ladenschildes hinter ihr erkennen: *Stornoway Lebensmittel & Zeitschriften.* Wichtig war aber nicht die Bedeutung der Worte, sondern die Tatsache, dass ich sie jetzt lesen konnte.

Das Bild war spiegelverkehrt gewesen.

Es war ein simpler Fehler, der normalerweise keine Rolle spielte. Vielleicht war das Foto als Negativ eingescannt worden, oder es war versehentlich umgedreht worden, als es in die Vermisstendatei geladen worden war.

Ich hatte die ganze Zeit auf ein spiegelverkehrtes Bild geschaut.

Immer aufgeregter vergrößerte ich erneut die Zähne auf dem Foto. Jetzt hatte der linke obere Schneidezahn eine V-förmige Kerbe, die genau mit der im entsprechenden Zahn des Schädels übereinstimmte. Und in beiden Fällen waren die rechten unteren Eckzähne schief und bedrängten auf identische Weise den Zahn daneben.

Ich hatte eine Übereinstimmung gefunden.

Erst jetzt las ich die das Foto begleitende Beschreibung. Der Name der Frau war Janice Donaldson. Sie war sechsundzwanzig Jahre alt; eine Prostituierte, Alkoholikerin und Drogenabhängige, die vor fünf Wochen aus Stornoway verschwunden war. Es hatte weder eine großangelegte Suche stattgefunden noch einen Aufruf in der Presse gegeben. Nur eine weitere Vermisstenanzeige, eine weitere arme Seele, die vom Erdboden verschwunden war.

Ich schaute mir wieder das Bild an, das elektronisch eingefrorene Lächeln. Sie hatte ein rundes Gesicht mit vollen Wangen und dem Ansatz eines Doppelkinns. Trotz ihrer Drogensucht hatte sie offenbar Probleme mit ihrer Figur gehabt. *Übergewichtig. Ein Menge Körperfett zum Verbrennen.* Es musste durch Dentalberichte und Fingerabdrücke erst noch bestätigt werden, aber ich hatte keinen Zweifel, die ermordete Frau gefunden zu haben.

»Hallo, Janice«, sagte ich.

WÄHREND ICH AUF DEN BILDSCHIRM meines Laptops starrte, versuchte sich Duncan draußen im Wohnmobil auf sein kriminologisches Lehrbuch zu konzentrieren. Es fiel ihm nicht leicht. Der Wind war stärker denn je. Obwohl das Wohnmobil auf der windabgewandten Seite des Cottages stand, wurde es erbarmungslos durchgerüttelt.

Die ständige Erschütterung war ebenso beunruhigend wie unangenehm. Duncan hatte schon überlegt, den Paraffinofen auszustellen, falls das Wohnmobil umgeworfen werden würde, aber er hatte sich dann dagegen entschieden. Lieber ging er das Risiko ein, Feuer zu fangen, als sich zu Tode zu frieren.

Also hatte er versucht, nicht mehr darauf zu achten, wie das Wohnmobil wackelte und der Regen auf das Metalldach trommelte, und sich, so gut es ging, auf das Buch konzentriert. Als er aber bemerkte, dass er denselben Absatz zum dritten Mal las, akzeptierte er schließlich, dass es unmöglich war.

Seufzend klappte er das Buch zu. In Wahrheit war es nicht nur der Sturm, der ihm zu schaffen machte. Ihn beschäftigte noch immer der Gedanke, der ihm vorhin gekommen war. Er wusste, dass es idiotisch von ihm war und seine Ahnung völlig lächerlich. Aber jetzt, wo er begonnen hatte, darüber nachzudenken, konnte er es nicht mehr verdrängen. Schon wieder seine lebhafte Phantasie. *Zu viele Fragen, die mit »Was wäre, wenn« beginnen, das ist dein Problem.*

Aber was sollte er tun? Es jemandem erzählen? Und wem? Fast hätte er es Dr. Hunter gegenüber erwähnt, es dann aber doch lieber gelassen. Natürlich könnte er sich an Brody wenden. Oder an Fraser. *Ja, klar.* Duncan war sich der Schwächen des Sergeants als Polizist sehr wohl bewusst. Seine Whiskyfahne am Morgen war peinlich. Widerlich. Duncans Vater hatte ihm von einigen Beamten erzählt, die ausgebrannt waren, deren einziger Ehrgeiz darin bestand, sich aus allem rauszuhalten, bis sie bei voller Rente in den Ruhestand gehen konnten. Das traf auch auf Fraser zu.

Duncan fragte sich, ob Fraser schon immer so gewesen war. Die Geschichten hatte er natürlich gehört. Manche hatte er geglaubt, anderen gegenüber war er skeptisch gewesen. Aber er hatte immer glauben wollen, dass sich hinter dem von Alkohol geröteten Gesicht noch ein halbwegs anständiger Polizeibeamter verbarg.

Jetzt war er sich nicht mehr so sicher. Da hatte sich ihr Fall zu einer heiklen Mordermittlung entwickelt, und Fraser tat immer noch so, als wäre ihm das alles nur lästig. Duncan sah es ganz anders. Für Duncan war es das Aufregendste, was er je erlebt hatte.

Bei dem Gedanken bekam er ein schlechtes Gewissen. Schließlich war eine Frau gestorben. Durfte er da so animiert sein?

Aber das hier war sein Job, sagte er sich. Deswegen war er zur Polizei gegangen; nicht um Strafzettel zu schreiben oder Streitigkeiten zwischen betrunkenen Nachbarn zu schlichten. Er wusste, dass es das Böse gab – nicht im biblischen Sinne vielleicht, aber darauf lief es letztlich hinaus. Er wollte dem Bösen in die Augen schauen, damit es zurückschreckte. Er wollte etwas bewegen. *Ja, und ich kann mir vorstellen, was Fraser dazu sagen würde.*

Das Lächeln verschwand langsam von seinem Gesicht. Und was sollte er tun?

Im Augenwinkel sah er draußen etwas aufblitzen. Er schaute aus dem Fenster und wartete darauf, dass es erneut passierte. Nichts. *Ein Blitz?* Aber er hörte kein Donnergrollen. Er schaltete das Licht aus. Die düsteren Umrisse des Cottages konnte er erkennen, mehr aber nicht.

Er zögerte. Es könnte ein Wetterleuchten gewesen sein, dachte er. Das erzeugt keine Geräusche, oder? Oder vielleicht trogen ihn auch nur seine Augen.

Andererseits hätte es auch jemand mit einer Taschenlampe gewesen sein können.

Wieder die Reporterin? Maggie Cassidy? Er hoffte nicht. Zwar fand er den Gedanken recht aufregend, sie wiederzusehen, aber er hatte ihr geglaubt, als sie versprochen hatte, es nicht wieder zu versuchen. Naiv oder nicht, er wäre enttäuscht gewesen, wenn sie ihr Versprechen gebrochen hätte. Aber wenn nicht sie es war, wer dann? Nach Duncans Meinung war im Cottage nichts mehr, was für irgendwen von Interesse sein könnte. Es sei denn, man brächte einen Bagger mit, um die Trümmer abzutragen.

Aber dieser Fall war nun eine Mordermittlung. Er wollte kein Risiko eingehen. Er überlegte, Fraser anzufunken, tat den Gedanken aber schnell wieder ab. Er konnte sich die vernichtende Reaktion des Sergeants vorstellen, und darauf hatte er keine Lust. Nicht ohne zuerst nachzuschauen. Also warf er die Jacke über, nahm die Taschenlampe und ging hinaus.

Die Wucht des Windes riss ihn fast von den Beinen. Nachdem er die Tür so leise wie möglich geschlossen hatte, hielt er einen Moment inne und lauschte. Doch bei dem Wind konnte man nichts hören. Und mittlerweile war es zu dunkel, um ohne Taschenlampe irgendwas sehen zu können. Er knipste sie an und schwenkte sie umher. Der Lichtstrahl strich nur über das vom Wind gepeitschte Gras und das einsame Gemäuer des Cottages. Auf dem Weg war auch nichts zu sehen, jedenfalls nicht, so weit er sehen konnte. Es gab weiter hinten Kurven und Senken, in denen man einen Wagen hätte abstellen können, aber so weit wollte er sich nicht vom Cottage entfernen.

Im Wind wurde ihm schnell kalt. Und er hatte vergessen, sich Handschuhe anzuziehen. Zitternd näherte er sich dem Cottage und richtete die Taschenlampe auf den Eingang. Als er am Abend eingetroffen war, hatte er ihn wieder abgesperrt – eine Aufgabe, um die sich Fraser nicht gekümmert hatte –, und das Band schien unberührt. Er leuchtete ins Gebäude, sah beruhigt, dass niemand drinnen war, und begann dann, um die verfallenen Mauern herumzugehen.

Nichts. Allmählich entspannte er sich wieder. Es war wohl doch ein Wetterleuchten gewesen. *Ja, oder deine Phantasie.* Seine Füße raschelten durchs dichte Gras. Als er wieder am Eingang war, dachte er vor allem daran, wie verflucht kalt es war. Seine Finger am Stahlgehäuse der Lampe waren taub geworden.

Er leuchtete noch ein letztes Mal durch die Gegend, bevor er zum Wohnmobil zurückging. Er zögerte. Ihm war plötzlich in den Sinn gekommen, dass drinnen jemand warten könnte.

Wenn, dann hat er hoffentlich den Kessel aufgesetzt. Mit der schweren Taschenlampe in der Hand schob er die Tür auf.

Niemand war drin. Die zischende blaue Flamme des Ofens strahlte eine einladende Wärme aus. Duncan stieg dankbar hinein und schloss die Tür. Nachdem er sich die Hände gerieben hatte, schaltete er das Licht an und schaute in den Kessel. Er hatte noch genug Wasser, aber morgen würden sie den Wassertank auffüllen müssen. Fraser hatte offenbar den ganzen Tag mit Teetrinken verbracht, dachte er verdrossen.

Duncan stellte den Kessel auf den kleinen Herd und nahm die Streichholzschachtel. Als er eines anzündete, strömte der Schwefelgeruch in seine Nase.

In dem Moment schlug jemand gegen die Tür.

Duncan zuckte zusammen.

Fast hätte er gefragt, wer da war. Aber ein unbefugter Eindringling würde wohl kaum anklopfen, sagte er sich. Trotzdem griff er wieder nach der Taschenlampe. Nur für den Fall.

Und mit dem beruhigenden Gewicht der Taschenlampe in der Hand öffnete er die Tür.

15

ICH SASS AM SCHREIBTISCH IN DER KLINIK. Es war dunkel, aber ich konnte noch etwas sehen. Ein dunstiges Zwielicht schien sich über alles gelegt zu haben. Die Jalousien des Fensters und der Tür waren heruntergelassen. Schädel und Kiefer lagen auf dem Stahlwagen. Der Monitor des Laptops vor mir war dunkel. Die Halogenlampe war noch auf den Tisch gerichtet, aber jetzt war sie ausgeschaltet.

Kein Geräusch war zu hören. Ich schaute mich um und nahm

meine Umgebung auf. Und ohne jede Überraschung, die sich manchmal in solchen Momenten einstellt, wusste ich, dass ich schlief.

Die Anwesenheit der Gestalt in der Ecke spürte ich, bevor ich sie sah. Ich konnte sie sehen, obwohl sie in der Dunkelheit verborgen war. Eine kräftige, pummelige Frau. Übergewichtig. Ein rundes, attraktives Gesicht mit einem harten Zug.

Sie schaute mich schweigend an.

Was willst du? Die Frau antwortete nicht. *Ich habe alles getan, was ich konnte. Jetzt liegt es an der Polizei.*

Ohne den Blick von mir abzuwenden, zeigte sie auf den Schädel auf dem Tisch.

Ich verstehe nicht. Was soll ich tun?

Sie öffnete den Mund. Ich wartete darauf, dass sie etwas sagte, doch statt Worten strömte Rauch aus ihrem Mund. Ich wollte wegschauen, aber ich konnte nicht. Der Rauch strömte jetzt auch aus ihren Augen, aus Mund und Nase und quoll aus ihren Fingerspitzen empor. Ich konnte riechen, wie sie verbrannte, obwohl es keine Flammen gab. Nur Rauch. Er erfüllte den Raum, bis ich sie nicht mehr sehen konnte. Ich wusste, dass ich etwas tun sollte, dass ich ihr helfen sollte.

Ich kann nicht. Sie ist bereits tot.

Der Rauch wurde dichter und begann mich zu ersticken. Ich konnte mich immer noch nicht bewegen, aber ich wusste, dass ich etwas tun musste. Ich konnte die Frau nicht mehr sehen, ich konnte gar nichts mehr sehen. *Beweg dich! Sofort!* Ich taumelte zu ihr …

Und erwachte. Ich saß noch in der Klinik, am Schreibtisch, wo ich eingeschlafen war. Aber jetzt war der Raum völlig dunkel. Ein schwacher Lichtschein vom Laptop vor mir. Auf dem Bildschirm jagte eine Unzahl von Sternen in die Unendlichkeit. Der Bildschirmschoner war automatisch aktiviert worden. Also hatte ich mindestens fünfzehn Minuten geschlafen.

Draußen wütete der Sturm, während ich versuchte, die Traumbilder abzuschütteln. Ich bekam nur schlecht Luft, und mein Blick war verschwommen, als hätte ich einen Schleier vor den Augen. Und ich konnte noch immer den beißenden Rauch riechen.

Ich holte tief Luft und musste sofort husten. Jetzt konnte ich den Qualm auch schmecken. Ich betätigte den Schalter der Halogenlampe. Nichts passierte. Nun hatte das Unwetter also auch das Stromnetz unterbrochen. Mein Laptop lief auf Batterie. Ich drückte eine Taste, um den Standby-Modus zu beenden. Der Monitor leuchtete auf und warf ein schwaches, blaues Licht in die Klinik. Der Dunst in der Luft war jetzt besser zu sehen, und während ich immer mehr zu mir kam, wurde mir klar, dass ich nicht nur geträumt hatte.

Der Raum war tatsächlich voller Rauch.

Hustend sprang ich auf und stürzte zur Tür. Als ich die Klinke berührte, zuckte ich zurück.

Sie war heiß.

Wegen des Eindringlings am Nachmittag hatte ich die Jalousie vor der Glasscheibe heruntergelassen. Jetzt zog ich sie wieder hoch. Im Saal wirbelte ein schwefeliges, orangefarbenes Licht.

Das Gemeindezentrum stand in Flammen.

Ich trat von der Tür zurück und schaute mich schnell in der Klinik um. Der einzige Weg hinaus war ein kleines Fenster, das hoch oben in die Wand eingelassen war. Mit Hilfe eines Stuhls könnte ich mich vielleicht gerade so hindurchzwängen. Doch als ich es öffnen wollte, bewegte es sich nicht. Dann sah ich das Fensterschloss und fluchte. Ich hatte keine Ahnung, wo der Schlüssel war, und keine Zeit zum Suchen. Ich packte die Schreibtischlampe und wollte sie gerade gegen die Scheibe schleudern, doch hielt dann inne. Selbst wenn ich es hätte öffnen können, hätte ich nur knapp durch das Fenster gepasst. Wenn ich es einschlug, würde das Loch noch kleiner sein. Und obwohl die Kliniktür geschlossen war, könnte sich das Feuer durch die von draußen hereinströmende sauerstoffreiche Luft explosionsartig ausdehnen. Das durfte ich nicht riskieren.

Der Rauch im Raum war noch dichter geworden und erschwerte das Atmen. *Na los! Denk nach!* Ich riss meine Jacke vom Wandhaken und lief zum Waschbecken. Ich drehte den Hahn auf und hielt den Kopf in den Wasserstrahl, dann tat ich das Gleiche mit Schal und Handschuhen. Kaltes Wasser lief mir übers Gesicht, als ich mich in die Jacke zwängte. Dann band ich mir den Schal um Mund und Nase, zog einen Handschuh über die freie Hand und setzte die Kapuze auf.

Ich schnappte mir den Laptop und warf einen letzten Blick auf Schädel und Kieferknochen. *Tut mir leid, Janice.*

In dem Moment explodierte das gläserne Bullauge.

Da ich abgewandt stand, schützten mich Kapuze und Schal vor dem Großteil der Splitter. Trotzdem trafen einige meine unbedeckte Haut, aber der Schmerz wurde sofort von der plötzlichen Hitzewelle übertroffen. Ich taumelte vor dem Rauch und den Flammen zurück, die in die Klinik drangen. Die Möglichkeit, aus dem Fenster zu klettern, war nun dahin. Selbst wenn der Feuerball, den das Einschlagen der Scheibe verursachen würde, mich nicht sofort tötete, würde ich verbrennen, ehe ich mich hinauszwängen konnte.

Der Qualm nahm mir den Atem. Hustend und würgend näherte ich mich der Tür und griff nach der Klinke. Durch das zerschmetterte Bullauge strömte die Hitze. Das Wasser auf meinem Handschuh dampfte und brutzelte, die Hitze war selbst durch den dicken Stoff zu spüren. Dann riss ich die Tür auf und stürzte hinaus.

Es war, als würde ich gegen eine Mauer aus Hitze und Lärm stürmen. Das Klavier brannte wie eine Kerze, das Feuer verschlang die Saiten und spielte die schiefe Musik eines Wahnsinnigen. Ich wäre beinahe zurück in die Klinik getaumelt, aber ich wusste, dass das meinen Tod bedeutet hätte. Und jetzt sah ich, dass das Gemeindezentrum nicht vollständig in Flammen stand. Eine Hälfte brannte lichterloh, gelbe Flammen züngelten dort über Decke und Boden, doch auf die Seite des Haupteingangs hatten sie noch nicht übergegriffen.

Raus! Sofort! Mit tränenden Augen lief ich durch den Qualm. Fast sofort verlor ich die Orientierung. Ich konnte riechen, wie meine Jacke schwelte, ein Geruch nach versengter Wolle, der durch meinen nassen Schal drang. Furcht und Sauerstoffmangel ließen mein Herz rasen, und den Stapel Stühle sah ich erst, als ich über ihn fiel.

Als ich zu Boden ging, schoss mir der Schmerz durch die Schulter, und der Laptop fiel mir aus der Hand. Aber der Sturz rettete mich. Als wäre ich plötzlich in die tiefere Zone eines Gewässers getaucht, empfing mich direkt über den Dielenbrettern eine Schicht relativ klarer Luft. *Wie dumm. Hätte ich wissen müssen.* Eine Thermokline. Ich war in Panik geraten und hatte nicht mehr klar gedacht. Mit auf den Boden gepresstem Gesicht atmete ich gierig ein und tastete nach dem Laptop. Ich konnte ihn nicht finden. *Lass ihn!* Ich begann zur Tür nach draußen zu krabbeln. In einem Rauchwirbel konnte ich vor mir die Doppeltür erkennen. Nachdem ich zum letzten Mal tief Luft geholt hatte, rappelte ich mich auf und zog an den Griffen.

Und hörte das Rasseln der verschlossenen Kette.

Schock und Angst lähmten mich. Ich hatte das Vorhängeschloss völlig vergessen. *Der Schlüssel. Wo ist der Schlüssel?* Ich konnte mich nicht erinnern. *Denk nach!* Einen Schlüssel hatte ich Brody gegeben, aber wo war meiner? Ich riss mit den Zähnen den Handschuh herunter und durchsuchte verzweifelt meine Taschen. Nichts. *O Gott, er ist noch in der Klinik.*

Doch dann fühlte ich das dünne Metall in meiner Gesäßtasche. *Gott sei Dank!* Ich fummelte den Schlüssel heraus. Wenn ich ihn fallen ließ, würde ich sterben. Die Flammen züngelten an meinen Rücken. Meine Brust schmerzte, als ich versuchte, den Schlüssel ins Schloss zu kriegen, aber ich wagte nicht zu atmen. Ich würde sowieso nur Rauch einatmen, und die Hitze würde mir Kehle und Lungen versengen. Meine Hand zitterte, das Schloss wollte nicht aufgehen.

Aber schließlich klickte es, und der Bügel rutschte heraus.

Die Kette rasselte durch die Griffe, als ich sie herauszerrte. Ich riss die Tür auf und hoffte, dass der Vorbau wie eine Luftschleuse wirkte, sodass ich hinausgelangte, ehe die frische Luft das Feuer anfachte. Das tat sie auch, aber nur teilweise. Erst schlug mir die Kälte ins Gesicht, dann wurde ich von einem Schwall heißer Luft und Qualm eingehüllt. Mit zusammengekniffenen Augen stolperte ich hinaus und unterdrückte das dringende Bedürfnis, Luft zu holen.

Ich wusste nicht, wie weit ich gekommen war, bevor ich zusammenbrach. Dieses Mal landete ich dankbar auf kaltem, feuchtem Gras. Ich schnappte gierig nach Luft, die immer noch nach Qualm schmeckte, aber nun vor allem kühl und frisch war.

Dann spürte ich Hände, die mich wegzogen. Meine Augen tränten zu sehr, um etwas zu sehen, aber ich erkannte Brodys Stimme. »Alles in Ordnung, wir haben Sie.«

Ich schaute hustend auf und wischte mir die Tränen aus den Augen. Brody stützte mich auf der einen Seite, auf der anderen der massige Guthrie. Überall standen Menschen, deren bestürzte Gesichter von den Flammen erleuchtet wurden. Immer mehr kamen mit wehenden Jacken hinzu, die sie sich eilig über Pyjamas und Nachthemden geworfen hatten. Jemand rief nach Wasser, einen Augenblick später wurde mir ein Becher in die Hand gedrückt. Durstig trank ich die kalte Flüssigkeit, eine Wohltat für meine Kehle.

»Alles in Ordnung?«, fragte Brody.

Ich nickte und wandte mich zum Gemeindezentrum um. Das ganze Gebäude stand in Flammen und sprühte Funken, die der Wind sofort davonpeitschte. Auch der Klinikanbau brannte jetzt. Aus den zersprungenen Fenstern quollen Rauchwolken.

»Was ist geschehen?«, fragte Brody.

Ich versuchte zu sprechen, doch ein erneuter Hustenanfall verhinderte das.

»Schon gut, ganz ruhig«, sagte Brody und drängte mich, mehr zu trinken.

Jemand stürzte durch die Menge auf uns zu. Es war Cameron, der mit offenem Mund ungläubig auf das brennende Gemeindezentrum starrte. Dann wandte er sich mit weit aufgerissenen Augen an mich.

»Was haben Sie getan?«, schrie er mit vor Wut bebender Stimme.

»Um Gottes willen, lassen Sie ihn doch in Ruhe«, sagte Brody.

Camerons Adamsapfel zuckte unter der Haut seines Halses wie eine gefangene Maus. »Ihn in Ruhe lassen? Das ist meine Klinik, die da in Flammen aufgeht!«

Ich versuchte, mein Husten unter Kontrolle zu kriegen. »Es tut mir leid …«, krächzte ich.

»Es tut Ihnen *leid*? Schauen Sie sich das an! Das ganze Gebäude ist hin! Was haben Sie getan, zum Teufel?«

Die Adern in seinen Schläfen pulsierten zornig. Ich rieb mir die tränenden Augen und zwang mich aufzustehen.

»Ich habe gar nichts getan«, krächzte ich. Meine Kehle fühlte sich an wie aufgeraspelt. »Als ich aufgewacht bin, stand der Saal in Flammen. Das Feuer ist dort ausgebrochen, nicht in der Klinik.«

Aber Cameron wollte nicht klein beigeben. »Ach, es ist von allein ausgebrochen, oder was?«

»Ich weiß es nicht …« Ich musste wieder husten.

»Lassen Sie ihn in Ruhe, er hat es gerade erst nach draußen geschafft«, warnte Brody ihn.

In der Nähe lachte jemand bitter auf. Es war Kinross, der vor der Menge stand. Mit seinem dunklen Bart und dem Ölzeug wirkte er wie aus einer anderen, wilderen Epoche.

»Ja, er hat sich schnell in Sicherheit gebracht, was?«

»Wäre es Ihnen lieber, er wäre noch drinnen?«, blaffte Brody.

Ich spürte, wie die Aufmerksamkeit plötzlich uns galt. Als ich mich umschaute, sah ich, dass wir von den Inselbewohnern eingeschlossen worden waren. Mit unversöhnlichen, schroffen Mienen hatten sie einen Kreis um uns gebildet.

»Von alleine ist es bestimmt nicht niedergebrannt«, knurrte ein Mann.

Auch andere Stimmen waren nun zu hören. Man wollte wissen, warum wir das Gemeindezentrum benutzt hatten und wer für einen Neubau zahlen würde. Das Entsetzen war jetzt in Wut umgeschlagen.

Dann teilte sich die Menge, um einer großen Person Platz zu machen. Erleichtert sah ich, dass es Strachan war. Und sofort ließ die Spannung nach.

Sein Haar flatterte im Wind, als er auf uns zuschritt und aufs brennende Gemeindezentrum schaute.

»Himmel! War jemand drinnen?«

Ich schüttelte den Kopf und versuchte, das Husten zu unterdrücken. »Nur ich.«

Und Janice Donaldson. Ich sah, wie die Flammen das Gebäude verschlangen. Niemals würden ihre Überreste dieses zweite Feuer überstehen.

Strachan nahm mir den leeren Becher aus der Hand. »Etwas mehr Wasser bitte.«

Er hielt den Becher hin, ohne darauf zu achten, wer ihn nahm. Ein paar Sekunden später wurde er mir wieder in die Hand gedrückt. Dankbar stürzte ich das eisige Wasser herunter. Strachan wartete, bis ich getrunken hatte.

»Haben Sie eine Ahnung, was passiert ist?«

Cameron hatte uns mit kaum verhohlener Wut beobachtet. »Ist das nicht offensichtlich! Er war als Einziger im Gebäude!«

»Red keinen Unsinn, Bruce«, sagte Strachan ungeduldig. »Jeder weiß, dass das Haus eine Feuerfalle war. Die elektrischen Leitungen waren uralt. Ich hätte darauf bestehen sollen, das ganze Ding abzureißen, als wir die Klinik gebaut haben.«

»Und das war's? Sollen wir es einfach dabei belassen?«, fragte Cameron schmallippig.

Strachan setzte ein Grinsen auf, das auch der ganzen Menge galt. »Tja, man kann Dr. Hunter natürlich an Ort und Stelle lynchen. Da drüben ist eine Straßenlaterne, und ein Seil wird man bestimmt auch auftreiben. Aber warum warten wir nicht, bis wir wissen, wie das Feuer ausgebrochen ist, bevor wir jemandem die Schuld dafür geben?«

Er kehrte Cameron den Rücken zu und wandte sich an die versammelten Inselbewohner.

»Ich verspreche, dass wir herausfinden werden, was geschehen ist. Und wir werden eine neue Klinik und ein neues Gemeindezentrum bauen, ich gebe Ihnen mein Wort. Aber heute Abend können wir hier nichts mehr tun. Jetzt geht besser jeder nach Hause.«

Niemand rührte sich. Dann, wie aufs Stichwort, stürzten plötzlich die Reste des Saals ein und wirbelten Funken und Flammen auf. Nach und nach begann die Menge, sich aufzulösen. Die Männer gingen mit grimmiger Miene, viele der Frauen rieben sich die Augen.

Strachan wandte sich an Kinross und Guthrie. »Iain, Sean, würden Sie ein paar Männer zusammentrommeln und eine Weile hierbleiben? Ich glaube nicht, dass sich das Feuer ausbreiten wird, aber es wäre mir lieber, wenn Sie es im Auge behielten.«

Es war eine geschickte Art, die verbliebene Spannung zu entschärfen. Kinross und Guthrie wirkten erstaunt, aber gleichzeitig geschmeichelt. Als die beiden loszogen, drehte sich Strachan zu Cameron um.

»Warum wirfst du nicht einen Blick auf Davids Schnitte und Verbrennungen?«

»Nicht nötig«, sagte ich, ehe Cameron antworten konnte. Krankenpfleger oder nicht, ich hatte fürs Erste genug von dem Mann. »Es geht schon.«

»Ich glaube trotzdem, wir sollten …«, begann Cameron, doch Strachan unterbrach ihn.

»Dann wirst du ja hier nicht mehr gebraucht, Bruce. In ein paar Stunden musst du unterrichten. Du solltest besser nach Hause gehen.«

Sein Ton schien keinen Widerspruch zu dulden. Bebend vor Wut trat der Lehrer ab. Strachan schaute ihm hinterher, dann wandte er sich an mich.

»Okay, was ist geschehen?«

Ich trank noch einen Schluck Wasser. »Ich muss eingenickt sein. Als ich aufwachte, war das Licht aus und die Klinik war voller Rauch.«

Er nickte. »Vor ungefähr einer Stunde ist auf der ganzen Insel der Strom ausgefallen. Das muss eine Art Kurzschluss ausgelöst haben.«

Ich bemerkte erst jetzt, dass das Dorf in völliger Dunkelheit lag. Weder die Straßenlaternen noch die Lichter in den Häusern brannten. Der Sturm hatte es schließlich geschafft, nicht nur die Telefonleitungen, sondern auch das Stromnetz Runas zu kappen.

»Was für eine Nacht. Aber es hätte noch wesentlich schlimmer kommen können.« Strachan hielt inne. Irgendwas an ihm war nun anders. »Ich habe vorhin ein Gerücht gehört. Dass die Polizei bei dem Leichenfund von einem Mordfall ausgeht. Wissen Sie etwas darüber?«

Brody kam mir zuvor. »Sie sollten Gerüchten keine Beachtung schenken.«

»Es stimmt also nicht?«

Brody starrte ihn nur versteinert an. Strachan lächelte schwach.

»Das habe ich mir gedacht. Okay, dann sage ich gute Nacht. Ich bin froh, dass Ihnen nichts passiert ist, David.«

Brody sprach ihn an. »Aus reiner Neugier. Sie können das Dorf von Ihrem Haus aus nicht sehen. Wie haben Sie vom Feuer erfahren?«

Strachan drehte sich zu ihm um. Er blieb äußerlich ungerührt, aber mir entging seine Verärgerung nicht.

»Ich habe ein Leuchten am Himmel gesehen. Außerdem schlafe ich nicht viel.«

Die beiden starrten einander an. Dann, mit einem letzten Nicken in meine Richtung, verschwand Strachan in der Dunkelheit.

Brody fuhr mich ins Hotel zurück. Da sein Haus unten am Hafen lag, war er zum Gemeindezentrum gerast, als er aus seinem Schlafzimmerfenster das Feuer gesehen hatte.

»Ich habe auch nicht viel geschlafen«, sagte er sarkastisch.

Durch meine Erschöpfung kam mir alles unwirklich vor, als wir da durch die finsteren Straßen fuhren. Ich widerstand dem Bedürfnis, mich zurückzulehnen und die Augen zuzumachen. Nachdem der Schock abgeklungen war, begannen die Schnitte und Verbrennungen, die ich vorher nicht gespürt hatte, sich bemerkbar zu machen. Der beißende Qualm hing mir noch in Nase und Kehle. Ich kurbelte das Fenster herunter, aber die Wucht des Windes ließ es mich gleich wieder hochkurbeln.

»Und was glauben Sie, wie das Feuer ausgebrochen ist?«, fragte Brody nach einer Weile.

»Ich schätze, Strachan hat recht.« Meine Stimme war immer noch heiser. »Der Stromausfall könnte einen Kurzschluss verursacht haben. Das Zentrum war eine Feuerfalle.«

»Dann ist es also reiner Zufall, dass es, ein paar Stunden nachdem sich jemand hereingeschlichen hat, niedergebrannt ist? Und nachdem Fraser herausposaunt hat, dass das eine Mordermittlung ist?«

Ich war zu fertig, um klar denken zu können. »Ich weiß es nicht.«

Er ging dem nicht weiter nach. »Haben wir alles verloren?«

Auf jeden Fall das Wichtigste, dachte ich. Neben Janice Donaldsons Überresten waren mein Koffer und meine Ausrüstung in der Klinik gewesen. Meine Kamera mitsamt den Speicherkarten, mit all meinen Fotos drauf, mein Laptop mit allen Notizen und Dateien – alles verbrannt.

Doch während mir das noch durch den Kopf ging, tastete ich schon meine Taschen ab.

»Nicht ganz«, sagte ich und zog den USB-Stick hervor. »Ich habe vorher alle Dateien der Festplatte rübergezogen. Eine alte Angewohnheit. Also haben wir immerhin die Fotografien.«

»Besser als nichts, nehme ich an«, meinte Brody seufzend.

»Da ist noch etwas«, sagte ich. »Ich weiß, wer sie war.«

Ich erzählte ihm, dass die Zahnschäden der Leiche mit denen Janice Donaldsons übereinstimmten, der verschwundenen Prostituierten aus Stornoway. Brody schlug zufrieden aufs Lenkrad.

»Gute Arbeit«, grinste er. Für einen kurzen Moment war die Begeisterung größer als seine übliche Beherrschtheit.

»Na ja, von dem Schädel haben wir nur noch Fotos, es wäre also besser, wenn die Forensiker es bestätigen können. Mit ein bisschen Glück müssten sie dazu in der Lage sein, ausreichend Gewebe aus dem Cottage für einen DNA-Abgleich zu retten.«

»Wenn Sie sagen, Sie wissen, wer sie ist, dann reicht mir das«, sagte Brody. Sein Vertrauen war schmeichelhaft. Ich hoffte nur, Wallace würde sich auch so einfach überzeugen lassen.

Mittlerweile waren wir am Hotel angekommen. Das Licht im Flur brannte, Ellen war also noch auf. Als durch den Stromausfall das Brummen der Zentralheizung und der Kühlschränke erstorben war, hatte die plötzliche Stille im Haus sie aufgeweckt. Jetzt hörte man im Hintergrund das gleichmäßige Rattern des Notfallgenerators.

Sie war entsetzt, als sie mich sah. »O mein Gott, ist alles in Ordnung?«

»Ich hatte schon bessere Abende«, sagte ich und deutete auf die Glühbirne. Sie war etwas schwächer als gewöhnlich, aber immerhin brannte sie. »Das ist eine schöne Begrüßung.«

»Ja. Wenn wir sparsam sind, haben wir genug Benzin, damit der Generator drei, vielleicht vier Tage läuft. Hoffentlich ist bis dahin der Strom wieder da. So Gott will«, fügte sie sarkastisch hinzu.

Während Brody ging, um Fraser zu wecken, führte sie mich in die Küche und half mir aus der Jacke, die nach Rauch stank und stark versengt war. Sie rümpfte die Nase.

»Ein Jammer, dass sie nicht auch feuerfest war.«

An der Kapuze und den Schultern war der mit Teflon beschichtete Stoff verkohlt. Genau so fühlte sich auch meine Haut an, aber es war nicht schlimm.

»Ich will mich nicht beklagen«, sagte ich.

Brody kehrte wenige Minuten später mit einem schlaftrunkenen, nach Whisky stinkenden Fraser zurück, der sich noch das Hemd zuknöpfte.

»Das wird ihm nicht gefallen«, warnte er, als ich ihn bat, Wallace anzufunken.

Er hatte recht. Doch es schien ihn etwas zu beschwichtigen, als er erfuhr, dass ich das Opfer höchstwahrscheinlich identifiziert hatte. Ich wollte ihn fragen, wann wir mit Unterstützung rechnen könnten, aber die Verbindung war mies. Auch wenn sie dann doch nicht völlig zusammenbrach, ging seine Stimme immer wieder im Knistern und Rauschen unter.

»Wir …eden … morg…«, hörte ich ihn sagen.

»Die moderne Technik«, schnaubte Brody, nachdem ich das Gespräch beendet hatte. »Die alten analogen Funkgeräte wurden durch digitale ersetzt, aber sie benutzen die gleichen Frequenzen wie das Handynetz. Und wenn es damit Probleme gibt, dann bricht alles zusammen.«

Fraser nuschelte lustlos etwas davon, das Gemeindezentrum untersuchen zu wollen, aber bis das Feuer nicht völlig erloschen war, machte das keinen Sinn. Nachdem er eine kurze Aussage von mir aufgenommen hatte, entschuldigte er sich brummend und ging zurück ins Bett. Ellen hatte während meines Anrufs diskret den Raum verlassen, jetzt kam sie wieder zurück und schob auch Brody hinaus.

»Na los, gehen Sie ins Bett. Sie sehen fast genauso schlimm aus wie David«, schimpfte sie.

Das stimmte. Der Expolizist sah erschöpft und müde aus. Er rang sich ein schwaches Lächeln ab.

»Ich weiß nicht, wer von uns beiden jetzt beleidigter sein sollte. Aber vielleicht haben Sie recht. Es war ein langer Tag.«

»Und morgen ist auch noch einer«, tröstete ich ihn.

»Ja«, sagte er matt. Aber ich zweifelte keinen Augenblick daran, dass er am nächsten Morgen wieder mitten im Geschehen sein würde.

Nachdem er verschwunden war, füllte Ellen eine Schüssel mit warmem Wasser und holte ein Antiseptikum und Watte.

»So, dann wollen wir Sie mal wieder auf Vordermann bringen, was?«

»Schon gut, das kann ich selbst.«

»Sicher können Sie das. Werden Sie aber nicht.« Sie begann die Schnitte und Kratzer in meinem Gesicht zu reinigen. »Keine Sorge, bevor Bruce Cameron hier auftauchte, war ich die inoffizielle Krankenschwester.«

Während sie meine Wunden versorgte, entstand eine nicht unangenehme Stille zwischen uns. Nur der heulende Wind war zu hören. Ich fragte mich, was eine junge Frau wie sie, eine alleinerziehende Mutter, auf einer verlassenen Insel wie Runa machte. Sich hier durchzuschlagen, stellte ich mir nicht leicht vor. Brody hatte mir erzählt, dass sie Annas Vater auf dem Festland kennengelernt hatte, irgendwann einmal musste sie also fortgegangen sein. Und doch war sie zurückgekehrt. Lag das daran, dass ihr die Abgeschiedenheit der Insel tatsächlich gefiel, oder war es ein Rückzug, weil da draußen etwas geschehen war?

Mir fiel der Besucher wieder ein, der neulich in der Küche gewesen war und sie zum Weinen gebracht hatte. Da es auf einer Insel von dieser Größe bestimmt nicht viele alleinstehende Männer gab, konnte ich nicht umhin, Schlüsse aus ihrer Heimlichtuerei zu ziehen.

Aber was wusste ich denn schon? Wenn ich nur etwas Verstand gehabt hätte, wäre ich jetzt zu Hause bei Jenny gewesen. Ich wünschte, ich könnte mit ihr reden, und bereute, Fraser nicht um das Funkgerät gebeten zu haben, als sich die Gelegenheit geboten hatte. Ich fragte mich, was sie wohl gerade tat und ob sie sich Sorgen um mich machte. Wahrscheinlich. *Du hättest diesen Auftrag niemals annehmen dürfen.* Was hatte ich bloß auf einer trostlosen Insel meilenweit im Nirgendwo zu suchen? Erst wäre ich beinahe an Unterkühlung gestorben und dann fast in einem Feuer umgekommen, anstatt mich um mein Leben zu kümmern.

Andererseits war genau dies mein Leben, wurde mir in einem Moment seltener Klarheit bewusst. Das alles gehörte zu meiner Arbeit. Sie war ein Teil von mir. Und wenn Jenny damit ein Problem hatte, was bedeutete das für uns?

Ellens Stimme riss mich aus meinen Gedanken. »Stimmt es, was die Leute über die Leiche sagen?«

»Was sagen sie denn?«, wich ich aus.

Sie tupfte sanft einen Schnitt mit Antiseptikum ab. »Dass es Mord war.«

Dank Fraser hätte ich wahrscheinlich getrost bestätigen können, was offenbar sowieso schon jeder auf Runa wusste, aber ich wollte trotzdem selbst mit Ellen nur ungern darüber reden.

»Schon gut, ich weiß, dass ich nicht fragen sollte«, sagte sie schnell. »Ich kann nur nicht glauben, dass hier so etwas passieren konnte. In der Bar wurde vorhin von nichts anderem gesprochen. Niemand kann sich vorstellen, wer das Opfer sein könnte, geschweige denn, dass jemand von hier etwas damit zu tun hat.«

Ich murmelte etwas Nichtssagendes. Genau das hatten wir vermeiden wollen. Jetzt kompensierten Tratsch und Gerüchte den Mangel an Tatsachen und vergifteten die Atmosphäre. Und der Einzige, der einen Vorteil davon hatte, war der Mörder.

»Und, werden Sie Ihren nächsten Urlaub auf Runa verbringen?«, fragte Ellen, um die Stimmung aufzuheitern.

Ich musste lachen und zuckte sofort zusammen. »Nicht«, sagte ich.

Sie lächelte. »Tut mir leid. Passieren Ihnen eigentlich ständig solche Unfälle?«

»Eigentlich nicht. Das muss an diesem Ort liegen.«

Ihr Lächeln verblasste. »Ja, das kann ich mir vorstellen.«

Ich musste diese Gelegenheit nutzen. »Und was ist mit Ihnen? Gefällt es Ihnen hier draußen?«

Plötzlich war sie sehr konzentriert mit einem Schnitt beschäftigt.

»So schlimm ist es nicht. Sie sollten mal im Sommer hier sein. Die Nächte sind herrlich. Das entschädigt für solche Tage wie heute.«

»Aber …«

»Aber … es ist eine kleine Insel. Man sieht immer die gleichen Leute. Ein paar Bauarbeiter, manchmal ein Tourist, das ist es dann. Und finanziell muss man ständig darum kämpfen, den Kopf über Wasser zu halten. Manchmal wünschte ich … ach, spielt keine Rolle.«

»Sagen Sie es.«

Wenn sie sich nicht beobachtet fühlte, zeigte sich eine Traurigkeit in ihrem Gesicht, die sie normalerweise wohl unterdrückte. »Manchmal wünschte ich, ich könnte von hier verschwinden. Einfach alles zurücklassen – das Hotel, die Insel – und mit Anna weggehen. Irgendwohin. Wo es anständige Schulen gibt und Läden und Restaurants und Leute, die man nicht kennt und die nicht wissen, wer man ist und was man macht.«

»Und warum tun Sie es nicht?«

Es lag Resignation in der Art, wie sie den Kopf schüttelte. »So einfach ist das nicht. Ich bin auf Runa aufgewachsen, und alles, was ich habe, ist hier. Außerdem, was sollte ich tun?«

»Andrew Brody hat mir erzählt, dass Sie auf dem Festland aufs College gegangen sind. Können Sie damit nichts anfangen?«

»Da hat er wieder geplaudert, was?« Sie machte ein Gesicht, als wüsste sie nicht, ob sie verärgert oder amüsiert sein sollte. »Ja, ich war ein paar Jahre auf der Hotelfachschule in Dundee. Dort habe ich auch Erste Hilfe gelernt, diesen ganzen Gesundheits-und-Sicherheits-Schwachsinn. Damals habe ich mich irgendwann als große Köchin gesehen. Aber dann wurde mein Vater krank, und ich kam zurück. Nur übergangsweise, dachte ich. Doch plötzlich musste ich mich um ein Kind kümmern, und Jobs gibt es hier nicht gerade viele. Deshalb habe ich das Hotel übernommen, als er starb.«

Sie sah mich mit hochgezogenen Augenbrauen an.

»Na, fragen Sie schon!«

»Was denn?«

»Was mit Annas Vater ist.«

»Nicht, wenn Sie mir gerade Antiseptikum auf die Wunden tun.«

»Gut. Aber nur damit Sie es wissen: Sagen wir einfach, die Sache hatte nie eine Zukunft gehabt.« Ihr Ton machte deutlich, dass das

Thema damit abgeschlossen war. Sie fuhr fort, meine Wunden abzutupfen. »Und was hat Ihnen Andrew Brody sonst noch erzählt?«

»Nicht viel. Ich möchte nicht, dass er Hausverbot in der Bar kriegt.«

»Die Gefahr besteht nicht«, lachte sie. »Anna mag ihn zu gern. Ich wahrscheinlich auch, aber sagen Sie ihm das nicht. Er ist schon fürsorglich genug.«

Sie hielt inne. Ich konnte mir vorstellen, was nun kam.

»Wissen Sie von seiner Tochter?«, fragte sie.

»Er hat es mir erzählt.«

»Er muss Sie mögen. Darüber spricht er normalerweise nicht. Das Mädchen war ein bisschen wild, soviel ich gehört habe. Trotzdem verstehe ich nicht, wie er damit zurechtkommt, nicht zu wissen, was mit ihr geschehen ist. Nachdem er in Rente gegangen ist, hat er versucht, sie aufzuspüren, aber er hat sie nicht gefunden. Deshalb ist er dann hierhergekommen.«

Ihre Miene entspannte sich.

»Verstehen Sie mich nicht falsch, aber in gewisser Weise tut ihm diese Aufregung gut. Sie gibt seinem Leben neuen Schwung. Manche Menschen sind nicht für die Rente gemacht, und Andrew ist einer davon. Ich glaube, er muss ein ziemlich guter Polizist gewesen sein.«

Das glaubte ich auch. Ich war froh, dass er hier war. Und jetzt noch mehr als zuvor.

Ellen ließ die blutgetränkte Watte in eine Schüssel fallen. »Das hätten wir. Am besten gehen Sie jetzt heiß duschen und legen sich schlafen. Ich gebe Ihnen eine Salbe gegen die Verbrennungen.«

Eine plötzliche Windböe erschütterte das Hotel. Das ganze Gebäude schien zu zittern. Ellen lauschte mit geneigtem Kopf.

»Da braut sich was zusammen«, sagte sie.

16

Am Ende der Nacht setzte der Regen wieder ein und verwandelte die Reste des Gemeindezentrums in einen Haufen schmutziger Asche. Die aufsteigenden Rauchsäulen wurden sofort vom Wind verweht. Eine Ecke des Gebäudes war teilweise stehen geblieben, ein paar Meter verkohltes Holz, die ins Nichts ragten. An manchen Stellen konnte man noch Gegenstände in den Trümmern erkennen: die Kante eines vom Feuer verbeulten Stahlschranks oder ein paar verschmorte Stuhlbeine, die aus der Asche standen wie tote Zweige aus einer grauen Schneeverwehung.

Es war eine düstere Szenerie, die durch die dunklen, dichten Wolken noch bedrückender wirkte. Die Gipfel der niedrigen Berge waren von dieser Decke wie abgeschnitten. Der Regen ging beinahe horizontal über die Insel, und der Sturm war noch stärker geworden und peitschte alles auf seinem Weg nieder.

Sobald es hell geworden war, waren Brody, Fraser und ich zum Gemeindezentrum gefahren. Ich hatte weniger als vier Stunden geschlafen und war erschöpft. Meine Schulter pochte unaufhörlich, wahrscheinlich hatte ich sie mir bei der Flucht aus dem Feuer verrenkt. An diesem Morgen hatte ich mich im Spiegel kaum wiedererkannt. Mein Gesicht fühlte sich an, als hätte ich einen Sonnenbrand, und war übersät mit kleinen Schnitten von den Glassplittern. Augenbrauen und Wimpern waren versengt, was mir einen merkwürdig erschrockenen Ausdruck verlieh.

Aber Strachan hatte recht: Es hätte wesentlich schlimmer kommen können.

Brody und Fraser standen hinter mir, als ich die qualmenden Trümmer betrachtete. Von Rechts wegen hätte ich warten müssen, bis ein Feuerinspektor geprüft hatte, ob die Ruine sicher war, aber wann das geschehen würde, konnte niemand sagen. Ich machte mir keine Illusionen, dass Janice Donaldsons Überreste diese zweite Verbrennung überstanden haben könnten.

Aber ich musste es mit eigenen Augen sehen.

Der Regen fiel, als würde der Himmel nur aus Wasser bestehen. Er prasselte auf die Asche und verklumpte die äußere Schicht zu einem schwarzen Brei. Trotzdem war das Feuer nicht vollständig erloschen. Die Trümmer schwelten weiter. Ich konnte die Hitze im Gesicht spüren, ein heftiger Kontrast zu meinem kalten Rücken.

»Glauben Sie, da ist noch was heil geblieben?«, fragte Brody.

»Eigentlich nicht.« Meine Stimme war wegen des Rauches immer noch heiser.

Fraser seufzte gereizt. Durchnässt und jämmerlich stand er im Regen. »Warum suchen Sie dann?«

»Um mich zu vergewissern.«

In dem Aschehaufen, der einmal die Klinik gewesen war, erkannte ich eine verrußte Kante meines Koffers. Er lag offen da, der gesamte Inhalt war verkohlt. Gleich daneben lag der Stahlwagen, auf dem Janice Donaldsons Schädel und Kiefer gelegen hatten. Er war umgekippt und halb unter den Dachtrümmern begraben. Der Schädel und der Kieferknochen waren nicht zu sehen, aber damit hatte ich auch nicht gerechnet. Die verkohlten Knochen waren bei dem Aufprall bestimmt zu Staub geworden. Vielleicht würde man noch ein paar Zähne finden, aber dazu waren mehr Mittel nötig, als ich jetzt zur Verfügung hatte. Das alles musste warten, bis ein Team der Spurensicherung eingetroffen war, um die gesamten Trümmer durchzusieben.

Tut mir leid, Janice. Ich wischte mir Asche, die der Wind aufgewirbelt hatte, aus dem Gesicht. Dann fiel mir ein kleiner rechteckiger Gegenstand auf, der unter einem Stapel teils verbrannter Bretter lag.

Brody kam näher. »Was ist das?«, rief er.

»Der Kühlschrank.«

Ich tastete mich vorsichtig weiter und suchte einen Weg durch die noch heiße Asche. Selbst bei dem Regen würde es eine Weile dauern, bis sie vollständig abgekühlt wäre. Außerdem bestand jederzeit die Gefahr, dass der Fußboden nachgab. Durch das Fundament würde man zwar nicht tief fallen, ich wollte der Liste meiner Verletzungen aber nicht noch ein gebrochenes Bein hinzufügen.

Die Hand der Toten war im Kühlschrank gewesen, und vielleicht hatte die Isolationsschicht sie geschützt. Diese Hoffnung erstarb allerdings schnell, als ich die Trümmer wegräumte. Die vormals weiße Emaille des Kühlschranks war jetzt völlig schwarz, außerdem war die Gummidichtung geschmolzen, sodass die Tür aufgegangen und der Inhalt den Flammen ausgesetzt gewesen war. Von Janice Donaldsons Hand waren nur noch verkohlte Knochen übrig geblieben.

Die einzelnen Fingergelenke waren auseinandergefallen, als das verbindende Gewebe weggebrannt war. Sie lagen am Boden des Kühlschranks und waren noch sehr heiß. Ich sammelte sie auf und ließ sie etwas abkühlen, ehe ich sie in einen Beutel tat. Die restlichen

Beweisbeutel waren in meinem Koffer gewesen und mit allen anderen Sachen verbrannt, ich hatte aber aus dem Hotel eine Rolle Gefrierbeutel mitgenommen. Nachdem ich die Reste der Hand verstaut hatte, ging ich wieder zu Brody und Fraser.

»Das ist alles?«, fragte Fraser und schielte auf den Beutel.

»Das ist alles.«

»Kaum der Mühe wert.«

Ich ignorierte ihn und ging zu der verkohlten Holzwand, die noch aufrecht in den Ruinen des Gemeindezentrums stand. An den Brettern hingen helle Kupferdrähte, die Reste der elektrischen Leitungen des Gebäudes. Der Plastikmantel war verschmort, die Drähte selbst waren aber noch ganz und an den Brettern befestigt.

Ihrer Lage nach zu urteilen, hatten sie wahrscheinlich den Lichtschalter am Haupteingang versorgt. Als ich sie sah, keimte eine Vermutung in mir auf, zu vage noch, um von einem Verdacht zu sprechen. Ich hatte nur deshalb aus dem brennenden Saal fliehen können, weil sich das Feuer nicht bis zu der Tür ausgebreitet hatte. Also musste es auf der Rückseite begonnen haben, gegenüber der Stelle, wo ich jetzt stand. Ich begann, um das Gebäude herumzugehen.

»Und jetzt?«, wollte Fraser genervt wissen. Brody sagte nichts, er beobachtete mich nur nachdenklich.

»Ich will etwas überprüfen.«

Ich redete mir ein, dass ich wahrscheinlich meine Zeit verschwendete, als ich die Asche und die Trümmer an der Stelle absuchte, wo einmal die Rückwand gestanden hatte. Dann fiel mir etwas ins Auge. Ich bückte mich und wischte die Asche weg, bis ich vollständig freigelegt hatte, was ich zu finden befürchtet hatte.

Kleine Metallpfützen, die vor dem verkohlten Holz schimmerten.

Mir wurde sofort kalt. Ich hatte an genügend Brandermittlungen teilgenommen, um sehr genau zu wissen, was sie bedeuteten.

Das Feuer war kein Unfall gewesen.

Und dann kam mir ein noch schlimmerer Gedanke, einer, den ich bisher nicht einmal in Erwägung gezogen hatte. *O Gott, bitte nicht.*

Ich rannte zurück zu Brody und Fraser, denn jetzt hatte ich es eilig. Doch ehe ich sie erreichte, hörte ich einen Wagen näher kommen. Ich schaute mich um und sah Maggie Cassidys verbeulten Mini auf uns zuholpern.

Sie hätte sich keinen schlechteren Zeitpunkt aussuchen können. Winzig wie immer in ihrer zu großen roten Jacke, stieg sie aus.

»Morgen, Gentlemen«, grüßte sie uns vergnügt. »Ich habe gehört, gestern Abend hat jemand ein Barbecue veranstaltet.«

Fraser marschierte ihr bereits entgegen. »Hier ist Sperrgebiet. Zurück in den Wagen. Sofort!«

Der Wind wickelte sie in die Jacke wie in einen Kokon. Sie streckte ihr Diktaphon hin, als wollte sie ihn damit auf Abstand halten. In ihrem Blick lag eine gewisse Nervosität, die sie kaum verbergen konnte.

»Ach? Und warum?«

»Weil ich es sage!«

Mit gespieltem Bedauern schüttelte sie den Kopf. »Tut mir leid, das reicht nicht. Gestern Abend habe ich die ganze Aufregung verschlafen, und jetzt will ich nicht wieder alles verpassen. Vielleicht wollen Sie sich dazu äußern, dass es sich jetzt um eine *Mord*ermittlung handelt oder wie das Feuer Ihrer Meinung nach ausgebrochen ist? Dann bin ich schon zufrieden und lasse Sie in Ruhe.«

Fraser ballte die Fäuste und starrte sie mit einer solchen Feindseligkeit an, dass ich befürchtete, er könnte eine Dummheit begehen. Maggie lächelte mich an.

»Wie ist es mit Ihnen, Dr. Hunter? Besteht die Chance …«

»Wir müssen reden.«

Ich weiß nicht, wer überraschter war, sie oder Fraser.

»Sie werden nicht mit ihr reden!«

Ich schaute mich zu Brody um. »Lassen Sie ihn«, forderte er Fraser auf.

»Was? Sie machen wohl Witze, sie ist eine verfluchte …«

»Tun Sie es einfach!«

Brody hatte seine ganze Autorität in diese Worte gelegt. Fraser gefiel es nicht, aber er gab klein bei.

»Na schön! Machen Sie doch, was Sie wollen«, blaffte er und ging zurück zum Range Rover.

»Lassen Sie ihn auf keinen Fall wegfahren«, warnte ich Brody. »Wir brauchen den Wagen.«

Maggie schaute mich misstrauisch an, als witterte sie einen neuen Trick.

»Ich brauche Ihre Hilfe«, sagte ich, nahm ihren Arm und führte sie zurück zu ihrem Mini. »Wir müssen jetzt weg, und ich möchte nicht, dass Sie uns folgen.«

Sie starrte mich an, als wäre ich verrückt. »Was soll das werden, sind Sie …«

»*Hören Sie mir zu.* Bitte«, fügte ich hinzu, denn ich wusste, dass schon zu viel Zeit verschwendet worden war. »Sie wollen eine Geschichte. Ich verspreche, dass Sie eine kriegen werden. Aber im Moment müssen Sie uns in Ruhe lassen.«

Ihr skeptisches Lächeln verblasste langsam. »Die Sache ist ernst, stimmt's?«

»Ich hoffe nicht. Aber es könnte sein, ja.«

Der Wind wehte ihr eine Strähne ins Gesicht. Sie nickte, als sie das Haar wegstrich.

»In Ordnung. Aber dann sollte dabei auch eine Titelgeschichte für mich herausspringen, okay?«

Während Maggie in ihren Wagen stieg, lief ich zum Range Rover, wo Fraser und Brody warteten.

»Was haben Sie ihr gesagt, verflucht nochmal?«, wollte Fraser wissen, als sie davonfuhr.

»Spielt keine Rolle. Haben Sie heute Morgen schon mit Duncan gesprochen?«

»Mit Duncan? Nein, noch nicht«, sagte er kleinlaut. »Er hat sich noch nicht gemeldet. Aber ich wollte ihm später Frühstück bringen …«

»Versuchen Sie es jetzt.«

»Jetzt? Warum, was …«

»Tun Sie es einfach.«

Mit einem bösen Blick griff er zum Funkgerät. »Ich komme nicht durch …«, meinte er stirnrunzelnd.

»Okay, steigen Sie ein. Wir fahren hin.«

Brody hatte uns besorgt beobachtet, er sagte aber nichts, bis wir im Wagen saßen. »Was ist? Was haben Sie entdeckt?«

Ich starrte unruhig hinaus, während wir das Dorf verließen, und suchte den Himmel vor uns ab. »Ich habe die elektrischen Leitungen im Gemeindezentrum überprüft. Ein Feuer, verursacht durch einen Kurzschluss, wäre nicht heiß genug gewesen, um den Kupferkern zu schmelzen. Auf der Rückseite gibt es aber eine Stelle, wo die Drähte geschmolzen sind.«

»Und?«, fragte Fraser ungeduldig.

»Das bedeutet, dass das Feuer dort heißer war«, sagte Brody langsam. »O Gott.«

Fraser schlug aufs Lenkrad. »Würde mir bitte mal jemand erklären, was hier los ist, verdammte Scheiße?«

»Das Feuer war dort heißer, weil an der Stelle ein Brandbeschleuniger benutzt wurde, um das Feuer zu legen«, erklärte ich ihm. »Das Feuer wurde nicht durch einen Kurzschluss verursacht. Es wurde absichtlich gelegt.«

Er begriff es noch immer nicht. »Und was hat das mit Duncan zu tun?«

Brody antwortete. »Wenn jemand die Beweise loswerden wollte, dann könnte es sein, dass nicht nur die Klinik in Brand gesetzt worden ist.«

Ich konnte Fraser ansehen, dass es ihm endlich dämmerte.

Direkt vor uns türmte sich am Himmel eine schwarze Rauchwolke auf.

DURCH DAS WELLIGE GELÄNDE konnten wir den Ursprung des Rauchs nicht sehen. Es war, als hätten sich jeder Hügel und jede Kurve dazu verschworen, das Cottage und das Wohnmobil vor unseren Blicken zu verbergen. Fraser gab Gas und raste die schmale Straße entlang, nicht ganz ungefährlich bei den grauenhaften Bedingungen. Niemand beschwerte sich.

Nachdem wir die letzte Kurve genommen hatten, sahen wir das alte Cottage vor uns. Und das Wohnmobil.

Zumindest das, was von beiden übrig geblieben war.

»O nein«, sagte Fraser.

Der größte Teil des Rauchs, den wir gesehen hatten, kam aus dem Cottage. Wie das Gemeindezentrum und die Klinik war es in Brand gesetzt worden. Viel war für das Feuer nicht mehr übrig gewesen, doch die dicken Dachbalken, die am Tag zuvor eingestürzt waren, schwelten in der Ruine. Wenn im Inneren noch Beweismaterial gewesen war, mit dem die Spurensicherung hätte arbeiten können, dann war es nun völlig vernichtet.

Am meisten entsetzte uns aber der Anblick von Brodys Wohnmobil. Es war nur noch eine ausgebrannte Hülle, deren Räder zu unförmigen Gummiklumpen zerschmolzen waren. Die Wohnkabine war fast vollständig zerstört worden. Die Wände waren vom Feuer zerfressen, und das Dach war teilweise abgerissen, als entweder die Gasflasche oder der Benzintank explodiert war. Dünne Rauchsäulen züngelten geisterhaft empor und wurden vom Wind davongetragen.

Von Duncan keine Spur.

Ohne vom Gas zu gehen, war Fraser von der Straße auf den Feldweg abgebogen. Als er auf die Bremse trat, versank der schwere Wagen im matschigen Boden. Fraser sprang hinaus und ließ die Fahrertür offen.

»Duncan! *Duncan!*«, brüllte er, als er über die Wiese lief. Brody und ich folgten ihm. Regen peitschte uns in die Gesichter. Vor dem Wohnmobil kam Fraser schlingernd zum Stehen.

»O Gott! Wo ist er? Wo ist er, verdammte Scheiße?«

Er starrte wirr umher, als hoffte er, dass der junge Constable plötzlich herbeischlendern würde. Ich spürte Brodys Blick. In seiner Miene erkannte ich die gleiche Trauer, die auch ich verspürte, und ich wusste, dass er gesehen hatte, was ich gesehen hatte.

»Er ist hier«, sagte ich leise.

Fraser folgte meinem Blick. Unter einem Teil des vom Feuer verbeulten Daches ragte ein Stiefel hervor. Das Leder war weggebrannt und enthüllte verkohltes Fleisch und Knochen.

Er machte einen Schritt nach vorn. »O Gott, nein …«

Ehe ich ihn stoppen konnte, griff er nach dem Metallteil und versuchte es hochzuheben.

»Nicht«, begann ich, doch dann spürte ich eine Hand auf der Schulter. Ich schaute mich zu Brody um. Er schüttelte den Kopf.

»Lassen Sie ihn.«

»Das ist ein Tatort, er darf nichts anfassen.«

»Ich weiß«, sagte er bekümmert. »Aber das ist jetzt auch egal, oder?«

Fraser zerrte das Metallteil weg, das sofort vom Wind erfasst wurde. Es flog und hüpfte einem abgestürzten Drachen gleich über das Gras, bis es gegen das Cottage krachte. Wie ein Verrückter riss Fraser die übrigen Trümmer weg. Der unerträgliche Gestank verbrannten Fleisches reichte bis zu mir.

Dann hörte Fraser auf und starrte auf das, was er freigelegt hatte. Er taumelte zurück wie eine kaputte Marionette.

»O Gott. Verdammte Scheiße, das ist er nicht. Sagen Sie mir, dass er das nicht ist!«

Die Leiche lag inmitten des Wohnmobils. Sie war nicht so stark verbrannt wie Janice Donaldsons Überreste, aber das machte den Anblick nur noch schlimmer. Die Gliedmaßen waren angezogen, sodass die Leiche in einer Embryonalstellung dalag, was furchtbar verletzlich wirkte. In der Mitte hatte sich der verkohlte Polizeigürtel ins Fleisch gebrannt. Schlagstock und Handschellen waren noch an ihm befestigt.

Fraser fing zu weinen an. »Warum ist er nicht rausgegangen? Warum ist er nicht rausgegangen, verdammte Scheiße?«

Ich nahm seinen Arm. »Kommen Sie.«

»Lassen Sie mich!«, knurrte er und riss sich los.

»Reißen Sie sich zusammen, Mann!«, forderte Brody ihn schroff auf.

Fraser drehte sich zu ihm um. »Erzählen Sie mir nicht, was ich tun soll! Sie sind kein Polizist mehr, verdammte Scheiße! Sie haben hier überhaupt nichts zu sagen!«

Brody blieb unerbittlich. »Dann benehmen Sie sich auch wie ein Polizeibeamter.«

Mit einem Mal schien Fraser in sich zusammenzusacken. »Er war einundzwanzig«, murmelte er. »Einundzwanzig! Was soll ich den Leuten sagen?«

»Sagen Sie ihnen, dass er ermordet worden ist«, entgegnete Brody brutal. »Sagen Sie ihnen, dass auf der Insel ein Mörder frei herumläuft. Und sagen Sie ihnen, wenn Wallace sofort ein richtiges Ermittlungsteam geschickt hätte, könnte Ihr einundzwanzigjähriger Constable noch leben!«

So emotional hatte ich ihn noch nicht erlebt. Und uns allen war bewusst, was er nicht ausgesprochen hatte: Nur durch Frasers Fahrlässigkeit hatte jeder erfahren, dass wir bei dem Tod der Frau von einem Mord ausgingen, und vielleicht hatte der Mörder nur deswegen panisch gehandelt. Aber mit Anschuldigungen kamen wir jetzt nicht weiter, außerdem litt Fraser schon genug.

»Immer mit der Ruhe«, sagte ich zu Brody.

Er holte tief Luft und nickte dann wieder beherrscht. »Wir müssen Wallace benachrichtigen. Das ist jetzt keine normale Mordermittlung mehr.«

Mit roten Augen holte Fraser das Funkgerät hervor. Er wandte sich von Wind und Regen ab, als er die Nummer tippte. Er horchte, dann wählte er erneut.

»Komm schon, komm schon!«

»Was ist los?«, fragte Brody.

»Es funktioniert nicht.«

»Was soll das bedeuten, es funktioniert nicht? Gestern Abend haben Sie Wallace noch angefunkt.«

»Und jetzt gibt das Ding keinen Ton mehr von sich!«, entgegnete Fraser aufgebracht. »Ich dachte vorhin, es hätte nur an Duncans Funkgerät gelegen, aber jetzt kann ich niemanden mehr erreichen. Schauen Sie selbst, kein Signal!«

Er streckte es Brody hin. Der pensionierte Inspector nahm es und tippte eine Nummer ein. Er hielt es ans Ohr und reichte es dann zurück.

»Versuchen wir es mit dem Gerät im Wagen.«

Das Funkgerät im Range Rover verwendete das gleiche digitale Netz wie die tragbaren Geräte. Brody probierte es damit. Er schüttelte den Kopf.

»Tot. Der Sturm muss einen Sendemast beschädigt haben. Wenn das passiert ist, dann könnte das gesamte Kommunikationsnetz der Insel ausgefallen sein.«

Ich betrachtete die leere, windgepeitschte Landschaft, die uns umgab. Die niedrigen, dunklen Wolken, die sich über die Insel gelegt hatten, schienen uns noch enger einzuschließen.

»Und was machen wir jetzt?«, fragte ich.

Zum ersten Mal machte Brody einen ratlosen Eindruck. »Wir versuchen es weiter. Früher oder später werden entweder die Funkgeräte oder die Festnetzleitungen wieder funktionieren.«

»Und bis dahin?«

Regen lief ihm übers Gesicht, als er zum Wohnwagen schaute. Sein Mund war zu einer schmalen Linie geworden.

»Bis dahin sind wir auf uns gestellt.«

17

Ich wollte freiwillig auf dem alten Hof bleiben, während Brody und Fraser zurück ins Dorf fuhren, um Pfähle und einen Hammer zu holen. Wir mussten das Wohnmobil absperren, aber es war nicht genug von dem Fahrzeug übrig geblieben, um das Band daran zu befestigen. Duncans Leiche durfte nicht fortgeschafft werden, selbst wenn es noch einen Ort gegeben hätte, wo wir sie hätten hinbringen können. Bei Janice Donaldsons Überresten hatten wir eine Wahl gehabt, aber jetzt lagen die Dinge anders. Natürlich setzten wir damit das Wohnmobil und seinen grausigen Inhalt den Elementen aus. Aber trotz Frasers Ausbruch war ich dieses Mal entschlossen, den Tatort so zu belassen, wie wir ihn vorgefunden hatten.

Und keiner von uns bezweifelte, dass es ein Tatort war. Es handelte sich eindeutig um Brandstiftung, genau wie im Gemeindezentrum. Nur dass Duncan nicht hatte fliehen können.

Bevor die beiden weggefahren waren, hatte Fraser weiter versucht, über Funk das Festland zu erreichen. Das Wetter war schlimmer als zuvor. Der Regen prasselte auf uns nieder und tropfte in glänzenden Fäden von der versengten Kapuze meiner Jacke, während über uns dunkle Wolken dahinrasten, deren Schatten über das gekräuselte und vom Wind plattgedrückte Gras gingen.

Doch nichts kam gegen den Brandgestank an. Duncan war tot, und die furchtbare Tatsache hing wie ein Sargtuch über allem und machte die bereits kühle Luft noch kälter.

»Glauben Sie, dass diese Sache vor oder nach dem Gemeindezentrum passiert ist?«, fragte ich Brody.

Er betrachtete die verrußte Hülle des Wohnmobils. »Vorher, würde ich sagen. Aus Sicht des Täters macht es mehr Sinn, erst das hier abzufackeln und dann die Klinik in Brand zu setzen. Es wäre dumm, mit einem Feuer das gesamte Dorf zu alarmieren, bevor er sich nicht um das hier gekümmert hat.«

Sowohl Wut als auch Entsetzen kamen in mir auf. »Aber weshalb? Wir hatten die Leiche bereits in die Klinik gebracht. Warum lässt man sie erst wochenlang hier liegen und macht dann plötzlich so etwas? Das ergibt doch keinen Sinn.«

Brody seufzte und wischte sich den Regen aus dem Gesicht. »Es muss keinen Sinn ergeben. Der Täter ist in Panik geraten. Er weiß, dass es ein Fehler war, die Leiche hier liegen zu lassen, und jetzt versucht er, ihn zu korrigieren. Er will offensichtlich alles ausradieren, was ihn mit dem Mord in Verbindung bringen könnte. Selbst wenn er dafür wieder töten muss.«

Er hielt inne und musterte mich.

»Sind Sie sicher, dass Sie allein zurechtkommen?«

Wir hatten das bereits besprochen. Es war besser, wenn Brody zurück ins Dorf fuhr, denn er wusste, wo man die nötigen Materialien finden würde, um das Gelände abzusperren. Aber einer musste hierbleiben, und Fraser war in keiner guten Verfassung.

»Ich komme klar.«

»Gehen Sie nur kein Risiko ein«, warnte Brody mich. »Wenn jemand auftaucht, egal wer, dann seien Sie verdammt vorsichtig.«

Das hätte er mir nicht sagen müssen. Aber ich glaubte nicht, dass ich in Gefahr war. Der Mörder hatte keinen Grund, zurückzukommen. Jetzt nicht mehr.

Außerdem gab es ein paar Dinge, die ich tun musste.

Ich schaute dem Range Rover hinterher, der den Weg zur Straße entlangrumpelte. Der Regen trommelte mir den Morsekode eines Wahnsinnigen auf die Jacke, als ich mich zum ausgebrannten Wohnmobil umdrehte. Mittlerweile hatte der Wolkenbruch die Asche so verklumpt, dass der Wind nur noch gelegentlich ein loses Kohlenstück aufwirbelte. Direkt vor den felsigen Hängen des *Beinn Tuiridh* gelegen, schien der grauschwarze Haufen schon zu einem Teil der kargen Landschaft geworden zu sein.

Ein Ring aus verbranntem Gras umgab ihn. Fröstelnd blieb ich davor stehen und versuchte, mir erst das Bild des heilen Wohnmobils in Erinnerung zu rufen, um mir dann vorstellen zu können, was geschehen sein musste, damit es in diesen Zustand geraten konnte.

Schließlich widmete ich meine Aufmerksamkeit Duncans Leiche.

Es war nicht leicht. Die Opfer, mit denen ich normalerweise zu tun habe, sind Fremde. Ich lerne sie tot kennen, nicht lebendig. Dieser Fall war anders, und es fiel mir schwer, die Erinnerung an den jungen Constable mit den Überresten zusammenzubringen, die da vor mir lagen.

Was von Duncan McKinney geblieben war, war ein Gegenstand

aus verkohltem Fleisch und Knochen, eine verrußte Puppe, die nichts Menschliches mehr an sich hatte. Ich musste daran denken, wie ich ihn das letzte Mal gesehen hatte, als er mich nachdenklich von der Klinik ins Dorf gefahren hatte. Jetzt wünschte ich, ich hätte nicht lockergelassen, bis er sich mir offenbart hätte. Aber das hatte ich nicht getan. Ich hatte ihn davonfahren lassen, damit er die letzten Stunden seines Lebens allein hier draußen verbrachte.

Ich unterdrückte meine Trauer. Sie würde jetzt weder mir noch ihm helfen. Der Regen tropfte mir von der Kapuze, während ich auf die Leiche starrte und versuchte, einen klaren Kopf zu kriegen. Nach und nach begann ich, sie ohne emotionalen Filter zu betrachten. *Du willst den Täter kriegen? Vergiss Duncan. Denke nicht an den Menschen. Konzentriere dich auf das Rätsel.*

Die Leiche lag mit dem Gesicht auf dem Boden. Die Kleidung war verbrannt, ebenso der größte Teil der Haut und des Gewebes, sodass man ausgedörrte innere Organe sehen konnte, die durch die Hülle des Rumpfes geschützt waren. Die Arme waren an den Ellbogen angewinkelt, da sich die Sehnen zusammengezogen hatten. Die Beine waren auf ähnliche Weise verrenkt, und als sie von der Hitze zusammengezogen worden waren, hatten sie die Hüfte und den Unterleib auf einer Seite etwas angehoben. Unter der Leiche war ein Teil der Tischplatte zu sehen. Die Füße waren der Tür am nächsten, während der Kopf leicht nach rechts gedreht war und dorthin zeigte, wo die kleine Sitzbank gewesen war.

Von der Bank waren nur der verbogene Rahmen und ein paar verschmorte Federn übrig geblieben. Dazwischen lag etwas. Als ich mich vorbeugte, erkannte ich die Stahlfassung von Duncans Taschenlampe. Das Feuer hatte den Lack stumpf gemacht und Blasen aufgeworfen.

Meine Kamera war mitsamt meiner Ausrüstung beim Feuer in der Klinik zerstört worden, deshalb fertigte ich auf einem Notizblock, den ich im Range Rover gefunden hatte, eine Skizze von der Position der Leiche an. Die Skizze war nicht perfekt, da die Schlinge das Zeichnen erschwerte und ich den Block vor dem Regen abschirmen musste. Aber ich tat mein Möglichstes.

Danach sah ich mir die Leiche genauer an. Vorsichtig, um nicht auf die Trümmer zu treten, beugte ich mich so weit wie möglich vor, bis ich fand, wonach ich gesucht hatte.

Ein klaffendes Loch im Schädel, das die Größe einer Faust hatte.

Ein Geräusch riss mich aus meinen Gedanken. Brody und Fraser kamen früher zurück als erwartet, dachte ich überrascht, als ich mich umdrehte. Doch es war nicht der Range Rover der Polizei, der sich auf dem Weg näherte, sondern Strachans grauer Saab.

Sofort kam mir Brodys Warnung in den Sinn. *Wenn jemand auftaucht, egal wer, dann seien Sie verdammt vorsichtig.* Ich richtete mich auf, steckte den Notizblock ein und ging zu dem Wagen. Strachan stieg gerade aus und starrte an mir vorbei zum Wohnmobil, zu geschockt, um die Kapuze seiner Jacke aufzusetzen.

»Himmel! Das wurde auch niedergebrannt?«

»Sie sollten nicht hier sein.«

Aber Strachan hörte mich nicht. Er riss die Augen auf, als er sah, was in den Trümmern lag. »O mein Gott.«

Mit einem Mal drehte er sich weg, beugte sich vor und übergab sich. Langsam richtete er sich wieder auf und suchte in seinen Taschen nach etwas, um sich den Mund abzuwischen.

»Alles in Ordnung?«, fragte ich.

Er nickte mit bleichem Gesicht. »Entschuldigen Sie«, murmelte er. »Wer … wer ist das? Der junge Polizist?«

»Brody und Fraser können jederzeit zurückkommen«, sagte ich ausweichend. »Es wäre besser, wenn die Sie nicht hier sehen.«

»Zum Teufel mit ihnen! Dies ist mein *Zuhause*! Ich habe die letzten fünf Jahre versucht, dieser Insel wieder auf die Beine zu helfen, und jetzt …« Er fuhr mit einer Hand durch sein klatschnasses Haar. »Das kann doch alles nicht wahr sein. Wer hat das getan, zum Teufel?«

Ich sagte nichts. Strachan erholte sich von dem Schock. Er hob sein Gesicht dem bewölkten Himmel entgegen und schien weder den Wind noch den Regen zu spüren.

»Die Polizei wird bei diesem Wetter nicht kommen können. Und Sie können diese Sache nicht geheim halten. Es wird eine Menge verängstigter und wütender Leute geben, die Antworten verlangen. Sie brauchen meine Hilfe. Die Leute hier hören eher auf mich als auf Ihren Sergeant. Oder auf Andrew Brody.«

Sein markantes Gesicht wirkte entschlossen, als er mich anschaute.

»Ich werde nicht zulassen, dass jemand zerstört, was wir hier aufgebaut haben.«

Ich wusste sein Angebot zu schätzen. Die Erfahrung hatte mich gelehrt, wie unangenehm die Stimmung in einer kleinen Gemeinde wie dieser werden konnte. Ich war so einer Bedrohung schon einmal ausgesetzt gewesen, und das war in einer Dorfgemeinschaft gewesen, zu der ich gehört hatte. Was hier draußen, völlig abgeschnitten von der Außenwelt, passieren könnte, wollte ich mir lieber nicht ausmalen.

Aber durften wir überhaupt noch jemandem vertrauen? Konnten wir bei Strachan eine Ausnahme machen?

Trotzdem gab es eine Möglichkeit, wie er helfen konnte. »Könnten wir das Funkgerät auf Ihrer Jacht benutzen?«, fragte ich.

Er sah überrascht aus. »Meine Jacht? Ja, natürlich. Sie hat auch Satellitenfunk, wenn Ihnen das hilft. Wieso, funktionieren die Funkgeräte der Polizei nicht?«

Ich wollte ihm nicht sagen, dass wir überhaupt keine Kommunikationsmittel mehr hatten, aber ich musste ihm irgendeinen Grund für meine Frage geben. »Eins haben wir im Feuer verloren. Es wäre einfach nur hilfreich, eine Alternative zu haben, wenn Fraser nicht in der Nähe ist.«

Strachan schien meine Erklärung zu akzeptieren. Er schaute wieder bedrückt zum Wohnmobil.

»Wie hieß er?«

»Duncan. Duncan McKinney.«

»Armer Teufel«, sagte er leise und sah mich an. »Denken Sie daran, was ich gesagt habe. Wenn Sie irgendwas brauchen, egal was, dann melden Sie sich.«

Er ging zu seinem Wagen zurück, stieg ein und fuhr davon. Als sich der Saab der Straße näherte, sah ich den auffälligen weißen Range Rover näher kommen. Auf der engen Straße mussten die beiden Fahrzeuge langsamer fahren, als sie sich auswichen, wie zwei Hunde, die sich vor einem Kampf misstrauisch umkreisen. Dann beschleunigte der Saab.

Dem Wind abgewandt, wartete ich, bis der Range Rover anhielt. Brody und Fraser stiegen aus. Während Fraser zum Kofferraum ging, kam Brody zu mir und schaute Strachans verschwindendem Wagen hinterher.

»Was wollte er hier?«

»Er kam, um Hilfe anzubieten.«

Sein Kinn zuckte. »Wir kommen ohne ihn klar.«

»Kommt drauf an.«

Ich erzählte ihm von meiner Idee, das Funkgerät der Jacht zu benutzen. Brody seufzte.

»Da hätte ich selbst drauf kommen sollen. Aber wir brauchen Strachans Jacht nicht. Jedes Boot im Hafen wird eine Küstenverbindung haben. Wir können den Funk der Fähre benutzen.«

»Die Jacht ist näher«, gab ich zu bedenken.

Bei der Aussicht, Strachan um einen Gefallen zu bitten, knirschte Brody mit den Zähnen. Doch so sehr ihm die Idee auch missfallen mochte, er wusste, dass sie vernünftig war.

Er nickte knapp. »Na gut. Sie haben recht.«

Fraser kam zu uns. Unter seinem Arm klemmten ein paar verrostete Stahlstreben, die man sonst für Betonfundamente benutzte.

»Ein Stapel davon ist beim Bau der Schule übrig geblieben«, erklärte Brody. »Damit müsste es hinhauen.«

Fraser ließ die Stangen ins Gras fallen. Seine Augen waren rot unterlaufen.

»Mir passt das irgendwie nicht. Ihn einfach so hier draußen liegen zu lassen …«

»Wenn Sie eine bessere Idee haben, dann sagen Sie es uns«, entgegnete Brody nicht besonders freundlich.

Der Sergeant nickte widerwillig. Er ging zurück zum Heck des Range Rovers und kehrte mit einem schweren Vorschlaghammer und einer Rolle Absperrband zurück. Dann marschierte er entschlossen zu den Resten des Wohnmobils. Doch beim Anblick von Duncans Leiche, die wie eine Opfergabe den Elementen ausgesetzt war, zögerte er.

»O Gott …«

»Ich weiß nicht, ob es Sie tröstet, aber er wird nichts gespürt haben«, sagte ich ihm.

Er starrte mich finster an. »Ach? Und woher wollen Sie das wissen?«

Ich holte tief Luft. »Weil er schon tot war, als das Feuer ausgebrochen ist.«

Das zornige Funkeln in den Augen des Sergeants erlosch. Brody war neben uns stehen geblieben.

»Sind Sie sicher?«, fragte er.

Ich warf einen Blick auf Fraser. Es war für uns alle nicht leicht, aber für ihn würde die Wahrheit am schwersten sein.

»Reden Sie schon«, sagte er barsch.

Ich führte sie über das feuchte Gras, bis wir einen besseren Blick auf den Schädel hatten. An den Knochen hingen noch schwarze Hautfetzen, die im Regen glänzten. Wangen und Lippen waren weggebrannt, sodass die Zähne frei lagen. Es sah aus wie eine Nachäffung von Duncans einnehmendem Grinsen.

Irgendetwas in mir sträubte sich. *Das Rätsel, nicht der Mensch.* Ich zeigte auf das klaffende Loch im Schädel, das ich zuvor entdeckt hatte.

»Sehen Sie dort, auf der linken Seite?«

Fraser wagte einen kurzen Blick und schaute dann schnell weg. Der Kopf war leicht gedreht, sodass er teilweise auf einer Wange lag. Diese Position machte es schwer, das volle Ausmaß der Wunde zu sehen, sie war aber trotzdem unverkennbar. Wie der Eingang in eine dunkle Höhle erstreckte sich das zerklüftete Loch über das Scheitel- und das Schläfenbein auf der linken Seite des Schädels.

Brody räusperte sich. »Könnte das nicht im Feuer passiert sein, wie Sie es bei Janice Donaldson vermutet haben?«

»Eine solche Verletzung kann unmöglich durch Feuer verursacht worden sein. Auf Duncan wurde wesentlich härter eingeschlagen als auf Janice Donaldson. Selbst von hier kann man sehen, dass Teile des Knochens in den Hohlraum des Schädels gedrückt worden sind. Das bedeutet, dass die Wunde durch einen Schlag von außen entstanden ist und nicht durch das Platzen des Schädels. Und die Position seiner Arme lässt darauf schließen, dass er geradewegs zu Boden gegangen ist. Er hat nicht mal versucht, sich abzustützen. Duncan ist von dem Schlag völlig überrascht worden.«

Es entstand eine Stille. »Womit ist er geschlagen worden? Mit einem Hammer oder so?«, fragte Brody.

»Nein, nicht mit einem Hammer. Der hätte ein ziemlich rundes Loch im Knochen erzeugt, aber dieses hier ist unregelmäßiger. Nach allem, was ich bisher erkennen kann, war es vermutlich eine Art Knüppel.«

Wie die Taschenlampe, dachte ich. Die Stahlfassung von Duncans Taschenlampe ragte nahe der Leiche aus der Asche. Sie hatte die entsprechende Größe und Form und war schwer genug. Aber bis die Spurensicherung eintraf, war das alles reine Spekulation.

Fraser hatte die Fäuste geballt und starrte, ohne es zu wollen, auf die Leiche. »Er war ein kräftiger Junge. Er hätte sich niemals kampflos ergeben.«

Ich wählte meine Worte vorsichtig. »Vielleicht, aber … tja, es sieht so aus, als hätte er sich umgedreht, bevor er getroffen wurde. Die Leiche liegt mit dem Gesicht nach unten, die Füße zur Tür. Also hat er sich von dem Täter abgewendet und ist nach vorne gefallen, als er von hinten geschlagen wurde.«

»Könnte er nicht draußen getötet und dann in den Wagen geschleppt worden sein?«, fragte Brody.

»Das glaube ich nicht. Zum einen liegt der Tisch unter ihm, was vermuten lässt, dass er draufgefallen ist. Ich kann mir nicht vorstellen, dass jemand seine Leiche auf den Tisch gelegt hat. Und Duncan wurde hier getroffen, an der Kopfseite«, sagte ich und tippte mir direkt übers Ohr. »Der Mörder muss also seitlich ausgeholt haben und nicht über den Kopf, wie man es normalerweise erwarten würde.«

Fraser verstand es noch immer nicht. »Wie kommen Sie darauf, dass er im Wagen getötet worden sein muss, nur weil er einen Schlag auf die Seite des Kopfes bekommen hat?«

»Weil die Decke zu niedrig ist, um über den Kopf auszuholen«, antwortete Brody für mich.

»Das sind in diesem Stadium nur Vermutungen, aber es passt«, sagte ich. »Der Mörder stand hinter Duncan, zwischen ihm und der Tür. Das bedeutet, dass er Linkshänder sein muss, denn die Wunde ist auf der linken Seite des Schädels.«

Um uns herum tobte der Regen, als die beiden auf Duncans Leiche starrten und sich den Tathergang vorstellten. Ich wartete und fragte mich, wer von ihnen es zuerst sagen würde. Überraschenderweise war es dieses Mal Fraser.

»Er hat ihn also hereingelassen? Und ihm dann den Rücken zugekehrt?«

»So sieht es aus.«

»Was hat er sich dabei gedacht, verdammt nochmal? Gott, ich habe ihm doch gesagt, er soll vorsichtig sein!«

Das bezweifelte ich. Doch wenn der Sergeant seine Erinnerung revidieren musste, um sein schlechtes Gewissen zu beruhigen, dann würde ich ihn nicht davon abhalten. Die Sache hatte allerdings einen wesentlich ernsteren Aspekt, und an Brodys Miene konnte ich ablesen, dass der zumindest ihm nicht entgangen war.

Duncan hatte sich nicht in Gefahr geglaubt, als er den Mörder hereingelassen hatte.

Brody nahm Fraser das Absperrband aus der Hand.

»Bringen wir das hinter uns.«

18

DAS PLASTIKBAND FLATTERTE zwischen den Stahlstreben umher, die in einem Abstand von wenigen Metern im Boden steckten, um das Wohnmobil abzusperren. Mit meiner Schulterverletzung war ich keine große Hilfe gewesen. Brody hatte die Stangen gehalten, während Fraser sie mit dem Vorschlaghammer in den Boden gerammt hatte.

»Wollen wir mal tauschen?«, hatte der Sergeant keuchend gefragt, als sie mit der Hälfte fertig gewesen waren.

»Tut mir leid, Sie müssen weitermachen. Arthritis«, hatte Brody gesagt und seinen Rücken gerieben.

»Na gut«, hatte Fraser gebrummt und auf die nächste Stahlstrebe eingeschlagen, als wollte er seine Wut und seinen Kummer abreagieren.

Was vielleicht Brodys Absicht gewesen war, dachte ich.

Ich stand zusammengekauert gegen die Kälte und Nässe daneben, während sie das Band zwischen den Streben ausrollten. Es war nur eine symbolische Barriere, aber ich hätte trotzdem gerne mehr getan, als sich die beiden damit abmühten, das im Wind flatternde Band zu befestigen.

Schließlich war es geschafft. Wir drei standen da und schauten noch einmal auf das ausgebrannte Wohnmobil hinter der dürftigen Barrikade. Dann gingen wir wortlos zurück zum Range Rover.

Unsere Hauptaufgabe bestand nun darin, das Festland von den Geschehnissen zu unterrichten. Wallace würde uns zwar erst dann Unterstützung schicken können, wenn sich der Sturm gelegt hatte, doch durch den Mord an einem Polizeibeamten hatte dieser Fall eine neue Dimension bekommen. Und bis Hilfe eintraf, war es für uns wichtiger denn je, Kontakt zur Außenwelt zu halten. Besonders für Fraser, dachte ich, als ich ihn mit hängenden Schultern den Weg entlangtrotten sah. Er wirkte wie das Sinnbild einer bitteren Niederlage.

Brody blieb plötzlich neben mir stehen. »Haben Sie noch einen Beutel übrig?«

Sein Blick war auf ein vom Wind zerzaustes Grasbüschel gerichtet, unter dem etwas Dunkles lag. Ich zog einen der Gefrierbeutel aus der Tasche und reichte ihn Brody. Fraser kam zurück.

»Was ist da?«, wollte er wissen.

Brody antwortete nicht. Er steckte die Hand in den Beutel, als wäre es ein Handschuh, bückte sich und hob den Gegenstand auf, der sich im Gras verfangen hatte. Dann stülpte er den Beutel um und hielt ihn hoch.

Es war ein großer schwarzer Schraubverschluss aus Plastik. Der dünne Riemen, mit dem er einmal an einem Kanister befestigt war, war nach wenigen Zentimetern abgerissen.

Brody hielt seine Nase an die Öffnung des Beutels. »Benzin.«

Er reichte ihn Fraser, der selbst daran roch. »Glauben Sie, der Scheißkerl hat ihn gestern Nacht verloren?«

»Würde ich drauf wetten. Gestern war der Verschluss noch nicht hier. Es sei denn, wir haben ihn übersehen.«

Mit wütender Miene stopfte Fraser den Beutel in seine Jackentasche. »Also liegt irgendwo auf dieser gottverdammten Insel ein Benzinkanister mit abgerissenen Riemen, aber ohne Deckel herum.«

»Wenn er nicht mittlerweile von einer Klippe geschmissen wurde«, sagte Brody.

Auf der Fahrt zu Strachans Haus herrschte bedrücktes Schweigen. Als wir auf die lange Zufahrt bogen, sahen wir, dass Grace' Porsche Cayenne weg war, Strachans Saab aber auf dem Hof stand.

Ich konnte mir nicht vorstellen, dass Strachan keinen eigenen Generator hatte, doch trotz der Düsternis des Tages brannte in keinem Fenster Licht. Der Regen tropfte von Frasers Faust, als er den gusseisernen Türklopfer schlug. Drinnen konnten wir Strachans Hund bellen hören, aber niemand öffnete. Auch als Fraser so fest gegen die schwere Tür hämmerte, dass sie in ihren Angeln erzitterte, tat sich nichts.

»Na los, wo bist du, verdammte Scheiße?«, knurrte er.

»Wahrscheinlich wieder auf einer Wanderung«, sagte Brody und trat einen Schritt zurück, um am Haus emporzuschauen. »Ich schätze, wir können auch einfach hinunter zur Jacht gehen. Es ist ein Notfall.«

»Ja, und wenn sie verriegelt ist?«, meinte Fraser. »Wir können nicht einfach einbrechen.«

»Die Leute hier schließen ihre Türen normalerweise nicht ab. Dafür gibt es keine Notwendigkeit.«

Jetzt könnte es eine geben, dachte ich. Aber ich war aus einem anderen Grund dagegen.

»Wenn wir runter zum Anleger gehen, und die Jacht ist abgeschlossen, verschwenden wir nur noch mehr Zeit«, sagte ich. »Und kennt sich jemand mit Satellitengeräten aus? Oder mit dem Küstenfunk?«

Das Schweigen der beiden beantwortete die Frage.

Fraser knallte die Hand gegen die Tür. »Scheiße!«

»Fahren wir weiter und suchen Kinross. Wir nehmen das Funkgerät auf der Fähre«, sagte Brody.

Kinross wohnte am Hafen. Als wir das Dorf erreichten, wies Brody Fraser an, eine Abkürzung über eine enge Kopfsteinpflasterstraße hinunter zum Meer zu nehmen. Der Bungalow des Fährkapitäns sah wie ein Fertighaus aus und hatte wie die meisten Häuser auf Runa neue Kunststofftüren und -fenster.

Ansonsten machte das Gebäude einen heruntergekommenen, ungepflegten Eindruck. Die Pforte im Zaun fehlte, und der kleine Garten war überwuchert und mit verrosteten Bootsteilen übersät. Im Dünengras lag ein kleines Dingi aus Fiberglas, dessen Rumpf löchrig und rissig war. Brody hatte mir erzählt, dass Kinross Witwer war und mit seinem Sohn zusammenlebte. Das sah man.

Brody und ich ließen Fraser grübelnd im Wagen sitzen und gingen zur Eingangstür. Als Brody auf die Klingel drückte, hörten wir drinnen ein fröhliches, melodisches Läuten. Niemand kam. Brody klingelte erneut, dann hämmerte er sicherheitshalber gegen die Tür.

Jetzt konnte man im Haus gedämpfte Schritte hören, dann ging die Tür auf. Kevin, Kinross' Sohn, stand im Flur, schaute uns kurz an und senkte dann den Kopf. Die roten Aknepickel hatten sein Gesicht zu einer grausamen Kraterlandschaft verunstaltet.

»Ist dein Vater da?«, fragte Brody.

Der Teenager schüttelte den Kopf, ohne uns anzusehen.

»Weißt du, wo er ist?«

Er trat verlegen von einem Fuß auf den anderen und schob die Tür so weit zu, dass nur noch sein Gesicht zu sehen war.

»Unten an der Werft«, nuschelte er. »In der Werkstatt.«

Die Tür klappte ganz zu.

Wir gingen zurück zum Wagen. Im Hafenbecken tobten die Wellen, auf denen die Boote schaukelten. Draußen am Kai zerrte die Fähre an den Tauen. Das aufgewühlte Meer wirbelte eine Gischt auf, die so dicht war, dass man sie nicht vom Regen unterscheiden konnte.

Fraser fuhr uns hinunter zu der Wellblechbaracke am Strand, an der ich am vergangenen Tag auf meinem Weg zu Brody vorbeigekommen war. Sie stand nicht weit vom Fuß der mächtigen Klippen, die den Hafen einschlossen und ihn vor den schlimmsten Unbilden des Wetters schützten.

»Die Werft gehört der Gemeinde«, sagte Brody, als Fraser den Wagen stoppte. »Jeder Bootsbesitzer beteiligt sich an den Kosten, und wenn jemand etwas reparieren muss, packen alle mit an.«

»Ist das Guthries?«, fragte ich und betrachtete das abgewrackte, aufgebockte Boot, das mir schon neulich aufgefallen war. Aus der Nähe machte es einen noch verkommeneren Eindruck. Die Hälfte der Rumpfplanken fehlte, sodass es dem Skelett eines prähistorischen Tieres ähnelte.

»Ja. Er will es wieder seetüchtig machen, aber offenbar hat er es nicht eilig.« Brody schüttelte verständnislos den Kopf. »Lieber versäuft er sein Geld in der Bar.«

Wir liefen an dem mit Planen abgedeckten Baumaterial vorbei zum Eingang der Werkstatt. Der Wind drohte die Tür aus den Angeln zu heben, als wir sie öffneten. Drinnen war es stickig und warm, es roch nach Maschinenöl und Sägemehl. Der Raum war mit Drehbänken, Schweißgeräten und Sägen vollgestellt, an den Wandregalen hingen Werkzeuge, die mit Schmiere überzogen waren. Aus einem Radio ertönte eine blecherne Melodie, die gegen das Tuckern eines Generators ankämpfte.

Ungefähr ein halbes Dutzend Männer befand sich in der Werkstatt. Guthrie und ein kleinerer Mann standen über einen zerlegten Motor gebeugt, dessen Teile auf dem Betonboden ausgebreitet waren. Kinross und die anderen spielten an einem wackligen Plastiktisch Karten. Teebecher standen vor ihnen. Eine alte Aluverpackung diente als Aschenbecher und quoll von Zigarettenkippen über.

Sie hielten alle inne und starrten uns an. Ihre Mienen waren nicht wirklich feindselig, aber auch nicht gerade freundlich. Sie musterten uns ausdruckslos. Abwartend.

Brody blieb vor Kinross stehen. »Können wir uns kurz unterhalten, Iain?«

Kinross zuckte mit den Schultern. »Nur zu.«

»Ich meine vertraulich.«

»Hier ist es vertraulich genug.« Um seine Aussage zu unterstreichen, öffnete er seinen Tabaksbeutel und begann, sich mit ölverschmierten Händen eine Zigarette zu drehen.

Brody beließ es dabei. »Wir müssen das Funkgerät der Fähre benutzen.«

Kinross befeuchtete den Rand des Blättchens mit seiner Zunge und strich die Zigarette glatt. Er schaute Fraser an.

»Was ist mit seinem? Hat die Polizei keine Funkgeräte heutzutage?«

Fraser starrte zurück, ohne zu antworten.

Kinross zupfte sich Tabakfäden aus dem Mund. »Ist im Arsch, was?«

Ich konnte den Sergeant wie einen zornigen Bullen schnaufen hören, als er einen Schritt nach vorn machte. »Ja, und das sind Sie auch gleich, wenn ...«

»Wir bitten Sie um Hilfe«, unterbrach ihn Brody und legte beschwichtigend eine Hand auf Frasers Schulter. »Wir müssen uns mit dem Festland in Verbindung setzen. Es ist wichtig, sonst würden wir nicht fragen.«

Kinross zündete gemächlich seine Zigarette an. Er schüttelte das Streichholz aus und warf es in den überfüllten Aschenbecher. Dann betrachtete er Brody durch eine blaue Rauchwolke.

»Sie können es versuchen, wenn Sie glauben, dass es was bringt.«

»Was soll das heißen?«, wollte Fraser wissen.

»Sie werden vom Hafen keine Verbindung kriegen. Es ist ein UKW-

Funkgerät. Es muss Sichtkontakt haben, und die Klippen blockieren das Signal.«

»Und wenn Sie einen Notruf abschicken müssen?«, fragte Brody skeptisch.

Kinross zuckte mit den Achseln. »Wenn man im Hafen liegt, muss man keinen Notruf abschicken.«

Fraser hatte die Fäuste geballt. »Dann fahren Sie mit dem verdammten Boot aufs Meer, damit Sie eine Verbindung kriegen.«

»Wenn Sie es bei diesem Wetter versuchen wollen, bitte schön. Aber nicht mit meiner Fähre.«

Brody knetete seinen Nasenrücken. »Was ist mit den anderen Booten?«

»Die haben auch alle UKW.«

»Versuchen Sie es mit Mr. Strachans Jacht«, schlug einer der Kartenspieler vor.

Guthrie lachte. »Ja, die ist bis zum Arsch voll mit Hightech.«

Ich sah, dass Brody kurz davor war aufzugeben. »Hören Sie, können wir es trotzdem auf der Fähre versuchen?«

Kinross zog gleichgültig an seiner Zigarette. »Wenn Sie unbedingt Ihre Zeit verschwenden wollen.« Er knipste die Glut ab und steckte die Kippe in seinen Tabaksbeutel, während er aufstand. »Tut mir leid, Jungs.«

»Ich habe sowieso verloren«, sagte einer der Kartenspieler und warf seine Karten auf den Tisch. »Zeit, nach Hause zu gehen.«

Guthrie wischte seine Hände an einem öligen Lappen ab. »Ja. Ich muss was essen.«

Auch die anderen Kartenspieler warfen ihre Karten auf den Tisch und griffen nach ihren Jacken. Kinross zog sein Ölzeug an und ließ beim Hinausgehen die Tür vor uns zufallen. Der Regen und die Gischt erfüllten die Luft mit einem Jodgeruch. Kinross marschierte mit unbedecktem Kopf zum Kai, ohne auf die brechenden Wellen zu achten. Die Fähre zerrte an ihrer Verankerung, aber er ging, ohne zu zögern, auf die Laufplanke.

Wir anderen waren etwas vorsichtiger und hielten uns am Geländer der schwankenden Planke fest. An Bord war es kaum besser, denn das rutschige Deck schlingerte unberechenbar. Ich schaute hoch zu der Funkantenne auf der Brücke der Fähre, die sich im Wind bog, und dann zu den Klippen, die uns umgaben. Ich verstand, was Kinross gemeint hatte. Die Klippen schlossen den Hafen auf drei Seiten ein und erhoben sich wie eine Mauer zwischen uns und dem Festland.

Kinross fummelte bereits an dem Funkgerät herum, als wir uns auf die enge Brücke zwängten. Ich stützte mich wegen des Wellengangs an der Wand ab. Ein dissonantes Brummen und Piepsen ertönte, als Kinross in das Handset sprach und dann auf Antwort wartete.

»Wen haben Sie angefunkt?«, fragte Brody.

Kinross antwortete, ohne sich umzudrehen. »Küstenwache. Die haben den größten Sendemast in Lewis. Wenn die uns nicht hören können, dann keiner.«

Wir warteten, während er erneut in das Handset sprach. Nur ein hohles Zischen kam aus dem Gerät.

Fraser hatte den Fährkapitän mit mürrischer Abneigung beobachtet. »Können Sie sich daran erinnern, ob Sie vor ungefähr vier oder fünf Wochen irgendwelche Fremden mit der Fähre rübergebracht haben?«, fragte er plötzlich.

Brody warf ihm einen verärgerten Blick zu, aber der Sergeant beachtete ihn nicht. Kinross schaute sich nicht um.

»Nein.«

»Nein? Sie haben keine Fremden rübergebracht, oder Sie können sich nicht erinnern?«

Kinross drehte sich zu ihm um. »Hat das etwas mit dem Mord zu tun?«

»Beantworten Sie einfach die Frage.«

Kinross lächelte bedrohlich. »Und wenn nicht?«

Ehe Fraser antworten konnte, schaltete sich Brody ein. »Immer mit der Ruhe, Iain, niemand wirft Ihnen etwas vor. Wir sind nur gekommen, um das Funkgerät zu benutzen.«

Kinross senkte bedächtig das Handset. Er lehnte sich gegen das schwankende Schott, verschränkte die Arme und sah uns an.

»Sagen Sie mir, worum es hier geht?«

»Das ist Sache der Polizei«, knurrte Fraser.

»Ja, und das hier sind meine Fähre und mein Funkgerät. Wenn Sie es benutzen wollen, sollten Sie mir auch sagen, warum es so dringend ist.«

»Das können wir noch nicht, Iain«, sagte Brody beschwichtigend. »Aber es ist wichtig. Vertrauen Sie mir.«

»Das hier ist unsere Insel. Wir haben ein Recht zu wissen, was los ist.«

»Ich weiß, und Sie werden es auch erfahren, ich verspreche es.«

»Wann?«

Brody seufzte. »Heute Abend. Aber jetzt müssen wir das Festland kontaktieren.«

»Jetzt hören Sie mal zu …«, begann Fraser, aber Brody ließ ihn nicht ausreden.

»Sie haben mein Wort.«

Kinross starrte ihn mit undurchschaubarer Miene an. Dann stand er auf und ging zur Tür.

»Was haben Sie vor?«, fragte Brody.

»Sie wollten, dass ich es mit dem Funkgerät versuche, das habe ich getan.«

»Können Sie es nicht weiter versuchen?«

»Nein. Wenn uns jemand hören würde, dann hätten wir mittlerweile Antwort erhalten.«

»Was ist mit anderen Schiffen irgendwo auf See? Von dort könnte man doch eine Nachricht von uns ans Festland weiterleiten. Da wären die Klippen nicht im Weg.«

»Vielleicht nicht, aber die müssten das Signal auch erst mal empfangen, und das Gerät hat nur eine Reichweite von dreißig Meilen. Wenn Sie Ihre Zeit verschwenden wollen, bitte schön, aber dann müssen Sie es selbst versuchen.« Er zeigte auf das Handset. »Zum Sprechen den Knopf drücken, zum Empfangen loslassen. Und schalten Sie es aus, wenn Sie fertig sind.«

Und damit ging er hinaus. Als die Tür hinter ihm zuschlug, wandte sich Fraser wütend an Brody.

»Für wen halten Sie sich eigentlich, verfluchte Scheiße? Sie sind nicht befugt, denen irgendwas zu erzählen.«

»Wir haben keine Wahl. Wir brauchen die Hilfe dieser Leute. Die kriegen Sie nicht mit Herumbrüllerei.«

Frasers Gesicht war dunkelrot. »Einer von diesen Scheißkerlen hat Duncan umgebracht!«

»Ja, und wenn wir sie gegen uns aufbringen, werden wir nie herausfinden, wer es getan hat.« Brody hielt inne und beherrschte sich. Er holte tief Luft. »Kinross hat recht. Es bringt nichts, hier noch mehr

Zeit zu verschwenden, wenn Strachans Jacht Satellitenfunk hat. Wir können unterwegs an der Schule halten und schauen, ob Grace dort ist.«

»Und wenn sie nicht da ist?«, wollte Fraser trotzig wissen.

»Dann warten wir bei den Strachans, bis einer von ihnen nach Hause kommt«, sagte Brody zähneknirschend. Strachan um etwas zu bitten behagte ihm eindeutig nicht. »Es sei denn, Sie haben eine bessere Idee?«

Fraser hatte keine. Wir fuhren vom Hafen hinauf ins Dorf, doch als wir zur Schule kamen, stand Grace' schwarzer Porsche nicht davor. Das kleine Gebäude war unbeleuchtet und leer.

»Sie müssen die Kinder wegen des Stromausfalls früher nach Hause geschickt haben«, sagte er frustriert.

Wir konnten nichts anderes tun, als zu Strachans Haus zu fahren und zu hoffen, dass sie dort war. Fraser saß mürrisch schweigend hinter dem Steuer. Irgendwie tat er mir leid. Er machte es einem nicht leicht, ihn zu mögen, aber Duncans Tod hatte ihn schwer getroffen. Und er hatte schon den Boden unter den Füßen verloren, bevor sein Kollege ermordet worden war.

Als wir uns dem großen Haus näherten, rührte sich der Sergeant plötzlich.

»Was macht der denn da?«

Strachans Saab raste direkt auf uns zu. Fluchend fuhr Fraser an den Straßenrand und trat auf die Bremse, während der Saab nur ein paar Meter entfernt schlingernd zum Stehen kam.

»Verdammter Idiot!«, schimpfte Fraser.

Strachan war herausgesprungen, ohne die Wagentür zu schließen, und kam auf uns zugelaufen. Fraser kurbelte wütend das Fenster herunter und brüllte ihn an.

»Was sollte denn die Scheiße?«

Strachan schien ihn nicht zu hören. Sein Gesicht war kreidebleich, und seine Augen waren panisch aufgerissen.

»Grace ist verschwunden!«, keuchte er.

»Was soll das heißen, ›verschwunden‹?«, wollte Fraser wissen.

»Sie ist verschwunden, weg!«

Brody war aus dem Range Rover gestiegen. »Beruhigen Sie sich und erzählen Sie, was geschehen ist.«

»Was ich gesagt habe! Gott, sind Sie alle taub, oder was? Wir müssen sie finden!«

»Das werden wir, aber Sie müssen sich beruhigen und uns erzählen, was Sie wissen.«

Strachan versuchte sich zu sammeln. »Ich bin vor ein paar Minuten zurückgekommen. Grace' Wagen stand vor dem Haus, und dic Lichter waren an und Musik, deshalb dachte ich, sie wäre im Haus. In der Küche stand eine lauwarme Tasse Kaffee, aber als ich rief, antwortete sie nicht. Ich habe in jedem Zimmer nachgeschaut, aber ich konnte sie nicht finden.«

»Könnte sie nicht spazieren sein?«, fragte Fraser.

»Grace? Bei dem Wetter? Bitte, warum stehen wir hier herum? Wir müssen etwas tun!«

Brody wandte sich an Fraser. Er übernahm automatisch das Kommando. »Wir müssen eine Suche organisieren. Fahren Sie zurück ins Dorf und trommeln Sie so viele Leute zusammen, wie Sie können.«

»Und Sie?«, fragte Fraser, dem es nicht gefiel, Befehle zu bekommen.

»Ich werde mich im Haus umschauen.«

»Ich habe doch gesagt, dass sie nicht hier ist!« Strachan schrie beinahe.

»Wir schauen trotzdem noch einmal nach«, sagte Brody. »Dr. Hunter, kommen Sie mit?«

Das hatte ich sowieso vorschlagen wollen. Wenn Grace verletzt war, würde ich hier nützlicher sein als beim Zusammentrommeln eines Suchtrupps im Dorf. Wir liefen mit Strachan zum Saab, während Fraser im Range Rover davonfuhr.

»Was denken Sie?«, fragte ich Brody leise.

Er schüttelte nur grimmig den Kopf.

Strachan hatte den Motor des Saabs laufen lassen. Wir hatten kaum die Türen geschlossen, als der Wagen schon rückwärts die Straße hinab- und die Zufahrt hinaufjagte, bis er quietschend neben Grace' schwarzem Porsche Cayenne zum Stehen kam. Ohne auf uns zu warten, lief Strachan ins Haus und rief den Namen seiner Frau. Die einzige Reaktion war das verzweifelte Bellen des Hundes in der Küche.

»Na also, sie ist nicht hier«, sagte er und fuhr sich nervös durchs

Haar. »Und Oscar lief draußen herum, als ich zurückkam. Wenn Grace weggegangen wäre, hätte sie ihn nicht einfach draußen gelassen!«

Mein Magen zog sich zusammen, als ich das Stocken in seiner Stimme hörte. Ich wusste genau, was er gerade durchmachte. Ich war einmal zu Jenny gekommen und hatte die gleiche schreckliche Erfahrung gemacht. Damals war auch ein Mörder frei herumgelaufen, und als ich nun die Angst in Strachans Augen sah, kam ein furchtbares Déjà-vu-Gefühl in mir auf.

Doch Brody blieb ruhig, als wir schnell das Haus durchsuchten. Von Grace war nichts zu sehen.

»Wir verschwenden nur Zeit«, sagte Strachan, nachdem wir fertig waren. Er konnte die Panik nicht mehr unterdrücken.

»Haben Sie in den Außengebäuden nachgeschaut?«, fragte Brody.

»Ja! Es gibt nur eine Scheune, und da ist sie auch nicht!«

»Und was ist mit der Bucht?«

Strachan starrte ihn nur an. »Ich … nein, aber dort geht Grace nie hin, nicht ohne mich.«

»Schauen wir trotzdem nach, okay?«

Strachan führte uns in die Küche. Auf dem Tisch stand eine halb ausgetrunkene Kaffeetasse, daneben lag ein aufgeschlagenes, umgedrehtes Buch, als wäre Grace nur für einen Moment hinausgegangen. Strachan schob ungeduldig den an ihm hochspringenden Retriever zur Seite, ging durch die Hintertür und lief die Stufen hinunter, die zur Bucht führten.

Ich hatte schon befürchtet, Grace' verrenkte Leiche auf dem Kieselstrand unter uns zu sehen. Doch abgesehen von der am kurzen Anleger vertäuten Jacht war die Bucht leer. Es war ein schönes Boot, dessen Rumpf bei dem starken Wellengang quietschend an den Gummipuffern rieb. Der hohe Mast schwankte hin und her wie der Zeiger eines kaputten Metronoms.

Strachan rannte den Anleger hinab. Er sprang auf die Laufplanke und lief zum Cockpit. Da ich mit dem angebundenen Arm Mühe mit meinem Gleichgewicht hatte, war ich nicht so schnell an Bord. Während ich an Deck kam, warf Strachan die Klappe des Cockpits auf und blieb plötzlich wie erstarrt stehen.

Als ich ihn erreichte, sah ich, warum.

Wie die übrige Jacht war das Cockpit wunderschön mit Teakpaneelen, rostfreien Stahlarmaturen und einem komplizierten Instrumentenpult ausgestattet. Auf jeden Fall musste es einmal schön gewesen sein. Funkgerät und Satellitenfunk waren in Stücke geschlagen worden, auf dem Deck darunter lagen abgerissene Kabel und zerbrochene Platinen verteilt.

Einen Moment starrte Strachan auf die Verwüstung, dann stürzte er durch das Cockpit in die Hauptkabine.

»Grace? O Gott, *Grace*!«

Sie lag auf dem Boden der Kabine. Kopf und Schultern waren mit einem Sack bedeckt, doch darunter konnte man deutlich Grace' weißen Parka erkennen. Sie lag zusammengerollt auf der Seite, die Hände auf dem Rücken gefesselt.

Von der Taille abwärts war sie nackt.

Jedenfalls fast. Ihre Füße waren nicht zusammengebunden worden, aber ihre Jeans war bis zu den Knöcheln heruntergezogen und umschloss sie so fest wie ein Seil. Der Slip hing an den Knien, als wäre ihr Angreifer dabei gestört worden, ihn ganz zu entfernen.

Sie sah auf obszöne Weise verletzlich aus. Ihre langen, nackten Beine waren blau vor Kälte. Sie bewegte sich nicht. Ich befürchtete, dass wir zu spät kamen, doch als Strachan sie berührte, begann sie sich plötzlich herumzuwerfen.

»Halten Sie sie fest, sonst verletzt sie sich!«, warnte ich und versuchte, ihre Füße zu greifen.

»Alles in Ordnung, Grace, ich bin's! Ich bin's!«, sagte Strachan und riss ihr den Sack vom Kopf.

Ihr Haar war völlig durcheinander und verdeckte ihr Gesicht. Ein schmutziger Lappen war ihr in den Mund gestopft worden. Mit aufgerissenen Augen starrte sie uns verängstigt an. Doch als sie Strachan erkannte, hörte sie sofort auf, sich zu wehren.

»Alles in Ordnung, ich bin ja hier, alles in Ordnung!«, sagte er beruhigend, als er ihr den Knebel aus dem Mund nahm. Schluchzend rang sie nach Atem.

»Michael, Gott sei Dank, Michael!«

Ihr Gesicht war gerötet und verquollen, in die Haut hatte sich das Muster des groben Sackleinens geprägt. Auf ihrer rechten Wange war ein großer blauer Fleck, und ihr Mund war geschwollen und blutig. Aber ansonsten schien sie unverletzt zu sein.

»Ist alles in Ordnung? Bist du verletzt?«, fragte er sie mit brüchiger Stimme.

»Nein, ich ... ich glaube nicht.«

»Wurden Sie sexuell missbraucht?«, fragte Brody schroff.

»Um Gottes willen!«, explodierte Strachan. Auch mich hatte die Frage erschreckt.

Doch Grace schüttelte den Kopf. »Nein ... nein, ich ... ich wurde nicht vergewaltigt.«

Gott sei Dank, dachte ich. Wenigstens das war ihr erspart geblieben. Und wahrscheinlich war es besser, dieses Thema sofort zu klären und aus dem Weg zu räumen. Vielleicht war Brody doch nicht so unsensibel.

Strachan kamen die Tränen, als er seiner Frau sanft das Haar aus dem Gesicht strich. »Wer ist es gewesen? Hast du ihn gesehen?«

»Ich weiß nicht, ich ... ich ...«

Er nahm sie in den Arm. »Sch, ist ja gut, jetzt ist es vorbei. Es ist vorbei.«

Brody und ich wandten uns ab, als Strachan ihr den Slip und die Jeans hochzog. Dann versuchte ich, das Seil um ihre Handgelenke aufzubekommen, aber mit einer Hand konnte ich den festen Knoten nicht lösen. Die Haut war aufgescheuert, ihre Hände waren durch die Abschnürung weiß geworden. Brody hatte ein Messer gesucht, um das Seil durchzuschneiden, dann waren wir zurückgetreten, damit Strachan Grace auf die Beine helfen konnte.

»Helfen Sie mir, sie zu tragen«, sagte Strachan zu Brody. Ihre Fehde schien für den Moment vergessen zu sein.

»Ich kann gehen«, meinte Grace.

»Ich glaube nicht ...«

»Mir geht es gut, ich kann gehen!«

Sie weinte zwar noch, aber sie wurde nicht hysterisch. Brody und ich folgten in diskretem Abstand, als Strachan sie über den Pier führte. Grace schmiegte sich an ihn. Beide waren so mit sich beschäftigt, dass ich mich wie ein Eindringling fühlte.

Als wir die Stufen von der Bucht hinaufstiegen, klangen die Schreie der Möwen wie spöttisches Lachen im Wind.

19

ICH SÄUBERTE UND VERBAND GRACE' WUNDEN, während Fraser ihre Aussage aufnahm. Er war mit einem Wagenkonvoi aus dem Dorf zurückgekehrt, kurz nachdem wir Grace ins Haus gebracht hatten. Strachan war gegen eine sofortige Befragung seiner Frau gewesen, doch ich hatte ihm gesagt, dass es am besten wäre, die Sache hinter sich zu bringen. Wenn die Polizei vom Festland eintraf, würde sie ihre Geschichte erneut erzählen müssen, bis dahin war es aber besser, wenn sie berichtete, was ihr widerfahren war, solange die Erinnerung daran noch frisch war. Manchmal konnte durch eine frühe Befragung auch vermieden werden, dass ein Opfer eines tätlichen Angriffs psychische Traumata davontrug. Und außerdem konnte ich auf diese Weise darauf achten, dass Fraser nicht zu rüde mit ihr umsprang.

Denn irgendwie traute ich ihm eine feinfühlige Befragung nicht zu.

Strachan hatte den Leuten, die gekommen waren, um bei der Suche nach Grace zu helfen, abwesend gedankt und versichert, dass seine Frau nicht ernsthaft verletzt worden war, und sie dann wieder fortgeschickt. Jedem waren der Schock und die Wut anzusehen gewesen. Dass Duncan tot war, hatte sich offenbar noch nicht herumgesprochen, aber mittlerweile wussten die meisten Leute, dass es sich bei der im Cottage gefundenen Leiche um ein Mordopfer handelte. Doch so bestürzend diese Nachricht auch sein musste, was Grace widerfahren war, schien die Menschen noch mehr zu erschüttern. Das Mordopfer stammte nicht von der Insel, Grace war jedoch die Frau von Runas Gönner, sie wurde respektiert und war beliebt. Der Überfall auf sie traf die Gemeinde mitten ins Herz.

Auch Kinross und Guthrie waren gekommen, um sich an der Suche zu beteiligen. Als sie im Aufbruch waren, konnte man an der Miene des Fährkapitäns ablesen, dass er nun zu allem bereit war.

»Wenn wir den Scheißkerl finden, der das getan hat, ist er ein toter Mann«, hatte er Strachan geschworen.

Ich glaubte nicht, dass das eine leere Drohung war. Die Nerven lagen blank. Angesichts seiner heimlichen Liebe zu Grace war es kein Wunder, dass auch Cameron herbeigeeilt war, um bei der Suche zu helfen. Er war der Letzte gewesen, der wieder gegangen war, denn er hatte lautstark darauf bestanden, sich um sie zu kümmern. Seine Proteste konnte man vom Eingang bis in die Küche hören, wo Brody und Fraser warteten, während ich Grace' Wunden versorgte.

»Wenn sie verletzt ist, muss ich sie untersuchen«, hatte Cameron entrüstet gerufen.

Strachans Stimme blieb ungerührt. »Das ist nicht nötig. David kümmert sich um sie.«

»Hunter?« Cameron spuckte meinen Namen regelrecht aus. »Bei allem Respekt, Michael, wenn jemand Grace behandeln sollte, dann ich und nicht irgendein ... irgendein ehemaliger Arzt.«

»Danke, aber ich entscheide, wer sich um meine Frau kümmert.«

»Aber Michael ...«

»Ich sagte nein!« Eine angespannte Stille war entstanden. Als Strachan wieder sprach, beherrschte er sich mühsam. »Geh nach Hause, Bruce. Wenn ich dich brauche, melde ich mich.«

»Oje. Ich scheine Probleme zu machen«, sagte Grace zerknirscht, als wir hörten, wie die Haustür zuschlug. Klaglos hatte sie meine einhändigen Versuche ertragen, Antiseptikum auf ihre Wunden zu tupfen.

»Ich nehme an, er will nur helfen«, sagte ich und legte den Wattebausch weg. »Entschuldigen Sie mich.«

Ich ließ sie mit Brody und Fraser zurück und ging aus der Küche, um Strachan abzufangen, der durch die Eingangshalle kam.

»Ich habe gehört, was Cameron gesagt hat«, meinte ich zu ihm. »In einem Punkt hat er recht. Er hat mehr Erfahrung bei der Behandlung von Wunden als ich.«

Die Ereignisse der letzten Stunde hatten Strachan arg zugesetzt. Er sah schon wieder besser aus als zuvor, aber seine markanten Züge wirkten ausgezehrt, und auch seinen Elan schien er verloren zu haben.

»Ich bin mir sicher, dass Sie einen Verband anlegen können«, entgegnete Strachan müde.

»Ja, aber er ist hier der Krankenpfleger ...«

Seine Miene wurde hart. »Noch.«

Ich sagte nichts. Mit einem Blick in die Küche senkte Strachan dann die Stimme. »Sie haben bestimmt bemerkt, wie er Grace immer anstarrt. Bisher bin ich darüber hinweggegangen, weil ich ihn für harmlos hielt. Aber jetzt ...«

Ich hatte mich schon gefragt, wie Strachan über Camerons Gefühle für seine Frau dachte. Jetzt wusste ich es.

»Sie glauben doch nicht, dass er sie überfallen hat?«, fragte ich skeptisch.

»Irgendjemand muss es ja wohl gewesen sein!«, brauste er auf. Doch dann beruhigte er sich wieder. »Nein, ich behaupte nicht, dass es Bruce war. Ich … ich möchte nur nicht, dass er jetzt in Grace' Nähe kommt.«

Er lächelte verlegen.

»Na los, gehen wir zurück. Die werden schon denken, wir hecken etwas aus.«

Wir gesellten uns wieder zu den anderen in die Küche. Fraser wartete mit einem Notizblock, während Brody mit einem leichten Stirnrunzeln in seinen Becher starrte und den Tee kalt werden ließ. Der alte Inspector war ungewöhnlich still gewesen, seit wir ins Haus zurückgekehrt waren, und wollte anscheinend Fraser die Befragung überlassen.

Strachan setzte sich neben Grace und hielt ihre Hand, während ich damit fortfuhr, ihre Wunden zu behandeln. Es waren keine ernsthaften Verletzungen, sondern vor allem Schnitte und Abschürfungen. Am schlimmsten war die dunkler werdende Schwellung in ihrem Gesicht, die offenbar von einem Schlag herrührte. Die Schwellung war auf ihrer rechten Wange, was darauf hindeutete, dass der, der sie geschlagen hatte, wahrscheinlich Linkshänder war.

Genau wie Duncans Mörder.

Ich tupfte die aufgerissene Haut mit Antiseptikum ab, als sie begann, Fraser zu erzählen, woran sie sich erinnern konnte.

»Ich war aus der Schule zurückgekommen und hatte mir gerade einen Kaffee gemacht.« Ihre Hand zitterte, als sie ein Glas Brandy mit Wasser hielt, das ich ihr in Ermangelung eines Beruhigungsmittels gegeben hatte. Ihre Stimme bebte etwas, aber ansonsten schien sie über das Erlittene gut hinwegzukommen.

»Wann war das?«, fragte Fraser, der schwerfällig in sein Notizbuch schrieb.

»Ich weiß nicht … gegen zwei, halb drei, glaube ich. Bruce wollte die Schule wegen des Stromausfalls früher schließen. Die Heizung funktionierte zwar, aber wir hatten kein Licht.« Sie wandte sich an ihren Mann. »Michael, wir müssen uns unbedingt darum kümmern, dass auch die Schule ein Notstromaggregat bekommt.«

»Ja, das werden wir.«

Strachan lächelte, aber er sah noch immer schrecklich aus. Er schien sich die Schuld dafür zu geben, nicht da gewesen zu sein, als sie ihn brauchte.

Grace nippte am Brandy und schüttelte sich. »Oscar hat vor der Küchentür gebellt. Er gab keine Ruhe, und kaum hatte ich sie geöffnet, raste er hinunter zur Bucht. Bei dem stürmischen Meer wollte ich nicht, dass er auf den Anleger läuft, deshalb bin ich hinter ihm her. Als ich unten ankam, hat er wie ein Wahnsinniger die Jacht angebellt, und ich sah, dass die Luke des Cockpits offen war. Ich habe mir nicht viel dabei gedacht, sie ist ja nie abgeschlossen. Ich habe angenommen, dass Michael vergessen hatte, sie zuzuklappen. Ich rief ihn, als ich ins Cockpit ging, es war aber kein Licht an, und ich konnte nichts sehen. Dann … dann hat mich etwas getroffen.«

Sie zögerte und hielt die Hand an die Schwellung auf der rechten Wange.

»Du musst nicht darüber sprechen, wenn du nicht willst«, sagte Strachan.

»Mir geht es gut, wirklich.« Sie lächelte ihn müde an. Was geschehen war, hatte sie mitgenommen, aber sie wirkte entschlossen, als sie fortfuhr. »Dann verschwamm alles. Ich merkte, dass ich auf dem Boden lag und meine Hände auf dem Rücken zusammengebunden waren. Und irgendetwas war über meinem Kopf. Ich dachte, ich müsste ersticken. Ein widerlicher Lappen wurde mir in den Mund gestopft und dann ein Sack übergestülpt, der nach Fisch und Öl stank. Als sich meine Beine plötzlich kalt anfühlten, wusste ich, dass ich meine Jeans nicht mehr anhatte. Ich versuchte zu schreien und zu treten, aber ich konnte nicht. Dann spürte ich, wie … wie meine Unterhose heruntergezogen wurde …«

Sie geriet außer Fassung.

»Ich kann einfach nicht glauben, dass es jemand gewesen sein muss, den ich *kenne*! Warum tut ein Mensch so etwas?«

Strachan wandte sich wütend an Fraser. »Um Himmels willen, sehen Sie denn nicht, wie sehr sie das aufwühlt?«

»Es ist in Ordnung, wirklich. Ich bin fast fertig.« Grace rieb sich die

Augen. »Es gibt sowieso nicht mehr viel zu erzählen. Danach bin ich irgendwie wieder ohnmächtig geworden. Und als Nächstes wart ihr schon da.«

»Sind Sie vergewaltigt worden?«, fragte Fraser barsch.

Sie schaute ihn ruhig an. »Nein, davon weiß ich nichts.«

»Gott sei Dank«, sagte Strachan zornig. »Der Scheißkerl muss unsere Rufe gehört haben und abgehauen sein.«

Fraser machte sich schwerfällig Notizen. »Fällt Ihnen sonst noch etwas ein? Können Sie noch etwas über Ihren Angreifer sagen?«

Grace dachte eine Weile nach und schüttelte dann den Kopf. »Nein, eigentlich nicht.«

»War er groß oder klein? Ein bestimmter Geruch? Aftershave oder so etwas?«

»Es tut mir leid, aber ich habe nur den nach verfaultem Fisch und Öl stinkenden Sack gerochen.«

Ich beendete die Säuberung der Wunde auf Grace' Wange. »Gibt es noch einen anderen Weg aus der Bucht heraus?«, fragte ich.

»Außer zum Meer, meinen Sie?« Strachan zuckte mit den Schultern. »Wenn man über die Felsen am Fuß der Klippen klettert, gelangt man zu einem Kiesstrand, der ein ganzes Stück zurück zum Dorf führt. Am Ende gibt es einen Weg hinauf auf die Klippen. Bei diesem Wetter ist es etwas heikel dort entlang, aber unmöglich ist es nicht.«

Das erklärte, wie der Angreifer davonkommen konnte, ohne von uns gesehen zu werden. Andererseits hätte er sich auch einfach verstecken können, bis wir im Haus verschwunden waren. Wir waren ja mehr damit beschäftigt gewesen, uns um Grace zu kümmern, als nach ihrem Angreifer zu suchen.

Danach hatte Fraser keine weiteren Fragen mehr. Ich dachte, dass Brody vielleicht noch etwas wissen wollte, aber der pensionierte Inspector blieb still, als sich Grace verabschiedete. Strachan wollte ihr ein Bad einlassen, doch davon wollte sie nichts hören.

»Ich bin ja nicht krank«, sagte sie lächelnd, aber auch mit einer Spur Verärgerung. »Bleib du hier bei unseren Gästen.«

Als sie meine Wange küsste, konnte ich noch unter dem strengen Geruch des Antiseptikums den feinen Moschusduft ihres Parfüms wahrnehmen.

»Ich danke Ihnen, David.«

»Gern geschehen.«

Strachan schaute ihr hinterher. Er hatte dunkle Ringe unter den Augen und einen gehetzten Blick.

»Sie kommt wieder in Ordnung«, sagte ich.

Er nickte, wirkte aber nicht überzeugt. »Gott, was für ein Tag«, murmelte er und rieb sich das Gesicht.

Brody sprach zum ersten Mal, seit wir Grace ins Haus gebracht hatten. »Erzählen Sie mir noch einmal, was geschehen ist.«

Strachan wirkte perplex. »Wie gesagt, ich kam nach Hause, und sie war nicht hier.«

»Und wo genau sind Sie gewesen?«

Seine Frage klang zwar nicht direkt wie eine Anklage, sie ließ aber auch keinen Zweifel darüber zu, warum er fragte. Strachan betrachtete ihn mit wachsender Verärgerung.

»Ich war spazieren. Hinauf zu den Steingräbern, wenn Sie es genau wissen wollen. Nachdem ich David am Cottage getroffen hatte, bin ich nach Hause gekommen, aber mich bedrückte noch immer die Sache mit dem Constable. Da Grace in der Schule war, habe ich den Wagen hiergelassen und bin wieder losgegangen.«

»Auf den Berg.«

»Ja, auf den Berg«, sagte Strachan und konnte sich kaum beherrschen. »Und glauben Sie mir, ich wünschte bei Gott, ich hätte es nicht getan. So, wenn das alles ist, Andrew, dann danke ich Ihnen für Ihre Hilfe, aber ich denke, es ist an der Zeit, dass Sie jetzt gehen.«

Die Atmosphäre in der Küche hatte regelrecht geknistert. Auch mich hatte Brody überrascht. Die beiden hatten zwar nichts füreinander übrig, es gab aber keinen Grund, Strachan zu unterstellen, er hätte seine eigene Frau überfallen.

Ich stand auf und durchbrach die angespannte Stille. »Vielleicht sollten wir jetzt alle gehen.«

Strachan wirkte noch immer wütend, sein Gesicht war gerötet. »Ja, natürlich.« Aber dann zögerte er. »Andererseits … ich würde es begrüßen, wenn Sie noch eine Weile bleiben könnten, David. Nur um nachher noch einmal nach Grace zu sehen.«

Eigentlich hatte ich damit gerechnet, dass er mit seiner Frau allein sein wollte. Ich schaute Brody an. Er nickte kaum wahrnehmbar. »Im

Dorf können Sie jetzt sowieso nichts tun. Wir können uns später bei mir treffen, um alles durchzusprechen.«

Während Strachan die beiden hinausbrachte, wartete ich in der Küche. Die Haustür ging zu. Als er zurückkam, wirkte er unruhig, beinahe verlegen. Aber mir war klar, dass der heutige Tag auch für ihn traumatisch gewesen sein musste. Vielleicht wollte er, dass ihm jemand versicherte, dass Grace wieder in Ordnung kommen würde und dass das Geschehene nicht sein Fehler war. Oder vielleicht brauchte er einfach Gesellschaft.

»Danke, dass Sie geblieben sind. Nur für eine Stunde oder so, bis Grace zu Bett geht, dann werde ich Sie zurück ins Hotel bringen.«

»Wird sie allein klarkommen?«, fragte ich.

Daran schien er noch nicht gedacht zu haben. »Na ja ... Sie können natürlich auch hierbleiben. Oder meinen Wagen nehmen. Es ist ein Automatik, Sie werden ihn also mit einer Hand fahren können.«

Da ich bereits einen Unfall auf Runa gehabt hatte, behagte mir die Aussicht, mit meiner Schlinge zu fahren, nicht besonders. Doch darüber konnte ich mir Gedanken machen, wenn es so weit war.

»Aber ich vergesse ja meine Manieren«, fuhr Strachan fort. »Kann ich Ihnen einen Drink anbieten? Ich habe eine Flasche zwanzig Jahre alten Malt, die nur darauf wartet, geöffnet zu werden.«

»Öffnen Sie sie nicht meinetwegen.«

Er grinste. »Das ist das Mindeste, was ich tun kann. Kommen Sie, gehen wir ins Wohnzimmer.«

Er führte mich durch die Eingangshalle in ein großes Wohnzimmer. Es war mit dem gleichen zurückhaltenden Geschmack eingerichtet wie der Rest des Hauses. Der Parkettboden war mit dicken Läufern bedeckt, zwischen zwei schwarzen Ledersofas stand ein Kaffeetisch aus Rauchglas. Über dem Kamin hing ein weiteres abstraktes Ölgemälde von Grace, es wurde von Bücherregalen flankiert, die vom Boden bis an die Decke reichten. Vor einer Wand stand eine Glasvitrine, in der Werkzeuge und Pfeilspitzen aus Feuerstein lagen. Und im Zimmer lagen weitere archäologische Artefakte, wie Scherben alter Töpferwaren und Steinskulpturen, jedes einzelne von einem Punktstrahler beleuchtet.

Während Strachan den schwarzlackierten Barschrank öffnete, ging ich zu einem der Bücherregale. Bei den meisten Titeln handelte es sich um Sachbücher. Es gab ein paar Biographien über Entdecker wie Livingstone und Burton, ansonsten waren es aber vor allem wissenschaftliche Texte über Archäologie und Anthropologie. Ein paar Bände behandelten primitive Bestattungsriten, fiel mir auf. Ich zog ein Buch mit dem Titel *Vergangene Stimmen, Vergangene Leben* heraus und blätterte es durch.

»Das Kapitel über tibetische Himmelsbestattungen ist interessant«, sagte Strachan. »Sie haben ihre Toten auf die Berge gebracht und an die Vögel verfüttert. Sie glaubten, dadurch würden ihre Seelen in den Himmel getragen werden.«

Er stellte die Maltflasche und zwei dicke Gläser auf den Couchtisch und setzte sich auf eines der Ledersofas.

»Ich dachte, Sie trinken nicht«, sagte ich, stellte das Buch zurück und setzte mich auf das andere Sofa.

»Tue ich auch nicht. Aber im Moment ist mir danach, meine Regeln zu brechen.« Er schenkte den Whisky ein und reichte mir eines der Gläser. »*Sláinte.*«

Der Malt schmeckte torfig und mild. Strachan nahm einen Schluck und begann zu husten.

»Gott! Ist der gut?«, fragte er mit tränenden Augen.

»Sehr gut.«

»Dann ist ja alles in Ordnung.«

Er trank noch einen Schluck.

»Sie könnten auch etwas Ruhe vertragen«, sagte ich. »Für Sie war das heute auch nicht leicht.«

»Ich komme schon zurecht.«

Aber seine Worte konnten seine Erschöpfung nicht verbergen. Er lehnte den Kopf an das Sofa und hielt sich das fast leere Glas vor die Brust.

»Mein Vater hat immer gesagt, dass man gerade auf die Dinge achten muss, die man nicht kommen sieht.« Er grinste schwach. »Ich dachte, er redet Unsinn, aber jetzt weiß ich, was er meinte. Man glaubt, dass man alles bedacht hat und dass man die Kontrolle über sein Leben hat, und dann – rums! Plötzlich wird man von einer Sache überrumpelt, mit der man nie gerechnet hat.«

»So ist das Leben. Man kann sich nicht vor allem schützen.«

»Nein, wahrscheinlich nicht.« Er starrte nachdenklich in sein Glas.

Ich hatte das Gefühl, dass er kurz davor war, auf den wahren Grund zu kommen, warum er mich zu bleiben gebeten hatte. »Dieser Überfall … glauben Sie, dass Grace darüber hinwegkommt? Ich meine seelisch. Glauben Sie, dass irgendwelche … ich weiß nicht, seelische Narben zurückbleiben werden?«

Ich wählte meine Worte vorsichtig. »Ich bin kein Psychologe. Aber ich würde sagen, dass sie bisher recht gut damit zurechtkommt. Und sie macht auf mich einen ziemlich stabilen Eindruck.«

Das schien ihn nicht besonders zu beruhigen. »Ich hoffe, Sie haben recht. Es ist nur … also, vor ein paar Jahren hatte Grace einen Zusammenbruch. Sie war schwanger und hatte eine Fehlgeburt. Es hatte Komplikationen gegeben. Die Ärzte sagten ihr, sie könne keine Kinder haben. Das hat sie schwer getroffen.«

»Das tut mir leid.« Ich musste an den wehmütigen Blick seiner Frau denken, als sie neulich über Kinder gesprochen hatte. Und daran, wie sie die Arbeit in der Schule liebte. *Arme Grace.* Und armer Strachan, dachte ich. Ich hatte sie um ihre Beziehung beneidet und dabei vergessen, dass das Unglück nicht haltmachte vor Reichtum und Ansehen. »Haben Sie jemals eine Adoption in Erwägung gezogen?«

Strachan schüttelte kurz den Kopf und trank noch einen Schluck Whisky. »Das wäre nichts für uns. Im Grunde ist ja alles in Ordnung. Sie kommt damit klar. Aber deswegen haben wir Südafrika verlassen und sind so viel herumgereist. Wir wollten einen Neuanfang. Und deswegen haben wir uns schließlich hier niedergelassen. Runa war wie eine Art … Zuflucht. Ein Ort, wo man die Zugbrücke hochziehen kann und sich sicher fühlt. Und dann passiert so was.«

»Es ist eine kleine Insel. Wer dafür verantwortlich ist, wird nicht davonkommen.«

»Vielleicht nicht. Aber Runa wird nicht mehr derselbe Ort sein. Und ich mache mir Sorgen, was das für Grace bedeutet.«

Seine Worte kamen etwas undeutlich hervor. Die Erschöpfung und das Erlebte verstärkten die Wirkung des Alkohols. Er trank sein Glas aus und griff nach der Flasche. »Noch einen?«

»Nein danke.«

Ich dachte, dass ich gehen sollte. Er sollte bei seiner Frau sein und nicht hier unten, um sich mit mir zu betrinken und rührselig zu werden. Außerdem würde mir das Fahren mit einer Hand auch ohne zwei Whiskys schon schwer genug fallen.

Ein Hämmern an der Haustür bewahrte mich davor, etwas sagen zu müssen. Strachan runzelte die Stirn und stellte die Flasche ab.

»Wer ist das denn, zum Teufel? Wenn das wieder dieser verfluchte Bruce Cameron ist …« Er stand auf und schwankte. »Jetzt weiß ich wieder, warum ich nicht trinke.«

»Soll ich nachsehen gehen?«, bot ich an.

»Nein, ich gehe schon.«

Aber er hatte nichts dagegen, dass ich ihn in die Eingangshalle begleitete. Die Ereignisse der letzten Stunden hatten allen zugesetzt. Ich zögerte, als er die Tür öffnete, und erst als ich Maggie Cassidys rote Jacke erkannte und mich entspannte, wurde mir klar, wie nervös auch ich war.

Strachan war nicht erfreut, sie zu sehen. »Was wollen Sie?«, fragte er, ohne sie hereinzubitten.

Der Regen stürmte durch die offene Tür. Maggies elfenhaftes Gesicht sah unter der Kapuze ihrer übergroßen Jacke winzig aus. Sie warf mir einen beinahe verstohlenen Blick zu und wandte sich dann an Strachan.

»Tut mir leid, Sie zu stören, aber ich habe gehört, was geschehen ist. Ich wollte nur schauen, wie es Ihrer Frau geht.«

»Wir haben nichts zu sagen, falls Sie deshalb hier sind.«

Sie schüttelte aufrichtig den Kopf. »Nein, ich … ich wollte Ihnen das bringen.« Sie hielt eine mit einem Handtuch abgedeckte Schüssel hoch. »Hühnersuppe. Die Spezialität meiner Großmutter.«

Damit hatte Strachan offenbar nicht gerechnet. »Oh. Äh … danke.«

Mit einem verlegenen Lächeln reichte sie ihm die Schüssel. Es erinnerte mich daran, wie sie Duncan angelächelt hatte, kurz bevor sie ihn überlistet und ihre Umhängetasche fallen gelassen hatte. Plötzlich wusste ich, was passieren würde. Ich öffnete den Mund, um ihn zu warnen, aber als Strachan ihr gerade die Schüssel abnehmen wollte, rutschte sie den beiden schon durch die Hände. Sie zerbrach auf dem Boden und übersäte ihn mit Suppe und Scherben.

»O Gott, tut mir leid …«, stammelte Maggie. Sie vermied es, mich anzusehen, als sie ein Taschentuch hervorkramte. Auch ihre rote Jacke und Strachans Sachen waren mit Suppenflecken besprenkelt.

»Lassen Sie, schon in Ordnung«, sagte er gereizt.

»Nein, bitte, ich mache es sauber …«

Ihr Gesicht hatte fast die Farbe ihrer Jacke angenommen, ich war mir allerdings nicht sicher, ob es an dem Missgeschick lag oder daran, dass ihr bewusst war, dass ich sie beobachtete. Strachan hielt verärgert ihre Handgelenke fest, als sie begann, erfolglos sein Hemd abzutupfen.

»Michael? Was war das?«

Grace war in einem dicken weißen Bademantel heruntergekommen. Ihr Haar war locker aufgetürmt und an den Spitzen noch nass.

Strachan schob Maggies Hände weg und wich von ihr zurück. »Alles in Ordnung, Liebling.« Er deutete sarkastisch auf die Scherben. »Miss Cassidy hat dir nur Suppe bringen wollen.«

Grace lächelte schief. »Das sehe ich. Aber lass sie doch nicht da draußen stehen.«

»Sie wollte sowieso gerade gehen.«

»Ich bitte dich, sie ist doch extra hergekommen.«

Widerwillig trat Strachan zur Seite, um Maggie hereinzulassen. Als er die Tür hinter ihr schloss, sprach sie schließlich auch mich an.

»Hallo, Dr. Hunter«, sagte sie mit geübter Unschuldsmiene und wandte sich dann schnell an Grace. »Es tut mir wirklich leid, Mrs. Strachan, ich wollte Sie nicht stören.«

»Sie stören nicht. Kommen Sie doch mit in die Küche. Ich hole schnell einen Lappen. Michael, Liebling, warum kümmerst du dich nicht um Maggies Jacke? In der Vorratskammer ist ein Schwamm.«

»Lassen Sie mich wenigstens den Boden aufwischen«, protestierte Maggie. Sie war überzeugend, das musste man ihr lassen.

»Unsinn, darum kann sich Michael auch kümmern. Er hat nichts dagegen, oder, Michael?«

»Nein«, sagte Strachan versteinert.

Maggie schlüpfte aus ihrer Jacke und gab sie ihm. Ohne diese Hülle sah sie noch winziger aus als zuvor, aber sie schien den Raum mit einer Energie zu füllen, die ihrer Größe nicht entsprach.

Als wir in die Küche gingen, schaute sie mich immer noch nicht an. Grace begann den Kessel zu füllen.

»Das ist mir wirklich unangenehm«, sagte Maggie zu Grace, nachdem Strachan hinausgegangen war. »Besonders nach allem, was geschehen ist. So überfallen zu werden … es muss schrecklich für Sie gewesen sein.«

Es war an der Zeit, dass ich mich einschaltete. »Grace, Sie sollten sich wirklich schonen. Maggie und ich werden auch ein paar Minuten allein zurechtkommen. Stimmt's, Maggie?«

Maggies Blick durchbohrte mich. »Tja …«

»Ich fühle mich tatsächlich etwas ausgelaugt«, sagte Grace. Sie sah sehr blass aus und lächelte matt. »Wenn Sie nichts dagegen haben, Maggie Gesellschaft zu leisten, David, werde ich mal schauen, was Michael macht, und dann wohl wieder ins Bett gehen.«

Ich sagte ihr, dass ich überhaupt nichts dagegen hätte. Maggie schaute ihr hinterher, dann ließ sie ihre Schultern hängen.

»Scheiße. Was sollte das denn?«

Anstatt zu antworten, ging ich zur Spüle und riss ein Blatt von der Küchenrolle. »Sie haben Suppe auf Ihrer Jeans«, sagte ich und reichte ihr das Papier. Wütend wischte sie sich den Fleck von der Hose. »Ihre Großmutter heißt nicht zufällig Campbell?«

»Campbell? Nein, Sie ist eine Cassidy, genau wie …«

Sie machte ein langes Gesicht, als ihr klar wurde, was ich meinte.

»Während des Studiums habe ich praktisch von Dosensuppen gelebt«, sagte ich. »Hühnercreme war meine Lieblingssorte. Den Geruch vergisst man nie.«

»Na gut, sie ist nicht von meiner Großmutter. Na und? Auf die Geste kommt es an.«

Sie sah mich trotzig an, doch ehe einer von uns etwas sagen konnte, hörten wir Grace schreien. Als ich hinauseilte, sah ich Strachan zur Haustür hinausschauen, während Grace in der Eingangshalle stand und ängstlich die Arme um sich geschlungen hatte.

»Alles in Ordnung, David. Falscher Alarm«, sagte Strachan und schloss die Tür.

Grace rieb sich zitternd die Augen und lächelte. »Tut mir leid. Mich erschreckt jede kleinste Bewegung.«

»Kann ich etwas tun?«, fragte ich.

Strachan war zu seiner Frau gegangen und nahm sie in den Arm. »Nein. Ich bin in einer Minute bei Ihnen.«

»Wir wollten sowieso gerade gehen«, sagte ich. »Maggie hat angeboten, mich zurück ins Hotel zu fahren. Stimmt's, Maggie?«

Die Reporterin rang sich ein gequältes Lächeln ab. »Aber ja. Ich bin der offizielle Taxiservice.«

Schweigend warteten wir, während Strachan Grace nach oben begleitete, dann zurückkehrte und Maggies Jacke aus der Kammer holte. Die Suppenspritzer waren zu dunklen Flecken geworden.

»Danke«, sagte Maggie kleinlaut. Sie schaute auf den Boden, wo die Scherben der Schüssel inmitten der Suppenspritzer lagen. »Das ganze Durcheinander tut mir leid. Und ich bin wirklich froh, dass es Ihrer Frau gutgeht.«

Strachan nickte kühl. Ich sagte ihm, dass ich am nächsten Tag vorbeikommen würde, um nach Grace zu schauen, und lotste Maggie hinaus. Die Nacht war schon hereingebrochen, als wir gegen den Wind und die Regenwand zum Mini eilten. Im Wagen war es noch warm, aber erst jetzt fiel mir ein, dass die Heizung kaputt war. Doch das war die geringste meiner Sorgen, als ich die Wagentür zuschlug und mich verärgert an sie wandte.

»Würden Sie mir mal sagen, was das gerade sollte?«

Maggie zwängte sich aus ihrer Jacke und warf sie auf den Rücksitz. »Nichts! Ich sagte doch, ich bin nur gekommen, um ...«

»Ich weiß, warum Sie gekommen sind, Maggie. Mein Gott, Grace ist überfallen worden! Sie hätte getötet werden können, und jetzt treiben Sie solche Spielchen! Nur damit Sie Ihren Namen auf der Titelseite lesen können?«

Maggie war den Tränen nahe, als sie krachend einen Gang einlegte und zur Straße fuhr. »Na gut, dann bin ich eben eine dumme Kuh. Aber ich kann nicht einfach bei meiner Großmutter rumsitzen und so tun, als wäre nichts geschehen. So eine Story könnte eine große Sache für mich sein. Ich will doch nur ein paar Kommentare von den beiden.«

»Geht es Ihnen nur darum? Ist das für Sie einfach eine Gelegenheit, Karriere zu machen?«

»Nein, natürlich nicht! Ich wurde hier geboren, ich kenne diese Leute!« Sie reckte ihr Kinn. »Und habe ich Sie nicht in Ruhe gelassen, so wie Sie es heute Morgen verlangt haben? Ich hätte Ihnen folgen können, aber ich habe es nicht getan. Das können Sie ja wohl wenigstens anerkennen!«

Sie schaute mich zugleich bedrückt und eindringlich an. Mir gefiel noch immer nicht, was sie getan hatte, aber sie schien aufrichtig um Glaubwürdigkeit bemüht zu sein. Und sie hatte recht; sie hatte ihr Versprechen vom Morgen gehalten. Der Wind schüttelte den Mini. Ich überlegte, was ich tun sollte. Ob ich ihr trauen konnte. *Was sagt dein Instinkt?*

Ich hoffte nur, dass ich wenigstens ihm trauen konnte.

»Das ist jetzt im Vertrauen, Maggie. Nur unter uns, okay? Menschenleben stehen auf dem Spiel.«

Sie nickte ernst. »Ja, natürlich. Und ich weiß, dass ich nicht hätte kommen dürfen, um Grace zu besuchen …«

»Es geht nicht nur um Grace …« Ich hielt inne, noch immer unschlüssig. Aber bald würde es sowieso herauskommen. Besser, ich erzählte es ihr gleich, als sie herumschnüffeln zu lassen. Wobei vielleicht noch sie oder jemand anders zu Schaden kam.

»Duncan, der junge Constable, ist letzte Nacht getötet worden.«

Sie legte eine Hand vor den Mund. »O mein Gott.« Sie starrte hinaus. »Ich kann es nicht glauben. Ich meine, er war … Was ist bloß hier los? Das hier ist Runa, um Himmels willen, solche Dinge passieren hier nicht.«

»Offenbar doch. Deswegen müssen Sie auch aufhören, diese Spielchen zu spielen. Zwei Menschen sind bereits getötet worden. Heute Nachmittag wären es beinahe drei gewesen. Mit diesem Täter ist nicht zu spaßen, Maggie.«

Sie nickte ernüchtert. »Weiß jemand davon? Von Duncan, meine ich?«

»Noch nicht. Kinross ahnt, dass etwas nicht stimmt, ein paar andere genauso. Brody oder Fraser werden es den Leuten über kurz oder lang sagen müssen. Aber ich würde es begrüßen, wenn Sie die Sache bis dahin für sich behalten.«

»Ich werde nichts sagen, versprochen.«

Ich glaubte ihr. Zum einen konnte sie keinen Kontakt zu ihrer Zeitung herstellen, zum anderen wirkte Maggie wirklich wie gelähmt. Sie schien immer noch geschockt zu sein, als im Licht der Scheinwerfer vor uns eine Gestalt zu erkennen war. Die Sicht war durch die quietschenden Scheibenwischer verschwommen, doch dann konnte man jemanden in einem reflektierenden gelben Regencape am Straßenrand hocken sehen.

»Sieht aus, als hätte Bruce einen Unfall gehabt«, sagte Maggie.

Als sie verlangsamte, sah ich, wie Cameron mit bleichem Gesicht an der Kette seines Mountainbikes herumfummelte. Der gelbe Stoff seines Capes war mit Schlamm verschmiert.

»Ist der etwa bei diesem Wetter hier rausgeradelt?«, fragte ich, als mir klar wurde, dass er sich auf dem Rückweg von Strachans Haus befinden musste.

»Ja, er ist mir vorhin entgegengekommen. Er rühmt sich damit, bei jedem Wetter mit dem Rad zu fahren. Verfluchter *amadan*.«

Auch ohne des Gälischen mächtig zu sein, erkannte ich ein Schimpfwort, wenn ich eines hörte. Cameron schirmte die Augen vor dem Scheinwerferlicht ab, als wir anhielten. Er hielt einen Schraubenschlüssel in der Hand. Maggie kurbelte das Fenster herunter und lehnte sich hinaus.

»Sollen wir Sie mitnehmen, Bruce?«, rief sie.

Das reflektierende Cape schlug im Wind und blähte sich um seine dürre Gestalt, als wollte es ihn davontragen. Kein Wunder, dass er vom Rad gefallen war, dachte ich. Er sah klatschnass und durchgefroren aus, aber als er mich im Wagen sitzen sah, wurde seine Miene hart.

»Ich komme schon zurecht.«

»Mach doch, was du willst«, brummte Maggie. Sie kurbelte das Fenster hoch und fuhr weiter. »Gott, der Kerl geht mir wirklich auf den Zeiger. Als ich ihn neulich fragte, ob ich eine Story über ihn schreiben könnte, wurde er regelrecht patzig. Dabei fand ich einfach seine Lebensgeschichte interessant, weil er ja Lehrer und Krankenpfleger ist, aber er tat so, als würde er sich mit solchem Abschaum wie mir gar nicht abgeben. Wäre mir auch egal gewesen, wenn er nicht die ganze Zeit auf meine Titten geglotzt hätte. Geiler Bock.«

Camerons Gefühle für Grace hielten ihn offensichtlich nicht davon ab, auch mit anderen Frauen zu liebäugeln, dachte ich. Und dann kam mir etwas anderes in den Sinn, eine Erkenntnis, die mir den Atem raubte.

Er hatte den Schraubenschlüssel in seiner linken Hand gehalten.

Ich drehte mich um und schaute durchs Heckfenster. Doch die Dunkelheit und der Regen hatten ihn verschluckt.

20

»Cameron ist ein unangenehmer Zeitgenosse, aber ich kann mir nicht vorstellen, dass er ein Mörder ist«, sagte Brody, stellte den Kessel auf den Herd und zündete das Gas darunter an.

Wir saßen an dem makellos sauberen kleinen Tisch in seiner Küche. Ich hatte mich von Maggie am Hotel absetzen lassen, aber nur um Fraser aufzugabeln. Der Range Rover hatte vor dem Hotel gestanden, und ich hatte eigentlich damit gerechnet, ihn in der Bar anzutreffen. Stattdessen war er auf seinem Zimmer gewesen, und als ich angeklopft hatte, hatte ich ihn drinnen lautstark die Nase putzen hören, ehe er an die Tür gekommen war. Das Zimmer war völlig dunkel gewesen und sein Gesicht rot und fleckig. Als ich jedoch gesagt hatte, dass wir mit Brody sprechen mussten, hatte er so schroff wie immer reagiert.

»Das behaupte ich auch nicht«, sagte ich, während der alte Inspector das Streichholz ausschüttelte, mit dem er das Gas angezündet hatte. »Aber er hat den Schraubenschlüssel mit der linken Hand benutzt. Wir wissen, dass Duncans Mörder Linkshänder war. Und Grace wurde auf die rechte Wange geschlagen, ihr Angreifer war also wahrscheinlich auch einer.«

Fraser rümpfte skeptisch die Nase. »Warum sind Sie so sicher, dass Strachans Frau nicht mit dem Handrücken der rechten Hand geschlagen wurde?«

»Sicher bin ich mir nicht«, gab ich zu. »Natürlich könnten es zwei verschiedene Täter gewesen sein. Aber Duncan wurde mit solcher Wucht getroffen, dass ein Loch in seinen Schädel geschlagen wurde, von dem Risse über den ganzen Knochen ausgingen. Wenn man mit der Rückhand ausholt, löst man nicht so viel Kraft aus.«

Frasers Mund hing so weit herab, dass die äußeren Enden seines Schnauzbartes die Kanten seines Kinns berührten. »Cameron ist ein Idiot, da können Sie einen drauf lassen. Aber ich kann mir nicht vorstellen, dass diese lächerliche Bohnenstange Duncan fertiggemacht hat.«

»Duncan wurde von hinten geschlagen. Er hatte keine Chance, sich zu wehren«, erinnerte ich ihn. »Wir wissen bereits, dass Cameron hinter Grace her ist, außerdem ist er ein Typ, der erpressbar ist, was zu unserer Theorie passen würde. Er ist der Lehrer hier, er würde also kaum wollen, dass jemand davon erfährt, wenn er sich eine Prostituierte nimmt. Wenn Janice Donaldson gedroht hat zu plaudern, könnte er sie getötet haben, um sie zum Stillschweigen zu bringen.«

Brody ließ Teebeutel in die Kanne fallen. »Vielleicht. Aber angenommen, Sie haben recht, wie ist er rechtzeitig von der Schule zur Jacht gekommen, um Grace zu überfallen?«

»Er könnte früher gegangen sein als sie. Er könnte mit seinem Mountainbike den Küstenweg genommen haben, von dem Strachan uns erzählt hat. Das wird bei diesem Wetter schwierig gewesen sein, aber wenn er keinen anderen Ausweg mehr sah, könnte er es riskiert haben.«

Der Kessel begann klagend zu pfeifen, während der Dampf aus der Tülle stieg. Brody schaltete die Flamme aus und schüttete das kochende Wasser in die Teekanne. Mit der rechten Hand, wie mir auffiel.

Allmählich wurde ich obsessiv.

Er brachte die Kanne und drei Becher zum Tisch. »Möglich. Aber vergessen wir mal Cameron und konzentrieren uns darauf, was wir sonst haben«, sagte er, stellte die Kanne auf ein Platzdeckchen und legte Korkuntersetzer für die Becher hin. »Die Leiche einer ermordeten Prostituierten wird gefunden, stark verbrannt. Dem Täter war es anscheinend egal, ob sie gefunden wird, auf jeden Fall bis sich herumspricht, dass die Polizei von einem Mord ausgeht.«

Während er sprach, schaute er Fraser nicht an, aber das war auch nicht nötig.

»Der Mörder gerät in Panik und beschließt, die Überreste dieses Mal richtig zu vernichten, ebenso alle anderen Beweise, die er zurückgelassen haben könnte. Dabei tötet er einen Polizeibeamten und beinahe auch den forensischen Experten.« Er rührte den Tee um, legte dann den Deckel auf die Kanne und sah uns fragend an. »Irgendwelche Anmerkungen?«

»Der Scheißkerl steht anscheinend auf Feuer«, sagte Fraser. »Ein Pyromane oder wie das heißt.«

Ich war mir nicht so sicher. »Hat es auf der Insel schon andere Fälle von Brandstiftung gegeben?«, fragte ich Brody.

»Nicht dass ich wüsste. Auf jeden Fall nicht, seit ich hier lebe.«

»Warum dann jetzt? Ich bin kein Psychologe, aber ich glaube nicht, dass jemand über Nacht zum Brandstifter wird.«

»Der Mörder hat vielleicht keine andere Möglichkeit gesehen, seine Spuren zu verwischen«, warf Fraser ein.

»Das führt uns wieder zu der Frage, warum die Leiche von Janice Donaldson überhaupt in dem Cottage liegen gelassen wurde, anstatt vergraben oder ins Meer geworfen zu werden. Möglicherweise wäre sie dann nie gefunden worden. Irgendwas entgeht uns hier«, beharrte ich.

»Oder wir machen nur alles unnötig kompliziert«, entgegnete Fraser.

Brody schenkte nachdenklich Tee ein. »Kommen wir nochmal auf den Überfall auf Grace. Ich habe das Gefühl, dass der nicht geplant gewesen war. Dass sie nur demjenigen in die Quere gekommen ist, der das Kommunikationssystem der Jacht zerstören wollte. Der Täter muss also wissen, dass wir die Funkgeräte der Polizei nicht benutzen können.«

»Das schließt Cameron aus«, sagte Fraser und löffelte Zucker in seinen Tee. »Keiner von uns hat es ihm gesagt. Es muss jemand vom Hafen gewesen sein, wenn Sie mich fragen. Kinross oder eins von diesen bärtigen Arschlöchern. Die wissen alle, dass unsere Funkgeräte nicht funktionieren. Einer von ihnen könnte zur Jacht gerast sein, während wir auf der Fähre waren. Er musste sich beeilen, aber er hatte genug Zeit, die Geräte kaputt zu schlagen und Strachans Frau zu knebeln, ehe er gestört wurde.«

Er legte den feuchten Löffel auf den Tisch. Brody nahm ihn wortlos, trug ihn zur Spüle und kam mit einem Lappen zurück, um den Teefleck wegzuwischen.

»Könnte sein«, stimmte er zu, als er sich wieder hinsetzte. »Aber es muss keiner von denen gewesen sein. Vielleicht haben sie es weitererzählt. Und wir dürfen nicht vergessen, dass noch jemand wusste, dass wir das Funkgerät der Jacht benutzen wollten.«

Ich ahnte, was nun kam. »Sie meinen Strachan?«

Er nickte. »Sie haben ihn darauf angesprochen, als er draußen beim Cottage gewesen ist. Er ist nicht dumm, er musste nur eins und eins zusammenzählen.«

Ich hatte Brodys Instinkte immer mehr zu respektieren gelernt, doch nun begann ich zu glauben, dass Feindseligkeit sein Urteil trübte. Ich hatte Strachans Reaktion auf Duncans Tod gesehen. Selbst wenn sein Schock vorgetäuscht gewesen war, konnte ich mir nicht vorstellen, dass sich jemand auf Befehl erbrechen konnte, ganz gleich, was für ein guter Schauspieler er war.

Fraser teilte meine Zweifel offenbar. »Niemals. Wir haben alle gesehen, in welchem Zustand er war. Der Mann war außer sich. Und warum sollte Strachan seine Frau überfallen und dann um Hilfe bitten? Das ergibt keinen Sinn.«

»Es macht Sinn, wenn er den Verdacht von sich ablenken will«, sagte Brody. Dann zuckte er mit den Schultern. »Aber vielleicht haben Sie recht. Es könnte jemand völlig anderes gewesen sein, der nur vorsorglich das Funkgerät der Jacht kaputt geschlagen hat. Ich glaube nur, dass wir es uns im Moment nicht leisten können, irgendjemanden auszuschließen.«

Er hatte recht, wie mir klar wurde. Duncan war bereits gestorben, weil nicht alle Möglichkeiten bedacht worden waren.

»Ich verstehe aber immer noch nicht, was damit erreicht werden sollte, das Funkgerät der Jacht kaputt zu schlagen«, sagte ich. »Selbst wenn wir das Festland kontaktieren könnten, wird niemand hier rauskommen, ehe das Wetter nicht besser wird. Was hat der Täter damit bezweckt?«

Brody trank einen Schluck Tee und stellte dann seinen Becher behutsam zurück auf den Untersetzer. »Er wollte vielleicht Zeit gewinnen. Im Präsidium auf dem Festland glauben sie noch immer, dass es sich hier nur um einen monatealten Mordfall handelt. Wichtig, ja, aber es geht nicht um Leben und Tod. Selbst die Tatsache, dass wir sie nicht kontaktieren können, wird sie nicht besonders beunruhigen, denn sie wissen ja, dass die Telefone und Funkgeräte nicht funktionieren. Wenn sie jedoch wüssten, dass ein Polizeibeamter ermordet worden ist, würde sofort ein Hubschrauber abheben, sobald das Wetter es zulässt. Aber so wie die Dinge liegen, werden sie warten, bis der Sturm abgezogen ist, bevor sie was unternehmen. Solange wir also nicht mit dem Festland kommunizieren können, hat der Mörder Zeit, die Insel zu verlassen, ehe überhaupt nach ihm gesucht wird.«

»Und wo soll er hin? Selbst wenn er ein Boot nimmt, wir sind hier mitten im Nirgendwo.«

Brody lächelte. »Lassen Sie sich nicht täuschen. Hier draußen gibt es unzählige Inseln und endlose Meilen Küstenlinie. Da kann man leicht von der Bildfläche verschwinden. Und in nicht allzu weiter Entfernung sind das britische Festland, Norwegen, die Färöer und Island.«

»Sie glauben also, dass der Mörder fliehen will?«

Seine Hündin stand auf und legte den Kopf auf sein Knie. Brody streichelte sie liebevoll. »Wahrscheinlich, ja. Er weiß, dass er hier nicht mehr bleiben kann.«

»Und was können wir dagegen tun?«, wollte Fraser wissen.

Brody zuckte mit den Schultern. »Augen und Ohren offen halten. Und hoffen, dass das Wetter besser wird.«

Ein deprimierender Gedanke.

Kurz danach machten wir uns mit dem Range Rover auf den Weg zum Hotel. Seit dem Morgen hatten wir nichts mehr gegessen, und obwohl keiner von uns großen Appetit hatte, mussten wir etwas zu uns nehmen. Der Regen hatte nachgelassen, aber der Sturm wollte offenbar keine Ruhepause einlegen, als wir am Hafen entlang und durchs Dorf fuhren. Die Insel war noch immer ohne Strom, und die unbeleuchteten Straßen wirkten im Licht der Scheinwerfer, die über den steilen Hang hinauf zum Hotel strichen, noch verlassener als sonst.

Nachdem wir aus dem Wagen gestiegen waren, bemerkten wir das Stimmengewirr drinnen. Brody runzelte die Stirn und hob das Kinn, als hätte er eine Fährte aufgenommen.

»Irgendetwas ist da im Gange.«

Die kleine Bar war so überfüllt, dass manche Leute auf dem Flur vor der Tür standen. Die ersten Köpfe drehten sich nach uns um, und als sich herumsprach, dass wir eingetroffen waren, verebbten die Gespräche.

»Und jetzt?«, murmelte Fraser.

Eine Welle der Bewegung ging durch die Menge, die schließlich die Leute an der Tür erreichte. Sie traten zurück, und einen Augenblick später tauchte Kinross auf, gefolgt von dem bulligen Guthrie.

Mit einem eisigen Blick musterte Kinross Fraser und mich und konzentrierte sich dann auf Brody.

»Wir wollen ein paar Antworten.«

Nach allem, was geschehen war, hatte ich Brodys Versprechen, die Vorgänge zu erklären, ganz vergessen. Fraser baute sich aggressiv vor den beiden auf, doch Brody ließ ihn gar nicht erst zu Wort kommen.

»Ja, das kann ich mir vorstellen. Geben Sie uns noch eine Sekunde, okay?«

Erst schien Kinross etwas entgegnen zu wollen. Dann schnaubte er nur. »Sie können auch zwei haben.«

Er und Guthrie gingen zurück in die Bar. Fraser drehte sich zu Brody um und drohte ihm mit einem Finger.

»Sie sind kein Polizist mehr, verflucht! Ich habe Ihnen schon einmal gesagt, dass Sie keinerlei Befugnis haben, denen irgendetwas zu erzählen!«

Brody hob seine Stimme nicht. »Die Leute haben ein Recht auf ein paar Erklärungen.«

Frasers Gesicht hatte sich verfinstert. Der Schock über Duncans Tod – vielleicht auch sein Schuldgefühl – hatte sich im Lauf des Tages nur verstärkt. Jetzt suchte er nach einer Gelegenheit, Dampf abzulassen.

»Ein Polizeibeamter ist ermordet worden! Meiner Meinung nach hat niemand auf dieser Insel noch irgendein Recht!«

»Zwei Menschen sind bereits tot. Wollen Sie riskieren, dass noch jemand getötet wird, nur weil wir die Leute nicht gewarnt haben?«

»Er hat recht«, sagte ich. Ich war schon einmal in einer Situation gewesen, in der Menschen gestorben waren, weil die Polizei Informationen zurückgehalten hatte. »Man muss den Leuten sagen, womit wir es zu tun haben. Ansonsten riskiert man möglicherweise weitere Opfer.«

Fraser fühlte sich sichtlich in die Enge getrieben, doch er wollte nicht klein beigeben. »Ich werde nicht darüber abstimmen! Ohne ausdrücklichen Befehl von oben werde ich niemandem etwas erzählen, und auch Sie werden das nicht!«

»Nein?« In Brodys Kiefer zuckte ein Muskel, aber das war das einzige äußere Anzeichen einer Gefühlsregung. »Pensioniert zu sein hat seine Vorteile. Ich muss mir keine Sorgen mehr um meine Beförderung machen.«

Fraser packte seinen Arm, als er in die Bar gehen wollte. »Sie werden da nicht reingehen!«

»Was wollen Sie machen? Mich verhaften?«

Er schaute den Sergeant verächtlich an. Fraser senkte erst seinen Blick, dann seine Hand.

»Ich habe nichts damit zu tun«, brummte er.

»Dann eben nicht«, sagte Brody und ging weiter in die Bar.

Ich folgte ihm und ließ Fraser im Flur stehen. Wir mussten uns regelrecht in die Bar hineindrängeln. Während die Leute zur Seite rückten, wurde es mucksmäuschenstill in dem Raum, der viel zu klein war für diese Menge. Ellen bediente hinter der Theke und sah besorgt aus. Ich entdeckte Cameron, der umgezogen und allein in einer Ecke stand. Er hatte es nach seinem Sturz vom Rad also tatsächlich zurückgeschafft. Der Blick, den er mir zuwarf, war allerdings nicht freundlicher als zuvor. Maggie war auch da, sie stand mit einem neugierigen Gesicht in einer Gruppe, zu der auch Kinross und Guthrie gehörten.

Doch die meisten anderen Leute waren mir unbekannt. Von Strachan war nichts zu sehen, aber das war keine Überraschung. Selbst wenn man ihm von dem Treffen erzählt hatte, wäre er kaum gekommen und hätte Grace allein gelassen.

Ich hoffte nur, dass wir ihn dieses Mal nicht brauchen würden, um die Situation zu beruhigen.

Brody bahnte sich einen Weg zum Kamin und überblickte ruhig den Raum.

»Ich weiß, dass Sie sich alle fragen, was vor sich geht«, sagte er. Seine Stimme verschaffte sich mühelos Gehör. »Bestimmt hat mittlerweile jeder erfahren, dass heute Nachmittag Grace Strachan überfallen worden ist. Die meisten von Ihnen werden gehört haben, dass der Leichenfund draußen in dem alten Cottage am *Beinn Tuiridh* von der Polizei als Mordfall behandelt wird.«

Er hielt inne und schaute sich im Raum um. Mir fiel auf, dass Fraser in die Bar gekommen war. Er stand an der Tür und hörte mürrisch zu.

»Was Sie nicht wissen, ist, dass der Polizeibeamte, der dort seinen Dienst verrichtete, irgendwann in der vergangenen Nacht ermordet worden ist. Der Täter hat auch das Gemeindezentrum und die Klinik niedergebrannt und hätte dabei fast Dr. Hunter getötet.«

Seine Worte hatten Unruhe ausgelöst. Brody hob beschwichtigend die Hände, um für Ruhe zu sorgen, aber niemand nahm Notiz davon.

Wütend brachten die Leute ihre Bestürzung und ihren Protest zum Ausdruck. Ich sah, wie Ellen hinter der Theke nervös wurde, und fragte mich, ob diese ganze Aktion nicht doch ein Fehler war. Dann übertönte eine Stimme alle anderen.

»Ruhe! Ich sagte RUHE!«

Der Lärm verebbte. Es war Kinross, der gerufen hatte. In der Stille, die folgte, starrte der Fährkapitän hinüber zu Brody.

»Wollen Sie damit sagen, es war jemand von der Insel? Einer von uns?«

Brody parierte seinen Blick. »Genau das will ich sagen.«

Jetzt entstand ein unzufriedenes Gepolter, die Stimmen wurden lauter. Doch als Kinross sich wieder zu Wort meldete, wurde es still.

»Nein.« Er schüttelte entschieden den Kopf. »Niemals.«

»Mir gefällt das genauso wenig wie Ihnen. Aber Tatsache ist, dass jemand auf dieser Insel zwei Menschen getötet und einen weiteren überfallen hat.«

Kinross verschränkte die Arme. »Es war niemand von uns. Wenn es hier einen Mörder geben würde, glauben Sie nicht, dass wir das wüssten?«

Ein zustimmendes Gemurmel kam auf. Als Brody versuchte, sich gegen den Lärm durchzusetzen, schlängelte sich Maggie nach vorn. Sie streckte ihr Diktaphon aus, als wäre sie auf einer Pressekonferenz.

»Die Leiche, die im Cottage gefunden wurde. Wissen Sie, wer es ist?«

Brody zögerte. Mir war klar, dass er überlegte, wie viel er preisgeben sollte.

»Noch hat es keine offizielle Identifizierung gegeben. Aber wir gehen davon aus, dass es eine vermisste Prostituierte aus Stornoway ist.«

Ich hatte Cameron beobachtet, während Brody sprach. Aber wenn ihm diese Information schon bekannt gewesen war, dann ließ er es sich nicht anmerken. Und nun stellten auch andere Leute ihre Fragen.

»Was hat eine Nutte aus Lewis hier draußen verloren?«, rief Karen Tait. Sie lallte bereits.

Guthrie grinste. »Rate mal.«

Niemand lachte. Das Grinsen des großen Mannes erstarb langsam. Ich war jedoch mehr an einer anderen Reaktion interessiert. Kinross'

Sohn Kevin war bei der Erwähnung der Toten zusammengeschreckt. Sein Mund hatte sich geschockt geöffnet, bevor er merkte, dass ich ihn beobachtete.

Schnell senkte er den Blick.

Alle anderen schauten gespannt zu Brody. »Sobald das Wetter es zulässt, wird die Polizei herkommen. Ich bitte Sie alle, mit den Beamten zu kooperieren, wenn sie hier sind. Bis dahin sind wir auf Ihre Hilfe angewiesen. Das Cottage ist jetzt ein Tatort, also halten Sie sich bitte von dort fern. Wenn die Beamten der Spurensicherung da sind, wollen sie keine Zeit damit verschwenden, falschen Spuren hinterherzujagen. Ich weiß, dass Sie neugierig sind, aber bitte bleiben Sie von dort weg. Und wenn jemand von Ihnen glaubt, irgendwelche Informationen zu haben, dann wenden Sie sich umgehend an Sergeant Fraser dort drüben.«

Alle Blicke richteten sich automatisch auf Fraser. Im ersten Moment sah er überrascht aus, dann streckte er sich fast unmerklich und straffte die Schultern, während er den Blicken begegnete. Es war ein kluger Schachzug von Brody. Er gab Fraser etwas Selbstachtung zurück und erinnerte die Inselbewohner gleichzeitig daran, dass die Polizei bereits auf Runa anwesend war.

Ich dachte, das Treffen würde damit enden, doch Cameron hatte andere Vorstellungen. Nachdem er die ganze Zeit kein Wort gesagt hatte, erfüllte jetzt seine tiefe Stimme den kleinen Raum.

»Und in der Zwischenzeit sollen wir einfach still sitzen und den Mund halten, oder wie?« Er stand breitbeinig und mit verschränkten Armen da. Als Maggie ihr Aufnahmegerät in seine Richtung hielt, betrachtete er sie mit herablassender Verachtung.

»Leider können wir nicht viel mehr tun, bis die Polizei vom Festland hier ist«, antwortete Brody.

»Sie erzählen uns, dass auf der Insel ein Mörder frei herumläuft, Sie beschuldigen im Grunde einen von uns, und dann sagen Sie ganz ruhig, dass wir die Hände in den Schoß legen sollen?« Cameron schnaubte ungläubig. »Also, ich für meinen Teil …«

»Halt den Mund, Bruce«, sagte Kinross, ohne ihn eines Blickes zu würdigen.

Camerons Wangen liefen rot an. »Tut mir leid, Iain, aber ich glaube kaum …«

»Was du glaubst, interessiert hier niemanden.«

»Also, entschuldige mal, aber was maßt du dir …«

Cameron verstummte, als Kinross' eisiger Blick ihn traf. Sein Adamsapfel hüpfte, als er den Mund schloss und herunterschluckte, was auch immer er noch sagen wollte. Der Stolz des Lehrers hatte in den letzten Tagen eine Menge Schrammen bekommen.

Aber niemand nahm weiter Notiz von ihm. Nach und nach wandten sich die Leute ab und besprachen, was sie gerade gehört hatten. Maggie senkte ihr Diktaphon und schaute mich besorgt an, ehe sie die Bar verließ.

Ich schaute dahin, wo Kevin Kinross gestanden hatte. Aber er war schon weg.

ALS DIE BAR NACH DER VERSAMMLUNG leerer geworden war, hatten wir einen freien Tisch gefunden. Fraser hatte darauf bestanden, mich auf einen Malt Whisky und Brody auf einen Tomatensaft einzuladen.

Er hob das Glas. »Auf Duncan. Und auf den Scheißkerl, der ihn umgebracht hat, *Gonnadh ort*!«

»Der wird büßen, keine Sorge«, sagte Brody leise.

Ernst stießen wir an. Dann erzählte ich ihnen, wie Kinross' Sohn auf die Nachricht reagiert hatte, dass die Ermordete eine Prostituierte aus Stornoway war. Fraser schüttelte den Kopf.

»Wahrscheinlich hat ihn nur der Gedanke an eine Nutte aufgegeilt. So wie der aussieht, wette ich, dass er noch Jungfrau ist.«

»Trotzdem sollten wir der Sache nachgehen«, meinte Brody. »Vielleicht reden wir morgen mal mit ihm, falls dann die Beamten vom Festland noch immer nicht hier sind.«

Fraser schaute mürrisch in sein Glas. »Ich hoffe bei Gott, dass sie dann hier sind.«

Ich auch, dachte ich. *Ich auch.*

Kurz darauf entschuldigte ich mich. Ich hatte noch immer nichts gegessen, und auf leeren Magen machte mich der Alkohol schwindelig. Mit einem Mal schienen mich die Ereignisse der letzten achtundvierzig Stunden einzuholen. Ich konnte vor Erschöpfung kaum noch die Augen offen halten.

Als ich ging, bediente Ellen noch hinter der Theke und versuchte, des unerwarteten Andrangs Herr zu werden. Ich dachte, sie hätte mich nicht gesehen, doch als ich die Treppe hinaufging, hörte ich, wie sie mich rief.

»David?« Sie kam aus der Bar geeilt. »Es tut mir wirklich leid, aber ich hatte überhaupt keine Gelegenheit, Ihnen was zu essen zu machen.«

»Kein Problem. Ich gehe jetzt eh schlafen.«

»Soll ich Ihnen etwas hochbringen? Eine Suppe oder ein Sandwich? Andrew hilft hinter der Theke aus.«

»Nein, alles in Ordnung, wirklich.«

Auf dem Flur über uns knarrte es. Als wir hinaufschauten, sahen wir Anna. Sie trug ein Nachthemd, sah blass und verschlafen aus.

»Habe ich dir nicht gesagt, du sollst nicht herunterkommen?«, schimpfte Ellen, als ihre Tochter die Treppe hinabstieg.

»Ich hatte einen bösen Traum. Der Wind hat die Frau mitgenommen.«

»Welche Frau, mein Schatz?«

»Weiß ich nicht«, sagte Anna quengelig.

Ellen streichelte sie. »Es war nur ein Traum. Und der ist jetzt vorbei. Hast du dich bei Dr. Hunter schon für den Schokoriegel bedankt, den er dir neulich mitgebracht hat?«

Anna überlegte und schüttelte dann den Kopf.

»Na, dann mal los.«

»Aber ich habe ihn schon gegessen.«

Ellen schaute mich über den Kopf ihrer Tochter an und unterdrückte ein Lächeln. »Du kannst ihm trotzdem noch danke schön sagen.«

»Danke schön.«

»Na also. Und jetzt los, mein Fräulein. Zurück ins Bett.«

Das kleine Mädchen war schon wieder fast eingeschlafen. Sie lehnte gegen die Beine ihrer Mutter. »Ich kann nicht gehen.«

»Und ich kann dich nicht tragen. Du bist zu schwer.«

Anna hob den Kopf und betrachtete mich mit einem schläfrigen Blick. »Er aber.«

»Nein, er kann auch nicht, Madame, er hat einen kranken Arm.«

»Ich kriege das schon hin«, sagte ich. Ellen sah skeptisch auf meine Schlinge. »Ich mache es gern. Wirklich.«

Ich hob Anna hoch. Sie war überhaupt nicht schwer. Ihr Haar roch frisch nach Shampoo. Sie schmiegte sich an meine Schulter, genau wie es meine Tochter immer getan hatte. Sie zu tragen war zugleich verstörend und angenehm.

Ich folgte Ellen ins Dachgeschoss, wo es zwei kleine Privaträume gab. Anna rührte sich kaum, als ihre Mutter die Decke zurückzog und ich sie aufs Bett legte. Ich trat einen Schritt zurück, und Ellen deckte sie wieder zu und strich ihr durchs Haar. Dann schlichen wir hinaus und gingen zurück nach unten.

Auf dem Stockwerk meines Zimmers blieb sie mit einer Hand am Holzgeländer stehen und schaute mich besorgt an.

»Alles in Ordnung?«

Sie musste nicht sagen, was sie meinte. Ich lächelte.

»Bestens.«

Ellen war sensibel genug, keine weiteren Fragen zu stellen. Sie wünschte eine gute Nacht und ging zurück in die Bar. In meinem Zimmer sank ich vollständig bekleidet aufs Bett. Meine Klamotten rochen nach Rauch, aber es war mir zu mühsam, sie auszuziehen. Ich konnte noch Annas Phantomgewicht spüren. Wenn ich die Augen schloss, war mir fast so, als wäre es Alice. Ich lag da, dachte an meine tote Familie und lauschte dem heulenden Wind draußen. Mehr denn je wünschte ich, ich könnte Jenny anrufen.

Aber auch das ging nicht.

Als es dann an der Tür klopfte, schreckte ich auf. Mir war gar nicht bewusst gewesen, dass ich allmählich wegdriftete. Ein Blick auf die Uhr sagte mir, dass es kurz nach neun war.

»Moment.«

Mir die Augen reibend, ging ich zur Tür. Ich dachte, es müsste Ellen sein, die mir etwas zu essen bringen wollte. Doch als ich die Tür öffnete, sah ich Maggie Cassidy auf dem Flur stehen.

Sie trug ein Tablett mit einem Teller Suppe und zwei dicken Scheiben selbstgebackenen Brotes. »Ellen meinte, wenn ich sowieso hochgehe, soll ich Ihnen das hier mitbringen. Sie sagt, Sie müssen unbedingt etwas essen.«

Ich nahm das Tablett und trat zur Seite, um sie hereinzulassen. »Danke.«

Sie lächelte, aber machte einen unschlüssigen Eindruck. »Schon wieder Suppe. Scheint der Tag dafür zu sein, was?«

»Wenigstens haben Sie sie dieses Mal nicht fallen gelassen.«

Ich stellte das Tablett auf den Nachtschrank. Verlegen standen wir uns gegenüber. Weder sie noch ich schauten zum Bett, das den größten Teil des kleinen Zimmers einnahm, waren uns aber beide der Anwesenheit bewusst. Ich lehnte mich gegen das Fensterbrett, um Maggie den einzigen Stuhl des Zimmers zu überlassen.

»Sie sehen schrecklich aus«, sagte sie schließlich.

»Da fühle ich mich doch gleich wesentlich besser.«

»Sie wissen, wie ich es meine.« Sie deutete auf das Tablett. »Na los, fangen Sie an.«

»Schon in Ordnung.«

»Ellen bringt mich um, wenn Sie die Suppe kalt werden lassen.«

Mir fehlte die Kraft, etwas zu entgegnen. Die Müdigkeit hatte mir den Appetit genommen, doch nach dem ersten Löffel änderte sich das. Plötzlich fühlte ich mich, als würde ich verhungern.

»Was für eine Versammlung heute Abend«, sagte Maggie, als ich ein Stück Brot abbrach. »Ich dachte kurz, Iain Kinross würde Cameron eine reinhauen. Aber man kann nicht alles haben, stimmt's?«

»Um darüber zu reden, sind Sie bestimmt nicht hergekommen, oder?«

»Nein.« Sie fummelte an der Stuhlkante herum. »Ich wollte Sie etwas fragen.«

»Sie wissen, dass ich Ihnen nichts sagen darf.«

»Nur eine Frage.«

»Maggie …«

Sie hob einen Finger. »Nur eine. Und völlig inoffiziell.«

»Wo ist Ihr Aufnahmegerät?«

»Gott, Sie sind ein misstrauischer Kerl, was?« Sie griff in die Tasche und holte ihr Diktaphon hervor. »Ausgeschaltet. Sehen Sie?«

Sie steckte es in die Tasche zurück. Ich seufzte.

»Na gut. Eine Frage. Aber ich verspreche nichts.«

»Mehr will ich nicht«, sagte sie. Sie wirkte nervös. »Brody sagte, die Tote wäre eine Prostituierte aus Stornoway. Wissen Sie, wie sie heißt?«

»Maggie, ich bitte Sie, das darf ich Ihnen nicht sagen.«

»Sie müssen mir den Namen gar nicht sagen. Ich will nur wissen, ob Sie ihn kennen.«

Ich versuchte, den Haken zu finden. Aber wenn ich nicht ins Detail ging, konnte ich eigentlich keinen Schaden anrichten.

»Nicht offiziell.«

»Aber Sie haben eine Vermutung, wer sie ist, nicht wahr?«

Ich beantwortete die Frage mit einem Schweigen. Maggie biss sich auf die Lippe.

»Ihr Vorname … Sie hieß nicht zufällig Janice, oder?«

Meine Miene muss Bestätigung genug gewesen sein. Ich stellte das Tablett beiseite. Der Appetit war mir vergangen.

»Wie kommen Sie darauf?«

»Tut mir leid, ich kann meine Quellen nicht nennen.«

»Das ist kein Spiel, Maggie! Wenn Sie etwas wissen, müssen Sie es der Polizei sagen.«

»Sergeant Fraser, meinen Sie? Ja, großartige Idee.«

»Dann eben Andrew Brody. Hier steht mehr auf dem Spiel als eine Zeitungsstory. Sie spielen mit Menschenleben!«

»Ich mache nur meine Arbeit!«, blaffte sie.

»Und wenn noch jemand getötet wird, was dann? Haken Sie das dann als weitere Exklusivgeschichte ab?«

Das traf sie. Sie schaute weg.

»Sie haben selbst gesagt, dass Sie aus Runa stammen«, fuhr ich fort. »Ist Ihnen egal, was hier passiert?«

»Natürlich nicht!«

»Dann sagen Sie mir, woher Sie den Namen haben!«

Ich konnte sehen, wie sie mit sich rang. »Hören Sie, es ist anders, als Sie denken. Die Person, die es mir erzählt hat … es war vertraulich. Und ich möchte sie nicht in Schwierigkeiten bringen. Diese Person hat nichts damit zu tun.«

»Woher wissen Sie das?«

»Ich weiß es einfach.« Sie schaute auf die Uhr und stand auf. »Ich muss gehen. Es war ein Fehler. Ich hätte nicht kommen sollen.«

»Nun sind Sie aber da. Sie können nicht einfach gehen.«

Maggie machte immer noch ein unentschlossenes Gesicht, doch sie schüttelte den Kopf.

»Geben Sie mir Zeit bis morgen. Und wenn die Polizei bis dann nicht hier ist, werde ich es entweder Ihnen oder Brody erzählen. Versprochen. Aber zuerst muss ich darüber nachdenken.«

»Maggie, sagen Sie es mir!«

Doch sie war schon an der Tür.

»Morgen, versprochen.« Sie lächelte mich kurz verlegen an. »Gute Nacht.«

Nachdem sie weg war, saß ich auf dem Bett und fragte mich, woher sie wissen konnte, dass der Name der Toten Janice war. Ich hatte es nur Brody, Fraser und Duncan erzählt. Duncan war tot, und ich konnte mir nicht vorstellen, dass der sture Expolizist oder der Sergeant Maggie irgendetwas anvertraut hatten.

Ich versuchte mir einen Reim darauf zu machen, doch ich war zu müde, um noch klar zu denken. Und heute Nacht konnte ich sowieso nichts unternehmen. Die Suppe war kalt geworden, aber ich hatte auch keinen Hunger mehr. Ich zog mich aus und wusch so viel Rauchgestank von mir ab, wie ich konnte. Morgen würde ich probieren, ob der Generator des Hotels mir eine heiße Dusche bescheren könnte. Doch jetzt wollte ich nur noch ins Bett.

Dieses Mal schlief ich wie auf Knopfdruck ein.

Kurz vor Mitternacht wachte ich zuckend und keuchend aus einem Traum auf, in dem ich gleichzeitig Jäger und Verfolgter gewesen war. Aber ich konnte mich nicht erinnern, was ich gejagt oder was mich verfolgt hatte. Alles, was blieb, war das Gefühl, dass mir weder das eine noch das andere gelungen war. Meine Anstrengungen waren völlig nutzlos gewesen.

Ich lag in dem dunklen Zimmer und spürte, wie mein Herzschlag sich langsam wieder beruhigte. Es kam mir so vor, als würde der Wind nicht besonders schlimm klingen, und in mir keimte die leise Hoffnung auf, dass der Sturm abflaute und dass die Polizei am nächsten Morgen endlich auf die Insel kommen könnte.

Ich hätte es besser wissen müssen. Denn wie Runa hob das Wetter sich das Schlimmste bis zum Ende auf.

21

Drei Uhr morgens ist eine tote Zeit. Man ist dann auf dem Tiefpunkt, körperlich und mental. Man ist so wehrlos wie sonst nie, und der verheißungsvolle Morgen kommt einem unendlich weit weg vor. Die schlimmsten Phantasien und die dunkelsten Ängste scheinen wahr zu werden. Normalerweise ist das nur ein Gemütszustand, ein biorhythmisches Loch, aus dem wir mit dem ersten, schwachen Tageslicht wieder herausfinden.

Normalerweise.

Ich tauchte nur widerwillig aus dem Unterbewusstsein auf, denn ich wusste, dass es mir schwerfallen würde, wieder Schlaf zu finden. Doch sobald sich dieser Gedanke einstellte, war es natürlich schon zu spät. Die Bettfedern quietschten unter mir, als ich auf die Uhr schaute. *Erst kurz nach drei.* Ich konnte die nächtliche Stille des Hotels überall um mich herum spüren. Ein unheimliches Knarren und Stöhnen, während sich das Gebäude bewegte und wieder beruhigte wie ein arthritischer, alter Mann. Draußen tobte noch immer der Sturm. Ich starrte an die Decke und merkte, wie der Schlaf immer unmöglicher wurde, ohne zu wissen, warum. Dann wurde mir klar, was anders war.

Ich konnte die Decke sehen.

Das Zimmer war nicht dunkel. Durch die Vorhänge kam ein leichter Schimmer. Mein erster Gedanke war, dass er von der Straßenlaterne vor dem Hotel stammen musste und der Strom wieder floss. Erleichtert dachte ich, dass mit der wiederhergestellten Stromversorgung vielleicht auch die Telefone wieder funktionierten.

Doch schon während ich das dachte, fiel mir auf, dass das einfallende Licht nicht konstant war. Es flackerte unruhig, und als ich das sah, erstarb meine Erleichterung.

Ich eilte zum Fenster und zog die Vorhänge auf. Der Regen hatte aufgehört, aber die Straßenlaterne war völlig dunkel und schwankte im Wind wie ein astloser Baum. Das Licht, das ich gesehen hatte, kam vom Hafen, ein matter gelber Schimmer, der von den nassen Dächern der Häuser reflektiert und mit jeder Sekunde heller wurde.

Irgendetwas brannte.

Ich zog mich schnell an. Die Schmerzen in der verletzten Schulter ließen mich zusammenzucken. Dann lief ich auf den Flur und hämmerte gegen Frasers Tür.

»*Fraser!* Wachen Sie auf!«

Keine Antwort. Wenn er wie erwartet die ganze Nacht in der Bar geblieben war, um sein schlechtes Gewissen und seinen Kummer wegen Duncan zu ertränken, würde ich ihn niemals wach kriegen.

Ich rannte nach unten. Ich hatte damit gerechnet, Ellen durch meinen Lärm aufgeweckt zu haben, aber sie war nicht zu sehen. Der Wind riss mir fast die Jacke vom Leib, als ich hinauseilte, und ich versuchte, sie über meinem Arm zuzumachen. Unten am Hang kamen die Leute aus ihren Häusern und klopften an Türen. Mit lauten Rufen liefen sie hinab zum Hafen.

Als ich an dem Weg vorbeikam, der hinter das Hotel führte, fiel mir auf, dass Ellens Käfer nicht da war. Ich vermutete, dass sie bereits zum Feuer gefahren war. Das Leuchten am Himmel war heller geworden und schimmerte auf der regennassen Straße. Ich dachte, dass vielleicht die Fähre brannte, doch als ich den Hafen erreichte, sah ich sie sicher am Kai vertäut und im tanzenden Licht vor der Küste liegen.

Das Feuer war in der Werft.

Guthries baufälliger Fischkutter stand in Flammen. Das Heck war bereits verschlungen, das kleine Steuerhaus auf dem Deck brannte lichterloh. Die Flammen züngelten über den löchrigen Rumpf und verbargen das Boot hinter schwarzem Qualm. Überall hasteten Leute umher, trugen Eimer herbei und schrien sich über das Getöse des Feuers an. Guthrie brüllte verzweifelt Anweisungen, und ich sah Kinross mit einem schweren Feuerlöscher aus der Werkstatt kommen. Er wagte sich gefährlich nah an die Flammen.

Eine Hand legte sich auf meine Schulter. Ich drehte mich um und sah Brody, dessen Gesicht vom gelben Licht erleuchtet wurde.

»Was ist passiert?«, fragte ich.

»Keine Ahnung. Wo ist Fraser?«

»Raten Sie mal.«

Wir mussten husten, der plötzlich drehende Wind hatte uns in Rauch gehüllt. Er stachelte die Flammen immer wieder an und ließ sie wild umherzüngeln. Offenbar waren mittlerweile alle Dorfbewohner da und schauten entweder hilflos zu oder halfen den Brand zu bekämpfen. In einer langen Reihe wurden Eimer weitergereicht, ein Schlauch war abgerollt worden, dessen schmaler Strahl wirkungslos in die Flammen plätscherte. Der Kutter konnte nicht mehr gerettet werden, nun ging es vor allem darum, dass sich das Feuer nicht ausbreitete.

Auf der anderen Seite der Werft sah ich Maggies auffällige rote Jacke inmitten einer Gruppe Zuschauer. Allein und etwas abseits stand

Cameron und starrte in die Flammen, deren Lichtschein sein Gesicht noch hohlwangiger erscheinen ließ. Ich schaute mich nach Ellen um, konnte sie in der Menge aber nicht ausmachen. Ich hatte angenommen, dass sie zum Hafen gefahren war, doch nun erschien es mir seltsam, dass sie nicht erst Fraser oder mich geweckt hatte.

Brody sah, wie ich mich umschaute. »Stimmt was nicht?«

»Haben Sie Ellen gesehen?«

»Nein, warum?«

»Ihr Wagen hat nicht am Hotel gestanden. Ich dachte, sie wäre hier.«

»Sie hätte Anna nicht allein gelassen«, sagte Brody und suchte die Menge ab. Er klang besorgt.

Selbst jetzt kann ich mich nicht erinnern, wann mir die Spannung bewusst wurde, die plötzlich in der Luft lag. Es war wie eine Welle kollektiven Unbehagens, die sich genauso schnell ausbreitete wie die Flammen. Als ich mich wieder zum Boot umdrehte, hatte ich bereits eine schreckliche, unerklärliche Vorahnung. Der Kutter stand jetzt vollständig in Flammen, die durch die Lücken der fehlenden Rumpfbretter stießen. Und als dann eine Windböe den Rauch davonblies, konnte man sehen, wie sich im Inneren etwas bewegte.

Vom Feuer eingehüllt, hob sich wie zum Gruß langsam ein menschlicher Arm.

»Mein Gott«, flüsterte Brody.

Dann brach mit sprühenden Funken das Deck zusammen und vergrub den schrecklichen Anblick vor unseren Augen.

Die Hölle brach aus. Die Leute weinten und riefen Anweisungen und schrien, dass jemand etwas tun sollte. Aber ich wusste, dass man nichts mehr tun konnte.

Ich spürte erneut eine Hand auf meiner Schulter, die so stark zudrückte, dass es wehtat. Brody starrte mich mit einem unbeschreiblichen Ausdruck an. Er sagte nur ein Wort, aber das reichte.

»Ellen.«

Dann stieß er die Leute zur Seite und lief zu dem brennenden Boot.

»Brody!«, schrie ich und folgte ihm.

Ich bezweifele, dass er mich hörte. Erst als die Flammen ihn aufhielten, blieb er stehen. Ich packte ihn und schreckte vor der Hitze zurück. Wir waren so nahe, dass unsere Jacken dampften. Wenn der

Kutter in diesem Moment zusammengestürzt wäre, hätte er uns unter sich begraben.

»Kommen Sie weg hier!«

»Sie hat sich bewegt.«

»Das war nur ein Reflex. Das war das Feuer, mehr nicht.«

Er riss sich von mir los und starrte in die Flammen, als suchte er einen Weg hinein. Ich packte ihn erneut.

»Wer auch immer es ist, er ist tot. Sie können nichts machen.«

Was wir gesehen hatten, war kein Lebenszeichen gewesen. Eher das Gegenteil, eine blinde, mechanische Bewegung, die dadurch verursacht worden war, dass sich die Sehnen des Arms in der immensen Hitze zusammengezogen hatten. Niemand konnte so lange ein Feuer überleben.

Meine Worte rissen Brody schließlich aus seiner Versunkenheit. Er ließ sich von mir wegziehen, taumelnd wie jemand, der in einem Albtraum gefangen ist. Was vom Kutter übrig geblieben war, sah aus, als würde es jeden Moment in sich zusammenkrachen. Ich verdrängte den Gedanken daran, wessen Arm es gewesen sein könnte, und lief zu Kinross, der, obwohl es zwecklos war, noch immer mit dem Feuerlöscher in die Flammen sprühte. Mit wütender und wild entschlossener Miene rückte er so nah an den Brandherd vor, wie er konnte. Neben ihm war Guthries fleischiges Gesicht von Tränen überzogen. Entweder lag es am Rauch oder am Anblick, wie sein Traum in Flammen aufging.

»Wir müssen die Leiche herausholen!«

»Verpissen Sie sich!«

Ich packte seinen Arm. »Sie können das Feuer nicht löschen! Holen Sie ein paar Stangen! Sofort!«

Er riss sich los, und einen Augenblick lang befürchtete ich, er würde mir einen Schlag verpassen. Dann brüllte er die anderen Männer an, die gegen das Feuer kämpften, und forderte sie auf, Gerüststangen und lange Bretter zu holen.

Mit einem Gefühl von Hilflosigkeit stellte ich mich zu Brody und sah zu, wie die Männer begannen, mit langen Hölzern in den Flammen zu stochern, um die Leiche freizubekommen. Guthrie und ein zweiter Mann sprangen zurück, als ein Teil zusammenfiel und Funken aufwirbelte. Niemals würde die Leiche eine derart grobe Behandlung unversehrt überstehen, aber wir hatten keine Wahl. Wenn sie jetzt nicht geborgen wurde, würde das Feuer sie bis auf die Knochen verbrennen und jeden forensischen Beweis vernichten, der vielleicht übrig geblieben war.

Außerdem war es undenkbar, einfach abzuwarten, bis das Feuer von allein niedergebrannt war.

Brody machte ein gequältes Gesicht. *Es kann nicht Ellen sein*, sagte ich mir mit einem schrecklich leeren Gefühl. Ich grübelte darüber nach, wo sie sein könnte und welchen Grund es noch geben könnte, dass ihr Wagen weg war. Aber dadurch kamen nur noch schlimmere Fragen auf. *Lieber Gott, was ist mit Anna? Wo ist die Kleine?*

Ich wusste, dass ich ins Hotel zurückgehen sollte, um nachzuschauen, aber ich hatte Angst vor dem, was ich dort finden könnte. Mir fiel wieder Maggies hellrote Jacke ins Auge, auf der anderen Seite der Werft. Bei ihrem Anblick stieg Wut in mir auf. Vielleicht wäre dieses Desaster auch dann nicht verhindert worden, wenn sie mir ihr Geheimnis offenbart hätte, aber ich war entschlossen, herauszufinden, was es war.

In weitem Bogen um das brennende Boot ging ich auf die andere Seite der Werft. Unterwegs wäre ich beinahe mit jemandem zusammengestoßen.

Es war Ellen.

Sie trug Anna auf der Schulter. Das kleine Mädchen starrte schläfrig in die Flammen.

»Was ist passiert?«, fragte Ellen und schaute an mir vorbei ins Feuer.

Bevor ich antworten konnte, kam Brody herbeigelaufen.

»Gott sei Dank ist alles in Ordnung mit Ihnen.«

Er schien sie in den Arm nehmen zu wollen, hielt dann aber verlegen inne. Ellen schaute ihn verwirrt an.

»Ja, natürlich. Warum denn nicht? Ich bin bei Rose Cassidy gewesen. Hey, warum starren Sie beide mich so an? Was ist los?«

»Sie waren bei Maggies Großmutter?«, fragte ich. Etwas Finsteres und Beunruhigendes begann sich in meinem Unterbewusstsein zu rühren.

»Ja, sie ist hingefallen, deshalb haben mich ihre Nachbarn geholt. Rose mag Bruce Cameron nicht besonders«, fügte sie bissig hinzu. Eine Sorgenfalte entstand zwischen ihren Augen. »Die arme Frau ist ziemlich besorgt. Maggie ist schon seit längerem weg und noch nicht zurückgekommen.«

Meine böse Vorahnung wurde stärker. »Ich habe sie gerade gesehen, sie ist dahinten«, sagte ich und schaute mich um.

Cameron war nirgends mehr zu sehen, aber Maggie stand noch dort, wo ich sie das letzte Mal gesehen hatte, und beobachtete mit Karen Tait und anderen Inselbewohnern das Feuer. Sie hatte mir den Rücken zugewandt, eine vertraute, winzige Gestalt in ihrer übergroßen Jacke. Ich lief hinüber, getrieben von einer Befürchtung, die ich noch nicht benennen konnte.

»Maggie?«

Doch in dem Moment hörte ich einen Schrei vom Kutter. *»Hierher! Wir haben sie!«*

Ich schaute hinüber und sah, dass die Männer etwas noch Brennendes aus dem Feuer gehebelt hatten. Kinross und die anderen packten den verrußten Gegenstand mit Stangen und versuchten, ihn weiter vom Brandherd wegzuzerren. Es hätte ein Holzscheit sein können, auf dessen qualmender Oberfläche noch Flammen emporzüngelten.

Doch das war es nicht.

Ich wollte gerade hinübergehen, als sich Maggie umdrehte. Vor lauter Schreck blieb ich wie angewurzelt stehen.

Das Gesicht, das mich unter der roten Kapuze anstarrte, war nicht Maggies. Es war das eines jungen Mädchens, leer und ausdruckslos.

Mary Tait. Das Mädchen, das ich vor meinem Fenster gesehen hatte.

22

Als die Leute sahen, was aus dem Feuer gezogen worden war, hatte sich eine gespenstische Stille über die Werft gelegt, ein kollektives Schweigen. Dann brach der Bann. Ein erneuter Tumult entstand, ein Gedrängel unter den Leuten, die einen wandten sich ab, andere wollten näher ran und einen besseren Blick erhaschen.

Doch ich versuchte mich noch von dem Schock zu erholen, Karen Taits Tochter in Maggies Jacke zu sehen. Dass es tatsächlich Maggies war, daran zweifelte ich nicht einen Moment. Die auffällige rote Jacke hatte riesig an der Reporterin gewirkt, Mary Tait war jedoch wesentlich stämmiger. So groß die Jacke auch war, für ihren schwereren Körperbau war sie fast zu klein.

Karen Tait, Marys Mutter, starrte mich böse an, doch inzwischen war Brody bei mir.

»Was ist los?«, fragte er.

Ich fand meine Stimme wieder. »Das ist Maggies Jacke.«

»Er lügt!«, rief Karen Tait betrunken. Doch irgendwie klang ihre schrille Anklage nicht ganz überzeugend.

Kinross hatte sich von der Gruppe am Feuer gelöst und bahnte sich einen Weg zu uns. Im Schlepptau sein Sohn, dessen Aknenarben von dem Licht des Feuers grausam hervorgehoben wurden. Bei Kevins Anblick begann Mary zu strahlen, doch diese Regung wurde nicht erwidert. Als der Junge sah, wohin sein Vater ging, ließ er sich zurückfallen. Und während er sich in der Menge davonstahl, verblasste Marys Lächeln.

Kinross war schwarz vor Ruß, stank nach Qualm und hielt noch die verkohlte Stange in der Hand, mit der er die Leiche aus dem Feuer gezogen hatte. Er würgte und spuckte einen schwarzen Schleimklumpen auf den Boden.

»Wir haben sie rausgeholt, so wie Sie wollten.« Er schaute von mir zu Karen Tait. »Was ist los?«

»Die da, die sagen, Mary ist eine Diebin!«, kreischte Karen Tait.

Brody ging nicht auf die Anklage ein. »Sie trägt Maggies Jacke.«

Karen Tait verzog das Gesicht. »Das ist eine Lüge! Glaub ihm kein Wort!«

Doch als Kinross die Jacke des Mädchens betrachtete, sah ich, dass er sie wiedererkannte. Ich musste daran denken, wie er und Maggie sich auf der Fähre geneckt hatten. Das war echte Zuneigung gewesen. Er schaute zu den anderen Männern, die das Feuer gelöscht hatten und die sich nun um die schwelende Leiche versammelten, die sie aus den Flammen gehebelt hatten, und ich sah, dass er die gleiche Verbindung herstellte, die ich bereits gesehen hatte.

»Wo ist Maggie?«, fragte er scharf.

Niemand antwortete. Kinross wirkte plötzlich um Jahre gealtert. Er schwenkte den Blick zurück zu Karen Tait.

»Wir haben jetzt keine Zeit dafür«, sagte ich schnell und versuchte, meine eigenen Ängste um Maggie zu ignorieren. »Wir müssen hier alles absperren und die Leiche an einen sicheren Ort bringen.«

Brody nickte. »Er hat recht, Iain. Das kann warten. Wir müssen die Leute wegschicken. Helfen Sie?«

Kinross antwortete nicht. Er starrte die ganze Zeit Karen Tait an, doch sie wich seinem Blick aus. Er drohte ihr mit dem Finger.

»Wir sind noch nicht fertig«, warnte er sie. Dann drehte er ihr den Rücken zu und trommelte seine Männer zusammen, um den Hof räumen zu lassen.

Während Brody auf Karen Tait und ihre Tochter aufpasste, drängelte ich mich durch die abziehende Menge zur Leiche. Sie lag verkohlt und verrenkt auf dem schmutzigen Betonboden der Werft und bot einen entsetzlichen Anblick. Auf den Pfützen, die sich daneben gesammelt hatten, glitzerte das Öl im Licht des brennenden Bootes wie ein Regenbogen. Das verbrannte Fleisch dampfte und verströmte Hitze, wie ein Braten, der zu lange im Ofen gewesen war. Der Mund war aufgerissen, einer schmerzverzerrten Fratze gleich. Es sah bizarr aus, und obwohl ich wusste, dass es nur an den Sehnen lag, die sich im Feuer zusammengezogen hatten, konnte ich das Grausen nicht abschütteln.

Bitte, mach, dass ich mich täusche.

Ich wandte mich an Guthrie, der gerade vorbeikam, um die Leute vom Hof zu führen. »Kann ich eine Plane oder eine Decke haben?«

Erst dachte ich, er hätte mich nicht gehört oder würde mich nicht beachten. Doch wenige Augenblicke später kehrte der bullige Mann mit einer zusammengerollten, schmutzigen Segeltuchplane zurück und hielt sie mir hin.

»Hier.«

Mit nur einem Arm konnte ich sie im steifen Wind kaum aufrollen. Aber zu meiner Überraschung half Guthrie mir. Während er mit der flatternden Plane kämpfte, kam jemand auf uns zu. Im Flackerlicht der Flammen erkannte ich Cameron. Er starrte auf die Leiche.

»Großer Gott«, wisperte er. Sein Adamsapfel hüpfte, als er schluckte. »Was kann ich tun?«

Seine arrogante, schwülstige Art war verschwunden, und ich fragte mich, ob er erst jetzt kapierte, was auf dem Spiel stand. Ich hätte sein Angebot angenommen, doch dann knurrte Guthrie abweisend.

»Du kannst dich verpissen, wie immer. Oder glaubst du, dass ein Verband hier noch was bringt?«

Cameron machte ein Gesicht, als wäre er geschlagen worden. Ohne ein Wort wandte er sich ab und verließ mit der Menge die Werft. Zu einem anderen Zeitpunkt hätte er mir vielleicht leidgetan, aber im Moment gab es Dringenderes.

Bald musste entschieden werden, was mit der Leiche geschehen sollte, aber erst einmal musste sie abgedeckt werden. Nachdem wir die Plane aufgerollt hatten, half mir Guthrie, sie über der verrußten Gestalt auszubreiten.

»Was glauben Sie, wer es ist?«, meinte er.

Ich hatte eine Ahnung, doch seine Stimme klang beinahe verängstigt. Ich schüttelte nur den Kopf, als wir die Plane senkten und die Leiche verhüllten.

Aber die Last auf meinem Herzen sagte mir, dass Maggie schließlich ihre Titelgeschichte bekommen hatte.

DAS FEUER VERSIEGTE NICHT VON ALLEIN. Was vorher ein Kutter gewesen war, war nun ein Haufen glimmender Asche und Kohle, in dem noch immer Flammen züngelten. Eine Weile lang fachte der Wind sie noch an, aber durch die Bemühungen der Inselbewohner erstarben sie schnell. Der Eingang zur Werft war nun mit dem kläglichen Rest Polizeiband abgesperrt, das Fraser noch übrig hatte. An zwei Pfähle gebunden, hing es im Wind und war kaum mehr als ein symbolisches Hindernis.

Die meisten Inselbewohner waren nach Hause gegangen. Als Ellen zurück ins Hotel fuhr, hatte Brody sie gebeten, Fraser zu wecken. Wenig später war der Sergeant verschlafen und zerknittert erschienen. Grummelnd hatte er mir vorgeworfen, dass ich ihn hätte aufwecken sollen, doch niemand war in der Stimmung, sich auf seine Klagen oder seine Entschuldigungen einzulassen.

Schließlich hatten wir beschlossen, die Leiche in die Werkstatt zu bringen. Wir wussten immer noch nicht, wann die Spurensicherung eintreffen würde, und die Richtlinien, nach denen ein Tatort unberührt gelassen werden musste, konnten in dieser Situation kaum berücksichtigt werden. Dutzende Menschen waren in der Werft herumgelaufen, und nachdem die Leiche bereits dem Feuer ausgesetzt gewesen war, brauchte man sich nicht mehr darum zu sorgen, was weiter mit ihr geschehen sollte. Später würde ich sie mir anschauen müssen, in der Zwischenzeit konnten wir aber nicht mehr tun, als sie an einen sicheren Ort zu bringen.

Die Leiche war zu sehr verbrannt, um etwas erkennen zu können, aber ich glaubte nicht, dass noch jemand Zweifel hegte, wer es war. Maggie war noch immer nicht aufgetaucht, und bei all ihren Schwächen hätte sie ihre Großmutter niemals so lange allein gelassen. Guthrie und Kinross hatten die Leiche in der Plane hineingetragen und vor der Rückwand der Werkstatt abgelegt. Trübe und bedrückt war Guthrie danach geradewegs nach Hause gegangen. Kinross hatte sich jedoch rundweg geweigert zu gehen.

»Nicht, ehe ich gehört habe, was sie zu sagen hat«, erklärte er und deutete auf Karen Tait, die wie ein Häufchen Elend mit ihrer Tochter wartete.

Brody hatte nichts entgegnet, und ich glaubte zu wissen, warum. Karen Tait reagierte vielleicht nicht auf Druck von ihm oder Fraser, aber bei Kinross war es etwas anderes. Er war einer der ihren, und ich vermutete, dass sie sich ihm nicht widersetzen konnte.

Mutter und Tochter saßen an dem Tisch, an dem vor wenigen Tagen die Männer Karten gespielt hatten. Die Leiche konnte man von dort nicht sehen. Marys Gesicht war genauso ausdruckslos und leer wie damals, als sie von der Straße zu meinem Fenster hinaufgeschaut hatte. Man hatte sie dazu überredet, Maggies Jacke auszuziehen. Eingewickelt in einem Müllbeutel, war das Kleidungsstück nun außer Sichtweite im Kofferraum des Range Rovers verstaut. In den Taschen hatten wir zwar nichts gefunden, es waren auch keine Blutspuren oder Schäden zu sehen gewesen, die Forensiker würden sie aber dennoch nach weniger auffälligen Beweisen untersuchen müssen. Vielleicht bildete ich es mir nur ein, aber als ich beobachtete, wie das Mädchen sie auszog, schien die Jacke bereits etwas von ihrem Glanz verloren zu haben, und das leuchtende Rot begann ausgeblichen und abgenutzt zu wirken.

Kinross hatte Mary als Ersatz seine schwere Regenjacke gegeben. Offenbar unempfindlich gegen die Kälte, hatte er ihr beinahe zärtlich hineingeholfen. Aber als er ihre Mutter anschaute, lag keine Zärtlichkeit mehr in seinem Blick.

Karen Tait starrte stur auf die von Zigaretten verbrannte Tischplatte und weigerte sich, einen von uns anzusehen. Als Brody sich auf den Stuhl ihr gegenüber setzte, fiel mir auf, dass Fraser keine Einwände mehr dagegen hatte, dass der pensionierte Inspector die Initiative übernahm. Brody sah müde aus, doch als er sprach, war davon nichts zu spüren.

»Okay, Karen. Woher hat Mary die Jacke?«

Sie antwortete nicht.

»Kommen Sie, wir wissen alle, dass sie Maggie Cassidy gehört. Warum hatte Mary sie an?«

»Das habe ich schon gesagt. Es ist ihre«, entgegnete sie träge und zuckte dann zusammen, als Kinross plötzlich seine Hand auf den Tisch knallte.

»Hör auf zu lügen! Wir haben alle gesehen, dass Maggie sie getragen hat!«

»Ruhig«, knurrte Fraser. Aber er hielt sich zurück, nachdem Brody kurz den Kopf geschüttelt hatte.

»Du hast gesehen, was im Feuer war, Karen!« Kinross' Stimme klang teils warnend, teils flehend. »Um Himmels willen, erzähl uns, wo Mary die Jacke herhat!«

»Es ist ihre, Iain, ehrlich!«

»Lüg mich nicht an, verdammte Scheiße!«

Karen Taits Widerstand brach zusammen. »Ich weiß es doch nicht! Ich habe sie heute Abend das erste Mal gesehen! Ich schwöre bei Gott, das ist die Wahrheit! Sie muss sie gefunden haben.«

»Wo?«

»Woher soll ich das wissen? Du kennst sie doch, sie streift über die ganze Insel. Sie könnte sie überall gefunden haben.«

»Mein Gott, Karen«, sagte Kinross angewidert.

»Es ist eine gute Jacke! So eine kann ich mir gar nicht leisten. Glaubst du, ich werfe sie einfach weg? Und schau mich nicht so an, Iain Kinross! Dir hat es doch gut gepasst, wenn Mary die ganze Nacht weg war und du vorbeikommen wolltest!«

Kinross wollte auf sie losgehen, doch Brody hielt ihn zurück.

»Beruhigen Sie sich. Wir müssen erfahren, wo sie die Jacke gefunden hat.« Er wandte sich an Karen Tait. »Um welche Zeit ist Mary rausgegangen?«

Sie zuckte mürrisch mit den Schultern. »Keine Ahnung. Sie war schon weg, als ich vom Hotel nach Hause kam.«

»Wann war das?«

»Halb zwölf … zwölf.«

»Und wann ist sie nach Hause gekommen?«

»Woher soll ich das wissen? Ich habe geschlafen.«

»Und wann haben Sie sie wiedergesehen?«, fragte Brody geduldig.

Karen Tait seufzte gereizt. »Erst als mich das ganze Theater um das Feuer aufgeweckt hat.«

»Und da hatte sie die Jacke an?«

»Ja, das habe ich doch schon gesagt.«

Falls er Verachtung für die Frau empfand, ließ Brody es sich nicht anmerken, als er seine Aufmerksamkeit ihrer Tochter widmete.

»Hallo, Mary. Du weißt, wer ich bin, oder?«

Sie sah Brody verständnislos an und spielte weiter mit einer kleinen Kindertaschenlampe aus Plastik. Ein paar Haarsträhnen waren ihr ins Gesicht gefallen, aber sie schienen Mary nicht zu stören, als sie die Taschenlampe in Brodys Gesicht richtete und an- und ausstellte.

»Sie verschwenden Ihre Zeit«, sagte Kinross. Trotz seiner Worte klang er nicht unfreundlich. »Wahrscheinlich weiß sie selbst nicht mehr, woher sie die Jacke hat.«

»Ein Versuch kann nicht schaden. Mary? Schau mich an, Mary.«

Brody sprach sanft. Schließlich schien sie ihn wahrzunehmen. Er lächelte sie an.

»Du hast vorhin eine hübsche Jacke angehabt, Mary.«

Nichts. Dann lächelte sie plötzlich schüchtern.

»Sie ist schön.« Ihre Stimme war hell wie die eines kleinen Mädchens.

»Ja, sie ist sehr schön. Woher hast du sie?«

»Es ist meine.«

»Ich weiß. Aber kannst du mir erzählen, woher du sie hast?«

»Von dem Mann.«

Ich konnte Brodys Anspannung regelrecht spüren. »Was für ein Mann? Ist er jetzt hier?«

Sie lachte. »Nein!«

»Kannst du mir sagen, wer er ist?«
»Der *Mann*.«
Sie sagte das, als wäre es völlig klar.
»Dieser Mann … Zeigst du mir, wo er dir die Jacke gegeben hat?«
»Er hat mir die Jacke nicht *gegeben*.«
»Du hast sie also gefunden?«
Sie nickte abwesend. »Als sie weggelaufen sind. Nach all dem Lärm.«
»Wer ist weggerannt? Welcher Lärm, Mary?«
Aber er hatte sie wieder verloren. Brody versuchte es noch eine Weile, doch es war offensichtlich, dass er seine Zeit verschwendete. Mehr würde uns Mary nicht erzählen. Er bat Fraser, die beiden nach Hause zu fahren und dann direkt zurückzukommen. Kinross machte sich jetzt auch auf den Weg, doch bevor er verschwand, sah er noch einmal dahin, wo er und Guthrie die Leiche abgelegt hatten.
»Sie war immer eine, die leicht in Schwierigkeiten geraten ist«, sagte er traurig. Dann ging er hinaus und knallte die Werkstatttür hinter sich zu.
Draußen schien das Tosen des Windes lauter geworden zu sein. Der Regen hatte wieder eingesetzt, trommelte auf das Wellblechdach und übertönte fast das Tuckern des Generators. Brody ging zur Leiche. Eingewickelt in die Plane, sah sie auf dem Betonboden wie ein primitiver Sarkophag aus.
»Glauben Sie, dass sie es ist?«, fragte Brody.
Ich hatte ihm von Maggies Besuch am frühen Abend erzählt und dass sie irgendwie Janice Donaldsons Vornamen herausgefunden hatte, mir aber nicht sagen wollte, von wem sie ihn wusste. Ich musste an ihr nachdenkliches Lächeln denken, als sie mein Zimmer verlassen hatte. *Morgen. Versprochen.* Nur dass es für Maggie kein Morgen mehr gab.
Ich nickte. »Sie nicht?«
Brody seufzte. »Doch. Aber vergewissern wir uns lieber.« Er warf mir einen Blick zu. »Sind Sie bereit?«
Die ehrliche Antwort hätte nein lauten müssen. Wenn es sich um jemanden handelt, den man kannte, ist man nie bereit dafür. Jemanden, den man mochte. Doch ich nickte nur und schlug die Plane zurück. Ein warmer Lufthauch kam mir entgegen, der nach zu lange gekochtem Fleisch roch. Eine verständliche, aber trotzdem erschreckende Assoziation.

Ich kniete mich neben die Leiche. Durch das Feuer geschrumpft, sah sie mitleiderregend klein aus. Die Kleidung war verbrannt, ebenso der größte Teil des Gewebes. Die Flammen hatten die Leiche verrenkt und verzerrt. Knochen und Sehnen waren freigelegt, die Gliedmaßen waren zu der charakteristischen Boxerhaltung angezogen worden.

Ein Anblick, der mir mittlerweile widerlich vertraut geworden war.

»Und was denken Sie?«, fragte Brody.

Ich sah Maggies schelmisches Grinsen vor mir. Beinahe wütend schüttelte ich das Bild ab. *Konzentriere dich auf die Arbeit. Spar dir alles andere für später.*

»Es ist eine weibliche Leiche. Der Schädel ist viel zu klein für einen Mann.« Ich holte tief Luft und betrachtete die glatten Schädelknochen, die unter den schwarzen Hautfetzen zu sehen waren. »Außerdem ist das Kinn ziemlich schmal, und die Stirn und die Augenwülste gehen fast ineinander über. Bei einem Mann wären die Wülste ausgeprägter und würden deutlicher hervorstehen. Und was die Größe angeht …«

Ich zeigte auf den Oberschenkelknochen, den man durch das verbrannte Muskelgewebe sehen konnte. Mir war, als würden wir ihre Intimsphäre verletzen.

»Wenn die Gliedmaßen so angezogen sind, kann man nur schwer genaue Angaben machen, aber der Länge des Oberschenkelknochens nach zu urteilen, war diese Person ziemlich klein, selbst für eine Frau. Eins fünfzig, vielleicht etwas kleiner. Auf keinen Fall größer.«

»Könnte es ein Kind sein?«, fragte Brody.

»Nein, es ist definitiv eine Erwachsene.« Ich spähte in den zu einem stummen Schrei geöffneten Mund. »Die Weisheitszähne sind schon durchgekommen. Das bedeutet, dass sie mindestens achtzehn oder neunzehn war. Wahrscheinlich älter.«

»Wie alt war Maggie? Dreiundzwanzig, vierundzwanzig?«

»So ungefähr.«

Brody seufzte. »Die gleiche Größe, das gleiche Alter, das gleiche Geschlecht. Viel Zweifel gibt es nicht, oder?«

Ich brachte kaum ein Wort hervor. »Nein.«

Die Bestätigung zu finden schien alles noch schlimmer zu machen. Ich hatte das Gefühl, ich würde Maggie damit irgendwie im Stich lassen. Doch wir konnten uns nichts mehr vormachen. Ich zwang mich, fortzufahren.

»Immerhin war sie zumindest teilweise bekleidet, als sie ins Feuer gelegt worden ist.« Ich zeigte auf die angelaufene Metallscheibe, die sich in das verkohlte Fleisch zwischen den Hüftknochen eingegraben hatte. Sie hatte die Größe einer kleinen Münze. »Das ist ein Hosenknopf. Der Stoff ist verbrannt, aber der Knopf hat sich ins Fleisch geschmort. So wie es aussieht, trug sie wohl Jeans.«

Genau wie Maggie, als ich sie das letzte Mal gesehen hatte.

Brody schürzte seine Lippen. »Also wurde sie wahrscheinlich nicht vergewaltigt. Immerhin etwas.«

Die Vermutung lag nahe. Ein Vergewaltiger würde seinem Opfer kaum die Jeans wieder anziehen, bevor er es tötete. Und mit Sicherheit nicht danach.

»Haben Sie eine Idee, was die Todesursache ist?«, fragte er.

»Tja, soweit ich sehen kann, gibt es keine Schädeltraumata. Die Leiche wurde aus dem Feuer gezogen, bevor der Schädeldruck eine Explosion verursachen konnte, was die Sache etwas vereinfacht. Es gibt keine Anzeichen einer Kopfverletzung wie bei Janice Donaldson oder Duncan. Möglicherweise ist sie einfach nicht kräftig genug geschlagen worden, obwohl ...«

Ich verstummte und bückte mich, um genauer hinzusehen. Das Feuer hatte die Haut und die Muskeln des Halses verbrannt und die versengten Knorpel und Sehnen freigelegt. Ich untersuchte sie und tat dann das Gleiche mit Armen und Beinen und schließlich dem Rumpf. Das Gewebe war zwar stark genug verkohlt, um die Anzeichen zu verschleiern, vollständig verborgen waren sie aber nicht.

»Was ist?«, wollte Brody wissen.

Ich zeigte auf die Kehle. »Sehen Sie hier? Die Sehne auf der linken Seite der Kehle ist durchtrennt worden. Beide Enden haben sich in die jeweils entgegengesetzte Richtung zusammengezogen.«

»Durchtrennt? Sie meinen, durchgeschnitten?«, fragte Brody und beugte sich vor.

»Definitiv durchgeschnitten. Durch das Feuer hätten die Sehnen irgendwann reißen können, aber dafür sind die Enden viel zu glatt.«

»Ihr wurde die Kehle aufgeschlitzt?«

»Ohne anständige Untersuchung kann ich es nicht mit Sicherheit sagen, aber es sieht so aus. Es gibt anscheinend auch noch andere Stichwunden. Hier, an der Schulter. Die Muskelfasern sind stark verbrannt, aber man kann noch einen Schnitt erkennen, der quer darüber verläuft. Genauso im Brustbereich und am Bauch. Bei Röntgenaufnahmen werde ich vermutlich Messerspuren in den Rippen und wahrscheinlich auch in anderen Knochen finden.«

»Sie ist also erstochen worden?«, meinte Brody.

»Aufgrund der Verbrennung kann man schwer beurteilen, ob es ein Messer oder eine Axt war, aber sie wurde auf jeden Fall mit einer scharfen Waffe angegriffen. Ich muss die Knochen in einem Labor untersuchen, bevor ich mit Sicherheit sagen kann, welcher Waffentyp es war. Aber die Sache ist noch komplizierter.«

»Inwiefern?«

»Ihr Genick ist gebrochen.«

Die Müdigkeit drohte mich zu übermannen. Ich hielt inne, um mir die Augen zu reiben. Doch ob müde oder nicht, an meiner Entdeckung konnte es keine Zweifel geben.

»Schauen Sie, wie der Kopf verrenkt ist. Ich möchte die Leiche nicht unnötig bewegen, aber wenn Sie genau hinsehen, können Sie den dritten und vierten Halswirbel erkennen. Sie sind zersplittert. Und der linke Arm und das rechte Schienbein sind auch gebrochen. Die Knochen ragen aus dem verbrannten Gewebe hervor.«

»Könnte das nicht passiert sein, als das Boot beim Feuer zusammengestürzt ist? Oder als sie herausgezogen wurde?«

»Das könnte ein paar Brüche verursacht haben, aber nicht so viele. Und einige sehen wie Kompressionsbrüche aus, die wurden durch einen Aufprall verursacht …«

Ich verstummte.

»Was?«, fragte Brody.

Statt zu antworten, ging ich zu dem schmierigen Fenster. Es war zu dunkel, um viel zu sehen, doch in dem schwachen Licht des versiegenden Feuers konnte ich noch die dunkle Klippenfront erkennen, die nur zehn oder zwanzig Meter entfernt aufragte.

»So hat er die Leiche hier heruntergeschafft. Der Täter hat sie von den Klippen geworfen.«

»Sind Sie sicher?«

»Es würde die Brüche erklären. Sie wurde mit einem Messer attackiert und ist entweder gestürzt oder wurde von oben heruntergeworfen. Dann kam ihr Mörder runter und hat die Leiche vom Fuß der Klippen in die Werft gezogen.«

Brody nickte. »Am Ende des Hafens gibt es eine Treppe, die auf die Klippen führt. Mit einer Taschenlampe müsste man sie im Dunkeln runtergehen können. Und das ist wesentlich schneller, als die Straße zurück durchs Dorf zu nehmen. Außerdem wird man dabei nicht gesehen.«

Das erklärte allerdings nicht, warum Maggie überhaupt dort oben gewesen sein sollte. Doch auch wenn wir nicht wussten warum, begannen wir langsam zu ahnen, was passiert war.

Brody rieb müde über die grauen Stoppeln seines Kinns. »Glauben Sie, dass sie da noch lebte?«

»Das bezweifle ich. Bei so einem Sturz bricht man sich mit Sicherheit die Handgelenke, weil man instinktiv die Arme ausstreckt, um den Fall abzufangen. Das ist hier nicht so. Nur ein Arm ist gebrochen, und zwar im Oberarmknochen über dem Ellbogen. Das lässt darauf schließen, dass sie bei dem Sturz entweder tot oder bewusstlos war.«

Er schaute aus dem Fenster. Draußen war es pechschwarz. »Es ist zu dunkel, um da oben auf der Klippe noch etwas zu sehen. Sobald es hell ist, gehen wir hoch und schauen uns um. In der Zwischenzeit …«

Er verstummte, als es draußen plötzlich einen Aufruhr gab. Ein Schrei ertönte, dann krachte etwas auf den Boden, schließlich hörten wir den Lärm eines Handgemenges. Brody sprang auf und lief zur Tür, doch ehe er sie erreichte, flog sie auf. Eine eisige Windböe fegte in die Werkstatt, als Fraser hereinstürmte und jemanden mit sich zog.

»Schauen Sie mal, wen ich beim Schnüffeln am Fenster erwischt habe«, sagte er keuchend und stieß den Eindringling nach vorn.

Die Gestalt stolperte in die Mitte der Werkstatt. Verängstigt und blass starrte uns das verpickelte Gesicht von Kevin Kinross an.

23

DER JUGENDLICHE STAND IN DER WERKSTATT, von ihm tropfte das Wasser auf den Betonboden. Er zitterte, die Augen hielt er gesenkt, und seine Schultern hingen trübselig herunter.

»Ich frage dich nur noch ein Mal«, warnte Fraser ihn. »Was hast du da draußen gemacht?«

Kevin antwortete nicht.

Ich hatte die Leiche wieder mit der Plane abgedeckt, doch als Fraser ihn hereingezerrt hatte, hatte er sie einen Moment sehen können. Sofort hatte er den Blick wieder abgewandt.

Fraser betrachtete ihn finster. Auf diesem Gebiet der Polizeiarbeit war er schon eher zu Hause. Eine gute Gelegenheit, Autorität zu behaupten.

»Hör zu, Junge, wenn du dich stur stellst, hast du eine Menge Probleme am Hals. Das ist deine letzte Chance. Dieses Gelände ist abgesperrt, was hattest du also da draußen zu suchen? Wolltest du lauschen, oder was?«

Kinross' Sohn schluckte, als wollte er etwas sagen, brachte aber keinen Ton hervor. Brody schaltete sich ein.

»Kann ich mal mit ihm reden?«

Bisher hatte er sich ruhig verhalten und Fraser die Befragung durchführen lassen. Doch mit der rüden Art des Sergeants kam man eindeutig nicht weiter. Sie schüchterte den bereits verängstigten Jugendlichen nur noch mehr ein.

Fraser warf Brody einen gereizten Blick zu, nickte aber. Brody holte einen Stuhl und stellte ihn neben Kevin.

»Hier, setz dich.«

Er selbst hockte sich auf die Kante einer Werkbank. Sein Verhalten war wesentlich entspannter als Frasers aggressive Verhörmethoden. Kevin schaute unsicher auf den Stuhl.

»Du kannst natürlich auch stehen bleiben, wenn dir das lieber ist«, sagte Brody. Kevin zögerte, dann ließ er sich langsam nieder. »Also, Kevin, was hast du uns zu sagen?«

Auf seinem blassen Gesicht wirkten Kevins Aknepickel noch schlimmer als sonst. »Ich … nichts.«

Brody schlug die Beine übereinander, als würden die beiden ein freundschaftliches Gespräch führen. »Ich glaube, wir beide wissen, dass das nicht stimmt, oder? Ich bin mir ziemlich sicher, dass du nichts Unrechtes getan hast, außer dass du draußen herumgeschlichen bist. Und ich bin ebenso sicher, dass wir Sergeant Fraser davon überzeugen können, diesen Punkt unter den Tisch fallenzulassen. Vorausgesetzt, du erzählst uns genau, warum du es getan hast.«

Fraser presste die Lippen zusammen, widersprach aber nicht.

»Also, Kevin, wie sieht's aus?«, fragte Brody.

Sichtlich angespannt rang der Junge damit, ob er antworten oder weiter schweigen sollte. Dann schaute er zu der abgedeckten Leiche. Seine Lippen bewegten sich, als versuchten Worte, einen Weg nach draußen zu finden.

»Stimmt es? Was gesagt wird?«

Er klang gequält.

»Was wird denn gesagt?«

»Dass das …« Er warf wieder einen kurzen Blick auf die Plane. »Dass das Maggie ist.«

Brody überlegte einen Moment, bevor er antwortete. »Wir halten das für möglich, ja.«

Kevin begann zu weinen. Ich erinnerte mich daran, wie er sich in Maggies Gegenwart verhalten hatte und jedes Mal rot geworden war, wenn sie ihn nur angesehen hatte. Dass er heimlich für sie geschwärmt hatte, war mehr als offensichtlich gewesen, und er tat mir noch mehr leid als zuvor.

Brody zog ein Taschentuch aus der Tasche. Wortlos ging er hinüber und gab es ihm, dann stellte er sich wieder vor die Werkbank.

»Was kannst du uns darüber erzählen, Kevin?«

Der Junge schluchzte. »Ich habe sie getötet!«

Mir war, als wäre die Luft plötzlich elektrisch aufgeladen. In der folgenden Stille schien der Gestank nach verbrannten Knochen und Fleisch noch stärker zu sein und überlagerte den Geruch von Benzin, Sägespänen und Lötmittel. Die Wände der Werkstatt wackelten unter dem Ansturm des Windes, und der Regen trommelte auf das Wellblechdach.

»Was meinst du damit, du hast sie getötet?«, fragte Brody beinahe sanft.

Kevin rieb sich die Augen. »Wenn ich nicht gewesen wäre, wäre sie nicht tot.«

»Mach weiter, wir hören zu.«

Obwohl er schon so weit gegangen war, sträubte sich Kevin nun wieder. Aber ich musste an seine Reaktion denken, als Brody enthüllt hatte, dass es sich bei der im alten Cottage gefundenen Toten um eine Prostituierte aus Stornoway handelte. Er war nicht einfach geschockt, er war wie gelähmt gewesen. So als hätte er gerade eine Verbindung hergestellt. Was hatte Maggie über ihre anonyme Quelle gesagt? *Es ist anders, als Sie denken. Die Person, die es mir erzählt hat … es war vertraulich. Und ich möchte sie nicht in Schwierigkeiten bringen. Diese Person hat nichts damit zu tun.*

»Du hast Maggie den Namen der Toten gesagt, nicht wahr?«, sagte ich.

Sowohl Brody als auch Fraser schauten mich überrascht an, aber das war nichts, verglichen mit Kevins Reaktion. Er starrte mich mit offenem Mund an. Er schien nach einer Möglichkeit zu suchen, es zu leugnen, doch dann gab er nach und nickte.

»Woher wusstest du, wie die Frau heißt, Kevin?«, fragte Brody und nahm das Gespräch wieder an sich.

»Ich war mir nicht sicher …«

»Du warst dir sicher genug, Maggie den Tipp zu geben. Warum?«

»Ich … ich kann es Ihnen nicht sagen.«

»Willst du in einer Zelle versauern, Junge?«, mischte sich Fraser ein, ohne auf Brodys wütende Blicke zu achten. »Denn genau dort wirst du landen, wenn du nicht redest.«

»Ich bin mir sicher, Kevin weiß das«, sagte Brody. »Und ich glaube nicht, dass er die Person schützen will, die Maggie das angetan hat. Oder, Kevin?«

Der Blick des Jugendlichen schwenkte zu der in der Plane eingewickelten Leiche. Er sah gequält aus.

»Na, komm schon, Kevin«, redete Brody ihm zu. »Sag es uns. Woher hast du den Namen? Hat ihn dir jemand erzählt? Oder kennst du jemanden, der sie kannte? Ist es das?«

Kinross' Sohn ließ den Kopf hängen. Er murmelte etwas, was keiner von uns verstehen konnte.

»Nun red schon!«, blaffte Fraser.

Der Junge riss zornig den Kopf hoch. »Mein Vater!«

Der Schrei hallte in der Werkstatt wider. Brodys Miene war unbeweglich geworden und frei von jeder Emotion.

»Warum fängst du nicht von vorne an?«

Kevin verschränkte die Arme. »Es war letzten Sommer. Wir sind mit der Fähre nach Stornoway gefahren. Mein Vater hat gesagt, er hätte ein paar Geschäfte zu erledigen, deshalb bin ich in die Stadt gegangen. Ich dachte, ich könnte mir einen Film anschauen oder so …«

»Was du dir angeschaut hast, interessiert uns nicht«, unterbrach Fraser ihn. »Komm zum Punkt.«

An dem Blick, den Kevin ihm zuwarf, erkannte man, dass er tatsächlich der Sohn seines Vaters war.

»Ich bin durch ein paar Seitenstraßen gegangen, in der Nähe vom Busbahnhof. Da gibt es so Häuser, und als ich näher kam, sah ich meinen Vater vor einem stehen. Ich wollte rübergehen, aber dann … dann öffnete diese Frau die Tür. Sie trug bloß einen Bademantel. Man konnte fast alles sehen.«

Kevins vernarbtes Gesicht war dunkelrot geworden.

»Als sie meinen Dad sah, hat sie gegrinst … eine Art schmutziges Lächeln. Und dann ist er mit ihr reingegangen.«

Brody nickte geduldig. »Wie sah die Frau aus?«

»Äh … als wäre sie eine … Sie wissen schon …«

»Eine Prostituierte?«

Das Wort entlockte ihm ein verschämtes Nicken. Brody sah aus, als wäre diese neue Entwicklung ebenso unangenehm wie unerwartet.

»Kannst du sie beschreiben?«

Kevins Finger fuhren über die blasse Kraterlandschaft seines Gesichts. »Ich weiß nicht … dunkles Haar. Älter als ich, aber auch nicht richtig alt. Hübsch, aber … sie sah aus, als würde sie nicht besonders auf sich achten.«

»War sie klein, groß …?«

»Groß, würde ich sagen. Stämmig. Nicht fett, aber auch nicht dünn.«

Später würde man dem Jungen Fotos zeigen können, um zu sehen, ob er Janice Donaldson wiedererkannte. Aber fürs Erste passte seine Beschreibung auf sie.

»Und woher wusstest du, wie sie heißt?«, fragte Brody.

Das Gesicht des Teenagers war noch röter geworden. »Nachdem er weg war ... ich bin zu der Tür gegangen. Ich wollte nur mal gucken. Es gab mehrere Klingeln, aber ich hatte gesehen, dass er die oberste gedrückt hat. Und auf der stand nur ›Janice‹.«

»Hat dein Dad jemals erfahren, dass du ihn gesehen hast?«

Kevin sah entsetzt aus. Er schüttelte den Kopf.

»Und ist er da wieder hingegangen?«, fragte Brody.

»Keine Ahnung ... ich denke schon. Alle paar Wochen sagte er, er hätte Geschäfte zu erledigen, deshalb ... ich vermute, dass er dann dorthin gegangen ist.«

»Schöne Geschäfte«, brummte Fraser.

Brody ignorierte die Unterbrechung. »Ist sie auch mal zu ihm gekommen? Auf die Insel?«

Die Frage wurde mit einem weiteren schnellen Kopfschütteln beantwortet. Aber ich erinnerte mich, wie schroff Kinross Cameron bei der Versammlung in der Bar zum Schweigen gebracht hatte. Damals hatte ich angenommen, Camerons hochtrabendes Getue hätte ihn einfach verärgert, jetzt aber stand die Art und Weise, wie er die Versammlung damit beendet hatte, in einem wesentlich düstereren Licht.

Brody knetete sich müde den Nasenrücken. »Wie viel davon hast du Maggie erzählt?«

»Nur den Namen. Sie sollte nicht wissen, dass mein Vater zu ... Sie wissen schon. Ich dachte nur ... sie ist Reporterin, sie kann darüber schreiben, wer die Frau ist. Ich dachte, ich tue ihr einen Gefallen, ich wusste nicht, dass es so enden würde.«

Brody tätschelte die Schulter des Jungen, als er wieder zu weinen begann. »Das wissen wir, mein Junge.«

»Kann ich jetzt gehen?«, fragte Kevin und rieb sich das Gesicht.

»Nur noch ein paar Fragen. Hast du eine Ahnung, woher Mary Tait Maggies Jacke haben könnte?«

Kevin wich unseren Blicken aus und senkte den Kopf.

»Nein.«

Die Antwort war zu schnell gekommen. Brody betrachtete ihn ausdruckslos.

»Mary ist ein hübsches Mädchen, nicht wahr, Kevin?«

»Keine Ahnung. Vielleicht.«

Brody ließ die Stille eine Weile im Raume stehen und wartete, während Kevin unruhig auf dem Stuhl umherrutschte, ehe er die nächste Frage stellte.

»Wie lange gehst du schon mit ihr?«

»Das tue ich nicht!«

Brody schaute ihn nur an. Kevin senkte den Blick.

»Wir … laufen uns nur ab und zu über den Weg. Wir machen nichts! Nicht wirklich. Wir haben nicht … Sie wissen schon …«

Brody seufzte. »Und wo ›lauft ihr euch über den Weg‹?«

Die Verlegenheit des Jungen war schwer zu ertragen. »Manchmal auf der Fähre. In der Kirchenruine, wenn es dunkel ist. Oder …«

»Mach weiter, Kevin.«

»Manchmal draußen am Berg … beim alten Cottage draußen auf dem Hof.«

Brody sah überrascht aus. »Dort, wo die Leiche gefunden wurde?«

»Ja, aber davon wusste ich nichts. Ehrlich! Wir sind schon seit Ewigkeiten nicht mehr dort gewesen. Seit dem Sommer nicht mehr.«

»Treffen sich dort auch andere Leute?«

»Nicht dass ich wüsste … Deshalb … deshalb treffen wir uns ja auch dort. Da ist man für sich.«

Seit Ewigkeiten nicht mehr. Ich musste an die leeren Dosen und die Reste von Lagerfeuern denken, die wir gefunden hatten. Mit der ermordeten Prostituierten hatten sie nichts zu tun, es waren nur die Überbleibsel der heimlichen Begegnungen zwischen einem behinderten Mädchen und einem verunstalteten und frustrierten Jungen.

Fraser stand die Verachtung ins Gesicht geschrieben, doch immerhin war er so vernünftig, den Mund zu halten. Was Brody dachte, war unergründlich. Er machte eine professionell neutrale Miene.

»Streift Mary deswegen immer umher? Um dich zu treffen?«

Kevin starrte auf seine Hände. »Manchmal.«

Brody überlegte einen Moment. »War sie bei dir zu Hause, als wir vorbeigekommen sind, um mit deinem Dad zu sprechen?«

Ich hatte mir nichts dabei gedacht, dass Kevin die Tür seinerzeit nur einen Spalt weit geöffnet hatte. Er ließ den Kopf hängen, sein Schweigen war Bestätigung genug.

»Und was war heute Abend? Hast du sie da auch getroffen?«

»Nein! Ich … ich weiß nicht, wo sie war. Ich bin nach Hause gegangen, nachdem ich mit Maggie gesprochen hatte. Ehrlich!«

Er schien wieder den Tränen nahe. Brody musterte ihn eine Weile, dann nickte er knapp.

»Geh nach Hause.«

»Hey, einen Moment mal …!«, protestierte Fraser.

Doch Brody kam ihm zuvor. »Alles in Ordnung. Kevin wird niemandem von unserem Gespräch erzählen, stimmt's, Kevin?«

Der Junge schüttelte ernst den Kopf. »Werde ich nicht, versprochen.« Er lief zur Tür, blieb dann aber stehen. Er schaute Brody flehentlich an. »Mein Dad hätte Maggie nie etwas angetan. Auch keiner anderen Frau. Ich will ihn nicht in Schwierigkeiten bringen.«

Brody antwortete nicht. Aber was hätte er auch sagen sollen? Man konnte kurz den peitschenden Regen sehen, als Kevin hinausging, dann fiel die Tür zu, und er war verschwunden.

Brody ging zum Tisch, zog einen Stuhl hervor und setzte sich. Er sah ausgelaugt aus. »Gott, was für eine Nacht.«

»Und Sie glauben wirklich, wir können darauf vertrauen, dass der Junge den Mund hält?«, fragte Fraser skeptisch.

Der alte Inspector fuhr sich mit einer Hand durchs Gesicht. »Ich kann mir nicht vorstellen, dass er nach Hause rennt und alles seinem Vater beichtet.«

Fraser schien in diesem Punkt nachzugeben, aber dann machte er plötzlich ein entsetztes Gesicht. »Mein Gott, was ist mit dem Mädchen? Kinross weiß, dass sie eine Zeugin ist! Kein Wunder, dass er unbedingt bleiben wollte, als wir sie befragt haben!«

Bei diesen Worten lief mir ein kalter Schauer über den Rücken. Doch Brody schien sich keine Sorgen zu machen.

»Mary ist nicht in Gefahr. Selbst wenn wir annehmen, dass Kinross der Mörder ist – und das wissen wir noch nicht –, wird es ihn beruhigen, dass sie nichts gesehen hat und ihn nicht belasten kann. Er weiß, dass sie keine Bedrohung darstellt.«

Fraser sah erleichtert aus. »Und jetzt? Verhaften wir ihn? Es wird mir ein Vergnügen sein, dem Scheißkerl Handschellen anzulegen.«

Brody schwieg. »Noch nicht«, sagte er schließlich. »Alles, was wir gegen Kinross haben, ist die Aussage, dass er Janice Donaldson kannte. Das reicht nicht aus, um ihn zu verhaften. Damit würden wir ihm nur in die Hände spielen und Zeit geben, sich eine Geschichte auszudenken, bis Wallace' Team hier ist.«

»Ach, kommen Sie!«, rief Fraser. »Sie haben gehört, was sein eigener Sohn gesagt hat! Und dieser Scheißkerl hat wahrscheinlich auch Duncan getötet. Wir können nicht einfach auf unseren Ärschen sitzen!«

»Das sage ich auch nicht!«, blaffte Brody plötzlich erhitzt zurück. Er versuchte sich zu beherrschen. »Hören Sie, ich habe schon ein paar Mordermittlungen geleitet. Wenn man ohne wasserdichte Beweise zuschlägt, riskiert man, den Mörder laufenlassen zu müssen. Wollen Sie das?«

»Irgendetwas müssen wir tun«, beharrte Fraser.

»Das werden wir auch.« Brody schaute nachdenklich zu dem Planenbündel. »David, glauben Sie immer noch, Maggies Leiche wurde von den Klippen geworfen?«

»Ich bin mir sicher«, sagte ich. »Ich kann mir nicht vorstellen, was all diese Verletzungen sonst verursacht haben könnte.«

Er sah auf die Uhr. »In ein paar Stunden wird es hell. Sobald es so weit ist, schauen wir uns dort oben um. Vielleicht entdecken wir was. Aber im Moment würde ich vorschlagen, dass Sie beide zurück ins Hotel gehen und versuchen, ein bisschen zu schlafen. Wir haben morgen eine Menge zu tun.«

»Und Sie?«, fragte ich.

»Ich schlafe eh nicht viel. Ich bleibe hier und leiste Maggie Gesellschaft.« Er lächelte, aber er hatte einen gehetzten Blick. »Ich konnte nicht verhindern, dass sie getötet wurde. Das ist das Wenigste, was ich jetzt für sie tun kann.«

»Sollte nicht jemand von uns bei Ihnen bleiben?«

»Machen Sie sich um mich keine Sorgen«, sagte Brody grimmig. Er nahm ein Stemmeisen von der Werkbank und wog es in der Hand. »Ich komme klar.«

24

Am nächsten Morgen gab es keine Dämmerung. Dass plötzlich Tag war, nahm man erst im Nachhinein wahr. Irgendwann merkte man, dass die Nacht einem schummerigen Zwielicht gewichen war, ein neuer Morgen war angebrochen.

Ich war vom Hafen nicht direkt ins Hotel zurückgekehrt. Stattdessen hatte ich mich von Fraser zu Maggies Großmutter bringen lassen. Ellen hatte gesagt, dass sie der alten Frau geholfen hatte, nachdem sie gestürzt war. Obwohl ich bezweifelte, viel für sie tun zu können, hatte ich das Bedürfnis verspürt, bei ihr vorbeizuschauen.

So viel schuldete ich Maggie.

Rose Cassidy wohnte in einer kleinen Doppelhaushälfte und nicht in einem Fertighaus wie die meisten Nachbarn. Das baufällige, antiquierte Steincottage mit den dicken Vorhängen ließ auf eine ältere Bewohnerin schließen. Im Erdgeschoss und in einem Fenster des ersten Stocks konnte man Kerzen flackern sehen. *Grablichter.*

Das Haus war voller Frauen, die Nachtwache bei Maggies Großmutter hielten. Beim Eintreten fiel mir sofort der Geruch des Alters auf, diese eigenartige Muffigkeit von Mottenkugeln und gekochter Milch. Maggies Großmutter wirkte sehr zerbrechlich. Unter ihrer dünnen Pergamenthaut konnte man ein Netz aus blauen Adern sehen. Sie wusste bereits, dass ihre Enkelin tot war. Die Leiche musste zwar noch offiziell identifiziert werden, aber es wäre falsch gewesen, ihr deswegen Hoffnungen zu machen.

Zu meiner Überraschung beschloss Fraser, mich zu begleiten. Er wollte herausfinden, was die alte Frau über die Stunden vor Maggies Tod wusste. Ihre Enkelin hatte aufgeregt gewirkt, sagte sie ihm mit zitternder Stimme. Aber sie wusste nicht, warum. Nachdem sie ein Abendessen gekocht hatte – wie in den meisten anderen Häusern wurde der Ofen mit Gas betrieben –, hatte Maggie das Haus verlassen, um zu der Versammlung zu gehen.

»Es war nach halb neun, als sie zurückkam«, erinnerte sich Rose Cassidy und zeigte mit zittriger Hand auf eine Uhr mit übergroßen Ziffern auf dem Kaminsims. Ihre vom grauen Star trübe gewordenen Augen waren gerötet. »Sie war irgendwie anders. Als hätte sie etwas auf dem Herzen.«

Das passte mit unseren bisherigen Erkenntnissen zusammen. Kurz zuvor musste Kevin Kinross ihr den Namen der Toten gesagt haben, woraufhin sie mich im Hotel aufgesucht hatte.

Doch abgesehen von der Frage, ob sie Kevins Vertrauen missbrauchen durfte, musste Maggie noch etwas anderes zu schaffen gemacht haben. Was auch immer es gewesen war, sie hatte es ihrer Großmutter nicht gesagt. Später, gegen halb zwölf, hatte die alte Frau sie wieder gehen gehört und sich erkundigt, wohin sie wollte. Maggie hatte hinaufgerufen, dass sie den Wagen nehmen wollte, um jemanden wegen der Arbeit zu treffen, und dass es nicht lange dauern würde.

Sie kam nicht mehr zurück.

Um zwei Uhr hatte ihre Großmutter gewusst, dass etwas nicht stimmte. Als sie gegen die Wand geschlagen hatte, um ihre Nachbarn zu wecken, war sie aus dem Bett gefallen. Es war ein weiteres Anzeichen für Camerons Ansehen, dass Ellen geholt worden war und nicht der Krankenpfleger der Insel. Viel hatte man jedoch sowieso nicht für sie tun können, denn sie hatte sich nicht ernsthaft verletzt. Doch wie bei vielen anderen alten Menschen, die ich getroffen hatte, war auch Rose Cassidy ihr immer schwächer werdender Körper zur Belastung geworden und hielt sie in einem Leben gefangen, das sie nicht mehr wollte. Und nun hatte sie ihre eigene Enkelin überlebt.

Es erschien wie eine unnötige Grausamkeit.

Erst nach sechs Uhr war ich zurück ins Hotel gekommen. Trotz der Dunkelheit war es zwecklos, sich ins Bett zu legen und auf den Schlaf zu warten. Ich setzte mich auf den harten Stuhl und lauschte dem Heulen des Windes, bis ich unten Geräusche hörte und wusste, dass Ellen auf war. Ich konnte mich nicht daran erinnern, jemals so müde gewesen zu sein, und tauchte meinen Kopf in eine Schüssel mit kaltem Wasser, um richtig wach zu werden. Dann klopfte ich an Frasers Tür und ging in die Küche hinunter.

Ellen bestand darauf, mir ein komplettes Frühstück zuzubereiten – einen Teller mit Eiern, Speck und Toast, dazu süßen, heißen Tee. Ich hatte keinen Hunger verspürt, doch als der Teller vor mir stand, aß ich gierig und spürte, wie langsam wieder Energie in meinen Körper strömte.

Wenige Minuten später kam Fraser herunter und setzte sich mir gegenüber. Sein Gesicht war vom Schlafmangel geschwollen. Aber immerhin war er an diesem Morgen nüchtern.

»Das Funkgerät funktioniert immer noch nicht«, brummte er ungefragt.

Ich hatte nichts anderes erwartet. Ich war längst in einem Zustand jenseits von Optimismus oder Enttäuschung. Mittlerweile wollte ich diese Sache nur noch überstehen.

Als wir hinunter zur Werft fuhren, war die Dämmerung angebrochen, und Licht sickerte in den Himmel. Ein weiterer scheußlicher Tag. Wellen schlugen auf den Kiesstrand und gegen die Klippen und sprühten Gischt in die Luft, die an Land getragen wurde. Kinross' Fähre war noch am Hafen vertäut und schaukelte gefährlich auf dem wütenden Meer. An diesem Morgen würde ihr Besitzer nirgendwo mit ihr hinfahren. Hinter ihr krachten die Wellen gegen *Stac Ross* und stießen schäumend ineinander, als wären sie frustriert, dass sie die schwarze Felssäule nicht zerschlagen konnten.

Und über allem herrschte der Wind. Weit davon entfernt, abzuflauen, war der Sturm sogar noch heftiger geworden. Ungestüm und wild rüttelte er den Range Rover durch und schleuderte den Regen in solchen Sturzbächen gegen die Windschutzscheibe, dass die Scheibenwischer kaum dagegen ankamen. Als wir aus dem Wagen stiegen, trieb er uns über die Werft. Das verrußte Skelett des abgebrannten Bootes stand wie der Überrest einer Wikingerbestattung da und gemahnte an die Ereignisse der Nacht.

Brody saß in der Werkstatt auf einem alten Autositz. Das Stemmeisen ruhte auf seinem Schoß, während er mit hochgeschlagenem Kragen die Tür im Auge hatte. Hinter ihm lag Maggies eingewickelte, klägliche Leiche, einem Kind gleich, auf dem Betonboden.

Er lächelte schwach, als Fraser und ich hereinkamen. »Morgen.«

Er schien über Nacht gealtert zu sein. Sein Gesicht war ausgezehrt und abgemagert, um die Augen und Mundwinkel hatten sich neue Falten in die Haut gegraben. Silbrige Stoppeln bedeckten sein Kinn.

»Gab es Probleme?«, fragte ich.

»Nein. Es war ziemlich ruhig.«

Er stand auf und streckte sich mit knackenden Gelenken. Mit einem zufriedenen Seufzer biss er in das Schinkensandwich, das Ellen für ihn mitgegeben hatte. Ich schenkte ihm einen Becher Tee aus der Thermoskanne ein, die sie auch eingepackt hatte, während ich ihm erzählte, was wir von Maggies Großmutter erfahren hatten.

»Wenn wir Maggies Wagen finden, wissen wir, wohin sie wollte. Vorausgesetzt, er ist nicht umgeparkt worden«, sagte er, nachdem ich fertig war. Er wischte sich fein säuberlich die Krümel von den Fingern und vom Mund, trank seinen Tee aus und stand auf. »Okay, sehen wir uns auf der Klippe um.«

»Was ist … was ist damit?«, fragte Fraser und deutete nervös auf die Leiche. »Sollte nicht einer von uns darauf aufpassen? Falls Kinross irgendetwas vorhat.«

»Melden Sie sich freiwillig?«, fragte Brody. Als er Frasers Widerstreben sah, lächelte er schwach. »Keine Sorge. Ich habe in einer der Schubladen ein Schloss gefunden. Wir können die Tür abschließen, aber ich glaube nicht, dass Kinross – oder irgendjemand anders – am helllichten Tag etwas riskiert.«

»Ich kann hierbleiben«, bot ich an.

Brody schüttelte den Kopf. »Sie sind der einzige forensische Experte, den wir haben. Sollte es da oben irgendwelche Spuren geben, möchte ich, dass Sie sie sehen.«

»Mit solchen Dingen kenne ich mich eigentlich nicht aus.«

»Aber besser als Fraser oder ich«, erwiderte er.

Was sollte ich dagegen einwenden?

Während Brody nach Hause eilte, um nach seiner Hündin zu sehen, sicherten Fraser und ich die Tür mit dem ölverschmierten Schloss. Als es mit einem metallischen Klicken einrastete, musste ich daran denken, wie ich in dem brennenden Gemeindezentrum gefangen gewesen war. Ich war froh, dass Brody wenige Minuten später zurückkehrte und wir zum Fuß der Klippen aufbrechen konnten.

An manchen Stellen waren die Klippen nur zehn oder zwanzig Meter von der Werft entfernt, doch der Regen drosch erbarmungslos auf uns ein, als wir unter freiem Himmel gingen.

»Verfickte Scheiße!«, rief Fraser.

Die Klippen gewährten etwas Schutz. Vor ihnen verlief ein schmaler Streifen Kiesstrand, der von zerklüfteten Felsen durchbrochen und zum offenen Meer hin breiter wurde. Gegen den Wind gestemmt, suchten wir bei jedem vorsichtigen Schritt die glitschigen Kiesel ab.

Nach ein paar Metern blieb Brody stehen. »Hier.«

Er zeigte auf einen Fels, der vom Strand aufragte. Obwohl er vom Regen fast sauber gespült war, hing etwas Dunkles daran. Ich hockte mich hin, um besser sehen zu können. Es war ein blutiger, geäderter Gewebefetzen. Die Kiesel vor dem Felsen waren aufgewühlt und hatten eine Mulde gebildet, die durch den Aufprall eines schweren Objektes entstanden sein konnte. Und möglicherweise waren es Schleifspuren, die von der Mulde zur Werft führten und dort endeten, wo der Kiesstrand in festeren Untergrund überging.

Ich hatte wieder ein paar Gefrierbeutel aus dem Hotel mitgenommen, um sie als provisorische Beweisbeutel zu benutzen. Ich nahm einen aus meiner Tasche und kratzte mit dem Taschenmesser eine Probe des blutigen Gewebes von den Steinen. Wenn es so weiterregnen würde, wäre das meiste Blut weggespült, ehe die Polizei hier war, und den Rest würden die Möwen erledigen.

Brody schaute die Klippen hinauf, die sich gut dreißig Meter über uns erhoben. »Dahinten führen Stufen hinauf, aber es gibt keinen Grund, dass wir alle drei dort hochklettern.« Er wandte sich an Fraser. »Es ist besser, wenn Sie den Wagen nehmen und uns oben auf dem Gipfel treffen.«

»Ja, Sie haben recht«, stimmte der Sergeant sofort zu.

Nachdem ich Fraser den Plastikbeutel übergeben hatte, gingen Brody und ich mit knirschenden Schritten über den Strand zu den Stufen. Sie waren direkt in den Fels geschlagen worden und führten steil und kurvenreich hinauf. Es gab ein altes Geländer, aber das sah nicht besonders vertrauenerweckend aus.

Brody wischte sich den Regen aus dem Gesicht und betrachtete die Stufen. Dann schaute er auf meine Schlinge. »Sind Sie sicher, dass Sie es schaffen?«

Ich nickte. Ich wollte jetzt nicht aufgeben.

Brody ging vor, ich folgte in meiner Geschwindigkeit. Die Stufen waren rutschig vom Regen. In der Felswand kauerten Meeresvögel, deren Federn vom Wind zerzaust waren. Je höher wir stiegen, desto mehr waren auch wir dem Wind ausgesetzt. Er prügelte heulend auf uns ein, als wollte er uns von der Felswand schleudern.

Wir waren nur noch wenige Meter vom Gipfel entfernt, als Brody auf einer zerbrochenen Stufe wegrutschte. Er stürzte zurück, prallte gegen mich und stieß mich gegen das Geländer. Ich spürte, wie das verrostete Metall unter meinem Gewicht nachgab. Einen Augenblick lang schaute ich direkt hinunter in den Abgrund. Da packte Brody mich am Kragen und zog mich wieder in Sicherheit.

»Tut mir leid«, sagte er keuchend und ließ mich los. »Alles in Ordnung?«

Da ich meiner Stimme nicht traute, nickte ich nur. Mein Puls raste noch, als ich ihm weiter folgte. Dann fiel mir nur wenige Meter entfernt etwas an der Felswand auf.

»Brody«, rief ich.

Ich zeigte ihm den dunklen Fleck an einem hervorstehenden Fels in der Klippenwand. Er war viel zu weit weg, als dass ich eine Probe hätte nehmen können, aber ich ahnte, wie er entstanden war.

Dort war Maggies Leiche auf dem Weg nach unten gegen den Felsen geprallt.

Kurz darauf erreichten wir den Gipfel. Oben waren wir der vollen Kraft des Sturms ausgesetzt. Er zerrte an unseren Jacken, blähte sie auf und drohte, uns über die Kante zu drücken.

»Verdammte Scheiße!«, rief Brody, als er sich gegen den Wind stemmte.

Unter uns, von Klippen umschlossen, lag Runas Hafen wie ein Hufeisen aus schäumendem Wasser. Der Blick war schwindelerregend: Das windgepeitschte Meer und der Himmel verschwammen am Horizont. Ein paar einsame Möwen trotzten dem Sturm und stießen klagende Schreie aus, als sie vergeblich versuchten, auf den Luftströmen zu segeln, ehe sie davongetragen wurden. In der Ferne ragten bedrohlich die düsteren Hänge des *Beinn Tuiridh* auf, während sich hundert Meter weiter *Bodach Runa*, die schiefe Felssäule, aus dem Boden erhob wie ein krummer Finger. Ansonsten konnte man nur das baumlose Moor ausmachen, dessen Gras vom Wind niedergedrückt wurde.

Nichts deutete darauf hin, dass Maggie oder ein anderer Mensch jemals hier oben gewesen war.

Der Regen prasselte auf uns wie Schrotkugeln, während wir zu der Stelle zurückmarschierten, wo Maggie heruntergefallen sein musste. Ich begann mich schon zu fragen, ob wir unsere Zeit verschwendeten, als Brody die Hand hob.

»Da drüben.«

Ein paar Meter vor uns war der Boden aufgewühlt. Die Grasnarbe war platt gedrückt, und als ich genauer hinsah, konnte ich einen klebrigen schwarzen Fleck erkennen.

Selbst nach dem Regen war er noch auffallend groß.

»Hier wurde sie getötet«, sagte Brody und wischte sich den Regen aus dem Gesicht, als er sich bückte, um die Stelle zu untersuchen. »Bei der Menge muss sie praktisch verblutet sein.«

Er stand wieder auf und betrachtete die Umgebung.

»Da drüben ist noch mehr. Und dort auch.«

Die Stellen waren kleiner als die am Klippenrand und schon fast weggespült worden. Sie bildeten eine Spur, die vom Abhang wegführte. Oder wahrscheinlich eher zu ihm hin.

»Sie ist weggelaufen«, sagte ich. »Sie war bereits verletzt, als sie an die Kante kam.«

»Vielleicht wollte sie zur Treppe. Oder sie ist einfach blind davongerannt.« Er schaute mich an. »Denken Sie das Gleiche wie ich?«

»An Mary Taits Worte?« Ich nickte. *Sie sind weggelaufen. Nach all dem Lärm.* Vielleicht waren die Menschen, die sie gesehen hatte, nicht einfach weggelaufen. Vielleicht hatte einer den anderen gejagt.

Aber von wo waren sie gekommen?

Wir fanden keine weiteren Blutflecken. Diejenigen, die wir entdeckt hatten, reichten nicht aus, um uns eine Vorstellung davon zu geben, aus welcher Richtung Maggie gekommen sein könnte. Und auch diese Spuren verschwanden bereits und versickerten bei dem sintflutartigen Regen im matschigen Boden.

Brody schaute sich auf dem leeren Plateau um und schüttelte frustriert den Kopf. »Wo ist ihr Wagen, verdammt? Er muss hier irgendwo sein.«

Auch ich hatte die windgepeitschte Umgebung betrachtet. »Erinnern Sie sich, wie Sie Mary gefragt haben, woher sie die Jacke hat? Was genau hat sie gesagt?«

Brody sah mich verwirrt an. »Dass ein Mann sie ihr gegeben hat. Warum?«

»Nein, sie sagte nicht *ein* Mann. Sie sagte *der* Mann.«

»Und?«

Ich zeigte auf die Steinsäule, die jetzt kaum fünfzig Meter entfernt war. »Sie haben mir erzählt, dass *Bodach Runa* ›Der alte Mann von Runa‹ bedeutet. Vielleicht ist das der Mann, den sie meinte. Mary hatte eine Taschenlampe. Sie könnte über die Stufen hier hochgekommen sein, genau wie wir.«

Brody starrte auf die Säule und dachte darüber nach.

»Schauen wir mal nach, oder?«

Ungefähr eine Viertelmeile von uns entfernt, schlängelte sich der Range Rover auf uns zu, als wir losgingen. Manchmal verschwand die Straße in einer Senke, *Bodach Runa* war jedoch nicht zu verfehlen. Fraser würde sehen können, wohin wir gingen, und dort zu uns stoßen.

Brody marschierte zügig durch das unebene Gelände. Ich konnte kaum mit ihm Schritt halten. Ich zitterte vor Kälte und Regen, und der Schmerz in meiner Schulter begann sich wieder bemerkbar zu machen. Zwischen uns und der Steinsäule erhob sich eine Bodenwelle, sodass wir nur die obere Hälfte sahen. Doch als wir näher kamen, konnte ich dahinter etwas erkennen. Nach und nach kam ein Autodach in Sicht.

Es war Maggies alter Mini.

Er stand in einer Senke direkt hinter der Steinsäule. Daneben hatten sich ein paar Schafe gegen den Wind zusammengekauert und ließen den Wagen noch verlassener wirken. Als Brody und ich den Grashang hinunterrutschten, stoben sie auseinander. Auf dem überwucherten Weg, der in die Senke führte, war ein Motorengeräusch zu hören, und wenige Augenblicke später holperte der Range Rover heran.

Fraser parkte am Ende des Weges und stieg aus. »Ist das ihrer?«

»Ja«, sagte Brody. »Das ist Maggies.«

Beide Türen standen offen und schwankten leicht im Wind. Die Vordersitze waren vom Regen durchnässt, aber nicht nur das Wasser hatte sie verfärbt. Blutspritzer und -flecken hatten die Windschutzscheibe und das Armaturenbrett verschmiert, so als hätte sich ein verrückter Künstler ausgetobt.

»Mein Gott«, schnaufte Fraser.

Wir traten ein Stück näher, hielten aber genug Abstand, um keine Spuren in der Umgebung des Wagens zu zerstören. Brody spähte durch die geöffnete Fahrertür in das mit Blut verschmierte Innere.

»Sieht so aus, als wäre sie auf ihrer Seite angegriffen worden und über den Beifahrersitz davongekrabbelt. Was meinen Sie, Messer oder Axt?«

Noch am Vorabend hatte ich neben ihr in diesem Wagen gesessen und konnte kaum glauben, dass wir jetzt darüber sprachen, mit welcher Waffe Maggie getötet worden war. Doch mit Sentimentalität würde man ihren Mörder nicht fassen.

»Messer, würde ich sagen. Zu wenig Platz, um mit einer Axt auszuholen. Und wenn, dann müsste man Spuren der Waffe im Wagen finden.«

Ich schaute mich in der Senke um. Nachts musste es hier stockfinster gewesen sein. Dunkel genug, dass Mary Tait unbeobachtet zuschauen konnte. Und zuhören.

Denn bestimmt hatte es eine Menge zu hören gegeben.

Fraser hatte sich hinter dem Wagen umgeschaut. »Hier hinten sind weitere Reifenspuren. Sie sehen nicht so aus, als würden sie von dem Mini stammen.«

Brody schnalzte verärgert mit der Zunge. Ich wusste, was ihm gerade durch den Kopf ging. Bis die Spurensicherung hier war, um Abdrücke anzufertigen, würden die Spuren entweder durch den Regen oder die Schafhufe im Matsch versunken sein. Und wir konnten nichts dagegen unternehmen.

»Maggie hat ihrer Großmutter erzählt, dass sie jemanden treffen wollte. Sieht so aus, als wäre hier der Treffpunkt gewesen. Mary muss schon hier oben gewesen sein oder aber so nah, dass sie den Krach gehört hat.« Stirnrunzelnd starrte Brody zum Wagen. »Aber wie ist sie an die Jacke gekommen? Die war nicht beschädigt und hatte keine Blutflecken. Ich kann mir nicht vorstellen, dass Maggie sie in so einer Nacht nicht getragen hat.«

»Vielleicht hat sie sie für Kinross ausgezogen«, schlug Fraser vor. »Gemeinsam mit ein paar anderen Dingen, wenn Sie verstehen, was ich meine. Warum sollten sie sich sonst hier oben getroffen haben? Dann hatten sie eine kleine Kabbelei unter Liebenden, und Kinross ist der Spaß vergangen.«

»Das hier war keine ›Kabbelei unter Liebenden‹!«, brauste Brody auf. »Maggie war eine ehrgeizige junge Frau, sie hatte sich höhere Ziele gesteckt, als mit einem Fährkapitän rumzumachen. Und bis wir nicht beweisen können, dass es Kinross war, den sie letzte Nacht getroffen hat, würde ich keine voreiligen Schlüsse ziehen.«

Fraser war bei der Zurechtweisung rot geworden. Aber er hatte mich auf einen Gedanken gebracht.

»Er hat wahrscheinlich recht damit, dass Maggie ihre Jacke ausgezogen hat«, sagte ich. Ich erzählte ihnen von der kaputten Heizung, die nur noch auf vollen Touren lief. »Beide Male, als Maggie mich mitgenommen hat, hat sie die Jacke auf den Rücksitz gelegt. Das könnte erklären, warum sie kein Blut abbekommen hat.«

Brody versuchte, auf den Rücksitz des Wagens zu spähen. »Könnte sein. Dahinten sind kaum Spritzer. Wenn die Wagentüren offen geblieben sind, nachdem Maggie versucht hatte, zu fliehen, könnte Mary einfach hergekommen sein und hineingeschaut haben. Selbst wenn sie das Blut auf den Vordersitzen bemerkt hat, wird ihr bestimmt nicht klar gewesen sein, was es ist.«

Er begann, den Mini zu umkreisen, wobei er weiterhin Abstand hielt. Auf der anderen Seite blieb er stehen.

»Hier ist etwas.«

Fraser und ich gingen zu ihm. Auf dem Boden unter der Beifahrertür lag Maggies Umhängetasche, der Inhalt war auf die matschige Erde gefallen. Der Wind hatte Taschentücher und Zettel verstreut, die vom Regen aufgeweicht worden waren.

Zwischen Schminkutensilien und anderen Dingen aus Maggies Leben lag ein Ringbuch, dessen Seiten rausgerissen und in den Matsch getreten worden waren.

»Geben Sie mir eine Plastiktüte«, sagte Brody zu mir.

»Wollen Sie das wirklich machen?«, meinte Fraser unsicher.

Brody öffnete den Beutel, den ich ihm gereicht hatte. »Maggie war Reporterin. Tatort hin oder her, falls sie ihre Termine notiert hat, können wir es uns nicht leisten, das Notizbuch hier liegen zu lassen. Lange wird es hier draußen nicht mehr überstehen.«

Vorsichtig machte Brody einen Schritt auf den Mini zu und hockte sich neben die offene Beifahrertür. Er holte einen Stift aus seiner Tasche, schob ihn in die Ringbindung des Notizbuchs, hob es dann behutsam an und ließ es in den Plastikbeutel gleiten. Selbst von dort, wo ich stand, konnte ich sehen, dass sich die Seiten bereits aufgelöst hatten und die Schrift unleserlich geworden war.

Brody presste die Lippen zusammen. »Na ja, was auch immer da stand, lesen kann man es nicht mehr.«

Er wollte wieder aufstehen, hielt dann aber inne.

»Da liegt was unter dem Wagen.« Er klang aufgeregt. »Sieht aus wie ihr Diktaphon.«

Ich musste an all die Gelegenheiten denken, da ich gesehen hatte, dass Maggie ihr Aufnahmegerät gezückt hatte. Wie viele moderne Journalisten verließ sie sich mehr auf die Technik als auf Notizblock und Stift. Wenn sie also eine Art Bericht geführt hatte, während sie auf der Insel war, musste es nicht unbedingt ein geschriebener gewesen sein.

Brody konnte seine Ungeduld kaum zügeln, als ich einen weiteren Plastikbeutel von der Rolle abriss. »Keine Sorge, ich sage Wallace, dass es meine Entscheidung war«, sagte er mit einem verschmitzten Blick zu Fraser.

Dieses Mal entgegnete der Sergeant nichts. Ein möglicherweise wichtiges – und zudem empfindliches – Beweisstück wie dieses konnte man kaum der Witterung aussetzen, bis die Spurensicherung eintraf. Brody steckte die Hand in den Plastikbeutel, griff unter den Wagen und hob das Diktaphon auf. Dann kam er langsam zurück zu Fraser und mir und stülpte den Beutel um.

Er hielt das Gerät hoch, damit wir es uns besser anschauen konnten. Es war ein digitales Sony-Modell und ähnelte meinem Gerät, das im Feuer vernichtet worden war.

»Wie lange halten wohl die Batterien in diesen Dingern?«, überlegte Brody.

»Ziemlich lange«, sagte ich. »Es nimmt noch auf.«

»Was?« Er starrte es an. »Sie machen Witze.«

»Es ist angegangen, als Sie gesprochen haben. Es wird anscheinend durch die Stimme aktiviert.«

Er musterte das LCD-Display. »Dann könnte es also an gewesen sein, als Maggie getötet worden ist?«

»Es sei denn, es ging erst an, als es aus dem Wagen gefallen ist.«

Während wir darüber nachdachten, heulte uns der Wind um die Ohren. Brody rieb sich das Kinn und starrte auf das kleine silberne Gerät in der Plastiktüte. Ich wusste, was er als Nächstes sagen würde.

»Wie kriege ich das Ding zum Laufen?«

25

Mit einem Rauschen ging die Aufnahme zu Ende. Keiner von uns sagte ein Wort. Wir waren völlig verstört von dem gerade Gehörten. Brody schaltete das Gerät aus und starrte dann reglos ins Leere.

Ich wollte etwas sagen, wusste aber nicht, was.

Der Range Rover wackelte im Wind, Regen trommelte aufs Dach. Wir hatten uns in den Wagen gesetzt, um Maggies Diktaphon abzuhören. Jede Aufnahme hatte sie als separate Datei gespeichert, die wiederum in Ordnern abgelegt worden waren. Insgesamt gab es vier solcher Ordner, einer war mit »Arbeit« betitelt, zwei waren leer. Der vierte lief unter dem Namen »Tagebuch».

Die einzelnen Aufnahmen waren durch die Zeitangaben geordnet. Seit Maggie auf Runa angekommen war, hatte sie Dutzende Aufnahmen gemacht.

Brody hatte die jüngste ausgewählt. Der Zeitangabe zufolge war sie kurz vor Mitternacht gemacht worden. Rose Cassidy hatte uns erzählt, dass Maggie um diese Zeit das Haus verlassen hatte.

»Los geht's«, hatte Brody gesagt und durch die Plastiktüte auf die Play-Taste gedrückt.

Gespenstisch war die Stimme der toten Maggie aus dem Lautsprecher gedrungen.

»... Tja, da wären wir. Noch ist nichts von ihm zu sehen, aber ich bin ein paar Minuten zu früh. Ich hoffe nur, dass er wirklich auftaucht ...«

»Dass wer auftaucht? Komm schon, sag uns, wie der Scheißkerl heißt«, brummte Fraser. Doch Maggie hatte andere Dinge im Sinn.

»Gott, was mache ich hier eigentlich? Am Anfang war die Sache wirklich spannend, aber jetzt kommt mir alles ein bisschen sinnlos vor. Warum musste mir Kevin nur den Namen der Frau sagen? Ich bin eine Schreiberin für ein Regionalblatt und keine Enthüllungsjournalistin! Woher weiß er den Namen überhaupt? Und dann diese dämliche Sache mit David Hunter. ›Das Opfer hieß nicht zufällig Janice?‹ Sehr raffiniert, Mags. Jetzt glaubt er, ich halte Informationen zurück. Aber ich kann Kevin nicht in die Sache hineinziehen. Und was mache ich jetzt?«

Es gab ein Geräusch, das ich nicht gleich erkannte – Maggie trommelte mit den Fingern auf das Lenkrad. Sie seufzte.

»Eins nach dem anderen. Vor allem muss ich einen klaren Kopf kriegen. Mittlerweile habe ich mich so in die Sache reingehängt, dass ich sie auch nicht vermasseln möchte. Gott, dieser Wagen ist eine verdammte Sauna ...« Man hörte ein Rascheln: Sie zog ihre Jacke aus. *»Ich muss zugeben, dass*

mir langsam ein bisschen unheimlich wird. Liegt wahrscheinlich an der ganzen Aufregung der letzten Zeit, aber bin ich eigentlich bescheuert? Ich meine, auf der Insel läuft ein Mörder frei herum, um Gottes willen! Wenn mir jemand sagen würde, er fährt nachts … Moment, was war das?«

Es folgte eine lange Pause. Man konnte nur Maggies schnellen und unruhigen Atem hören.

»Ich werde nervös. Nichts mehr zu sehen. Es sah wie ein Lichtstrahl aus, wie von einer Taschenlampe. Wahrscheinlich nur eine Sternschnuppe oder so. Es ist so dunkel hier draußen, dass ich nicht mehr erkennen kann, wo das Land aufhört und der Himmel anfängt. Aber …«

Ein Klicken.

»Gut, immer auf Nummer sicher gehen. Wenn man rausfährt in die Einöde, sollte man die Türen verschließen. Im Grunde mache ich mir keine Sorgen. Nicht wirklich. Der Mann möchte nur unter vier Augen reden, mehr nicht. So wie auf dieser Insel getratscht wird, kann man es ihm nicht verdenken. Trotzdem frage ich mich langsam, ob das hier so eine gute Idee ist. Hoffentlich springt was dabei raus. Na gut, ich gebe ihm noch fünf Minuten, und wenn er dann nicht hier ist … Scheiße!«

Wir konnten hören, wie ihr Atem schneller ging.

»Da ist schon wieder dieses Licht! Das ist keine verfluchte Sternschnuppe, dahinten schleicht jemand herum! Okay, das war's, ich fahre …«

Die Zündung des Wagens heulte auf, der Motor wollte aber nicht anspringen. Über dem Lärm konnten wir Maggies Stimme hören, die jetzt weiter entfernt klang, so als hätte sie das Diktaphon beiseitegelegt, während sie den Mini starten wollte.

»Komm schon, komm schon! Oh, bitte nicht! Ich glaube es nicht, komm schon, du verfluchte Schrottkiste, na los!«

Beruhige dich, du lässt ihn absaufen!, sagte ich ihr im Geist, obwohl ich wusste, wie zwecklos das war.

Dann lachte sie erleichtert auf.

»O Gott sei Dank! Da sind Scheinwerfer. Er ist hier. Verdammt spät, aber ich vergebe ihm!« Sie lachte erneut auf, dann hörte man ein Schniefen, als würde sie sich die Nase putzen. *»Gott, er muss mich ja für eine tolle Reporterin halten! Na los, Mags, reiß dich zusammen. Du bist ein Profi! Scheiße, ich kann überhaupt nichts sehen, die Scheinwerfer blenden. Wie wär's, die auszuschalten, hä? Okay, da kommt er. Legen wir dieses Ding lieber zur Seite.«*

An dem Rascheln konnte man hören, wie sie das Diktaphon beiseitelegte. Mit einem Klicken wurden die Schlösser entriegelt, dann ging quietschend die Tür auf. Als Maggie wieder sprach, klang sie heiter und selbstsicher.

»*Hi. Ein bisschen spät, oder? Hatten Sie nicht Mitternacht gesagt? Und wie wäre es, die Scheinwerfer auszuschalten? Ich kann nichts … Oh, tut mir leid, ich wollte nicht … Hey, was soll das … O Gott! HILFE!*«

Ich senkte den Kopf, als Maggies Schreie und ihr Flehen aus dem kleinen Lautsprecher schrillten. Das Diktaphon hatte alles aufgenommen. Es gab dumpfe Schläge und Knistergeräusche, als es während des Kampfes herumgestoßen wurde, aber sie übertönten nicht den schrecklichen Soundtrack des Mordes an Maggie.

Das Durcheinander aus Schreien und Kampfgeräuschen erreichte den Höhepunkt, dann wurde es plötzlich still. Nur ein leises Geräusch war zu hören, wie laufendes Wasser. Wir lauschten einer Aufnahme des Windes, wurde mir klar. Das Diktaphon war aus dem Wagen gefallen, als Maggie versucht hatte zu fliehen. Da kein lauterer Ton es aktivierte, schaltete sich das Gerät bald aus. Nach einer kurzen Pause ertönte Brodys Stimme.

»*Wie lange halten wohl die Batterien in diesen Dingern?*«

Ich hörte meine eigene Stimme antworten. »*Ziemlich lange. Es nimmt noch …*«

Brody stoppte das Gerät.

Wir schauten uns nicht an. Es war, als hätte uns durch das Hören der Aufnahme von Maggies Ermordung eine gemeinsame Schande verbunden.

»Warum hat sie denn nicht gesagt, wie das Arschloch heißt?«, sagte Fraser. Selbst er klang erschüttert.

Ich rührte mich. »Sie hatte keinen Grund dazu. Die Aufnahmen hat sie nur für sich gemacht. Wer auch immer es war, sie hat nicht geglaubt, dass Gefahr von ihm ausgeht. Nervös war sie nur während des Wartens, nicht, als er kam.«

»Da hat sie sich getäuscht, oder?«, meinte Fraser. »Und dann diese Sache mit den Scheinwerfern. Wollen wir wetten, er hat sie angelassen, um sie zu blenden, damit sie sein Messer nicht sehen konnte?«

Brody hatte kommentarlos zugehört. »Was ist mit dem Licht, das sie gesehen hat, bevor der Wagen kam?«

»Mary Tait«, sagte ich.

Er nickte nachdenklich. Sein Gesicht war zu einer müden Maske verzogen, als er mit einer Hand darüberfuhr. »Ist wohl mit ihrer Taschenlampe herumgestreift. Wenn es nicht so verdammt tragisch wäre, wäre es fast komisch. Maggie hat Angst vor einem harmlosen Mädchen und öffnet ihre Wagentür einem Mörder.«

»Ja, aber wer war es, verdammt nochmal?«, fragte Fraser frustriert.

Brody betrachtete wieder das Diktaphon. »Mal sehen, ob hier noch etwas drauf ist, das uns Hinweise gibt.« Er lächelte sarkastisch. »Jetzt kommt es auch nicht mehr drauf an.«

Der Wind erschütterte den Wagen und schleuderte den Regen dagegen, als wollte er mit aller Macht ins Innere dringen. Brody ging nun zurück an den Anfang und spielte die Aufnahmen in ihrer Reihenfolge ab. Aus dem Lautsprecher ertönte wieder Maggies Stimme.

»*Das wird ja eine tollere Reise, als ich gedacht hatte. Ich wünschte nur, meine Oma hätte Zugang zum Internet, aber das Informationszeitalter ist an der Guten vorbeigegangen. Ich muss die Kollegen in der Redaktion bitten, etwas über diese spontane Wie-auch-immer herauszukriegen. Und wenn sie schon mal dabei sind, können sie auch gleich David Hunters Background abchecken. Ich wette, die Geschichte könnte interessant werden.*« Sie kicherte. »*Und sein Background ist es bestimmt auch. Was hat ein Experte aus London hier draußen zu suchen, und dann auch noch mit diesem verfluchten Sergeant Fraser? Mein Gott, dass ich gerade dem über den Weg laufen muss. Aber er wird in Ellens Bar bestimmt für guten Umsatz sorgen …*«

Ich schaute kurz zu Fraser. Er schien innerlich zu kochen.

»*… ich habe einen schönen blauen Fleck gekriegt, als er mich aus dem Cottage geworfen hat. Würde ihm recht geschehen, wenn ich ihn tatsächlich verklage. In dem Moment war ich aber zu geschockt. Gott, in welchem Zustand diese Leiche war! Ich würde sie mir gerne genauer ansehen. Vielleicht sollte ich darüber nachdenken, heute Nacht noch einmal rauszufahren. Fraser wird dann mit Sicherheit schon an der Theke sitzen …*«

Frasers Nacken war dunkelrot geworden. Brody spielte teilnahmslos die nächste Datei ab.

Maggie klang schlechtgelaunt und atemlos. »*Tja, das war reine Zeitverschwendung. Und ich habe die Leiche immer noch nicht richtig sehen können. Das war das letzte Mal, dass ich wie ein Soldat durchs Unterholz geschlichen bin.«* Man konnte deutlich hören, dass sie lächelte. »*Trotzdem, es hat mir irgendwie einen Kick gegeben, das muss ich zugeben. So viel Angst hatte ich nicht mehr, seit ich mir beim Versteckspielen in der Grundschule in die Hose gemacht habe. Gott, als dieser junge Constable auf mich zugestürmt ist! Wie war noch sein Name? Duncan haben sie ihn genannt, glaube ich. Ein eifriger Kerl, das muss ich ihm lassen, aber immerhin scheint er menschlich zu sein. Und süß, wenn ich es mir richtig überlege. Ob er wohl Single ist …?«*

Die nächsten beiden Aufnahmen betrafen vor allem ihre Gedanken über Familie und Arbeit. Brody übersprang sie, bis ein vertrauter Name auftauchte.

»*War vorhin bei den Strachans, wegen eines Interviews. Keine Chance. David Hunter war da, sein Arm steckte in einer Schlinge. Hat auf die harte Weise gelernt, was es heißt, nachts ohne Taschenlampe auf Runa spazieren zu gehen.«* Sie schnaubte. »*Bruce Cameron war auch da und scharwenzelte wie immer um Strachans Frau herum. Gruseliger Kerl. Ich kann nicht verstehen, warum sich die Strachans mit ihm abgeben. Grace ist ziemlich nett, obwohl sie so gut aussieht, dass ich sie eigentlich hassen müsste. Aus ihrem Mann werde ich nicht schlau. Eben noch charmant, dann plötzlich eisig. Andererseits würde ich nicht nein sagen …«*

Die Aufnahme endete mit ihrem schelmischen Lachen.

Die nächste war wieder persönlich. Maggie sorgte sich um ihre Karriereaussichten. Brody sprang zur nächsten weiter. Als ich hörte, worum es ging, konnte ich mich sofort an die Situation erinnern.

»*Ziemlich aufschlussreicher Nachmittag. Auf dem Weg zu meiner Oma nahm ich die Abkürzung über den Weg hinter dem Hotel, und wer kommt aus der Hintertür heraus? Niemand anders als Michael Strachan. Wirkte verschämt wie ein Schuljunge, als ich Hallo sagte. Keine Ahnung, wer überraschter war, er oder ich. Mir wäre nie eingefallen, dass zwischen den beiden etwas laufen könnte. Ich meine, Ellen ist attraktiv, aber der Mann ist mit einer Göttin verheiratet, um Himmels willen! Aber da ist definitiv etwas im Gange. Vielleicht sollte ich mal meine Oma aushorchen, mal schauen, was so getratscht wird …«*

Das war also Ellens anonymer Besucher gewesen, als ich sie weinend in der Küche entdeckt hatte. Datum und Uhrzeit der Aufnahme bestätigten es. Obwohl es mich nach allem, was geschehen war, keineswegs überraschte, behagte mir die Erkenntnis nicht. Ich sah hinüber zu Brody. Seine Stirn hatte sich in Falten gelegt, aber er sagte nichts, als er die nächste Datei abspielte.

»Tja, man lernt nie aus. Da habe ich mich für eine erfahrene Reporterin gehalten, die ein großes Geheimnis ausgräbt, und es stellt sich als alter Hut heraus. Natürlich musste ich meiner Oma schwören, kein Wort zu sagen. Es scheint so, als würde praktisch jeder davon wissen, nur redet keiner darüber. Ich frage mich, ob es auch ein Geheimnis bleiben würde, wenn es jemand anders wäre. Die Leute hier wissen eben genau, woher die Butter auf ihrem Brot kommt, nehme ich an.« Sie lachte sarkastisch. *»Dabei ist es so offensichtlich, wenn man erst mal drauf gekommen ist. Das kleine Mädchen hat Ellens Teint und das gleiche hübsche rote Haar, aber davon abgesehen, erkennt man gleich, dass Strachan ihr Vater ist …«*

Oh, verdammt, dachte ich. Fraser gab einen leisen Pfiff von sich. »Strachan geht fremd? Manche Leute kriegen wohl nie genug.«

Brody sah erschrocken aus, als könnte er nicht glauben, was er gerade gehört hatte. Aber mir wurde nun einiges klar. Was hatte Ellen an dem Abend, als sie meine Wunden behandelt hatte, über Annas Vater gesagt? *Sagen wir einfach, die Sache hat nie eine Zukunft gehabt.*

Jetzt wusste ich, warum.

Tiefe Falten hatten sich in Brodys Gesicht gegraben. Ellen war nicht seine Tochter, aber sie hätte es sein können. Mit zusammengepressten Lippen hämmerte er auf die Play-Taste, um die nächste Datei abzuspielen.

Sofort hörte man Maggies Stimme an, dass etwas nicht stimmte.

»Gott, was für ein verfluchter Scheißtag. Ich dachte, es wäre keine schlechte Idee, mal zu versuchen, ein Interview mit Michael Strachan und seiner Frau zu kriegen, nachdem sie überfallen worden ist. Eine schreckliche Sache, aber sie sind das Glamourpaar auf den westlichen Inseln, und das ist jetzt eine große Story. Ich fand es unglaublich clever von mir, die Suppe fallen zu lassen und Strachan anzuflirten. Dann kommt dieser verfluchte David Hunter mit diesem Campbell-Scheiß. Gott, ich wäre am liebsten im Boden versunken.

Und als wäre das nicht alles schon schlimm genug, erzählt er mir, dass der junge Polizist ermordet worden ist. Duncan. Wie war sein Nachname? Schrecklich, ich kann mich nicht erinnern. Ich bin ja wirklich eine großartige Journalistin! Er war echt nett, auf der Fähre hat er mir meine Taschen abgenommen. Selbst in der Nacht, als er mich am Cottage erwischt hat, war er korrekt. Unvorstellbar, dass jemand von der Insel – Gott, jemand, den ich kenne! – *ihn ermordet haben muss. Ich meine, was ist hier los? Gott, ich möchte nicht einmal mehr darüber nachdenken.«*

Die Aufnahme endete abrupt. Unser Atem hatte die Autofenster beschlagen, sodass man den Eindruck hatte, in einem Nebelmeer gefangen zu sein. Brody spielte die nächste Aufnahme.

»Noch zwei.«

Im ersten Moment dachte ich, mit dem Recorder wäre etwas nicht in Ordnung. Am Anfang war der Lärm, der aus dem Lautsprecher kam, ein völlig unverständliches Gebrabbel. Erst als ich die donnernde Stimme Guthries erkannte, der ein Bier bestellte, wurde mir klar, dass es eine Aufnahme aus der Bar kurz vor der Versammlung war. Nach zusammenhanglosen Gesprächsfetzen ertönte Brodys Stimme. Da Maggie mit dem Diktaphon am anderen Ende des Raumes gestanden hatte, klang seine Rede blechern und weit entfernt.

Wir hörten erneut Kinross' heftige Weigerung, zu glauben, dass der Mörder ein Inselbewohner war, sowie Maggies Frage nach der Identität der Toten und Camerons misslungenen Versuch, sich durchzusetzen. Während sich die Versammlung auflöste, wurde die Aufnahme wieder unverständlich.

Als sie zu Ende war, schien die Spannung im Wagen unerträglich.

»Die Letzte«, sagte Brody dann.

Dieses Mal klang Maggies Stimme wesentlich beschwingter.

»Endlich eine gute Nachricht! Beinahe wäre sie mir entgangen. Der Zettel war so tief in meine Jackentasche gestopft, dass ich ihn fast nicht gefunden hätte. Obwohl ich keine Ahnung habe, warum er mich um Mitternacht und dann noch draußen am Bodach Runa treffen will. Der Mann hat einen Sinn fürs Dramatische, das muss ich ihm lassen. Bei jedem anderen hätte ich es mir vielleicht nochmal überlegt, aber er will wohl warten, bis seine Frau schläft. Wie auch immer, ich kann mir die Chance nicht entgehen lassen. Ich habe lange genug um ein Interview gekämpft, und wenn Michael Strachan es vertraulich behandeln will, meinetwegen.«

Es folgte ein plötzliches, ausgelassenes Lachen.

»Schön, dass ich die drittbeste Schüssel meiner Oma doch nicht umsonst geopfert habe. Gott, hoffentlich verarscht er mich nicht nur. Es wäre ein echter Reinfall, wenn er nicht auftaucht …«

Die Aufnahme endete. Man hörte nur noch das Trommeln des Regens auf dem Wagendach und das Heulen des Windes. Wortlos spielte Brody noch einmal den letzten Teil ab.

»... *wenn Michael Strachan es vertraulich behandeln will, meinetwegen ...*«

Fraser fand als Erster seine Stimme wieder. »Mein Gott. Sie hat sich mit *Strachan* getroffen?«

»Sie haben es gehört.« Brody sprach leise. Er saß so ruhig da, als wollte er sich nicht mehr bewegen.

»Aber ... mein Gott, das ergibt doch keinen Sinn! Warum sollte Strachan sie töten? Und die anderen? Und was ist mit seiner Frau? Er kann sie doch nicht selbst überfallen haben.«

»Menschen sind zu allem fähig, wenn sie verzweifelt sind«, sagte Brody. Er schüttelte langsam den Kopf. »Ich habe das auch nicht geahnt, aber Strachan passt viel besser ins Profil als Kinross. Wir dachten, dass Janice Donaldson getötet worden ist, weil sie versuchte, einen Freier zu erpressen. Und wer wäre das beste Opfer? Ein verwitweter Fährkapitän oder ein wohlhabender Mann, der die Stütze seiner Gemeinde ist?«

»Okay, aber ... warum sollte sich Strachan mit einer billigen Nutte wie Donaldson abgeben, wenn er so eine Frau hat?«

Brody zuckte müde mit den Schultern. »Für einige Männer hat gerade die Schäbigkeit ihren Reiz. Und ansonsten ... Je mehr man zu verlieren hat, desto mehr kämpft man darum, es zu behalten.«

Ich wollte es nicht glauben, aber es ergab tatsächlich auf eine furchtbare Weise Sinn. Zuerst hatte Strachan Janice Donaldson ermordet und dann, als er versuchte, seine Spuren zu verwischen, Duncan aus dem Weg geräumt. Und auch wenn Maggie nur ein harmloses Interview im Sinn gehabt hatte, musste ihre Hartnäckigkeit für einen Mörder, der keine Risiken eingehen wollte, in einem völlig anderen Licht erschienen sein.

»Er hat den Zettel gestern da deponiert«, sagte ich langsam. »Während ich bei ihnen war. Ich war mit Grace und Maggie in der Küche, als er ihre Jacke gesäubert hat.«

Selbst der Eindringling, den Grace glaubte gesehen zu haben, war zweifellos eine von Strachan eingefädelte Ablenkung gewesen, damit er seine hastig geschriebene Notiz in Maggies Jackentasche stecken konnte. Eine Notiz, die mittlerweile wahrscheinlich im Moor verschwunden war, davongeweht wie die anderen Dinge, die sich in Maggies Tasche befunden hatten. Angesichts des Ausmaßes der Verbrechen wich mein Entsetzen einer empörten Wut. Strachan hatte jeden betrogen, der ihm vertraut hatte.

Mich eingeschlossen.

Der Range Rover wurde von einer Windböe erfasst und schaukelte. Während wir Maggies Aufnahmen angehört hatten, schien der Sturm noch schlimmer geworden zu sein.

»Und was machen wir jetzt?«, fragte Fraser.

Brody öffnete langsam das Handschuhfach und legte das Diktaphon hinein. Dann schloss er die Klappe und drückte sie mit einem Klicken zu.

»Probieren Sie, ob das Funkgerät funktioniert.«

Fraser testete zuerst das Handsprechgerät, dann probierte er es mit der Anlage im Wagen. »Immer noch tot.«

Brody nickte, als hätte er nichts anderes erwartet. »Wir können es uns nicht erlauben, zu warten, bis die Kollegen vom Festland hier sind. Wir müssen ihn verhaften. Strachan wird in dem Augenblick von der Insel verschwinden, in dem das Wetter aufklart. Er muss nicht einmal seine Jacht nehmen, es gibt eine Menge anderer Boote, mit denen er es versuchen könnte. Die können wir nicht alle bewachen.«

»Wir wissen nicht mit Sicherheit, dass er fliehen will«, entgegnete Fraser, doch er klang selbst nicht überzeugt davon.

»Er hat drei Menschen getötet, einer davon war ein Polizeibeamter«, sagte Brody unerbittlich. »Maggie stellte nicht einmal eine Bedrohung für ihn dar, das hat er sich nur eingebildet. Er verliert die Kontrolle und ist zu allem fähig. Sobald er die Möglichkeit hat, verschwindet er. Oder tötet noch jemanden. Glauben Sie, Wallace wird es Ihnen danken, wenn das passiert?«

Fraser nickte widerstrebend. »Okay, okay, Sie haben recht.«

Während der Sergeant den Wagen anließ, wandte sich Brody an mich. Irgendetwas schien anders an ihm, seit er die Aufnahmen gehört hatte. Ich war mir nicht sicher, was ihn mehr aufwühlte: dass Strachan der Mörder oder dass er der Vater von Ellens Kind war.

»Was ist mit Ihnen, David? Ich darf Sie eigentlich nicht bitten, mit uns zu kommen, aber ich würde es begrüßen.« Er versuchte ein Lächeln. »Wir können jede Hilfe gebrauchen.«

Ich war mir nicht sicher, ob ich mit nur einem gesunden Arm eine große Hilfe sein würde, aber ich nickte. Ich war schon zu sehr in diese Sache hineingezogen worden. Jetzt wollte ich sie beenden helfen.

Strachan hatte genug Menschen geschadet.

Sowohl Strachans Saab als auch Grace' Porsche parkten vor dem Haus. Fraser hielt hinter ihnen – und blockierte beide, wie mir auffiel. Der Wind drosch brutal auf uns ein, als wir aus dem Range Rover stiegen. Es war kälter geworden; der Regen peitschte wild aus allen Richtungen und drohte zu gefrieren. Brody blieb neben dem Saab stehen und beugte sich hinab, um die Reifen zu untersuchen. Er schaute mich an, um sich zu vergewissern, dass ich es auch gesehen hatte.

Sie waren mit einer dicken Schlammkruste überzogen.

Er trat zurück und überließ Fraser den Vortritt, als wir uns dem Haus näherten, dessen Granitmauern abweisend vor uns aufragten. Der stämmige Sergeant nahm den eisernen Türklopfer und hämmerte ihn gegen das Holz, als wollte er die Tür einschlagen.

Drinnen konnten wir den Hund bellen hören, dann ging die Tür auf. Grace schaute uns über die Sicherheitskette an. Als sie uns erkannte, lächelte sie erleichtert.

»Einen Augenblick.«

Sie schloss die Tür wieder, um die Kette zu entriegeln. Dann öffnete sie sie erneut und trat zurück, damit wir eintreten konnten.

»Tut mir leid. Aber nach gestern …«

Die Schwellung auf ihrer Wange unterstrich nur ihre Schönheit. Aber ich bemerkte auch dunkle Ringe unter den Augen, die sie vor dem Überfall nicht gehabt hatte. Ein Überfall durch ihren eigenen Mann, der die Aufmerksamkeit von sich ablenken wollte.

Mein Zorn auf Strachan festigte meine Entschlossenheit.

»Ist Ihr Mann zu Hause?«, fragte Fraser.

»Nein, leider nicht. Er ist wieder auf einem seiner Ausflüge.«

»Sein Wagen ist aber hier.«

Frasers Schroffheit erschreckte Grace. »Manchmal ist er auch ohne Wagen unterwegs. Warum, stimmt etwas nicht?«

»Wissen Sie, wo er ist?«

»Nein, tut mir leid. Wollen Sie mir nicht sagen, was los ist? Warum wollen Sie mit Michael sprechen?«

Fraser ignorierte die Frage. In der Küche hörte der Hund nicht auf, wie wild zu bellen und mit den Krallen an der Tür zu kratzen.

»Haben Sie was dagegen, wenn wir uns im Haus umschauen?«

»Aber ich habe Ihnen doch gesagt, dass er nicht hier ist.«

»Ich würde trotzdem gerne selbst nachschauen.«

Ihre Augen blitzten auf, und einen Augenblick dachte ich, sie würde sich weigern. Doch dann warf sie verärgert den Kopf zurück.

»Ich werde nicht gerne Lügnerin genannt. Aber wenn Sie unbedingt müssen.«

»Ich schaue hier nach«, sagte Brody zu Fraser. »Übernehmen Sie die Außengebäude.«

Grace schaute ihnen hinterher. Sie wirkte immer noch verärgert, aber auch verwirrt. »David, warum suchen Sie nach Michael? Was ist los?«

Mein Zögern war vielsagend. Zum ersten Mal sah sie besorgt aus.

»Das hat doch nichts mit dem zu tun, was geschehen ist, oder? Mit den Morden, meine ich?«

»Ich kann nichts sagen, tut mir leid«, entgegnete ich. Die Tatsache, dass ihre Welt im Begriff war zusammenzubrechen, behagte mir gar nicht.

Der Hund wurde immer hysterischer. »Oh, um Himmels willen, Oscar, sei ruhig!«, sagte Grace, öffnete ungeduldig die Küchentür und schob den Golden Retriever hinein. »Na los! Raus!«

Der Hund schien die Spannung nicht zu spüren und wedelte mit dem Schwanz, als sie ihn zur Hintertür zog.

Brody kam die Treppen herunter. Er schüttelte den Kopf.

»Er ist nicht da. Wo ist Grace?«

»Beruhigt den Hund. Sie ist verängstigt. Ich glaube, sie ahnt langsam, warum wir hier sind.«

Er seufzte. »Strachan wird eine Menge erklären müssen. Es ist schon schlimm genug, wenn man erfährt, dass der eigene Mann ein Mörder ist, ganz abgesehen davon, dass er ein Kind mit einer anderen Frau hat.« Er verzog schmerzhaft das Gesicht. »Mein Gott, was hat sich Ellen nur dabei gedacht …?«

»Brody!«, sagte ich schnell, doch es war zu spät.

Grace stand wie versteinert in der Küchentür.
Brody fehlten die Worte. »Mrs. Strachan …«
»Ich glaube Ihnen nicht …«, flüsterte sie. Sie war aschfahl geworden.
»Entschuldigen Sie. Sie sollten es nicht so erfahren.«
»Nein … Sie lügen! Das würde Michael niemals tun. Niemals.«
»Es tut mir sehr …«
»Raus! Raus hier!« Es war eher ein Schluchzen als ein Schrei.
»Na los, gehen wir«, sagte Brody leise.
Mir gefiel es nicht, sie allein zu lassen, aber ich konnte nichts tun oder sagen, was Grace in diesem Moment geholfen hätte. Als wir hinausgingen, schlang sie die Arme um sich. Ihr perfektes Gesicht war eine verletzte Maske.
»Mein Gott. Das habe ich nicht gewollt.«
»Nun ist es passiert.« Ich war unsagbar wütend. »Suchen wir Fraser.«
Ich zog meine Kapuze zu, als wir zu den Außengebäuden gingen. Es war wirklich viel kälter geworden. Der Wind schien uns zurückschieben zu wollen und peitschte uns mit eisigem Regen. Wir hatten gerade das Haus umrundet, als Fraser aus der Scheune kam.
»Was gefunden?«, fragte Brody.
»Schauen Sie es sich selbst an.«
Er führte uns zurück in die Scheune und ging zu einem Benzinrasenmäher in der Ecke. Dahinter stand ein großer Benzinkanister. Der Deckel fehlte, der Riemen, an dem er einmal befestigt gewesen war, war durchgerissen.
»Um was wollen wir wetten, dass der Deckel, den wir in der Nähe des Wohnmobils gefunden haben, zu diesem Kanister gehört?«, meinte Fraser. »Erinnern Sie sich, als der Wagen von Strachans Frau ohne Benzin liegengeblieben ist? Ich wette, dass er den Tank angezapft hat, um mit dem Benzin die Brände zu legen. Mein Gott, wenn ich diesen Scheißkerl zu fassen kriege …«
Brody betrachtete mit mahlendem Kiefer den Kanister. Er war blass vor Wut geworden. »Schauen wir auf dem Boot nach.«
Das letzte Mal waren wir mit Strachan dort gewesen, als Grace verschwunden war. Oder als wir dachten, sie wäre es. Er hatte die ganze Zeit gewusst, wo sie war.

Die Jacht war nicht verschlossen. Alles war so, wie wir es zurückgelassen hatten. Die Trümmer der Kommunikationsgeräte lagen immer noch auf dem Boden. Aber Strachan war nicht an Bord.

»Und wo ist er, verdammt?«, meinte Fraser wütend, als wir im schwankenden Cockpit standen. »Das Arschloch könnte überall sein.«

Doch ich wusste, dass Strachan nur an einem Ort sein konnte. Ein Blick zu Brody sagte mir, dass es auch ihm klar war.

Strachan war auf dem Berg. Bei den Hügelgräbern.

DAS UNWETTER RICHTETE SICH SELBST ZUGRUNDE. Vom Nordpolarkreis kommend, hatte die Sturmfront bei der Überquerung des Nordatlantiks Geschwindigkeit und Kraft aufgenommen. Sobald sie auf das britische Festland traf, war die elementare Gewalt größtenteils erschöpft und von der eigenen, haltlosen Heftigkeit aufgezehrt worden.

Auf Runa hatte das Unwetter jedoch seinen Höhepunkt erreicht und eine so ungestüme Kraft entfacht, als wäre es entschlossen, die winzige Insel aus dem Meer zu reißen. Als wir die ungeschützten Hänge des *Beinn Tuiridh* erklommen, schien der Sturm seine Intensität verdoppelt zu haben. Zudem war die Temperatur weiter abgesunken. Aus dem eisigen Regen war Hagel geworden, weiße Körner, die auf meine Kapuze schlugen wie Kieselsteine und über den rutschigen Boden hüpften.

Wir hatten den Wagen so nah wie möglich am Fuß des Berges geparkt und waren losgegangen. Noch war es hell, doch der Nachmittag ging bereits zu Ende, und man konnte nicht mehr viel sehen. In einer, höchstens zwei Stunden würde die Dämmerung einsetzen. Und sobald es dunkel war, konnte der Aufenthalt hier draußen sehr schnell von einem gefährlichen zu einem tödlichen Unternehmen werden.

Mein Gesicht, meine Hände und meine Füße waren taub. Durch die Kälte brannte in meiner verletzten Schulter ein dumpfer, kräftezehrender Schmerz. Dazu kam, dass wir nur eine vage Ahnung hatten, wo sich die Steingräber befanden. Es war Nacht gewesen, als ich blind dort hinaufgestolpert und dem Schein von Strachans Feuer gefolgt war. Damals war ich durch die Erschöpfung und den Schmerz kaum noch bei Sinnen gewesen. Bei Tageslicht war der Berghang jedoch ein Labyrinth aus Felsblöcken und Senken. Und bei keiner Felsformation konnte man sagen, ob sie natürlichen Ursprungs oder von Menschenhand gemacht worden war.

»Hier oben bin ich noch nie gewesen«, keuchte Brody. »Aber ich glaube nicht, dass die Steingräber sehr weit weg sind. Bestimmt brauchen wir nicht lange. Wenn wir geradewegs hochsteigen, müssten wir direkt darauf zukommen.«

Ich war mir nicht so sicher. Lose Steine und Geröll machten den Anstieg tückisch, und es gab nichts, was irgendwie einem Pfad ähnelte. Wir waren gezwungen, unsere eigene Route zu finden, und standen häufig Felsen gegenüber, die entweder erklommen oder umgangen werden mussten. Da Strachan es geschafft hatte, mich in jener Nacht diesen Berg herunterzutragen, war er offenbar kräftiger, als er aussah.

Und daher auch gefährlicher.

Wir waren dem Wind direkt ausgesetzt und mussten fast kriechen. Am Anfang waren wir noch beisammen gewesen, doch als der Anstieg allmählich steiler wurde, wurden wir auseinandergerissen. Während Brody sich entschlossen vorankämpfte, war mein Gleichgewicht durch den festgebundenen Arm beeinträchtigt, was mir erhebliche Mühe bereitete. Allerdings nicht so viel wie Fraser. Übergewichtig und untrainiert, japste der Sergeant bei jedem Schritt und fiel immer weiter zurück.

Ich wollte gerade um eine Pause bitten, da hörte ich hinter mir ein Krachen. Als ich mich umschaute, sah ich, dass Fraser hingefallen war. In einer kleinen Lawine aus losen Steinen rutschte er auf Händen und Knien ein Stück hinunter. Nachdem er zum Stillstand gekommen war, verharrte er in dieser Stellung und rang mit offenem Mund nach Luft, viel zu erschöpft, um aufzustehen.

Vor uns kletterte Brody nichtsahnend weiter. »Brody! Warten Sie!«, rief ich, doch der Wind schluckte meine Worte.

Ich lief zurück zu Fraser, packte seinen Arm und versuchte ihn hochzuziehen. Aber er war zu schwer.

»Nur eine Minute …«, keuchte er.

Doch ich sah ihm an, dass er sich auch nach zwei Minuten nicht erholt haben würde. Er war mit seinen Kräften am Ende. Ich schaute mich wieder nach Brody um, konnte ihn aber im Hagelsturm kaum noch erkennen. Dann wehte mir plötzlich eine Böe eisige Körner ins Gesicht, und ich musste mich abwenden.

»Schaffen Sie es zurück zum Wagen?«, schrie ich in Frasers Ohr, damit er mich bei dem Wind hören konnte.

Er nickte schwer atmend.

»Sicher?«

Gereizt scheuchte er mich weg. Ich ließ ihn allein und eilte hinter Brody her. Mittlerweile konnte ich ihn gar nicht mehr sehen. Ich bekam kaum Luft, als ich versuchte aufzuschließen. Mit gesenktem Kopf starrte ich auf den Weg direkt vor mir, teilweise, um mein Gesicht vor dem harschen Wind zu schützen, vor allem aber, weil ich zu müde war, mich aufrecht zu halten. Jedes Mal, wenn ich aufschaute und hoffte, Brody zu erblicken, verschleierte der Hagel den Hang vor mir, wie weißes Rauschen auf einem Fernsehschirm.

Als ein Stein unter meinem Fuß wegrutschte, stürzte ich auf die Knie. Ich holte tief Luft und wusste nicht, wie lange ich noch durchhalten würde.

»Brody!«, rief ich, erhielt als Antwort aber nur das Tosen des Sturms.

Ich rappelte mich wieder auf. Die Stelle war ungeschützt. Ich musste mich entscheiden, ob ich weitergehen oder Fraser zurück nach unten folgen sollte. In dem Moment fiel mir auf, dass die Felsen in meiner Nähe merkwürdig symmetrisch angeordnet waren. Ich war so darauf konzentriert gewesen, Brody einzuholen, dass ich nicht mehr auf die Umgebung geachtet hatte.

Ich stand genau zwischen den Steingräbern.

Brody jedoch war nicht zu sehen. Ich sagte mir, dass er die Gräber nicht einfach hatte übersehen und daran vorbeigehen können, obwohl es mir beinahe selbst passiert wäre. Während ich nach ihm Ausschau hielt, erzeugte ein Luftwirbel eine Bresche im Hagelsturm, so als würde ein Vorhang zurückgezogen. Das Ganze dauerte nicht lange, doch in diesem kurzen Augenblick sah ich etwas weiter entfernt am Hang ein großes Steingebilde.

Meine Stiefel rutschten über den mit Hagel bedeckten Boden und gruben Furchen in die Grasnarbe, als ich hinaufstieg, um es mir genauer anzuschauen. Es sah aus wie eine Hütte aus Stein, die teilweise eingestürzt war. Genau davor lagen die Reste eines Lagerfeuers. Die Asche war kalt und bereits mit Hagelkörnern bedeckt, doch während ich die Feuerstelle betrachtete, sah ich im Geiste Flammen auflodern und erinnerte mich an die Gestalt, die in der Nacht, als ich mich verlaufen hatte, plötzlich ins Licht des Feuers getreten war. Strachans Worte fielen mir wieder ein. *Der* Broch *ist ein guter Ort zum Nachdenken … Mir gefällt die Vorstellung, dass vor zweitausend Jahren schon jemand dort oben vor einem Feuer gesessen hat und ich diese Tradition fortführe.*

Ich schaute mich um. Eigentlich rechnete ich nicht damit, Fraser oder Brody zu erblicken, aber ich hoffte es trotzdem. Doch es war, als wäre ich die einzige lebende Seele auf dem Berg.

Gegen den Wind näherte ich mich dem Eingang der Hütte. Ich schaute in das dunkle Loch und fragte mich, ob jemand im Inneren war. Alles, was ich sah, war Finsternis. *Tu es einfach.* Ich bückte mich und trat durch den niedrigen Eingang.

Kaum war ich aus dem Wind, umgab mich die Stille wie eine Decke. Es war stockfinster und roch nach Lehm und Alter. In der Hütte war es beklemmend eng, sie war kaum hoch genug, dass man darin stehen konnte. Aber niemand warf sich auf mich.

Nachdem sich meine Augen an die Dunkelheit gewöhnt hatten, erkannte ich die Steinwände und den kahlen Boden. Was auch immer das war, es sah aus, als würde es seit Jahrtausenden leer und unbenutzt sein.

Dann bemerkte ich einen kleinen, blassen Fleck. Ich bückte mich, um ihn zu untersuchen. Einige Steine waren von der Innenwand herabgefallen und hatten eine kleine Mulde geformt, in der eine halb abgebrannte Kerze stand. Sie war umgeben von schmutzig gelben und hartgewordenen Wachsresten.

Ich hatte Strachans Versteck gefunden. Aber wo war er?

Als ich mich aufrichtete, wurde das graue Licht, das durch den Eingang fiel, plötzlich schwächer. Ich wirbelte mit pochendem Herzen herum und sah, wie sich in der Dunkelheit vor mir eine Gestalt aufrichtete.

»Hallo, David«, sagte Strachan.

26

ICH SAGTE NICHTS, STARR VOR SCHRECK. Strachan entfernte sich weiter von der Wand und versperrte den Eingang.

Seine Arme hingen seitlich herab. In der einen Hand hielt er ein Messer, die Klinge reflektierte das Licht von draußen.

»Na, haben Sie den Weg wiedergefunden? Ich sagte Ihnen ja, dass Sie die Stelle hier oben begeistern wird.«

Seine Stimme hallte hohl im Inneren des *Broch* wider. Er kam nicht näher, aber er stand zwischen mir und dem Ausgang. Ich versuchte, nicht auf das Messer zu achten. In dem kleinen Raum hörte man nur unser Atmen. Er hatte einen gehetzten und abwehrenden Blick, ihm standen dunkle Bartstoppeln im blassen Gesicht.

Dann neigte er den Kopf und lauschte dem aufheulenden Wind.

»Wissen Sie, was *Beinn Tuiridh* bedeutet? Es ist Gälisch für ›Stöhnender Berg‹. Ziemlich passend, fand ich immer.«

Er sprach im Plauderton, als wäre er hier auf einem Spaziergang vorbeigekommen. Mit einer Hand strich er über die Steinwand. Die andere, die das Messer hielt, blieb an seiner Seite.

»Diese Hütte ist jünger als die Gräber. Wahrscheinlich ist sie erst tausend Jahre alt. Solche *Brochs* findet man überall auf den Inseln. Ich bin mir nie darüber klargeworden, ob er wegen oder trotz der Gräber gebaut worden ist. Warum sollte man einen Wachturm auf einen Friedhof bauen? Es sei denn, man wollte über die Toten wachen. Was glauben Sie?«

Als ich nicht antwortete, lächelte er schwach. »Nein, ich nehme an, Sie sind nicht aus archäologischem Interesse hergekommen, stimmt's?«

Ich fand meine Stimme wieder. »Maggie Cassidy ist tot.«

Er betrachtete noch immer die Steine. »Ich weiß.«

»Haben Sie sie getötet?«

Einen Augenblick lang stand Strachan mit einer Hand an der Wand reglos da. Seufzend ließ er sie sinken.

»Ja.«

»Und Duncan? Und Janice Donaldson?«

Er schien nicht überrascht, den Namen der Prostituierten zu hören. Er nickte nur, und damit lösten sich meine letzten Zweifel auf.

»Warum?«

»Spielt das eine Rolle? Sie sind tot. Sie können sie nicht wieder lebendig machen.«

Er wirkte ausgezehrt. Ich hatte erwartet, ihn zu hassen, doch ich war eher verwirrt.

»Sie müssen doch einen Grund gehabt haben.«

»Sie würden es nicht verstehen.«

Ich versuchte, Anzeichen von Wahnsinn in seinen Augen zu entdecken. Aber sie sahen nur müde aus. Und traurig.

»Hat Janice Donaldson Sie erpresst, war es das? Hat sie gedroht, es Grace zu erzählen?«

»Lassen Sie Grace aus dem Spiel«, warnte er mich mit plötzlich harter Stimme.

»Dann sagen Sie es mir.«

»Na schön, sie hat mich erpresst! Ich habe sie gefickt, und als ihr klarwurde, wer ich bin, ist sie gierig geworden. Also habe ich sie getötet.« Er klang teilnahmslos, als würde all das nichts mit ihm zu tun haben.

»Und was ist mit Duncan und Maggie?«

»Sie waren im Weg.«

»Deshalb haben Sie die beiden getötet? Einfach so?«

»Ja! Einfach so! Ich habe sie alle abgeschlachtet wie Schweine, und es hat mich aufgegeilt. Weil ich ein krankes, durchgedrehtes Arschloch bin! Ist es das, was Sie hören wollen?«

In seiner Stimme klang Selbstverachtung mit. Ich versuchte, ruhig zu bleiben. »Und jetzt?«

Während er gesprochen hatte, hatte ich versucht, unter der Jacke vorsichtig meinen verletzten Arm aus der Schlinge zu ziehen. Selbst wenn ich es schaffte, rechnete ich mir bei einem Angriff keine große Chance aus, aber mit nur einem Arm hätte ich überhaupt keine gehabt.

Er wurde durch das von draußen einfallende Licht von hinten beleuchtet und stand ansonsten im Dunkeln. »Tja, das ist die Frage, nicht wahr?«

»Machen Sie es nicht noch schlimmer, als es schon ist«, sagte ich mit einer Überzeugung, die ich nicht spürte. »Denken Sie an Grace.«

Er kam einen Schritt auf mich zu. »Ich habe Ihnen gesagt, Sie sollen sie aus dem Spiel lassen!«

Ich widerstand dem Impuls zurückzuweichen. »Weshalb? Sie haben sie *überfallen*! Ihre eigene Frau!«

Echter Schmerz war in seinen Augen zu sehen. »Sie hat mich überrascht. Ich war zu Hause, als Sie drei an die Tür klopften. Ich ahnte, warum Sie gekommen waren, und ich wusste, dass Sie wiederkommen würden. Ich wollte Sie nur davon abhalten, das Funkgerät der Jacht zu benutzen, um mir mehr Zeit zum Nachdenken zu geben. Aber der verdammte Hund wusste, dass ich dort unten war, und als ich Grace ins Cockpit kommen hörte, da … da habe ich mich einfach umgedreht und ihr einen Schlag mit dem Handrücken versetzt. Ich wollte nicht so hart zuschlagen, aber ich konnte nicht zulassen, dass sie mich erwischte.«

»Dann haben Sie also alles inszeniert? Deshalb haben Sie Grace das alles durchmachen lassen?«

»Ich tat, was ich tun musste.«

Doch er klang beschämt. Vielleicht verschafft mir das einen Vorteil, dachte ich und hakte nach.

»Sie werden nicht von der Insel kommen, das wissen Sie, oder?«

»Vielleicht nicht.« Als ich sein seltsames Lächeln sah, wurde mir plötzlich kalt. »Aber ich werde auch nicht aufgeben.«

Er hob das Messer. Die Klinge funkelte silbrig, als er es betrachtete.

»Wollen Sie wissen, warum ich hier hochgekommen bin?«, begann er, doch seine Antwort hörte ich nicht mehr.

Plötzlich stürzte sich von hinten eine stämmige Gestalt auf ihn. Das Messer flog Strachan aus der Hand, dann wurde ich gegen die Wand gestoßen. Ein brennender Schmerz fuhr mir durch die Schulter. Strachan und der andere kämpften auf dem Boden. Im Zwielicht erkannte ich die harten Züge Brodys. Strachan war jünger und durchtrainierter, der Ältere größer. Während er ihn mit seinem Körper zu Boden presste, schlug er die Faust in Strachans Gesicht. Er traf ihn mit voller Wucht und schlug wieder zu. Strachan erschlaffte, noch bevor Brody ihn ein drittes Mal traf. Ich dachte, Brody würde nun aufhören, aber das tat er nicht. Er machte weiter und legte sein ganzes Gewicht in die Schläge.

»Brody!«

Er schien mich nicht zu hören. Strachan wehrte sich nicht mehr, und als Brody erneut ausholte, packte ich seinen Arm.

»Sie werden ihn umbringen!«

Er schüttelte mich ab. Als ich im Licht des Eingangs sein Gesicht sah, wusste ich, dass er nicht aufhören würde. Ich stieß mich von der Wand ab, stürzte mich auf ihn und zerrte ihn vom reglosen Strachan herunter.

Meine verletzte Schulter brannte wie Feuer. Brody versuchte, mich zur Seite zu drücken, aber der Schmerz machte mich rasend. Ich stieß ihn zurück.

»Nein!«

Einen Augenblick glaubte ich, er würde auf mich losgehen, aber dann schien sich sein Zorn zu legen. Keuchend sank er gegen die Wand.

Ich kniete mich neben Strachan. Er blutete und war benommen, aber er lebte.

»Wie geht's ihm?«, fragte Brody atemlos.

»Er lebt.«

»Das ist mehr, als der Scheißkerl verdient hat.« Doch seine Worte klangen kraftlos. »Wo ist Fraser?«

»Beim Wagen. Er hat den Aufstieg nicht geschafft.«

Ich schaute mich nach dem Messer um und sah es neben der Wand liegen. Ich nahm einen der Gefrierbeutel und steckte es hinein.

Es war ein Klappmesser für Angler mit einer fünfzehn Zentimeter langen Klinge. Groß genug.

Doch als ich es betrachtete, regte sich etwas in meinem Hinterkopf. *Was ist? Was ist los?*

Brody streckte die Hand aus. »Hier, geben Sie es mir. Keine Sorge, ich werde damit nicht auf ihn losgehen«, fügte er hinzu, als ich zögerte.

Das nagende Gefühl, etwas zu übersehen, blieb, als ich ihm das Messer reichte. Strachan stöhnte auf, als Brody es in die Tasche steckte.

»Helfen Sie mir, ihn hochzuziehen«, sagte ich.

»Ich komme schon klar«, keuchte Strachan.

Seine Nase war gebrochen, wodurch seine Stimme dumpf und verschnupft klang. Wir gingen zu ihm. Doch erst als Brody Strachans Arme auf den Rücken bog, sah ich, dass der ehemalige Polizist ein Paar Handschellen dabeihatte.

»Was machen Sie da?«

»Ein Souvenir aus der aktiven Zeit.« Er ließ die Handschellen um Strachans Gelenke zuschnappen. »Nennen Sie es eine Bürgerverhaftung.«

»Ich werde nicht abhauen«, sagte Strachan, ohne sich zu wehren.

»Nein, jetzt nicht mehr. Na los, hoch.« Brody zog ihn grob auf die Füße. »Was ist los, Strachan? Wollen Sie auf unschuldig plädieren und beteuern, niemanden getötet zu haben?«

»Würde das einen Unterschied machen?«, fragte er matt.

Brody sah überrascht aus. Offenbar hatte er nicht damit gerechnet, dass Strachan so einfach aufgab.

»Nein.« Er schob ihn zum Eingang. »Raus.«

Ich folgte ihnen gebeugt durch den Steinbogen ins Freie. Das Tageslicht blendete mich, und der eisige Wind nahm mir den Atem. Strachans Gesicht war übel zugerichtet. Er blutete, zumeist aus oberflächlichen Platzwunden, und ein Auge war fast zugeschwollen. Und da die Wange darunter ebenso geschwollen war, vermutete ich, dass nicht nur seine Nase gebrochen war.

Ich zog ein Taschentuch hervor und begann, die Blutungen zu stillen.

»Lassen Sie ihn bluten«, sagte Brody.

Strachan lächelte ihn sarkastisch an. »Ganz der Humanist, was, Brody?«

»Schaffen Sie es runter?«, fragte ich.

»Habe ich eine Wahl?«

Wir hatten alle keine Wahl. Strachan war nicht der Einzige, der in schlechter Verfassung war. Der Anstieg und der Kampf hatten Brody arg zugesetzt. Sein Gesicht war grau, und ich bezweifelte, dass ich frischer aussah. Meine Schulter hatte wieder zu schmerzen begonnen, und ich zitterte wegen des eisigen Windes. Wir mussten den ungeschützten Berghang schnell verlassen.

Brody schubste Strachan voran. »Bewegung.«

»Immer mit der Ruhe«, sagte ich, als Strachan beinahe hinfiel.

»Verschwenden Sie Ihre Sympathie nicht. Wenn er die Gelegenheit gehabt hätte, hätte er Sie dort oben getötet.«

Strachan schaute mich über die Schulter an. »Ich erwarte keine Sympathie. Aber Sie hatten von mir nie etwas zu befürchten.«

Brody schnaubte. »Ja, genau. Deshalb haben Sie auch das Messer mitgenommen.«

»Ich bin hier hochgekommen, um mich selbst umzubringen und nicht irgendwen anders.«

»Ersparen Sie uns das, Strachan«, forderte Brody ihn barsch auf und führte ihn den Hang hinab.

Doch mein Gefühl, dass irgendwas nicht stimmte, dass mir etwas entging, war noch stärker als vorher. Ich wollte wissen, was Strachan zu sagen hatte.

»Ich verstehe es nicht«, sagte ich. »Sie haben drei Menschen ermordet. Warum beschließen Sie plötzlich, Selbstmord zu begehen?«

Seine Verzweiflung schien echt zu sein. »Weil genug Menschen gestorben sind. Ich wollte der letzte sein.«

Nach Brodys nächstem Schubser landete Strachan auf den Knien. »Sie verfluchter Lügner! Nach all Ihren Gräueltaten stehen Sie da und erzählen so was? Gott, ich sollte ...«

»Brody!« Ich stellte mich schnell zwischen die beiden.

Bebend vor Wut starrte Brody den vor ihm knienden Mann an. Widerwillig entspannte er sich wieder. Er senkte die Fäuste und trat zurück.

»Na gut. Aber ich kann dieses Selbstmitleid nicht ertragen, nachdem er so viele Menschenleben zerstört hat. Im Grunde auch Ellens ...«

»Ich weiß, aber jetzt ist es vorbei. Die Polizei wird sich darum kümmern.«

Brody zitterte, er holte tief Luft und nickte zustimmend. Doch Strachan starrte ihn noch immer an.

»Was ist mit Ellen?«

»Versuchen Sie nicht, es zu leugnen«, sagte Brody bitter. »Wir wissen, dass Sie Annas Vater sind, Gott schütze die Kleine.«

Strachan hatte sich aufgerappelt. Irgendetwas schien ihn plötzlich anzutreiben.

»Wie haben Sie das herausgefunden? Von wem haben Sie das?«

Brody musterte ihn kalt. »Sie waren nicht so clever, wie Sie dachten. Maggie Cassidy hat es herausgefunden. Offenbar weiß jeder auf der Insel davon.«

Strachan machte ein Gesicht, als wäre er geschlagen worden. »Was ist mit Grace? Weiß sie es auch?«

»Das sollte Ihre letzte Sorge sein. Wenn dies …«

»*Weiß sie es?*«

Seine Heftigkeit verblüffte uns. Eine schreckliche Ahnung stieg in mir auf, als ich antwortete.

»Es war ein Versehen. Sie hat es zufällig mit angehört.«

»Wir müssen zurück ins Dorf.«

Als Strachan sich umdrehte, hielt Brody ihn fest. »Sie werden nirgendwohin gehen …«

Strachan wehrte ihn ab. »Lassen Sie mich los, Sie verdammter Idiot! Gott, Sie haben keine Ahnung, was Sie getan haben!«

Es war nicht sein Zorn, der mich überzeugte, es war etwas in seinem Blick.

Angst.

Und mit einem Mal wurde mir klar, was mich gestört hatte. Warum der Anblick des Messers meine Bedenken ausgelöst hatte. Was hatte Strachan gesagt? *Ich habe sie alle abgeschlachtet wie Schweine.* Es war ein widerliches, quälendes Bild gewesen, besonders nachdem ich die scheußlichen Schnitte in Maggies verbrannter Leiche und ihren blutverschmierten Wagen gesehen hatte. Aber während Maggie tatsächlich mit einem Messer getötet und im wahrsten Sinne des Wortes abgeschlachtet worden war, war keines der anderen Opfer auf diese Weise ums Leben gekommen. Also hatte Strachan entweder nicht gemeint, was er gesagt hatte, oder …

O mein Gott. Was hatten wir getan …?

Ich bemühte mich, ruhig zu bleiben. »Nehmen Sie ihm die Handschellen ab.«

Brody starrte mich an, als wäre ich verrückt. »Was? Ich werde nicht …«

»Wir haben keine Zeit für diese Spielchen!«, unterbrach Strachan ihn. »Wir müssen zurück! *Sofort!*«

»Er hat recht«, sagte ich. »Wir müssen uns beeilen.«

»Warum, um Gottes willen? Was ist los?«, wollte Brody wissen, begann aber trotzdem, die Handschellen aufzuschließen.

»Er hat sie nicht ermordet«, sagte ich ungeduldig. Die Ungeheuerlichkeit unseres Fehlers begann mir zu dämmern. »Es war Grace. Er hat sie nur geschützt.«

»Grace?«, wiederholte Brody ungläubig. »Seine *Frau*?«

Strachans demoliertem Gesicht konnte man den Selbstekel ablesen. »Grace ist nicht meine Frau. Sie ist meine Schwester.«

27

DER WEG ZURÜCK ZUM RANGE ROVER WAR EIN ALBTRAUM. Es hatte zwar aufgehört zu hageln, aber der Boden war mit weißen Eiskügelchen übersät, die langsam schmolzen und den Hang in eine Rutschbahn verwandelten. Der Wind, der uns auf dem Weg nach oben gebremst hatte, trieb uns nun hinunter und machte den Abstieg noch schwerer.

Späte Einsicht ist der grausamste Genuss. Wir hatten recht gehabt und dennoch schrecklich falschgelegen. Der Eindringling in der Klinik, die Zerstörung des Funkgeräts auf der Jacht und der Überfall auf Grace – das alles war Strachan gewesen. Er hatte uns seit dem Tag unserer Ankunft auf der Insel nachspioniert und unsere Fortschritte beobachtet, manchmal hatte er uns sogar sabotiert. Aber er hatte es getan, um seine Schwester zu schützen und nicht sich selbst. Er war nicht der Mörder.

Sie war es.

Bei dem Gedanken, wie viel Zeit wir verschwendet hatten, wurde mir übel. Der einzige Hoffnungsschimmer war, dass Strachan vorsorglich beide Wagenschlüssel mitgenommen hatte, um Grace im Haus festzuhalten, nachdem er erfahren hatte, was sie mit Maggie getan hatte. Wenn Grace ins Dorf wollte, würde sie zu Fuß gehen müssen. Aber mittlerweile hatte sie ausreichend Zeit dafür gehabt. Ich versuchte mir einzureden, dass sie nicht unbedingt direkt ins Hotel gegangen sein musste, aber ich glaubte selbst nicht daran. Ich hatte gesehen, wie aufgewühlt sie gewesen war, als Brody und ich gegangen waren. Bestimmt hatte es nicht lange gedauert, bis diese Stimmung in Wut umgeschlagen war. Alle unbeantworteten Fragen mussten warten. Im Moment bestand unsere Aufgabe darin, vor Grace bei Ellen und Anna anzukommen.

Wenn es nicht schon zu spät war.

Auf dem Weg nach unten sprachen wir kein Wort. Wir hatten weder die Zeit noch die Kraft dazu. Sobald der Hang ebener wurde, begannen wir, taumelnd zu laufen. Außer unserem schweren Atem war nichts zu hören. Strachan hatte eindeutig die beste Kondition, doch als ich sah, wie er beim Laufen einen Arm angewinkelt hielt, vermutete ich, dass er zu seinen anderen Verletzungen auch ein paar Rippen gebrochen hatte.

Fraser hatte uns kommen sehen. Er wartete im Range Rover. Als er Strachans blutiges Gesicht sah, grinste er gehässig.

»Na, ist da jemand hingefallen?«

»Fahren Sie zurück zum Hotel, schnell«, japste Brody, als er sich auf den Beifahrersitz hievte. »Wir müssen Ellen finden.«

»Wieso, was ...?«

»Fahren Sie einfach!«

Während Fraser den Gang einlegte und Richtung Dorf davonpreschte, wandte sich der noch immer atemlose Brody zu Strachan um.

»Reden Sie.«

Strachans Gesicht war so übel zugerichtet, dass man ihn kaum erkannte. Seine gebrochene Nase war platt gedrückt, und die Wange unter seinem fast zugeschwollenen Auge war dunkel angelaufen. Obwohl er unbeschreibliche Schmerzen haben musste, ließ er sich nichts anmerken.

»Grace ist krank. Es ist meine Schuld, nicht ihre«, begann er schwerfällig. »Deswegen wollte ich auch nicht mehr vom Berg zurückkehren. Wenn ich tot bin, ist sie keine Bedrohung mehr.«

»Aber warum ist sie überhaupt eine Bedrohung?«, wollte Brody wissen. »Sie sind ihr Bruder, um Gottes willen! Warum tut sie das?«

»Ihr *Bruder*?«, rief Fraser und jagte so schnell um eine Kurve, dass wir im Wagen umhergeworfen wurden.

Keiner reagierte auf ihn. Strachan starrte geradeaus.

»Weil sie eifersüchtig ist.«

Draußen raste die öde Landschaft vorbei, doch keiner nahm Notiz davon.

»Sie hat Maggie getötet, weil sie eifersüchtig war?«, fragte ich ungläubig.

Strachans blutiger Mund zuckte unfreiwillig. Er schwankte schlaff mit den Bewegungen des Wagens umher und unternahm keinen Versuch, sich gerade zu halten.

»Ich wusste erst, was sie getan hatte, als sie blutverschmiert zurückkam. Aber Maggie ist zweimal bei uns vorbeigekommen, um mit mir zu sprechen. Grace hätte beim ersten Mal vielleicht noch darüber hinweggesehen, nicht aber beim zweiten. Als sie behauptet hat, draußen jemanden herumschleichen zu sehen, wollte sie mich nur weglocken, um eine Nachricht in Maggies Jacke zu stecken und so ein Treffen zu arrangieren. Sie hat sogar meinen Wagen genommen, damit Maggie denkt, es wäre ich.«

Also war der Herumtreiber tatsächlich ein Ablenkungsmanöver gewesen. Nur dass es von Grace und nicht von Strachan inszeniert worden war.

»Sie müssen das verstehen«, sagte Strachan in einem leicht flehenden Ton. »Dort, wo wir aufwuchsen, gab es nur uns beide. Unsere Mutter war gestorben, als wir noch jung waren, und unser Vater war meistens geschäftlich unterwegs. Wir wohnten auf einem abgelegenen Anwesen mit Wachpersonal und Privatlehrern. Wir hatten nur uns.«

»Fahren Sie fort«, knurrte Brody.

Strachan senkte den Kopf. Die Feuchtigkeit des *Broch* haftete noch an ihm und vermischte sich mit dem Geruch von Schweiß und Blut.

»Als ich sechzehn war, habe ich mich eines Abends betrunken und bin in Grace' Zimmer gegangen. Ich werde jetzt nicht ausführen, was da geschehen ist. Es war falsch, und es war mein Fehler. Aber keiner von uns wollte damit aufhören. Es wurde … normal. Als ich älter wurde, wollte ich Schluss damit machen, aber dann … dann wurde Grace schwanger.«

»Die Fehlgeburt«, sagte ich und erinnerte mich daran, was er mir in seinem Wohnzimmer erzählt hatte. Es schien Ewigkeiten her zu sein.

»Es war keine Fehlgeburt. Ich bestand darauf, dass sie abtrieb.« Unverkennbar lag nun nicht nur Kummer, sondern auch Scham in seiner Stimme. »Die Abtreibung wurde nicht in einer richtigen Klinik vorgenommen. Es gab Komplikationen. Grace wäre fast gestorben. Sie hat nie verraten, wer der Vater war, selbst dann nicht, als man ihr sagte, dass sie nie wieder Kinder haben könnte. Aber danach war sie verändert. Sie war schon immer besitzergreifend gewesen, aber dann … Als unser Vater starb, versuchte ich, die Sache zwischen uns zu beenden. Ich sagte Grace, dass es vorbei sei, und begann eine Beziehung mit einem anderen Mädchen. Ich dachte, Grace würde damit klarkommen. Kam sie aber nicht. Sie ist in die Wohnung des Mädchens gegangen und hat sie erstochen.«

»Mein Gott«, sagte Fraser. Die Reifen schlitterten über den nassen Asphalt, als er den Wagen in eine weitere Kurve jagte. Er fuhr so schnell, wie er konnte, aber es schien trotzdem zu langsam zu sein.

Strachan fuhr sich mit einer Hand übers Gesicht, als würde er seine Verletzungen nicht spüren. »Niemand verdächtigte sie, aber mir gegenüber versuchte sie es nicht einmal zu leugnen. Sie sagte mir, sie würde nicht dulden, dass ich etwas mit einer anderen habe. Niemals.«

»Wenn Sie wussten, dass sie gefährlich ist, warum haben Sie sich nicht an die Polizei gewandt?«, fragte ich und hielt mich am Türgriff fest, als der Wagen durch ein Schlagloch holperte.

»Damit jeder erfährt, was vorgefallen war?« Strachan schüttelte den Kopf. »Die Toten sind tot. Man kann sie nicht wieder lebendig machen. Außerdem war Grace' Verhalten mein Fehler. Ich konnte sie nicht einfach im Stich lassen.«

Wir fielen alle nach vorn, als Fraser plötzlich bremste. Schafe blockierten die Straße. Der Wagen kam ins Schlingern, die Reifen wirbelten Regenwasser auf. Fraser hämmerte auf die Hupe und scheuchte die Herde auseinander. Mit panischem Blöken drängten sich die wolligen Tiere so dicht am Wagen vorbei, dass man sie hätte berühren können. Dann hatten wir sie hinter uns gelassen, und Fraser gab wieder Gas.

Strachan schien kaum Notiz davon zu nehmen. »Wir haben Südafrika verlassen und sind um die Welt und an Orte gereist, wo uns niemand kannte. Wo jeder annahm, dass wir verheiratet wären. Ich versuchte … den körperlichen Aspekt zwischen uns einzuschränken. Ich sah weiterhin andere Frauen, vor allem Prostituierte. Ich kann es mir nicht leisten, wählerisch zu sein.« Er klang, als würde er sich verabscheuen. »Doch Grace ist nicht nur eifersüchtig, sie ist auch gerissen. Sie schien es immer herauszufinden, und dann …«

Er musste den Satz nicht beenden. Ich wünschte, Fraser würde schneller fahren. Wir hatten noch nicht einmal Strachans Haus erreicht. *Zu weit. Es ist zu weit.*

»Jedes Mal, wenn es passierte, sind wir weitergezogen«, fuhr Strachan fort. »Und mit jedem Mal wurde sie ein bisschen schlimmer. Deswegen sind wir auch hier nach Runa gekommen. Mir gefiel die Gegend, die Unberührtheit. Wir begannen bald zu spüren, dass wir irgendwie dazugehörten. Und ich merkte, dass ich wirklich etwas aus der Insel machen wollte.«

Brody sah ihn verächtlich an. »Und wie kam Janice Donaldson in Ihr kleines Paradies?«

Strachan verzerrte vor Schmerz das Gesicht. »Sie hat mich erpresst. Ich war eine Weile zu ihr gegangen, aber ich hatte ihr meinen richtigen Namen nicht gesagt. Dann tauchte eines Tages Iain Kinross in ihrer Wohnung auf, während ich dort war. Ich hatte keine Ahnung, dass er auch ein Kunde von ihr war. Er hat mich nicht gesehen, aber meine Reaktion hat Janice neugierig gemacht. Sie hat ein bisschen herumgeschnüffelt und herausgefunden, wer ich bin. Als ich das nächste Mal bei ihr war, hat sie gedroht, es Grace zu erzählen. Ich gab ihr Geld – Gott, ich gab ihr sogar mehr, als sie verlangt hat –, aber es hat ihr nicht gereicht.«

»Wussten Sie die ganze Zeit, dass Ihre Schwester sie getötet hat?«, fragte Brody schroff.

»Natürlich nicht! Ich hatte keine Ahnung, dass sie nach Runa gekommen war! Selbst als ich hörte, dass eine Leiche gefunden worden war, ahnte ich nicht, dass es etwas mit Grace zu tun hat. Das Verbrennen, die Feuer, das war alles neu. Doch dann, als der Constable umgebracht wurde … Da konnte ich mir nichts mehr vormachen.«

Ich musste an seine Reaktion denken, als er Duncans Leiche gesehen hatte. Sie war echt gewesen. Doch es war nicht der Schock gewesen, eine Leiche zu sehen, ihm war in dem Moment klar geworden, dass seine Schwester wieder zu morden begonnen hatte.

»Warum hat sie ihn umgebracht?«, fragte Fraser, ohne sich umzudrehen. Seine Stimme krächzte. Wir wurden bei seiner beinahe leichtsinnigen Raserei durch die Kurven im Wagen hin- und hergeschleudert.

»Ich weiß es nicht. Doch wenn Grace früher so eine … so eine Phase hatte, sind wir jedes Mal weggezogen. Das konnten wir dieses Mal nicht. Und als ihr klar wurde, dass es eine Mordermittlung geben würde, muss sie in Panik geraten sein. Sie muss beschlossen haben, alles zu vernichten, was sie belasten könnte. Duncan muss ihr einfach im Weg gewesen sein.«

»Im Weg, verdammte Scheiße?«, fauchte Fraser. Der Wagen kam kurz ins Schleudern, als er sich umdrehte.

»Immer mit der Ruhe«, warnte Brody ihn. Mit versteinerter Miene wandte er sich wieder an Strachan. »Wie viele Menschen hat sie getötet?«

Strachan schüttelte den Kopf. »Ich bin mir nicht sicher. Sie hat es mir nicht immer erzählt. Vier oder fünf vielleicht, bevor das hier losging.«

Ich weiß nicht, was schlimmer war, die Anzahl oder die Tatsache, dass Strachan über die Opfer seiner Schwester nicht einmal auf dem Laufenden war.

»Erzählen Sie mir, was mit Ellen war«, knurrte Brody.

Strachan schloss die Augen. »Ellen, das war ein Fehler. Zwischen uns hat es immer irgendwie … ja, irgendwie *geknistert*. Ich versuchte, ihr aus dem Weg zu gehen, denn ich wollte Grace nicht misstrauisch machen. Doch ein paar Monate nachdem wir uns hier niedergelassen hatten, erfuhr ich, dass Ellen in Dundee Freunde vom College besuchen wollte. Ich erfand eine Ausrede, um auch hinzukönnen. Es passierte nur dieses eine Mal, Ellen wollte nicht, dass sich mehr daraus entwickelte. Als ich erfuhr, dass sie schwanger war, wollte ich ihr Geld geben, damit sie weggehen konnte. Irgendwohin, wo sie in Sicherheit wäre. Aber sie weigerte sich. Sie sagte, sie würde keinen Penny von mir nehmen, weil ich verheiratet wäre. Was für eine Ironie, nicht wahr?«

Seine Bitterkeit legte sich schnell wieder.

»Ich habe nachts wach gelegen und mir vorgestellt, was wohl passieren würde, wenn Grace es herausfindet. Und nun hat sie es herausgefunden …«

Er verstummte. Jetzt war sein Haus zu sehen. Beide Autos standen davor, und in den Fenstern brannte noch Licht. Als ich das sah, keimte leise Hoffnung in mir auf.

»Sollten wir nicht nachschauen, ob sie noch da ist?«, meinte Fraser.

»Sie ist nicht da«, entgegnete Strachan bestimmt.

Brody schaute unschlüssig in Richtung des Hauses. Wenn Grace noch dort gewesen wäre, hätten wir die Sache sofort beenden können. Aber wenn nicht, hätten wir noch mehr Zeit verloren.

»Was ist das da auf der Auffahrt?«, fragte ich. Eine helle Gestalt lag reglos auf dem Weg. Mir wurde kalt, als ich erkannte, was es war.

Oscar, Strachans Retriever.

»Sie hat den Hund getötet?«, rief Fraser. »Warum das denn, verdammt nochmal?«

Niemand antwortete, doch Strachans Gesicht war düster, als wir das Haus hinter uns ließen.

»Fahren Sie schneller«, sagte Brody zu Fraser.

Innerhalb weniger Minuten tauchten die ersten Häuser auf. Als wir ins Dorf kamen, begann es zu dämmern. Die Straßen waren bedrohlich leer. Fraser bremste kaum ab, als er den Range Rover in die Seitenstraße lenkte, die hinauf zum Hotel führte.

Die Eingangstür stand offen.

Strachan sprang aus den Wagen, bevor er zum Stillstand gekommen war. Er rannte die Stufen zum Eingang hoch, blieb dann aber abrupt stehen. Sein Gesicht war plötzlich aschfahl.

»O Gott«, stieß Brody hervor, als er hineinstarrte.

Das Hotel war verwüstet worden. Der Flur war voller Möbeltrümmer. Die alte Standuhr lag kaputt auf dem Boden, der Spiegel war von der Wand gerissen und in Scherben geschlagen worden. Es sah nach mutwilliger Zerstörung aus, doch deswegen war Strachan nicht stehen geblieben.

Im Flur war überall Blut.

Ein metallischer Gestank lag in der Luft, wie in einem Schlachthaus. Lachen von Blut waren auf den Holzdielen, und Blut prankte in abstrakten Mustern an den vertäfelten Wänden. Im Eingangsbereich hatte es die Wände fast bis hinauf zur Decke bespritzt. Dort hatte der Angriff wahrscheinlich begonnen, und wie er sich fortgesetzt hatte, konnte man sehr deutlich verfolgen. Das Blut bildete eine Spur, zuerst aus großen runden Spritzern, dann, als das Opfer den Flur entlanggetaumelt war, aus verschmierten Fußabdrücken.

Und sie führten in die Bar.

»O nein …«, flüsterte Strachan. »Oh, bitte nicht …«

Das Blut war noch nicht geronnen, es war also noch frisch. Vor nicht allzu langer Zeit war es durch einen lebenden Körper geflossen. Der Anblick schien sowohl Strachan als auch Brody zu lähmen. Ich drängte mich an den beiden vorbei und eilte den Flur hinab, wobei ich versuchte, den Lachen auszuweichen. An dem weißen Türrahmen war ein blutiger Handabdruck. Wahrscheinlich hatte sich das Opfer dort abgestützt. Der Abdruck war zu verschmiert, als dass man auf die Größe der Hand hätte schließen können, er war jedoch sehr weit unten, als wäre das Opfer gekrochen.

Oder als hätte es sich um ein Kind gehandelt.

Ich wollte nicht sehen, was drinnen war. Aber ich hatte keine Wahl. Ich holte tief Luft und ging in die Bar.

Nichts war heil geblieben. In der Raserei waren Stühle und Tische umgekippt und zertrümmert, Vorhänge zerrissen, Flaschen und Gläser zerschmettert worden. Und inmitten der Verwüstung lag Cameron. Mit ausgebreiteten und im Tode erschlafften Gliedmaßen lehnte der Lehrer gegen die Theke. Seine Kleidung war mit Blut getränkt, das gerade zu trocknen begann. In seiner Kehle hatte eine klaffende Wunde einen zweiten Mund geöffnet, und seine Luftröhre war aufgeschlitzt, als sollte sein hervorstehender Adamsapfel befreit werden.

Die Augen des Lehrers waren im Schock aufgerissen, als könnte er nicht glauben, was Grace ihm angetan hatte.

Fraser tauchte hinter uns auf. »O Gott«, murmelte er.

In der Luft lag ein widerlicher Gestank aus Alkohol und Blut. Da war noch ein anderer Geruch, doch als meine betäubten Sinne ihn zu erkennen begannen, durchbrach plötzlich ein Schrei die Stille.

Ein Kinderschrei.

Er kam aus der Küche. Strachan war sofort losgelaufen. Brody und ich folgten ihm, als er durch die Pendeltür stürmte, doch die Szenerie in der Küche ließ uns alle wie angewurzelt stehen bleiben.

Die Verwüstung, die wir bisher gesehen hatten, war nichts dagegen. Überall lagen Geschirrscherben, über den ganzen Boden waren wie schmutzige Schneewehen Lebensmittel verteilt. Der Küchentisch lag umgestürzt, die Stühle waren zertrümmert, und der große Geschirrschrank lag auf dem Boden. Selbst der alte Gasherd war von der Wand gezerrt worden, als sollte er auch umgekippt werden.

Doch in dem Moment nahmen wir das alles kaum wahr.

Ellen hatte sich in eine Ecke verschanzt, verängstigt und blutüberströmt, aber am Leben. Mit beiden Händen umklammerte sie eine schwere Pfanne, offenbar bereit, jederzeit auszuholen und einen Angriff abzuwehren.

Zwischen ihr und der Tür stand Grace. Sie hatte Anna gepackt und eine Hand auf den Mund der Kleinen gepresst.

Mit der anderen hielt sie ein Küchenmesser an ihre Kehle.

»*Zurück, kommt ihr nicht nahe!*«, schrie Ellen.

Wir rührten uns nicht. Grace' Kleidung war durch den Fußweg ins Dorf nass und schlammbespritzt. Ihr rabenschwarzes Haar war durcheinander und vom Wind zerzaust, ihr Gesicht geschwollen und verheult. Selbst in diesem Zustand war sie noch schön. Doch jetzt war ihr Wahnsinn nicht mehr zu verkennen.

Ebenso wenig der Geruch, den ich schon im Flur und in der Bar bemerkt hatte. In der Küche war er sofort identifizierbar und so stark, dass er mir die Kehle zuschnürte.

Gas.

Ich schaute in Richtung des Ofens und warf Brody einen Blick zu. Er nickte kaum merklich.

»Die Tanks sind im Hinterhof«, sagte er leise zu Fraser, ohne seinen Blick von Grace zu wenden. »Dort müsste es einen Hahn geben. Gehen Sie und drehen Sie ihn zu.«

Fraser wich langsam zurück und verschwand dann im Flur. Die Tür schwang hinter ihm zu.

»Sie hat gewartet, als wir von Rose Cassidy zurückkamen«, schluchzte Ellen. »Bruce war bei uns, und als er mit ihr reden wollte, hat sie … sie …«

»Ich weiß«, sagte Strachan ruhig. Er machte einen Schritt nach vorn. »Nimm das Messer weg, Grace.«

Grace starrte in das blutige Gesicht ihres Bruders. Sie wirkte angespannt, wie eine Bogensehne, die jederzeit reißen konnte.

»Michael … Was ist passiert?«

»Das ist egal. Lass nur das Mädchen gehen.«

Anna zu erwähnen war ein Fehler. Grace verzog das Gesicht zu einer Fratze.

»Meinst du deine *Tochter*?«

Strachan zögerte, doch dann fasste er sich wieder. »Sie hat dir nichts getan, Grace. Du hast Anna immer gemocht. Ich weiß, dass du ihr nicht wehtun willst.«

»Stimmt es?« Grace weinte. »Ist es wahr? Sag mir, dass sie lügen! Bitte, Michael!«

Tu es, dachte ich. Sag ihr, was sie hören will. Doch Strachan überlegte zu lange. Grace verzog wieder das Gesicht.

»Nein!«, stöhnte sie auf.

»Grace …«

»*Halt den Mund!*«, schrie sie. Die Sehnen ihres Halses standen hervor. »Du hast diese *Schlampe* gefickt, du hast sie *mir* vorgezogen?«

»Ich kann es erklären, Grace …«, sagte Strachan, aber sie hörte ihn nicht.

»*Lügner!* Die ganze Zeit hast du gelogen! Die anderen konnte ich dir vergeben, aber das … Wie konntest du?«

Es war, als würde es nur noch sie und ihren Bruder geben. Der Gasgeruch wurde stärker. Was machte Fraser da bloß, verdammt nochmal? Brody bewegte sich einen Schritt auf Grace zu.

»Legen Sie das Messer weg, Grace. Niemand wird …«

»Kommen Sie mir nicht zu nahe!«, schrie sie.

Brody wich langsam zurück. Schwer atmend starrte Grace uns an.

Die Stille wurde plötzlich von einem metallischen Klappern unterbrochen. Ellen hatte die Pfanne fallen gelassen und ging langsam auf Grace zu.

»Ellen, nicht!«, verlangte Strachan, doch er klang eher ängstlich als streng.

Aber sie ignorierte ihn. Ihre ganze Aufmerksamkeit war auf seine Schwester gerichtet.

»Dir geht es um mich, ja? Na gut, hier bin ich. Mach mit mir, was du willst, aber tu bitte meiner Tochter nicht weh.«

»Um Himmels willen, Ellen«, sagte Brody, aber es war zwecklos.

Ellen breitete einladend die Arme aus. »Na los, komm schon! Worauf wartest du?«

Grace hatte sich zu ihr umgedreht. Ihr Mundwinkel zuckte plötzlich wie ein kaputtes Uhrwerk.

Strachan versuchte verzweifelt, sich einzumischen. »Schau mich an, Grace. Vergiss sie, sie ist nicht wichtig.«

»Halt dich da raus«, warnte Ellen.

Doch Strachan machte einen Schritt nach vorn, dann einen weiteren. Er streckte die Hand aus, als wollte er ein wildes Tier beruhigen.

»Nur du bist wichtig für mich, Grace. Das weißt du. Lass Anna los. Lass sie los, und dann verschwinden wir von hier. Wir gehen irgendwo anders hin und fangen wieder neu an. Nur du und ich.«

Grace starrte ihn mit derart unverhülltem Verlangen an, dass es allen anderen peinlich war.

»Nimm das Messer weg«, sagte er sanft.

Ihre Anspannung schien sich ein wenig zu legen. Der Geruch des ausströmenden Gases wurde immer stärker, während der Moment andauerte, unsicher, in welche Richtung er sich wenden sollte.

Mit einem Ruck versuchte Anna, sich aus Grace' Griff zu winden. »Mami, sie tut mir weh …!«

Grace presste die Hand wieder auf Annas Mund. Der Wahnsinn stand in ihren Augen.

»Du hättest nicht lügen dürfen, Michael«, sagte sie und zog Annas Kopf zurück.

»Nein!«, schrie Strachan und warf sich auf sie, als sie das Messer an den kleinen Hals führen wollte.

Brody und ich stürzten los, während Strachan mit seiner Schwester kämpfte, doch Ellen war schneller als wir. Sie packte Anna und entriss sie der aufschreienden Grace. Es war ein Schrei wilder Verzweiflung. Brody half Strachan, und ich lief zu Ellen, die ihre Tochter umklammerte.

»Ich kümmere mich um sie, Ellen.«

Ellen wollte sie nicht loslassen. Sie schmiegte Anna an sich, beide waren mit Blut verschmiert und weinten hysterisch. Doch ich konnte sehen, dass das Blut von Ellens Schnitten stammte und dass die Kleine unverletzt war. Gott sei Dank. Als ich erleichtert zurückwich, hörte ich Brodys Stimme hinter mir.

»David.«

Er klang komisch. Er hatte Grace zu fassen gekriegt und hielt ihre Arme hinter ihrem Rücken fest, aber sie wehrte sich nicht mehr. Beide starrten auf Strachan. Er stand vor ihnen und schaute überrascht an sich hinab.

Der Messergriff ragte aus seinem Bauch hervor.

»Michael …?«, sagte Grace matt.

»Alles in Ordnung«, sagte er, doch dann gaben seine Beine nach.

»*Michael!*«, schrie Grace.

Brody hielt sie zurück, als sie zu Strachan stürzen wollte. Ich lief zu ihm und versuchte, ihn mit meinem gesunden Arm abzufangen. »Schaffen Sie Anna raus. Bringen Sie sie zu den Nachbarn«, forderte ich Ellen auf, als er zu Boden sank.

»Ist er …?«

»Tun Sie einfach, was ich sage, Ellen.«

Ich wollte, dass sie weit weg waren. Der Gasgeruch war mittlerweile so stark geworden, dass einem übel wurde. Ich schaute hinüber zu der tragbaren Heizung, die ganz in der Nähe auf der Seite lag, und sah erleichtert, dass sie ausgeschaltet war. Eine offene Flamme wäre fatal gewesen. Ich fragte mich wieder, was Fraser so lange machte.

Brody hielt noch immer die schluchzende Grace zurück, während ich mich neben Strachan kniete. Sein Gesicht war entsetzlich weiß geworden.

»Sie können meine Schwester jetzt loslassen«, sagte er. Seine Stimme war vor Schmerzen heiser geworden. »Sie wird nicht davonlaufen.«

Ich nickte Brody zu, als er zögerte. Kaum hatte er sie losgelassen, sank Grace neben ihrem Bruder zu Boden.

»O Gott, Michael …!« Mit gequältem Gesicht wandte sie sich an mich. »Tun Sie etwas! *Helfen* Sie ihm!«

Er versuchte zu lächeln, als er ihre Hand nahm. »Keine Sorge. Alles wird gut. Versprochen.«

»Reden Sie nicht«, sagte ich ihm. »Versuchen Sie, so ruhig wie möglich zu liegen.«

Ich untersuchte seine Wunde. Es sah schlimm aus. Die Klinge steckte vollständig in seinem Bauch. Ich konnte nicht einmal ahnen, welche inneren Schäden sie verursacht hatte.

»Schauen Sie nicht so finster«, meinte Strachan.

»Nur ein Kratzer«, sagte ich leichthin. »Ich werde Ihnen helfen, flach zu liegen. Versuchen Sie, das Messer nicht zu bewegen.«

Nur die Klinge verhinderte, dass er verblutete. Solange sie blieb, wo sie war, würde sie als Stöpsel fungieren und den Blutverlust verlangsamen. Aber nicht lange.

Grace weinte jetzt leise vor sich hin. Die Aggression war von ihr gewichen, als sie den Kopf ihres Bruders im Schoß wiegte.

Ich versuchte, mir meine Sorge nicht ansehen zu lassen, als ich schnell die Möglichkeiten durchging. Viele waren es nicht. Die Mittel, die Strachan benötigt hätte, gab es hier nicht. Der einzige Krankenpfleger der Insel lag tot im Nebenraum. Wenn wir ihn nicht bald in ein Krankenhaus bringen konnten, würde er sterben, egal was ich tat.

Fraser kam zurückgelaufen und schlitterte über die auf dem Boden verstreuten Scherben und Lebensmittel.

»Himmel!«, keuchte er, als er Strachan sah, und sammelte sich dann. »Die Gastanks sind in einem Verschlag eingeschlossen. Ich kriege ihn nicht auf.«

Brody hatte versucht, den schweren Küchenschrank wegzuschieben, der vor der Hintertür lag und sie blockierte. Jetzt gab er es auf und sah sich in der verwüsteten Küche um.

»Die Schlüssel müssen hier irgendwo sein«, sagte er frustriert.

Doch selbst wenn wir gewusst hätten, wo Ellen sie aufbewahrte, hätte es uns nichts genützt. Jede Schublade war herausgezogen und kaputt geschlagen worden, die Inhalte lagen inmitten der anderen Trümmer verstreut. Die Schlüssel konnten überall sein.

Brody war zu dem gleichen Schluss gekommen. »Wir haben keine Zeit zum Suchen. Wir müssen alle hier raus, dann können wir den Verschlag aufbrechen und das Gas abdrehen.«

Strachan durfte eigentlich nicht bewegt werden, aber das Gas ließ uns keine Wahl. Ich konnte es bereits schmecken. Bald würde man die Luft in der Küche nicht mehr atmen können. Und Propan war schwerer als Luft, auf dem Boden, wo Strachan lag, war es also noch schlimmer.

Ich nickte schnell. »Wir können ihn auf dem Tisch hinaustragen.«

Grace wiegte immer noch weinend den Kopf ihres Bruders. Strachan hatte uns schweigend beobachtet. Obwohl er heftige Schmerzen haben musste, wirkte er bemerkenswert ruhig. Beinahe friedlich.

»Lassen Sie mich hier«, sagte er mit schon schwacher Stimme.

»Habe ich Ihnen nicht gesagt, Sie sollen still sein?«

Er grinste, und einen Moment lang sah er wie der Mann aus, den ich kennengelernt hatte, als ich auf der Insel angekommen war. Grace streichelte wehklagend sein Gesicht, ein beinahe tierischer Kummerlaut.

»Es tut mir leid«, weinte sie, »es tut mir so leid …«

»Sch. Alles wird gut, ich verspreche es.«

Fraser und Brody mühten sich damit ab, den schweren Tisch aufzurichten. Ich ging zu dem kleinen Küchenfenster und hoffte, dass es nicht klemmte. Schon ein kleiner Luftzug wäre besser als nichts gewesen. Doch nach wenigen Schritten sah ich, wie Strachan nach etwas griff, das zwischen den Scherben lag.

»Gehen Sie da weg, David«, sagte er und hielt es hoch.

Es war der Anzünder für den Gasherd.

Er hielt den Daumen auf den Zündknopf. »Tut mir leid, aber ich werde nirgendwohin gehen …«

»Legen Sie das weg, Michael«, sagte ich. Ich versuchte, selbstsicherer zu klingen, als ich mich fühlte. In der Küche war so viel Gas, dass ein Funken reichte, alles in die Luft zu jagen. Ich schaute unruhig zu der tragbaren Heizung. Sie wurde von einer Gasflasche gespeist, und die großen Tanks lagerten gleich hinter der Küchenwand. Wenn sich das Gas im Raum entzündete, würden alle hochgehen.

»Ich glaube nicht …« Strachans blasses Gesicht glänzte vor Schweiß. »Na los, verschwinden Sie. Alle.«

»Lassen Sie den Blödsinn«, blaffte Brody.

Strachan hob den Anzünder. »Noch ein Wort von Ihnen, und ich schwöre, dass ich sofort drücke.«

»Verdammte Scheiße, Brody, halten Sie die Schnauze!«, fluchte Fraser.

Strachan grinste schwach. »Guter Rat. Ich werde bis zehn zählen. Eins …«

»Was ist mit Grace?«, fragte ich, um Zeit zu schinden.

»Grace und ich bleiben zusammen. Nicht wahr, Grace?«

Sie zwinkerte durch ihre Tränen, als würde ihr erst jetzt bewusst werden, was vor sich ging.

»Michael, was hast du vor …?«

Er lächelte sie an. »Vertrau mir.«

Und dann, ehe ihn jemand abhalten konnte, riss sich Strachan das Messer aus dem Bauch.

Blut spritzte aus der Wunde. Er schrie auf und hielt Grace fest. Ich wollte zu ihm, doch er sah mich an und hob den Anzünder.

»*Raus hier! Sofort!*«, zischte er mit zusammengebissenen Zähnen. »O Gott.«

»Strachan …«

Brody packte mich. »Bewegung.«

Fraser rannte bereits zur Tür. Ich schaute mich noch einmal nach Strachan um. Den Mund vor Schmerz zusammengepresst, hielt er in der einen Hand den Anzünder und umklammerte mit der anderen den Arm seiner Schwester. Grace sah aus, als würde ihr langsam dämmern, was geschah. Sie schaute mich ungläubig an und öffnete den Mund, als wollte sie etwas sagen, doch dann stieß Brody mich hinaus auf den Flur.

»Nein, warten Sie …«

»Laufen Sie!«, brüllte er und gab mir einen Schubser.

Er trieb mich vor sich her durch den Flur und zerrte mich dann halb nach draußen. Fraser war schon beim Range Rover und suchte nach den Schlüsseln.

»Lassen Sie das!«, rief Brody, ohne anzuhalten.

Die Nachbarhäuser waren viel zu weit weg, um sie zu erreichen, doch in der Nähe stand eine alte Steinmauer. Brody zog mich dahinter, einen Moment später warf sich Fraser neben uns zu Boden. Keuchend warteten wir.

Nichts passierte.

Ich schaute zurück zum Hotel. Im Dämmerlicht wirkte es wie immer, nur die Eingangstür schlug hilflos im Wind.

»Schon mehr als zehn Sekunden«, brummte Fraser.

Ich stand auf.

»Was machen Sie da, verflucht?«, rief Brody.

Ich schüttelte ihn ab. »Ich werde …«, begann ich, dann explodierte das Hotel.

Es gab einen Blitz und einen Knall, der mich fast von den Beinen holte. Ich bückte mich und bedeckte meinen Kopf, während Schiefer- und Ziegelteile vom Himmel fielen. Als die Aufschläge nachließen, riskierte ich einen Blick den Berg hinauf.

Rauch und Qualm hüllten das Hotel in einen Nebelschleier. Das Dach war weggeflogen, in den zersprungenen Fenstern war bereits ein grelles gelbes Flackern zu sehen, das sich schnell ausbreitete.

Aus den benachbarten Häusern kamen Leute gelaufen, während das Hotel schon lichterloh brannte.

Ich drehte mich wütend zu Brody um. »Ich hätte ihn stoppen können!«

»Nein, hätten Sie nicht«, entgegnete er müde. »Und selbst wenn, er war ein toter Mann, sobald er das Messer herausgezogen hatte.«

Ich schaute weg. Ich wusste, dass er recht hatte. Das Hotel war nun ein flammendes Inferno, die Holzdielen und vertäfelten Wände brannten wie Zunder. Wie alles andere, was drinnen gewesen war.

»Was ist mit Grace?«, fragte ich.

Brody starrte mit finsterem Gesicht in die Flammen.

»Was soll mit ihr sein?«

28

ZWEI TAGE SPÄTER SPANNTE SICH ein strahlender und klarer Himmel über Runa. Es war kurz vor Mittag, als Brody und ich seinen Wagen an der Straße über dem Hafen abstellten und auf die Klippen vor *Stac Ross* stiegen. Vögel kreisten um die hohe schwarze Säule, während unten Wellen gegen den Fels schwappten und wie in Zeitlupe Gischt in die Luft spritzte. Ich atmete die frische, salzige Luft ein und genoss das milde Sonnenlicht.

Bald würde ich nach Hause reisen.

Am vergangenen Morgen war die Polizei auf Runa eingetroffen. Als hätte er schließlich genug von dem Chaos gehabt, das er angerichtet hatte, war der Sturm, nur wenige Stunden nachdem das Hotel niedergebrannt war, abgeflaut. Kurz vor Ende der Nacht, während die Hotelruine noch qualmte und schwelte, hatte die Telefonleitung wieder funktioniert. Endlich hatten wir Wallace erreichen können. Obwohl das Meer noch zu aufgewühlt war, um ein Boot zu schicken, begann der Himmel gerade aufzuklaren, als ein Hubschrauber der

Küstenwache über die Klippen flog und die erste Gruppe von Polizisten brachte, die in den nächsten vierundzwanzig Stunden auf Runa einfallen sollten.

Während sich die Insel im Mittelpunkt einer hektischen Polizeiaktion wiederfand, hatte ich endlich Jenny anrufen können. Es war kein leichtes Gespräch gewesen, aber ich hatte ihr versichert, dass es mir gutging, und versprochen, in ein oder zwei Tagen nach Hause zu kommen. Denn auch wenn es auf der Insel nun von Polizeibeamten und Technikern wimmelte, konnte ich nicht sofort abreisen. Es waren nicht nur die unvermeidlichen Befragungen und Besprechungen zu überstehen, ich hatte auch das Gefühl, dass es noch einige unbeantwortete Fragen gab. Bis die Leichen von Strachan, Grace und Cameron aus der Hotelruine geborgen waren, würden Tage oder sogar Wochen vergehen, natürlich vorausgesetzt, sie hatten die Zerstörung in irgendeiner Weise überstanden. Aber da auch Maggies und Duncans Überreste untersucht werden mussten, wollte ich der Spurensicherung zur Verfügung stehen.

Nachdem ich so weit in den Fall verwickelt worden war, hatte ich ihn auch zu Ende bringen wollen.

Und das hatte ich nun getan. Maggies Leiche war am Abend zuvor aufs Festland gebracht worden, und Duncans Überreste waren in den frühen Morgenstunden aus dem Wohnmobil abtransportiert worden. Auch seine Taschenlampe war für Untersuchungen im Labor mitgenommen worden. Sie passte nicht nur der Form nach zu seiner Schädelverletzung, die Beamten der Spurensicherung hatten an ihrem Gehäuse zudem getrocknete Blut- und Gewebespuren gefunden. Sie mussten noch untersucht werden, aber ich war mehr denn je davon überzeugt, dass Grace Duncan mit seiner eigenen Taschenlampe getötet hatte.

Ich hatte getan, was ich konnte. Es gab keinen Grund mehr für mich, noch länger auf der Insel zu bleiben. Von den wenigen Menschen, die übrig geblieben waren, hatte ich mich bereits verabschiedet. Verlegen hatten Fraser und ich uns die Hände geschüttelt, dann hatte ich Ellen und Anna besucht. Sie waren fürs Erste bei Nachbarn untergekommen und schienen die schrecklichen Erlebnisse erstaunlich gut wegzustecken.

»Das Hotel war nur ein Haus aus Ziegeln und Mörtel. Und Michael …« Ellens Blick trübte sich, als sie die spielende Anna beobachtete, »… sein Tod tut mir leid. Aber ich bin vor allem dankbar für das, was gerettet werden konnte.«

In einer Stunde wurde ein weiterer Hubschrauber der Küstenwache erwartet, und sobald er einige Polizeibeamte abgesetzt hatte, würde er mich zurück nach Stornoway bringen. Von dort würde ich nach Glasgow und dann nach London fliegen, um schließlich die Reise zu beenden, die ich eine Woche zuvor begonnen hatte.

Es wurde Zeit.

Trotzdem war ich nicht so erleichtert, wie ich erwartet hatte. Ich freute mich zwar darauf, Jenny zu sehen, hatte aber ein merkwürdig flaues Gefühl, als ich mit Brody auf die Klippe stieg, wo der Hubschrauber landen sollte. Auch Brody war still und in Gedanken versunken. Obwohl ich in seinem Gästezimmer geschlafen hatte, hatte ich ihn kaum gesehen, seit die Beamten vom Festland eingetroffen waren. Expolizist oder nicht, er war nun wieder ein Zivilist, den man höflich von den Ermittlungen ausgeschlossen hatte. Er tat mir leid. Nach allem, was geschehen war, musste es schwer für ihn gewesen sein, wieder aufs Abstellgleis gestellt zu werden.

Als wir den Gipfel der Klippen erreicht hatten, verschnauften wir. In einiger Entfernung stand der steinerne Monolith *Bodach Runa*. Noch immer wartete der alte Mann von Runa auf sein verlorenes Kind. Die Senke, in der wir Maggies Wagen gefunden hatten, war außer Sichtweite, aber der Mini war auch längst abtransportiert worden. Möwen und Tölpel kreisten schreiend im grellen Licht der Wintersonne. Hier oben wehte noch immer ein steifer Wind, aber er hatte an Kraft verloren. Die dichte Wolkendecke war verschwunden und weißen Haufenwolken gewichen, die hoch oben friedlich durch einen blauen Himmel trieben.

Zumindest was das Wetter anbelangte, sollte es ein schöner Tag werden.

»Das ist einer meiner liebsten Ausblicke«, sagte Brody, während er auf die Felssäule schaute, die sich wie ein riesiger Schornstein aus den Wellen erhob. Der Wind zersauste sein graues Haar, die Wellen schimmerten sechzig Meter unter uns. Er senkte die Hand, um den Kopf seiner Hündin zu streicheln. »Ist eine Weile her, dass Bess hier oben Auslauf bekommen hat.«

Ich rieb meine Schulter. Sie schmerzte noch immer, aber ich hatte mich schon fast daran gewöhnt. Zurück in London, würde ich sie röntgen und anständig behandeln lassen können.

»Was wird Ihrer Meinung nach jetzt geschehen? Mit Runa?«, fragte ich.

Die gesamte Insel stand unter Schock. Innerhalb weniger Tage hatte sie vier Gemeindemitglieder verloren, einschließlich ihres Wohltäters. Eine Tragödie, die durch die grausamen Umstände ihres Sterbens umso schwerer zu verkraften war. Dazu kamen die Schäden durch das Unwetter. Im Hafen war ein Fischkutter gesunken, und Strachans Jacht hatte sich von der Vertäuung gelöst. Wrackteile des schönen Schiffes sollten erst Tage später gefunden werden, aber das war noch der geringste Verlust. Von den anderen würden sich die Bewohner nur mühsam erholen.

Brodys Mundwinkel bogen sich nach unten. »Wer weiß? Für eine Weile könnte es noch gehen. Aber die Fischfabrik, die neuen Jobs, die Investitionen, das ist alles verloren. Ich kann mir nicht vorstellen, dass die Insel ohne diese Dinge über die Runden kommt.«

»Glauben Sie, sie wird eine zweite St. Kilda?«

»In den nächsten Jahren vielleicht noch nicht. Aber irgendwann.« Er lächelte matt. »Hoffen wir nur, dass die Leute ihre Hunde nicht ertränken, wenn sie gehen.«

»Werden Sie hierbleiben?«

Brody zuckte mit den Schultern. »Mal sehen. Aber ich habe eigentlich keinen Grund, irgendwo anders hinzugehen.«

Die Border-Collie-Hündin hatte sich vor seine Füße gekauert. Mit dem Kopf auf den Pfoten schaute sie erwartungsvoll zu ihm hoch. Lächelnd holte Brody einen alten Tennisball aus der Tasche und warf ihn im hohen Bogen davon. Die Hündin trottete hinter dem Ball her, die Beine zu steif zum Laufen, und brachte ihn schwanzwedelnd zurück.

»Ich wünschte nur, wir hätten eine Möglichkeit gehabt, mit Grace zu sprechen, und herausgefunden, was sie zu ihren Taten getrieben hat«, sagte ich, als Brody den Ball erneut davonwarf.

»Eifersucht, wie Strachan gesagt hat. Und Hass, nehme ich an. Eine mächtige Kombination.«

»Das erklärt trotzdem nicht alles. Warum hat sie zum Beispiel Janice

Donaldson erschlagen, bei Maggie und Cameron aber ein Messer benutzt? Wie auch in den anderen Fällen, von denen uns Strachan erzählt hat.«

»Mittel und Gelegenheit, nehme ich an. Ich glaube, sie hat im Grunde nie etwas geplant, sondern ist immer nur einem inneren Drang gefolgt. Duncans Taschenlampe bot sich als Waffe an, und bei Donaldson ist wahrscheinlich etwas Ähnliches passiert. Aber genau werden wir es wohl nie erfahren.«

Die Hündin hatte den Ball wieder vor seinen Füßen fallen gelassen. Brody hob ihn auf und warf ihn erneut. Dann lächelte er mich traurig an.

»Nicht auf alles gibt es Antworten, egal, wie sehr wir sie auch suchen. Manchmal muss man lernen, die Dinge einfach auf sich beruhen zu lassen.«

»Wahrscheinlich.«

Er holte seine Zigaretten heraus und zündete sich eine an. Ich beobachtete, wie er die Schachtel wegsteckte.

»Ich wusste nicht, dass Sie Linkshänder sind«, sagte ich.

»Entschuldigung?«

»Sie haben den Ball gerade mit der linken Hand geworfen.«

»Tatsächlich? Habe ich gar nicht drauf geachtet.«

Mein Herz hatte zu pochen begonnen. »Vor ein paar Tagen in Ihrer Küche haben Sie Ihre rechte Hand benutzt. Da hatte ich Ihnen und Fraser gerade erzählt, dass Duncans Mörder Linkshänder ist.«

»Und? Ich kann Ihnen nicht folgen.«

»Ich frage mich nur, warum Sie damals Ihre rechte Hand benutzt haben und jetzt Ihre linke.«

Er drehte sich zu mir um und sah mich verwirrt und etwas verärgert an. »Worauf wollen Sie hinaus, David?«

Mein Mund war trocken geworden. »Grace war Rechtshänderin.«

Brody überlegte. »Woher wissen Sie das?«

»Als sie Anna festgehalten hat, hielt sie das Messer in der rechten Hand. Ich hatte das ganz vergessen, bis ich Sie gerade beobachtet habe. Mir war klar, dass irgendetwas nicht passte, aber ich wusste die ganze Zeit nicht, was. Und vor ein paar Tagen habe ich gesehen, wie Grace Essen zubereitet hat. Das hat sie auch rechtshändig getan.«

»Vielleicht täuscht Sie Ihre Erinnerung.«

Ich wünschte, es wäre so. Ein paar Augenblicke hatte ich sogar noch Hoffnung. Doch ich wusste es besser.

»Nein«, sagte ich mit einem gewissen Bedauern. »Aber selbst wenn, wir können nachprüfen, von welcher Hand die Fingerabdrücke auf ihren Pinseln und Messern stammen.«

»Sie könnte beidhändig gewesen sein.«

»Dann werden wir genauso viele Abdrücke von ihrer rechten wie von ihrer linken Hand finden.«

Er nahm einen langen Zug von seiner Zigarette. »Sie haben doch gesehen, wie Grace war. Glauben Sie ernsthaft, Strachan hat gelogen?«

»Nein. Ich bezweifle auch nicht, dass sie Maggie ermordet hat. Und Gott weiß, wie viele Frauen, bevor die beiden hierhergekommen sind. Deshalb nahm Strachan an, dass sie auch Janice Donaldson und Duncan getötet haben muss. Vielleicht hat er sich getäuscht.«

Ich wäre froh gewesen, wenn Brody mich ausgelacht und mir einen Fehler in meinen Schlussfolgerungen nachgewiesen hätte. Aber er seufzte nur.

»Sie sind zu lange hier gewesen, David. Sie sehen schon Gespenster.«

Mein Mund war ganz trocken geworden. Ich musste meine Lippen befeuchten, bevor ich die nächsten Worte hervorbringen konnte.

»Woher wissen Sie, dass Duncan mit seiner eigenen Taschenlampe getötet wurde?«

Brody runzelte die Stirn. »Wurde er nicht? Ich dachte, das hätten Sie gesagt.«

»Nein, das habe ich nie erwähnt. Ich hatte es vermutet, aber das war reine Spekulation. Ich habe nichts von der Taschenlampe gesagt, bis die Spurensicherung hier war.«

»Na ja, dann muss ich es von einem der Beamten gehört haben.«

»Wann?«

Er machte eine leicht gereizte Bewegung mit der Zigarette. »Keine Ahnung. Gestern vielleicht.«

»Die Taschenlampe wurde erst in dieser Nacht geborgen. Und bis es keine Laborergebnisse gibt, wird niemand mit Sicherheit wissen, was ihn getötet hat. Die Beamten haben bestimmt nichts gesagt.«

Brody starrte mit zusammengekniffenen Augen über das Meer hinaus, zu der schwarzen Spitze von *Stac Ross*. Sechzig Meter unter uns krachten die Wellen in die Felsen.

»Lassen Sie es gut sein, David«, sagte er ruhig.

Aber ich konnte es nicht. Mein Herz schlug so heftig, dass ich es hören konnte.

»Grace hat Duncan nicht umgebracht, stimmt's? Auch nicht Janice Donaldson.«

Die einzige Antwort war das Schreien der Möwen und das Klatschen der Wellen weit unter uns. *Sag etwas. Leugne es.* Aber Brody schwieg stur, als wäre er aus dem gleichen Stein gemeißelt wie *Bodach Runa*.

Ich räusperte mich. »Warum? Warum haben Sie es getan?«

Er ließ die Zigarette zu Boden fallen, trat sie mit dem Fuß aus, hob dann den Stummel auf und steckte ihn in seine Tasche.

»Wegen Rebecca.«

Es dauerte eine Weile, bis ich den Namen einordnen konnte. Rebecca, die rebellische Tochter, die verschwunden war. Die Brody jahrelang gesucht hatte. Ich erinnerte mich an seine Worte und erkannte erst jetzt ihre furchtbare Bedeutung: *Sie ist tot*. Und plötzlich wurde mir alles klar.

»Sie dachten, Strachan hätte Ihre Tochter ermordet«, sagte ich. »Sie haben Janice Donaldson getötet und wollten es ihm anhängen.«

Sein schmerzvoller Blick war Bestätigung genug. Er nahm eine neue Zigarette aus der Schachtel und zündete sie an, bevor er antwortete.

»Es war ein Unfall. Ich habe seit Jahren versucht, Beweise gegen Strachan zu sammeln. Allein aus diesem Grund bin ich auf diese gottverlassene Insel gezogen. Ich wollte in seiner Nähe sein.«

Am Himmel segelte eine Möwe mit ausgebreiteten Flügeln auf den Luftströmen. Während ich da in der kalten Wintersonne stand, überkam mich ein Gefühl der Unwirklichkeit; mir war, als wäre ich in einem Fahrstuhl, der in die Tiefe stürzt.

»Sie *wussten* von den anderen Morden?«

Der Wind wehte den Rauch seiner Zigarette davon. »Ich hatte Vermutungen. Ich begann bereits zu ahnen, dass Becky tot ist. Ich hatte ihre Spur so weit verfolgen können, und plötzlich war sie einfach weg. Als ich dann Gerüchte hörte, dass sie vor ihrem Verschwinden häufig einen reichen Südafrikaner getroffen hatte, begann ich dem nachzugehen. Ich fand heraus, dass Strachan oft umgezogen ist und in verschiedenen Ländern gelebt hat, aber nie lange unter einer Adresse. Daraufhin habe ich an den Orten, wo er gelebt hat, die Zeitungsarchive eingesehen. Wenn er irgendwo wohnte, sind da junge Frauen ermordet worden oder verschwunden. Nicht jedes Mal, aber so häufig, dass es kein Zufall sein konnte. Und je länger ich nachforschte, desto überzeugter war ich, dass Becky eines seiner Opfer gewesen war. Alles passte zusammen.«

»Und das haben Sie nicht der Polizei gesagt? Sie waren einmal Kriminalbeamter, um Gottes willen, man hätte auf Sie gehört!«

»Ohne Beweise hätte niemand auf mich gehört. Ich hatte den ehemaligen Kollegen bei meiner Suche nach Becky schon jeden Gefallen abverlangt. Eine Menge Leute waren der Meinung, ich hätte mich verrannt. Und wenn ich auf Strachan zugegangen wäre, wäre er wahrscheinlich einfach untergetaucht. Aber Rebecca hatte den Namen ihres Stiefvaters angenommen. Man konnte keine Verbindung zwischen uns herstellen. Deshalb beschloss ich, mich hier auf die Lauer zu legen und zu warten, bis er einen Fehler macht.«

Ich hatte beim Zuhören zu zittern begonnen, aber der Schauer, den ich spürte, hatte nichts mit der Kälte zu tun.

»Und dann? Konnten Sie nicht mehr warten?«, fragte ich, überrascht über meine Wut.

Brody schnippte die Asche von seiner Zigarette, die der Wind verstreute.

»Nein. Dann kam Janice Donaldson.«

Seine Miene war unergründlich, als er mir erzählte, dass er Strachan bei seinen Ausflügen nach Stornoway gefolgt war und eigene Geschäfte und Treffen erfunden hatte, um mit der Fähre vor Strachan anzukommen, wann immer der mit seiner Jacht losgesegelt war. Zuerst hatte er befürchtet, dass Strachan dabei war, ein neues Opfer auszuwählen. Nachdem aber keiner der Frauen, mit denen er zusammen war, etwas passierte, verwandelte sich Brodys Erleichterung erst in Verwirrung, dann in Frustration.

Schließlich hatte er eines Nachts in Stornoway Janice Donaldson angesprochen, als sie gerade aus einem Pub kam. In der Hoffnung, mehr über Strachans Angewohnheiten zu erfahren und dabei vielleicht etwas über eine Neigung zur Gewalt, hatte er ihr Geld für Informationen angeboten. Es war das erste Mal gewesen, dass er aktiv gegen seinen Feind vorging, ein Risiko, das er bewusst einging. Donaldson wusste ja nicht, wer er war.

Auf jeden Fall hatte er das gedacht.

»Sie hat mich wiedererkannt«, meinte Brody. »Wie sich herausstellte, hat sie früher in Glasgow gelebt. Ich war ihr aufgefallen, als ich nach Becky gesucht hatte. Donaldson hat sie gekannt. Sie hat damals überlegt, die Belohnung einzustreichen, die ich für Informationen ausgesetzt hatte. Bevor sie jedoch dazu kam, wurde sie wegen Straßenprostitution verhaftet. Als sie wieder draußen war, war ich schon weg. Also wollte sie mir ihre Informationen jetzt verkaufen.«

Er sog den Rauch in die Lunge und blies ihn aus, damit ihn wieder der Wind davonwehen konnte.

»Sie erzählte mir, dass Becky auf den Strich gegangen war. Irgendwie hatte ich das natürlich schon vermutet. Aber es erzählt zu bekommen, von so einer Person … Als ich mich weigerte, sie zu bezahlen, drohte sie, Strachan zu sagen, wer ich bin und dass ich Fragen gestellt hatte. Dann begann sie, Dinge über Rebecca zu sagen, Dinge, die kein Vater hören möchte. Da habe ich zugeschlagen.«

Er streckte seine Hand aus und betrachtete sie. Ich musste daran denken, wie mühelos er Strachan im *Broch* besinnungslos geschlagen hatte.

Und ich dachte an meine Behinderung durch die Schlinge unter meiner Jacke und an den Klippenrand, nur wenige Meter entfernt. Es kostete mich einige Anstrengung, nicht dort hinzuschauen oder einen Schritt davon weg zu machen.

»Ich war schon immer aufbrausend«, sagte er beinahe schüchtern. »Deswegen hat mich auch meine Frau verlassen. Und wegen des Trinkens. Aber ich dachte, ich hätte es unter Kontrolle. Ich habe seit Jahren nur noch Tee getrunken. Ich habe sie nicht einmal besonders fest geschlagen, aber sie war betrunken. Wir waren unten an den Docks, und sie fiel hintenüber und stieß mit dem Kopf gegen einen Pfosten.«

Dann war es also kein Knüppel gewesen. »Wenn es ein Unfall war, warum haben Sie sich dann nicht gestellt?«

Zum ersten Mal lag Zorn in Brodys Blick. »Um wegen Totschlags ins Gefängnis zu kommen, während der mordende Scheißkerl frei herumläuft? Nein, niemals. Nicht, wenn es noch eine andere Möglichkeit gab.«

»Ihm die Sache anzuhängen.«

»Wenn Sie so wollen.«

Auf eine verrückte Weise machte es Sinn. Zwischen Brody und Janice Donaldson gab es keinerlei Verbindung, bei Strachan war es jedoch anders. Wenn sie tot auf Runa gefunden wurde und wenn herauskam, dass er einer ihrer Freier war – und Brody hätte dafür gesorgt, dass es herauskam –, dann würde der Verdacht schnell auf ihn fallen. Nicht ideal, aber es hätte auf eine bestimmte Art für Gerechtigkeit gesorgt.

Für Brody war es besser als nichts.

Als ich ihm zuhörte, war mir noch etwas anderes eingefallen. Ich musste daran denken, dass der Aufprall Janice Donaldsons Schädel zwar angeknackst, aber nicht wirklich gebrochen hatte.

»Sie war nicht tot, oder?«

Brody starrte hinaus auf *Stac Ross*. »Ich dachte, sie wäre es. Ich hatte sie in den Kofferraum des Wagens gelegt, ich hätte es aber niemals riskiert, sie mit der Fähre rüberzubringen, wenn ich gewusst hätte, dass sie noch lebte. Erst als ich hier auf der Insel den Kofferraum wieder aufmachte und sah, dass sie sich übergeben hatte, wurde mir das klar. Aber da war sie dann tot.«

Nein, dachte ich, mit einer solchen Verletzung konnte sie die Überfahrt mit der Fähre nicht überleben. Sie hatte auf jeden Fall eine Gehirnblutung verursacht, die ohne medizinische Versorgung tödlich gewesen war.

Brody hatte weitergemacht wie geplant. Auf dem verlassenen Hof hatte er Beweise deponiert, die Strachan noch mehr belasten sollten: Hundehaare seines Retrievers, der Abdruck eines seiner Gummistiefel, den Brody eines Nachts aus der Scheune entwendet und dort wieder versteckt hatte, damit die Polizei ihn finden konnte. Dann hatte er die Leiche angezündet, um einerseits alle Spuren zu vernichten, die auf ihn verweisen könnten, und um andererseits die Tatsache zu verschleiern, dass Janice Donaldson nicht in dem Cottage gestorben war, was ansonsten bei einer Untersuchung sofort herausgekommen wäre. Er hatte sogar seinen Wagen verkauft und sich einen neuen angeschafft, weil er wusste, dass man im Kofferraum mikroskopische Beweise würde finden können, egal wie gründlich er ihn auch reinigte. Mit seiner ganzen Erfahrung als Polizist hatte Brody versucht, alles vorherzusehen.

Aber wie im Leben ist das auch bei einem Mord nie möglich.

Seine Wangen wurden hohl, als er an der Zigarette zog. »Ich wollte, dass jemand anders die Leiche findet. Aber nachdem ich einen Monat gewartet hatte, konnte ich es nicht länger ertragen, dass sie einfach dort herumlag. Mein Gott, als ich wieder ins Cottage gegangen bin und sie sah …« Er schüttele stumm den Kopf. »Ich habe nicht viel Benzin benutzt, gerade genug, damit es wie ein stümperhafter Versuch aussah, die Leiche zu verbrennen. Ich wollte ja, dass man sie identifizieren konnte und sofort alles auf Mord hindeutet, das war ja Sinn und Zweck. Aber dann konnte ich nur noch den Leichenfund melden und hoffen, dass die Spurensicherung ihre Arbeit anständig erledigte.«

Aber statt der Spurensicherung hatte er einen betrunkenen Sergeant und einen unerfahrenen Constable bekommen. Und mich.

Das Ausmaß dieser ganzen Sache verursachte mir körperliche Schmerzen. Er hatte uns alle benutzt und mit unserem Vertrauen gespielt, während er uns unbeirrt in Richtung Strachan gelenkt hatte. Kein Wunder, dass er so abgeneigt gewesen war, Cameron oder Kinross als Verdächtige zu betrachten. Ein bitteres Gefühl stieg in meiner Kehle auf.

»Und was war mit Duncan?«, fragte ich. Ich war so wütend, dass es mir egal war, ob ich ihn provozierte. »Was war er, ein Kollateralschaden, oder wie?«

Er nahm die Anklage hin, ohne mit der Wimper zu zucken. »Ich habe einen Fehler gemacht. Als das Cottage zusammenstürzte, wurden alle Beweise zerstört, die ich deponiert hatte. Ich begann zu befürchten, dass es nicht mehr genug gab, um Strachan zu belasten, selbst wenn die Leiche identifiziert wäre. Ich habe Duncan auf den Zahn gefühlt und merkte gleich, dass er ein kluger Junge ist. Deshalb beschloss ich, ihn zu benutzen.«

Verärgert über sich selbst, schüttelte er den Kopf.

»Das war dumm. Ich hätte in die Vorgänge nicht eingreifen dürfen. Viel habe ich nicht gesagt, nur dass ich Strachan in Verdacht hatte und dass man seinen Hintergrund mal etwas durchleuchten sollte. Ich dachte, ich könnte Duncan häppchenweise Informationen streuen und ihn die Schlussfolgerungen ziehen lassen. Aber dann habe ich es übertrieben. Ich erzählte Duncan, dass Strachan in Stornoway Prostituierte besucht hat.«

Brody musterte wieder die Glut seiner Zigarette.

»Er fragte mich sofort, woher ich das wüsste. Ich sagte ihm, es wäre nur Tratsch, aber mir war klar, dass meine Erklärung nicht lange standhalten würde. Auf Runa hatte ja niemand eine Ahnung davon. Außerdem war der Zeitpunkt miserabel gewählt, denn kurz danach haben Sie verkündet, dass es sich bei dem Opfer wahrscheinlich um eine Prostituierte aus einer Großstadt handelt. Ich merkte, wie sich Duncan bereits zu fragen begann, woher ich meine Informationen hatte. Ich konnte kein Risiko eingehen.«

Nein, dachte ich, das konnte er nicht. Jetzt war mir auch klar, warum Duncan so beschäftigt gewirkt hatte, als ich ihn das letzte Mal lebend gesehen hatte. Vielleicht keimte schon damals ein Verdacht in ihm auf. Das konnte Brody nicht zulassen. Er konnte es sich nicht leisten, dass jemand vermutete, dass er Strachan nachspioniert und somit ein Motiv hatte, ihm etwas anzulasten.

Selbst wenn das bedeutete, über den Mord an seiner eigenen Tochter zu schweigen.

Er seufzte reumütig. »Es sind die kleinen Dinge, über die man stolpert. Wie diese verfluchte Taschenlampe. Ich hatte ein Stemmeisen unter meiner Jacke versteckt, aber als Duncan mich ins Wohnmobil ließ, hat er die Taschenlampe auf den Tisch gelegt und sich umgedreht. Deshalb habe ich sie genommen und stattdessen damit auf ihn eingeschlagen.« Er zuckte mit den Schultern. »Es schien das Richtige zu sein.«

Der Abscheu, den ich spürte, schürte nur meine Wut. Ich versuchte, beides zu kontrollieren. »Dann waren die Brände nur Ablenkungsmanöver? Das Gemeindezentrum und das Wohnmobil haben Sie nicht in Brand gesteckt, um Beweise zu vernichten. Das wollten Sie uns nur glauben machen. Dann hätte es nämlich so ausgesehen, als wäre Duncan dabei versehentlich zu Tode gekommen. Und gleichzeitig konnten Sie dadurch Strachan noch weiter belasten, zum Beispiel indem Sie den Deckel des Benzinkanisters …«

Ich hielt inne und starrte ihn an. Ein weiteres Teil fügte sich ins Puzzle.

»Deswegen stand Grace ohne Benzin da. Sie haben den Tank ihres Wagens angezapft, um die Brände zu legen.«

»Irgendwoher musste ich das Benzin kriegen. Wenn ich seinen Tank angezapft hätte, wäre er vielleicht gewarnt gewesen.« Brody hatte hinaus auf den Horizont gestarrt. Jetzt drehte er sich zu mir um. »Mir war übrigens nicht klar, dass Sie noch in der Klinik waren, als ich das Feuer gelegt habe. Es brannte kein Licht mehr. Nach dem Stromausfall dachte ich, das Gebäude wäre menschenleer.«

»Hätte es einen Unterschied gemacht?«

Er schnippte Asche von seiner Zigarette. »Wahrscheinlich nicht.«

»Mein Gott, haben Sie denn nie daran gedacht, dass Sie sich getäuscht haben könnten? Dass da noch etwas anderes vor sich ging? Was war denn, als das Funkgerät der Jacht kaputt geschlagen und Grace überfallen wurde? Haben Sie sich nicht gefragt, warum Strachan das hätte tun sollen, wenn er keinen Menschen getötet hat?«

»Hier auf der Insel vielleicht nicht«, sagte er. Zum ersten Mal klang er nervös. »Ich nahm an, dass er in Panik geraten war. Ich dachte, er wollte von der Insel verschwinden, bevor die Polizei jeden befragte. Es hätte ihm bestimmt nicht gefallen, wenn seine Vergangenheit unter die Lupe genommen worden wäre.«

»Aber nicht seine Vergangenheit war das Problem, stimmt's? Sondern die seiner Schwester. Sie haben den Falschen verfolgt.«

Er seufzte und schaute wieder hinaus auf den Horizont. »Ja.«

Die Geschichte hatte eine entsetzliche Ironie. Durch Brodys Versuche, ihren Bruder zu belasten, hatte Grace wie jeder andere geglaubt, auf Runa würde ein Mörder frei herumlaufen. Sie hatte sogar geglaubt, beinahe selbst zum Opfer geworden zu sein. Und so hatte sie die Situation zu ihrem Vorteil genutzt und Maggie ermordet und die Leiche verbrannt, damit es so aussah, als hätte der Mörder von Duncan und Janice Donaldson ein weiteres Opfer gefordert.

Der Kreis hatte sich geschlossen.

»War es das wert?«, fragte ich leise. »Duncan und all die anderen. War es wert, ihre Leben zu opfern?«

Brodys gemeißelte Züge zeichneten sich unergründlich vor dem kalten blauen Himmel ab.

»Sie hatten selbst einmal eine Tochter. Sagen Sie es mir.«

Darauf hatte ich keine Antwort. Mein Zorn flaute ab, es blieb ein bleiernes Gefühl der Traurigkeit. Und ein deutliches Bewusstsein meiner Situation. Zum ersten Mal wurde mir klar, wie sorgfältig Brody die Stummel seiner Zigaretten zurück in die Schachtel gesteckt hatte. Nichts würde darauf hinweisen, dass er mit mir hier oben gewesen war. Selbst mit zwei gesunden Armen hätte ich gegen den größeren und kräftigeren Mann keine Chance gehabt. Er hatte bereits zweimal getötet. Warum sollte er vor einem dritten Mal zurückschrecken?

Ich schaute kurz zum Klippenrand, der nur wenige Meter entfernt war. *Du wirst Runa heute doch nicht verlassen*, dachte ich gelähmt.

Ein dunkler Punkt war am Horizont aufgetaucht. Ein Vogel konnte es nicht sein, zu reglos hing er am Himmel. Der Hubschrauber der Küstenwache war früh dran, dachte ich, doch der Hoffnungsschimmer erlosch schnell wieder. Er war noch viel zu weit weg. Er würde noch zehn oder fünfzehn Minuten brauchen.

Das war zu lange.

Auch Brody hatte ihn gesehen. Mit vom Wind zerzaustem Haar starrte er auf den näher kommenden Punkt. Seine Zigarette war fast heruntergebrannt.

»Ich war einmal ein guter Polizist«, sagte er unvermittelt. »Ein miserabler Ehemann und Vater, aber ein guter Polizist. Am Anfang will man für das Gute kämpfen, und plötzlich merkt man, dass man zu dem geworden ist, was man hasst. Wie passiert so etwas?«

Ich blinzelte verzweifelt zu dem Hubschrauber. Er schien kein bisschen größer geworden zu sein. Aus der Entfernung würde man uns nicht einmal sehen können. Ich versuchte, unter der Jacke meinen Arm aus der Schlinge zu ziehen, obwohl ich genau wusste, dass es mir nichts helfen würde.

»Und was jetzt?«, fragte ich und versuchte ruhig zu klingen.

Er setzte ein ironisches Lächeln auf. »Gute Frage.«

»Janice Donaldson war ein Unfall. Und was mit Rebecca geschehen ist, wird man zu Ihren Gunsten berücksichtigen.«

Brody nahm einen letzten Zug von seiner Zigarette, dann trat er sie sorgfältig mit der Stiefelsohle aus und tat den Stummel zu den anderen in die Packung.

»Ich werde nicht ins Gefängnis gehen. Es zählt wahrscheinlich nichts mehr, aber es tut mir leid.«

Mein Herz hämmerte, als er sich hinabbeugte und seine alte Hündin streichelte.

»Gutes Mädchen. Sitz.«

Ich wich automatisch einen Schritt zurück, als er sich aufrichtete. Er hielt das Gesicht in die Sonne und schloss für einen Moment die Augen.

Und dann, ehe ich wusste, was geschah, lief er auf den Klippenrand zu. »Brody, nein!«, schrie ich.

Meine Worte wurden davongeweht. Ohne abzubremsen, erreichte er die Kante und sprang in die Tiefe. Einen Augenblick schien er in der Luft zu schweben und vom Wind getragen zu werden. Dann war er weg.

Ich starrte dahin, wo ich ihn noch einen Moment zuvor gesehen hatte. Jetzt war dort nichts mehr. Nur die Schreie der Möwen und der Lärm der Wellen, die unten auf die Felsen krachten.

Epilog

Im Sommer waren die Ereignisse, die auf Runa stattgefunden hatten, nur noch eine schwache Erinnerung. Die Nachuntersuchungen hatten kaum etwas Neues ergeben. Letztendlich hatte Strachan recht gehabt: Man konnte die Toten nicht wieder lebendig machen. Und das Leben der anderen ging weiter.

Bei einer Durchsuchung von Brodys Haus war die Akte gefunden worden, die er über Strachan zusammengestellt hatte. Es war ein Werk guter, solider Polizeiarbeit, wie ich es erwartet hatte. Der ehemalige Inspector hatte nur eine Sache übersehen. Wie jeder andere hatte Brody nie in Frage gestellt, ob Grace wirklich Strachans Frau gewesen war.

Das hatte sich als fataler Fehler erwiesen.

Aber die Akte hatte eine traurige Liste von Opfern enthalten, auch wenn niemand wissen konnte, wie viele Morde Brody – oder Strachan – möglicherweise entgangen waren. Wahrscheinlich würde das Schicksal einiger Opfer nie bekannt werden.

Wie das von Rebecca Brody.

Die Leiche ihres Vaters war, eine Woche nachdem er sich von der Klippe gestürzt hatte, von einem Fischerboot aus dem Meer geborgen worden. Durch den Sturz und das Salzwasser war sie natürlich furchtbar entstellt gewesen, doch es hatte keinerlei Zweifel an der Identität gegeben. So konnte wenigstens dieser Aspekt des Falles abgeschlossen werden, was Brody gewiss begrüßt hätte.

Unordnung hatte er immer gehasst.

Nicht alles konnte so sorgfältig aufgeklärt werden. Genährt durch die Spirituosen aus der Bar und das Benzin des Generators, hatte das Feuer, das durch die explodierten Gastanks begonnen hatte, die Zerstörung fortgesetzt und das Hotel dem Erdboden gleichgemacht. Ein paar verkohlte Knochen, die zu beschädigt waren, um noch eine DNA aufzuweisen, konnten Cameron zugeordnet werden, weil sie in der Bar gefunden worden waren. Grace und Michael Strachan waren jedoch zusammen in der Küche gewesen, als sie gestorben waren. Die wenigen verglühten Knochenfragmente, die geborgen wurden, konnte man unmöglich voneinander unterscheiden.

Selbst im Tod hatte Strachan seiner Schwester nicht entfliehen können.

Ironischerweise schien Runa wenigstens für den Moment aufzublühen. Weit davon entfernt, das gleiche Schicksal wie St. Kilda zu erleiden, bescherten die schrecklichen Ereignisse der Insel eine traurige Berühmtheit, die für einen Besucherstrom aus Journalisten, Archäologen, Naturforschern und sogar Touristen sorgte. Wie lange er anhalten würde, blieb abzuwarten, aber Kinross' Fähre war plötzlich sehr gefragt. Es gab sogar Gespräche über den Bau eines neuen Hotels, auch wenn es nicht von Ellen McLeod betrieben werden würde.

Ich hatte Ellen bei der Untersuchung von Brodys Selbstmord wiedergetroffen. Sie hatte sich mit der gleichen stählernen Würde gepanzert, die ich schon an ihr kannte. Doch während noch Traurigkeit in ihrem Blick lag, sah ich auch neuen Optimismus. Sie war mit Anna nach Edinburgh gezogen, wo sie sich von der Versicherungssumme für das Hotel ein kleines Haus gekauft hatte. Sowohl

Strachan als auch Brody hatten die beiden in ihrem jeweiligen Testament begünstigt, aber Ellen hatte alles, was sie ihr hinterlassen hatten, in einen Fonds zum Wiederaufbau der Insel gesteckt. Es ist Blutgeld, hatte sie in einem Aufflackern ihrer alten Schärfe gesagt. Sie wollte nichts damit zu tun haben.

Eines hatten sie jedoch mitgenommen: Brodys Border Collie. Andernfalls hätte es den Tod der Hündin bedeutet, und wie Ellen sagte, wäre es nicht richtig gewesen, das alte Tier für die Verbrechen seines Besitzers zu bestrafen.

Bestimmt wäre Brody dafür dankbar gewesen.

Was mich anbelangte, so war es erstaunlich, wie schnell sich wieder Normalität einstellte. An manchen Tagen fragte ich mich, wie viele Menschen noch am Leben sein könnten, wenn ich nie nach Runa gekommen und wenn der Mord an Janice Donaldson als Unfall durchgegangen wäre. Natürlich wusste ich, dass Brodys obsessive Fixierung auf Strachan ihn wahrscheinlich zum erneuten Handeln getrieben hätte und dass Grace' Wahnsinn vielleicht irgendwann wieder zutage getreten wäre. Trotzdem lastete die Schuldfrage schwer auf meinem Gewissen.

Eines Nachts, als ich wach lag und darüber nachgrübelte, war Jenny aufgewacht und hatte mich gefragt, was los wäre. Ich wollte es ihr erzählen, wollte die Geister vertreiben, die mich verfolgten. Aber ich konnte es nicht.

»Nichts.« Ich hatte gelächelt, um sie zu beruhigen, obwohl ich gleichzeitig wusste, dass es die kleinen Lügen sind, die eine Beziehung zermürben. »Ich kann nur nicht schlafen.«

Die Stimmung zwischen uns war nach meiner Rückkehr schon angespannt genug gewesen. Was auf Runa geschehen war, hatte ihre Abneigung gegen meinen Beruf nur verstärkt. Ich wusste, dass mich mein Beruf ihrer Meinung nach in einer Weise an meine tote Familie band, der sie misstraute. In dieser Sache täuschte sie sich – gerade wegen des Schicksals meiner Familie hatte ich einmal versucht, meine Arbeit aufzugeben. Doch Jenny ließ sich nicht überzeugen.

»Du bist ein ausgebildeter Arzt, David«, sagte sie während einer unserer Beinahestreitereien. »Du kannst in jeder Praxis Arbeit finden. Wo, wäre mir ganz egal.«

»Und wenn es nicht das ist, was ich will?«

»Aber früher wolltest du es doch! Und du würdest dich mit dem Leben beschäftigen, nicht mit dem Tod.«

Ich konnte ihr nicht verständlich machen, dass sich in meinen Augen auch meine Arbeit mit dem Leben beschäftigte. Ich hatte jeden Tag damit zu tun, wie Menschen ihr Leben verloren hatten und wer es ihnen genommen hatte. Und am Ende konnte ich durch meine Arbeit vielleicht sogar dabei helfen, die Menschen davon abzuhalten, einem anderen das Leben zu nehmen.

Aber im Lauf der Zeit ließen die Reibungen zwischen uns nach. Der Sommer kam und brachte warme Tage und laue Nächte, in denen die Ereignisse auf Runa noch weiter in die Ferne zu rücken schienen. Fragen über unsere Zukunft stellten sich zwar weiter, doch die Antworten wurden in einem gegenseitigen, wenn auch unausgesprochenen Einvernehmen aufgeschoben. Trotzdem blieb eine Spannung, die sich zwar nicht zu einem Sturm auswuchs, aber immer irgendwo am Horizont lauerte. Ich war zu einer einmonatigen Forschungsreise auf die sogenannte Body Farm eingeladen worden, ein anthropologisches Forschungsinstitut in Tennessee, wo ich einen großen Teil meines Handwerks gelernt hatte. Da der Aufenthalt erst im Herbst stattfinden sollte, hatte ich noch nicht zugesagt. Nicht allein meine Abwesenheit wäre ein Problem, obwohl Jenny darunter leiden würde. Mit der Reise würde ich mich endgültig für den Beruf entscheiden, der ihr so missfiel. Meine Arbeit war Teil meines Lebens, aber das war auch Jenny. Einmal hatte ich sie fast verloren. Ich konnte mir nicht vorstellen, sie wieder zu verlieren. Trotzdem schob ich den Moment der Entscheidung weiter hinaus.

Und dann, an einem späten Samstagnachmittag, holte uns die Vergangenheit ein.

Wir waren nicht bei Jenny, sondern in meiner Erdgeschosswohnung, weil die eine kleine Terrasse hatte, auf die man im Sommer einen Tisch und Stühle stellen konnte. Es war ein warmer, sonniger Tag, für den Abend hatten wir Freunde zum Grillen eingeladen. Obwohl wir sie erst später erwarteten, wollte ich schon mal das Grillfeuer anzünden. Mit kaltem Bier und dem Geruch der Kohle in der Luft genossen wir das Wochenende. Solche Grillabende beschworen immer schöne Erinnerungen herauf, wir mussten daran denken, wie wir uns kennengelernt hatten. Jenny hatte gerade eine Salatschüssel gebracht und mir eine Olive in den Mund gesteckt, als das Telefon klingelte.

»Ich gehe ran«, sagte sie, als ich die Grillutensilien weglegen wollte. »So einfach wirst du dich nicht vor dem Grillen drücken.«

Lächelnd sah ich ihr hinterher. Sie hatte sich in den zwei Jahren, seit wir uns kennengelernt hatten, das blonde Haar wachsen lassen und trug es nun zu einem Pferdeschwanz gebunden. Er stand ihr gut. Zufrieden trank ich einen Schluck Bier und wandte mich wieder dem Grill zu. Ich spritzte gerade Grillanzünder auf die Kohlen, als Jenny zurückkam.

»Eine junge Frau wollte dich sprechen«, sagte sie mit hochgezogenen Augenbrauen. »Sie sagte, ihr Name wäre Rebecca Brody.«

Ich starrte sie an.

Mein Aufenthalt auf Runa war Monate her. Da ich wusste, dass sie solche Details lieber nicht erfahren wollte, hatte ich Jenny nie erzählt, wie Brodys Tochter hieß.

»Was ist los?«, fragte Jenny mit besorgter Miene.

»Was hat sie noch gesagt?«

»Nicht viel. Sie wollte nur wissen, ob du zu Hause bist, und meinte, sie würde gern vorbeikommen. Ich habe wahrscheinlich nicht besonders begeistert geklungen, aber sie sagte, es würde nur ein paar Minuten dauern. Hey, alles okay? Du siehst aus, als hättest du ein Gespenst gesehen.«

Ich lachte unsicher auf. »Genau so kommt es mir auch vor.«

Jenny machte ein langes Gesicht, als ich ihr erzählte, wer die Anruferin war.

»Tut mir leid«, sagte ich schließlich. »Ich dachte, sie wäre tot. Keine Ahnung, was sie will oder wie sie meine Adresse herausgefunden hat.«

Jenny schwieg eine Weile und seufzte dann. »Mach dir keine Gedanken, es ist ja nicht dein Fehler. Bestimmt hat sie einen guten Grund.«

Im Flur ertönte der Türsummer. Ich schaute zögernd Jenny an. Sie lächelte, beugte sich dann vor und küsste mich.

»Na los. Ich lasse dich in Ruhe, solange ihr redet. Und wenn sie nett ist, kannst du sie auch fragen, ob sie zum Essen bleiben will.«

»Danke«, sagte ich und küsste sie, bevor ich hineinging.

Ich war froh, dass Jenny es so gut aufgenommen hatte, ich war mir aber nicht sicher, ob ich Brodys Tochter als Gast wollte. Trotz meiner Neugier machte es mich nervös, ihr gleich gegenüberzustehen. Ihr Vater war in dem Glauben gestorben, dass sie tot war.

Und fünf weitere Menschen hatten deswegen sterben müssen.

Andererseits konnte ich kaum ihr die Schuld dafür geben, sagte ich mir. Und immerhin hatte sie sich die Mühe gemacht, mich aufzusuchen. Das hätte sie bestimmt nicht getan, wenn sie nicht eine gewisse Verantwortung für die Geschehnisse verspürte. *Gib ihr eine Chance.*

Ich holte tief Luft und öffnete die Tür.

Eine rothaarige junge Frau stand vor mir. Sie war schlank und braungebrannt und trug eine Sonnenbrille. Doch weder die Brille noch das wenig schmeichelhafte, weite Kleid konnten die Tatsache verbergen, dass sie auffallend attraktiv war.

»Hi«, sagte ich lächelnd.

Irgendetwas an ihr kam mir bekannt vor. Ich musterte sie und suchte nach Ähnlichkeiten mit Brody, ohne welche zu finden. Dann roch ich den Moschusduft, den sie verströmte, und mein Lächeln erstarrte.

»Hallo, Dr. Hunter«, sagte Grace Strachan.

Plötzlich schien alles langsamer und gleichzeitig überdeutlich zu werden. Ich hatte noch Zeit für den nutzlosen Gedanken, dass die Jacht sich am Ende doch nicht aus der Vertäuung gerissen hatte, dann zog Grace' Hand ein Messer aus der Umhängetasche.

Der Anblick riss mich aus meinem Schock. Ich wollte reagieren, als sie auf mich einstieß, aber es war zu spät. Ich griff nach der Klinge, doch sie ging durch meine Hand und schlitzte sie bis auf die Knochen auf. Der Schmerz hatte nicht einmal Zeit, sich bemerkbar zu machen, denn schon fuhr das Messer in meinen Bauch.

Ich spürte nur Kälte und Entsetzen. Eine schreckliche Ungläubigkeit. *Das ist nicht geschehen.* Doch es war geschehen. Ich holte Luft, um zu schreien, brachte aber nur ein ersticktes Keuchen hervor. Ich umklammerte den Messergriff und spürte mein warmes, klebriges Blut, das unser beider Hände verschmierte. Ich hielt das Messer so fest, wie ich konnte, während Grace versuchte, es herauszuziehen. Ich hielt es auch noch fest, als meine Beine unter mir wegknickten. *Halt es fest. Halt es fest, oder du bist tot.*

Und Jenny genauso.

Stöhnend versuchte Grace, das Messer herauszuziehen, und sank mit mir zu Boden, als ich an der Wand hinabrutschte. Dann gab sie mit einem letzten, frustrierten Keuchen nach. Japsend und mit verzerrtem Mund stand sie über mir.

»Er ließ mich gehen!«, fauchte sie, und ich sah Tränen ihre Wangen hinablaufen. »Er hat sich getötet, aber mich ließ er gehen!«

Ich versuchte etwas zu sagen, irgendetwas, aber es wollten sich keine Worte formen. Ihr Gesicht hing noch eine Weile über mir, hässlich und verzerrt, dann war sie verschwunden. Der Eingang war leer, das Geräusch davonlaufender Füße verhallte auf der Straße.

Ich schaute auf meinen Bauch. Der Messergriff ragte obszön daraus hervor. Mein Hemd war mit Blut getränkt. Ich konnte spüren, wie es sich unter mir auf den Fliesen sammelte. *Steh auf. Beweg dich.* Aber ich hatte keine Kraft mehr.

Ich versuchte, um Hilfe zu rufen. Wieder kam nur ein Krächzen hervor. Und nun wurde es dunkel. Dunkel und kalt. *Jetzt schon? Es ist doch Sommer.* Ich spürte keinen Schmerz mehr, nur eine sich ausbreitende Taubheit. Aus einer Nachbarstraße driftete das fröhliche Läuten eines Eiswagens herbei. Draußen auf der Terrasse hörte ich Jenny hantieren. Das Klirren der Gläser. Es klang freundlich und einladend. Mir war klar, dass ich mich irgendwie hineinbewegen sollte, aber es erschien zu anstrengend. Alles verschwamm vor meinen Augen. Mein einziger Gedanke war, dass ich das Messer nicht loslassen durfte. Weshalb, wusste ich nicht mehr.

Nur, dass es sehr wichtig war.